KB083784

우·울·한··것·의··추·락

지은이

박대현(朴垈賢, Park, Dae-hyun)

1972년 부산에서 태어났다. 부산대학교 국어국문학과를 졸업하고, 부경대학교 석사와 부산대학교 박사
과정을 마쳤다. 2005년 『부산일보』 신춘문예에 「실존적 헤르메스의 탄생 – 진이정의 시세계」가 당선되
어 평론 활동을 시작하였다. 2007년부터 2010년까지 『오늘의문예비평』 편집위원으로 활동했고, 현재는
『작가와사회』 편집위원으로 있다. 저서로 『헤르메스의 악몽』, 『닿을 수 없는 혁명』, 『혁명과 죽음』,
『2000년대 한국문학의 징후들』(공저), 『문학과 문화, 디지털을 만나다』(공저), 『불가능한 대화들』(공저)
등이 있다.

우울한 것의 추락

초판인쇄 2015년 1월 15일 **초판발행** 2015년 1월 20일

지은이 박대현 **펴낸이** 공홍 **펴낸곳** 케포이북스 **출판등록** 제22-3210호

주소 서울시 서초구 반포대로14길 71, 302호

전화 02-521-7840 **팩스** 02-6442-7840 **전자우편** kephoibooks@naver.com

값 26,000원 ⓒ 박대현, 2015

ISBN 978-89-94519-55-5 03810

이 책은 2014년 한국문화예술위원회, 부산광역시, 부산문화재단의 사업비 지원을 받았습니다.

이루어진 모든 것들에게

박대현 평론집

우·울·한··
것·의··
추·락

Fall of the Depressed

케포이북스
KEPHOI BOOKS

이루지 못한 삶이 있다면, 이루어진 삶도 있게 마련이다. 모든 것을 긍정하는 것은 애초에 불가능한 일이고 모든 것을 부정하는 것 역시 힘든 일이다. 그 경계에서 균열을 겪을 수밖에 없다. 그리고 내게 주어진 명백한 사실은 나는 살아있고, 또 살아가야 한다는 것이다. 이것은 욕망인가, 의무인가, 책임인가. 혹은 탈진인가. 그 언저리에서 갈피를 못잡는 시간의 연속이다.

'우울한 것의 추락'은 지난 몇 년간 머릿속을 맴돌았던 말이다. 2014년 가을에야 이를 제목으로 한 글을 발표했고 평론집의 제목이 되었다. 나는 문학이 보다 더 추락해야 한다고 생각한다. 문학의 종언 이후에도 여전히 문학은 스스로의 몫을 챙겨 왔고 사회·역사·정치적 효능과 그 지분에 집착한다. 현재의 문학은 과연 그럴 힘이나 자격이 있는가. 나는 왜 문학에 이토록 과한 책무를 지우는가. 나의 수치와 우울을 문학에 전가한 탓은 아닌가.

시인은 모두 자기 분열을 겪는다. 이른바 언술내용주체와 언술행위주체의 분열. 대부분의 시인은 언술내용주체 속에 매몰된다. 시인은 비루한 일상을 다시 살아가야 하며, 자기가 생산한 시로부터도 소외된다. 시인에 대한 실망은 사실 여기서 비롯된다. 시인은 미적·윤리적으로 정제된 시에 결코 비견될 수 없다. 시는 시인을 압도한다. 이는 시인의 수치羞恥다. 시인을 압도하지 못하는 시는 시인에게 단지 슬픔을 유발하지만, 시인을 압도하는 시는 시인에게 수치를 안겨준다.

시와 시인의 일치는 가능한가. 시를 쓰는 바로 그 순간에는 가능하다. 그러나 그 순간이 지나고 나면, 시와 시인은 분리되고 만다. 시인을 향한 모멸은 바로 그 분리로 말미암은 시와 시인의 간극에서 비롯된다. 시를 향한 시인의 욕망은 그 간극의 해소에 투여되어야 한다. 라캉이 말한 노예 상태에서의 자유와 목숨의 관계. 이는 시와 시인의 관계와 크게 다르지 않다. 자유와 목숨이 함께 갈 수 없는 것처럼, 시와 시인 역시 함께 갈 수 없다.

그러나, 자유와 죽음. 목숨을 죽음으로 대체하는 순간, 두 항의 배중률은 사라지고 만다. 자유와 죽음은 온전히 하나가 된다. 시인 역시 죽음이 되는 순간, 시와 시인은 일체화를 이룬다. 자기 윤리의 극단에는 언제나 죽음이 도사리고 있다. 시인은 본질적으로 자기 죽음을 의식하는 존재다. 자기의 가능한 죽음은 언제나 저 멀리에 있다. 시인은 그 죽음을 최대한 자기 가까이 끌어당기는 존재다. 죽음의 견인牽引이야말로 시에의 무한한 접근을 가능하게 한다.

문학, 보다 더 깊숙이 추락할 것. 무능의 자상刺傷을 더 깊이 몸에 새길 것. 죽음으로 진입할 것. 죽음 이후, 찾게 될 새로운 길, 죽음의 입법.

그러니, 나여, 허튼 말은 하지 마시고, 이제 죽음이나 제대로 껴안아 보시지.

2014. 12. 10

박대현

차례

우울한 것의 추락

재난과 분노 이후의 한국문학

1. '극단적 악'과 분노의 역치

한국의 정치적·사회적 퇴행은 이미 매우 심각하게 진행되고 있다. 그럼에도 속수무책이다. 여기서 우리는 민주주의가 얼마나 나약한 것인가를 다시 한 번 확인한다. 민주주의란 권력의 '공백'을 둘러싼 쟁투이지만, 공백이라는 근본적 성질은 그대로 둔다는 기본 원칙이 있다. 공백을 공백으로 존중하려는 참된 민주주의는 그런 점에서 무질서와 혼란을 근본적으로 해결할 수 없는 무능한 존재로 비칠지도 모르겠다. 그러나 공백은 소중한 가치를 지닌다. 주체와 타자의 대립은 '공백'을 경유함으로써 이성적이고 합리적인 합의체를 구성해나갈 수 있기 때문이다. 공백의 파괴를 통해 획득한 절대적 지위의 이념은 타자를 근본적으로 배제한다. 예컨대, 세월호 참사의 유족들은 지금 이 국가에서 보살핌의 대상이 되기보다는 그야말로 귀찮은 존재, 혹은 적대적 타자로 전락하고 말았다. 이념의 공백이 사라진 영토에서는 죽음에 대한 애도마저 허락되지 않는 적대성이 지배하는 것이다.

2008년 이후 가속화된 정치적·사회적 퇴행 속에서도 절망하지 않은 것은 우리 사회가 정상성을 회복하리라는 다소간의 믿음이 있었기 때문이다. 사실 이 믿음은 여전히 존재한다. 그러나 점점 좌절감이 우리를 지배하기 시작한다. 이런 상황은 역설적이게도 반反민주적인 것이 얼마나 효과적인 통치 수단이 되는가를 적실하게 보여준다. 본래 효율적인 정치란 그런 것이다. 파시즘은 얼마나 효율적인 통치 체제인가. 대중 기만술의 절정에서 정치의 역능은 최대화된다. 그 최대치의 정점에서 정치의 참혹한 비극이 비롯된다는 것을 우리는 익히 보아왔고 알고 있다. 순진하고 무능한 민주주의는 서서히 압살당하고 침몰해가는 중이다. 당연한 권리인 줄 알았던 공백에의 향유, 그러니까 자유에의 향유는 이미 분노로 대체되어 가고 있다. 그리고 그 분노에 대한 적의들이 우리 주변을 점령하고 있는 기이한 현상들을 목도하고 있는 것이다.

사실 이 적의는 뿌리 깊은 것이다. 해방기부터 시작된 이 적의는 김대중과 노무현에 대한 적의로까지 이어졌던 것을 우리는 익히 알고 있다. 시니피앙이 시니피에를 거느리는 기이한 예라고 할 수 있을 '종북좌빨'에 대한 분노와 적의. 그야말로 스스로의 적대성에 대한 비판적 성찰이 부재한 데서 오는 '맹목盲目'적 적의다. 맹목의 비극적 기원은 오랜 식민지의 종말과 함께 찾아온, 잠시의 환희와 오랜 혼란과 지속적인 절망이 뒤엉킨 해방기가 아닐 수 없으나, 역사적 자각과 비탄은 뒤늦게 찾아오는 법이다. 지나간 역사는 돌이킬 수 없다. 따라서 어쩔 수 없이 한국 근대사의 모든 업을 지금 이 순간부터라도 넘어서지 않으면 안 된다.

그것이 우리에게 주어진 운명이 아니겠는가.

　그래도 세월호 참사 앞에서는 하나의 분노만 존재할 줄 알았다. 그러나 지금 한국 사회는 두 개의 분노가 존재한다. 그것도 서로 적대적으로. 지금 이 정권을 향한 분노와 이 분노를 가진 자들에 대한 분노. 우선 후자의 분노부터 살피지 않을 수 없다. 실제로 수구 정권의 재집권 이후 수구세력들의 분노는 민주주의 세력에 맞선 적의의 형태로 보다 구체적으로 표출되고 있는 상황이다. 세월호 유족들의 단식농성장에서 폭식을 했거나 시도했던 무리들(어버이연합과 일베)의 행위는 적의의 맹목성을 명확히 드러낸다. 유족들에 대한 적의는 과거에는 적어도 공표하기 쉽지 않았겠으나, 이제는 백주대로에서조차 전혀 꺼리지 않는다. 이 적의를 어찌할 것인가. 파시즘으로 가는 길목에는 항용 이런 적의가 도사리고 있으며, 더 심각한 경우에는 스스로를 자랑스럽게 드러내기도 한다. 이들의 실질적인 정치세력화는 정말 끔찍한 일이지만, 그 정도의 의식 수준을 드러내는 국회의원들이 다수 있다는 것은 한국 사회에서는 놀랄 만한 일도 아니다.

　이들이 표출하는 분노의 기원은 어디서 비롯하는가. 극우 세력들은 자기 이념에 어떤 확실성과 숭고성을 부여하는 경향이 있다. 이들은 이념의 공백에서 모종의 불안을 느끼며, 공백을 일종의 '이단'으로 취급하고 맹목적으로 공격한다. 아도르노의 말에 따라, 이들의 행태를 "윤리적 계율의 숭고한 엄격성"에서 비롯된 것이라 할 수 있을까. 한국에서 오랫동안 일관되게 지켜진 "윤리적 계율의 숭고한 엄격성"은 사실상 반공주의와 반노동자 성향 밖에 없다. 수구 정권은 수구 언론과 함께 수시로 기만과 조작을 일삼아왔으며, 반공주의와 자본주의 외에는 그 어떤 일관성도 지니지 못했다. 특히 북한을 향한 적의는 저 악명 높은 박정희의 '한국적 민주주의' 혹은 '민족적 민주주의'로 둔갑하기도 했던 효과적인 내부 통제의 수단이기도 했다. 문제는 그 통제 속에서 실존적 안정감을 느끼는 이들이 있다는 사실이다. 한국 사회에서 북한을 향한 적의는 일종의 법이며, '북한적인 것'(종북좌빨)이라 가정되는 내부의 적대자에게 투여된다. 이 적의야말로 극우세력을 지탱하는 이념적 확실성인 것이다. 낡아빠진 '반공'이라는 기표는 '종북좌파 척결'이라는 새로운 기표를 얻는다. 그들에게 '종북좌파 척결'은 숭고한 이념적 행위다. 그러나 아도르노에 따르면, 사실 그것은 '극단적 악'에 지나지 않는다.

> 윤리적 계율의 숭고한 엄격성은 그처럼 합리화된, 비동일적인 것에 대한 분노와 동질적이다. 자유주의적 헤겔 역시 더 나을 바 없었다. 그는 양심의 가책과 더불어 우월감을 느끼면서 사변적 개념 혹은 정신의 실체를 거부하는 자들을 질책했던 것이다. 실로 서양 사유의 한 가지 방향전환이었으나 후세인들이 단지 남용했을 뿐인 니체의 해방적 요소는, 그러한 비밀들을 발설했다는 점이었다. 정신의 마법인 합리화를 버리는 정신은 자각을 통해 — 타자 속에서 그 정신을 자극하는 — 극단적 악이기를 그친다.[1]

한국 사회는 비동일적인 것을 허용하지 않는다. 오직 관념에 의한 동일성이 장악한 사회다. 관념이 경험을 지배하고 있으며, 관념의 폭력이

---

1   테오도르 아도르노, 홍승용 역, 『부정변증법』, 한길사, 1999, 79면.

실제로 경험된 재난마저 억압하는 형국이다. 주체의 인식과 세계 사이에 존재할 법한 어떠한 잉여 공간도 허용하지 않는다. 정치적 잉여 공간, 즉 비동일적인 것이 발생하는 순간, 그것은 척결되어야 할 '종북좌파'로 수렴되어 버린다. 이미 풍화되었어야 할 관념에 악마적 동일성의 습기를 제공함으로써 세월호 참사 유족들마저 비동일자로 낙인찍고 있는 것이다. 공백을 본질로 하는 민주주의는 모든 비동일적인 것들을 껴안아야 하는데, 현실적으로 '종북좌파 척결'이라는 윤리적 계율과 싸워서 이길 수 없는 상황이 되고 말았다. 더군다나 수구 언론의 전폭적인 지지를 받고 있는 수구 정권은 효과적인 여론 공작 정치를 통해 그들을 향한 모든 비판을 숭고한(?) 윤리적 계율에 대한 공격으로 전치시켜 버리는 탁월한 재주를 지녔음을 우리는 익히 보아 알고 있다.

　동일성은 필연적으로 비동일적인 것을 생산해내고 억압해버린다. 그러나 피억압의 상황에 더이상 넋 놓고 있을 수도 없다. 민주주의 체제라는 사회적 공리는 반민주적인 정권에 대한 분노를 차곡차곡 쌓이게 하는 것이다. 더군다나 정권의 퇴행적 행태는 우리 사회 곳곳에 온갖 재난을 편재^{遍在}해놓고 있다. 재난의 점진적인 편재화, 즉 신자유주의의 재난은 단선적 인과성이 아니라 매우 복잡한 상호인과성을 띠기 때문에, 상시적인 재난일지라도 직접적으로 한눈에 목격하고 판단하기가 매우 힘든 체제 속에 있다. 그럼에도 불구하고 육안으로 확인 가능한 재난이 발생하는 것은 이 체제의 조작과 억압 기술의 한계를 말해준다. 그리고 분노는 역치를 향해 달려가고 있는 것이다. 그러나 사회 전체가 견딜 수 있는 분노의 역치가 어디까진지 아직 알 수 없다는 점과, 과거의 경험으로 이미 터득했을 저들의 역치 관리 기술 역시 만만치 않다는 점이 전망을 그다지 밝게 하지 않는다.

역치의 순간은 극단적인 분노와 함께 죽음충동을 부른다. 그러나 우리 사회는 죽음충동death drive을 상실한 지 오래다. 라캉 좌파Lacanian Left에 따르면, 죽음충동은 곧 혁명의 원동력이다. 국가체제라는 강력한 상징계의 파괴는 죽음충동이 아니면 불가능하다. 동학혁명, 3 · 1혁명, 4월 혁명, 5 · 18광주민주화운동, 그리고 1990년대까지의 죽음충동은 한국사회의 변혁을 이끈 동력이었다. 한국사회에서 가장 강렬한 죽음충동의 표상은 김주열과 전태일이다. 김주열은 민주화투쟁에서, 전태일은 노동투쟁에서 오랫동안 우리를 지배해온 분노와 죽음충동의 원천으로 작용해왔다. 그러나 점진적으로 한국 사회는 죽음충동과 멀어지는 수순을 밟기 시작했다. 자본주의 체제의 강화는 죽음충동의 박탈 과정을 수반한다. 우리는 더 이상 국가의 빈틈, 즉 결여lack를 향유하지 않고 자본을 둘러싼 환상을 욕망한다. 혁명으로서의 죽음충동은 이제 재화를 향한 욕망으로 대체되고 있다. 한 사람의 죽음이 곧 혁명적 상황이었던 순간은 쉽사리 오지 않는다. 죽음충동이 사회화 · 집단화 되는 순간은 쉽게 오지 않을 것이다. 다만 사인화私人化된 죽음충동이 개개인 스스로를 파괴하는 시간만이 당분간 지속될 것이다.

2. 자유와 목숨, 혹은 자유와 죽음

죽음충동이 소멸한 저변에는 대중문화의 기능이 작용한다. 1960년
대 대학생은 온전히 정치적 죽음충동을 지닌 주체였다. 그것은 1970·
80년대를 거쳐 1990년대 초반까지 그러했다. 그러나 이후의 세대는 대
중문화의 세례 속에서 빠져나오지 못한다. 대중문화는 기본적으로 정
치를 탈색시킨다. 한국 사회에서 문화는 근본적으로 정치와 무관한 것
으로 작동한다. 촛불집회는 불허되지만, 촛불문화제는 허용되는 상황
만 보더라도 그렇다. 한국에서 문화는 자율성이라는 명목으로 정치가
거세된 영역이며 실제로도 그렇다. 대다수의 청년들이 즐기는 문화에
는 정치의식이 깃들 자리가 없다. 문화에 내재된 정치적 무의식을 성찰
하기에는 문화가 주는 말초적 쾌락이 크다. 따라서 문화를 통한 투쟁은
희망이 없다. 아도르노가 대중의 체제 편입을 근대자본주의 문화 분석
을 통해서 증명해보였듯이, 문화를 통한 정치 투쟁은 결국 거대한 대중
문화의 파고에 휩쓸려 들어가고 만다.

적어도 한국에서는 SNS 관계망을 통한 정치의식의 확산은 지난 대선
을 통해 일정한 한계를 드러내었다. 젊은 세대의 저조한 투표율이 그것
을 말해준다. 문화를 통한 투쟁은 여전히 국가라는 상징계, 즉 국가가
허용한 범주 내에서 이루어지는 분노의 표출에 지나지 않기 때문에 지
배체제를 바꾸기에는 일정한 한계를 지닌다. 다소 명확하게, 그리고 비
관적으로 말하자면, 민주주의를 위한 정치적 투쟁은 문화의 자율성을
위한 투쟁으로 위축·변질되는 과정을 보여준 지 오래되었다. 문화투

쟁이 정치투쟁의 기능을 대신할 수 있다는 신념은 착각의 산물이며, 오히려 문화투쟁이야말로 정치적 투쟁이 문화의 범주로 감금되고 만 현실을 드러내는 증례임을 직시해야 한다. 현 상황에서 문화투쟁은 필패의 악순환을 보여준다. 저 악명 높았던 베를루스코니즘Berlusconism은 분명히 우리 사회에도 존재한다. 크리스티안 마라찌가 말했듯이, 베를루스코니즘은 "단순히 '비공식적인 돌발사고'에 기인하는 이탈리아적인 현상이 아니"며, 공적 영역을 지배하고 있는 정치미디어 시스템과 거기서 자유로울 수 없는 문화적 변형 위에 실재적으로 군림하고 있는 지배세력들의 결과물이다.[2] 그들에 대한 우리 사회의 패배는 바로 우리 자신의 무능력을 정확하게 보여준다.

문화적 통제의 일상화는 정치적 장악 이후에 나타나는 현상이다. 문화 투쟁의 가장 처참한 전략轉落은 문화의 자율성을 지키고자 하는 투쟁일 텐데, 그것은 수세에 몰린 자들의 측은한 몸부림에 지나지 않는다. 그곳에서 정치 투쟁의 기운을 기대할 수 없다. 문화 투쟁은 그야말로 정치력이 무능력의 정점에 이르렀다는 방증이다. 예컨대, 독립영화 〈천안함 프로젝트〉와 〈다이빙 벨〉을 둘러싼 억압의 문제들은 사실 우리 사회의 비정상성을 드러내고 있지만, 영화의 제작과 상영, 그리고 관람이 가능하게 된 것으로 겨우 안도하고 자족할 뿐이다. 여기서 우리가 얻을 수 있는 것은 문화투쟁을 통해 자율적 주체성을 쟁취한 듯한 자기 만족감일 뿐이다. 정치 투쟁이 부담스러운 상황에서, 우리는 이제 문화투쟁을 통한 자족감을 느끼는 데 급급하다. 바로 여기서 정

---

2   크리스티안 마라찌, 서창현 역, 『자본과 정동』, 갈무리, 2014, 194~195면.

치 투쟁이 문화의 자율적 주체성을 쟁취하는 것으로 대체되는 현상이 벌어진다.

문학은 어떤가. 최근 이제하, 정찬, 서정인의 소설 게재를 거부한 『현대문학』 해프닝이 있었고, 그 이전에는 한국작가회의 지원금을 둘러싼 외압 논란이 있긴 했지만, 문학은 이제 국가의 통제 대상에서 사실상 제외된 것이나 다름없다. 문학은 영화만큼 대중적 파급 효과가 크지 않기 때문이다. 군사독재 시기의 각종 필화사건은 정권이 작가를 견제하거나 감시했다는 사실을 말해주지만, 지금은 그런 동향이 매우 미미하다. 국가는 오히려 행동가를 견제하고 감시한다. 문학은 거의 완전한 자유 속에 있다고 할 수 있으나, 그만큼 문학의 무능을 완벽하게 드러낸다. 시인이자 행동가인 송경동 자신의 연행 사유가 정부를 비판한 시를 쓴 '시인'이어서가 아니라, 반정부 시위로 일반도로교통법을 위반한 '시민'이기 때문이라는 자조는 문학이 지닌 무능의 실상을 보여준다.[3] 대중은 문학으로부터 영향을 거의 받지 않는다. 문학은 이제 투쟁의 중심에서 주변으로 밀려난 상황이다. 정권이 전혀 견제하지 않는 문학이란 도대체 현실정치 속에서 무슨 의미가 있는가. 지금 당장의 재난과 분노 속에서 문학은 무엇을 할 수 있는가.

용산 참사와 노무현의 죽음 이후, 미래파 논쟁의 여파에서 벗어나지 못했던 한국문학은 정치를 말하기 시작했다. 2008년이 끝날 무렵이다. 한 시인의 발언이 신선한(?) 파문을 몰고 왔다. 너무 자주 인용되어 닳고 닳은 느낌이 있으나 한 번 더 닳은들 대수겠는가.

---

3   박대현, 『닿을 수 없는 혁명』, 인크, 2013, 100면.

이주노동자와 비정규직 노동자들의 투쟁을 지지하며 성명서에 이름을 올리거나 지지 방문을 하고 정치적 이슈를 다루는 논문을 쓸 수도 있지만, 이상하게도 그것을 시로 표현하는 것은 쉽지가 않다. 사회참여와 참여시 사이에서의 분열, 이것은 창작과정에서 늘 나를 괴롭히던 문제이다.[4]

진은영은 여기서 사회참여와 참여시의 분열, 즉 참여시가 씌어지지 않는다는 괴로움을 토로한다. 이상한 일이다. 분명히 이것은 예전의 시인들이 겪던 고통과는 다른 양상을 띠기 때문이다. 사실 예전의 시인들은 시의 무능에 대해서 직정적으로 말하곤 했다. 예컨대, 1980년 광주민주화항쟁 이후 이성부는 시와 언어를 경멸하는 시를 몇 편 썼으며, 결국은 절필하고 말았다. "죽자사자 문학에 매달리는 놈들을 보면 / 난지도 쓰레기더미 파리떼 생각이 난다."(「다시 난지도에서」) 이와 같은 자기학대는 혹독한 자기비판 없이는 나올 수 없는 구절이다. 민중시를 쓰며 살아온 그에게 광주의 참혹한 죽음이란 시가 파리떼보다 못한 것임을 자각케 했던 것이다. 이것은 참여시가 씌어지지 않는 고통이 아니라, 참여시가 곧 행동이 되지 않는 분열에서 비롯된 자기학대이다. 문학이 행동이 되지 못한다는 근본적인 사태는 시인으로 하여금 절필하게 했다. 1960년대의 신동문 또한 마찬가지다. 4월혁명의 감격이 가시기도 전에 5·16군부정권을 살아야 했던 그는 문학이 아무것도 아님을 절감한다. 농촌 마을에 내려가 침술에 매진했던 그는 침술이 문학보다 훨씬 실천적이라고 고백한다. 신동문과 이성부는 참여시가 씌어지지

---

4   진은영, 「감각적인 것의 분배 — 2000년대의 시에 대하여」, 『창작과비평』, 2008 겨울, 69면.

않는다는 고통이 아니라, 참여시가 곧 행동이 되지 못하는 분열의 괴로움을 드러냈던 것이다. 적어도 과거의 시인들은 참여시가 씌어지지 않는 고통에서는 자유로웠다.

사회참여와 참여시의 분열(정확히 말하자면, 참여시가 씌어지지 않는 자기 분열)에 대한 진은영의 자각이 뭇 시인들을 충격에 빠뜨린 것은 분명해 보인다. 그래서 진은영의 글에 반응하는 평문들이 어지럽게 쏟아졌다. 그러나 역설적이게도 이것은 그간 한국 시인들이 얼마나 참여시에 둔감한 채 살았던가를 폭로하는 증례에 지나지 않는다. 달리 말하자면, 한국 시인들은 이제 참여시를 쓰는 법을 잊어버렸다는 것을 말해주지 않는가. 진은영의 괴로움은 참여시를 쓰고자 함에도 참여시를 쓰지 못하는 괴로움이다. 이 괴로움은 윤리적인 듯한 포즈를 취하고 있지만, 실상 그동안 시의 참여에 둔감한 채 살아왔던 스스로에 대한 비판이 전제되어야 하는 것이다. 참여시를 쓸 만한 감각을 상실했다는 것은 스스로 추구했던 시적 과정의 오롯한 결과물이 아닌가.

참여시와 행동의 분열이 이제 와서 참여시 제작의 내적 분열로 대체되고 만 것은 문학의 분명한 퇴보를 말해준다. 달리 말해, 과거에는 문학이 현실을 바꾸지 못한다는, 문학의 역능을 향한 절망감의 표출이 존재했다면, 지금은 참여시 자체가 씌어지지 않는다는 당혹감의 표출이 존재한다. 진은영이 자크 랑시에르의 미학론에 대한 분석으로써 그 원인을 살펴보고 있는 것처럼, 온전히 이것을 문인들의 잘못이라고 보기는 힘들다. 전반적으로 문화는 자본주의 체제 속으로 편입되어 왔으며, 문학을 포함한 미학 역시 여기서 예외일 수는 없다. 미학은 이제 원치 않아도 자본주의 체제 속에서 급속한 적응력을 보이거나 순화되고 있기 때문이다. 그리하여 참여시와 행동의 분열, 즉 참여시가 곧 현실을 변화시키지 못한다는 절망감이 아니라, 사회참여의식이 있음에도 불구하고 참여시가 씌어지지 않는다는 당혹감이 문학적 화제로 떠오르게 된 것이다.

재난과 분노 이후의 논의는 문학이 왜 현실을 변화시킬 수 없는가로 돌아가야 한다. 문학이 행동 그 자체가 되지 않는 근원적인 분열 지점으로 말이다. 재난 앞에서 문학은 항용 수치감을 느끼며 우울 상태로 빠져드는 것이다. 글쓰기를 통해서 세상을 변혁시킬 수 있음을, 최근에 강렬한 에세이로 주장했던 이(사사키 아타루)도 있으나, 글쓰기를 통한 세계 혁명은 그야말로 세계사적으로 희귀한 예에 지나지 않는다. 글쓰기의 잠재적 혁명성은 아무리 기다려도 오지 않는 메시아와 같은 존재다. 따라서 우리는 글쓰기(문학)와 행동의 분열에 대해서 생각지 않을 수 없게 된다. 자신의 문학이 아프리카 난민을 구할 수 없다는 점에서 빵 한 조각보다 못하다는 사르트르의 말은 "글을 쓴다는 것은 행동하지 않는다는 뜻"이라는 르 클레지오의 말과 통한다. 거의 반세기에 걸쳐 반복되는 이러한 탄식은 문학과 행동의 근원적인 분열을 말해준다. 벤베니스트가 착안했던 언술행위와 언술내용의 분열은 글을 쓰는 이들이 피할 수 없는 운명과도 같다. 문학과 행동은 사실상 배타적 관계를 형성하고 있는 것이다.

여기서 우리는 하나의 연상을 피할 수 없는데, 바로 라캉의 '돈과 목숨', 혹은 '자유와 목숨'의 관계다. 강도 앞에서 돈을 선택하면 목숨을 버려야 하고, 목숨을 선택하면 돈을 포기해야 한다. 주인 앞에 선 노예의 '자유와 목숨'도 마찬가지다. 그러나 라캉은 '자유와 죽음'의 관계에서는 다른 구조의 효과가 산출된다고 말한다. 어느 쪽을 선택하든 양쪽을 다 가질 수 있기 때문이다. 자유를 선택하면 죽을 것이고, 죽음을 선택하면 죽을 수 있는 '자유'를 선택한 것인데, 라캉은 여기서 "자유를 수행했다는 유일한 증거는 바로 죽음을 선택하는 것"이라고 말한다. 죽음을 통해서 선택의 자유를 누릴 수 있다는 것이다.[5] 이를 문학과 행동의 배타적 관계에 적용해보면 어떤가.

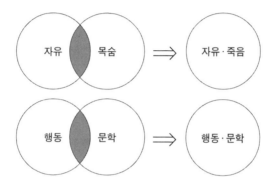

위에서 알 수 있는 것처럼 '목숨'을 '죽음'으로 대치했을 때 두 항의 배타적 관계는 사라지고 하나로 합치되는 현상이 벌어진다. 라캉이 언급하고 있는 것처럼, 자유와 죽음이 하나로 포개지는 현실은 혁명적인 상황이다. 프랑스혁명 시기의 자유는 죽을 수 있는 자유로 귀착되었던 것이다. 여기에는 물론 죽음충동이 자리 잡고 있다. 라캉의 논리에 따르면, 자유와 목숨의 교집합 영역은 '대상a'가 놓이는 자리이며, 죽음충

5   자크 라캉, 맹정현·이수련 역, 『자크 라캉 세미나 11 – 정신분석의 네 가지 근본 개념』, 새물결, 2008, 322~323면.

동이 깃드는 자리이자 죽음충동의 원천이 되는 자리이다. 그렇다면 행동과 문학의 배타적 관계에서는 어떤 항을 무엇으로 대치해야만 '자유와 죽음'의 관계와 같은 극적인 합일이 벌어질 수 있을까. 역시 우리는 죽음충동에서 그 암시를 가져올 수밖에 없다.

오늘날의 문학은 자율성 그 자체에만 매몰됨으로써 행동을 문학의 배타적 요소로 취급하는 경향이 지배적이다. 그것은 참여문학조차도 마찬가지다. 문학을 창작하는 것만으로도 충분한 참여행위가 된다고 믿는 경향 또한 문학의 자율성이라는 지배 관념에서 벗어나지 못한 결과다. 재난을 마주한 문학은 문학을 끌어안은 채 행동의 영역으로 가야만 한다. 그것이 가능한가. 어쩌면 이 글은 줄곧 죽음충동을 의식하고 있는지도 모르겠다. 사실 그러하다. 오늘날의 문학은 죽음충동을 상실하고 있기 때문이다. 문화는 너무 문화적이어서 문화적으로만 정치를 다루고, 문학은 너무 문학적이어서 문학적으로만 정치를 다룬다. 여기에 오늘날 정치적으로 거세되고만 문화와 문학의 곤경이 존재한다. 죽음충동의 결핍은 문학이 행동이 되지 않는 근본 원인이다.

앞서 언급했던 신동문과 이성부의 현실적 괴로움은 문학과 행동의 배타적 관계에서 비롯된 것이며, 이것은 엄연히 한국 비평이 놓치고 있었던 부분이다. "나는 존재하지 않는 곳에서 생각하고, 생각하지 않는 곳에서 존재한다"는 라캉의 명제가 문학적으로 충분히 변용될 때, "나는 행동하지 않는 곳에서 글을 쓰고, 글을 쓰지 않는 곳에서 행동한다"라는 명제가 탄생된다. 그리고 사르트르와 르 클레지오의 자조 섞인 탄식은 바로 이 명제로써 그 근본 구조가 해명될 수 있으며, 그 분열을 극복하는 방법 또한 바로 여기서 제시될 수 있다.

3. 언어의 타락과 수인의 행동

아감벤은 이 분열과 관련하여 음미할 만한 사유를 개진한다. 아감벤이 보기에 근대는 경험을 박탈한 시대다. 아감벤은 경험에 뿌리박은 근대의 이성 혹은 과학일지라도 결국엔 경험을 배제한 선험적 주체로 귀속되고 말았다는 점을 지적한다. 이것은 아도르노가 말한 관념론으로의 귀환과 다르지 않은데, 인간의 진정한 경험은 '말할 수 없는 것'인 동시에 인간의 근대적 삶 바깥으로 축출되고 말았다는 것이다. 따라서 아감벤은 인간의 근대적 삶 저편에 있는 경험을 인간의 초창기에 해당하는, 즉 '유아기infancy'의 것으로 규정한다. 그러니까 인간의 진정한 경험은 "인간적인 것과 언어적인 것 사이의 단순한 차이"에 존재하며, "인간은 이미 말하는 존재로서가 아니라, 말할 수 없는 유아로 존재해왔고 여전히 그렇게 존재하는데, 이것이 바로 경험이다."[6] 달리 말해, 인간의 경험은 언어로써 드러날 수 없는 지점에 위치한다. 아감벤은 언어로 말할 수 없는 인간의 경험을 유아기적인 것으로 표현하고 있으며, 우리의 경험은 언어로 드러낼 수 없는 유아기의 상태로 머물러 있다고 말한다. 우리가 '알고 있다'고 생각되는 경험들은 이미 우리 경험 이전에 존재하는 선험적인 관념의 틀에 동일화된 경험에 지나지 않는다. 아우슈비츠 무젤만의 경험에 대한 완벽한 증언이 불가능한 것처럼, 인간의 역사 역

---

6   Giorgio Agamben, trans. Liz Heron, *Infancy and History*, London · New York : verso, 2007, p.58; 조르조 아감벤, 조효원 역, 『유아기와 역사』, 새물결, 2010, 98면. 번역서가 나오긴 했으나, 여기서는 영서를 참조했음.

시 인간의 진정한 경험을 저버린 언어의 산물이라 할 수 있다.

아감벤의 논의에서 읽을 수 있는 것은 경험과 언어의 분리이자 분열이다. 그렇다면 언어적 토대 위에 구성된 인간의 역사와 현실은 인간의 실제 경험과는 무관한 자율적인 가상성을 띤 것이라는 설명도 가능하게 된다. 이런 경향은 금융자본주의 체제에서 더욱 극단화된다고 볼 수 있는데, 과거에 인간의 몸(노동)과 분리될 수 없었던 자본은 이제 실제 현실과 분리된 금융자본의 기호로서 자동화된 현상을 드러낸다.

> 자본주의 경제의 금융화는 노동이 그 유용한 기능에서 점점 더 추상화(분리)되고, 소통이 신체적 차원들에서 점점 더 추상화(분리)되는 것을 의미한다. 상징주의가 언어적 기표를 그 지시적·외연적 기능에서 분리해내는 것을 실험했듯이 금융자본주의는 언어적 능력을 내재화한 이후에 화폐적 기표를 물리적 상품들에 대한 지시적·외연적 기능에서 떼어냈다.
>
> 금융 기호들은 결과적으로 가치의 처녀생식으로 이어졌다. 다시 말해 물리적 질료와 육체노동의 생산적 개입 없이도, 돈을 통해서 돈을 창출했다. 금융의 처녀생식은 모든 사회적·언어적 능력을 빨아들여 고갈시킨다. 인간 행위의 산물들, 특히 집합적 기호 행위의 산물들을 용해시키면서 말이다.[7]

금융 자본은 노동과 분리된 채 자동화된 기호로서 작용한다. '금융의 처녀생식'은 인간의 노동과 무관하게 자본이 자본을 낳는 현상을 효과적으로 드러내는 비유다. 자본의 한 짝인 노동은 금융 자본으로부터 철

---

7   프랑코 베라르디, 유충현 역, 『봉기─시와 금융에 대하여』, 갈무리, 2012, 29면.

저히 배제된다. 인간의 노동에서 배태된 자본은 노동자의 몸을 축출함으로써 세계를 지배하는 금융 자본주의라는 질서를 만들어낸다. 금융 자본은, 그러니까 몸(경험적 주체)을 떠난 관념(선험적 주체)과 흡사하다. 실제의 몸과 경험, 즉 현실에 기반하지 않은 관념이 이 세계를 지배하고 있는 것이다. 이는 시의 언어 또한 마찬가지인데, 베라르디가 금융 자본과 더불어 주목한 것은 시적 언어의 타락이다. 비록 프랑스와 러시아 상징주의를 논거로 제시하고 있지만, 언어가 지시적 대상으로부터 더욱 멀어져버린 현상에 대한 지적은 오늘날 시적 언어의 실태와도 무관할 수 없다. 시의 언어가 인간의 노동과 몸으로부터 더욱 멀어진 것이 현실이기 때문이다. 그래서 그는 아감벤이 말한 바 있는 '목소리'의 양상에 주목한다. 아감벤에게 목소리는 의미와 육체가 만나 결합하는 지점이다. 목소리야말로 "의미화 과정의 신체적 특이성" 그 자체다. 그리하여 베라르디는 말한다. "시는 감각적으로 의미를 낳는 목소리, 신체 그리고 단어의 현존이다."[8]

그러나 프랑코 베라르디는 시의 가능한 현실태를 고려한다. 언어와 몸의 결합이라는 불가능성을 추구하기보다는, 시에 있어서 언표행위의 재출현을 촉구한다. 언표행위는 시의 화자가 아닌 시인의 영역에 속한다. 시를 쓰는 순간 시인은 화자와 시인으로 분리된다. 화자가 언표내용의 수준 속에 감금된다면, 시인은 언표행위의 층위에 존재한다. 베라르디가 언표행위의 재활성화를 강조한 까닭은 진정한 시란 바로 언표행위 속에 있다고 믿기 때문이다. 언표행위는 시의 화자가 아닌 바로

---

8   위의 책, 31면.

시인의 영역에 속한다. 시인이라는 언표행위주체를 통해 "정서적 신체의 재활성화 과정을 작동시킬 수 있고 따라서 사회적 연대의 재활성화도 작동시킬 수 있다"고 말한 것은 바로 이 때문이다. 그러나 언표행위주체의 시적 사유가 행동인 것은 아니다. 그것은 시작 행위에 관여하는 내적 운동에 지나지 않는다. 한나 아렌트가 말했듯이, 사유라는 정신활동은 비가시성을 특징으로 하며 내적 경험의 수동성을 본질로 한다. 정신활동으로서의 사유가 시(문학)적 형상으로 귀결될지라도 시 역시 자율성을 지닌(즉, 현실과 분리된) 안정적인 가상에 지나지 않는다. 그렇다면 시인의 언표행위 역시 시의 언표내용에 변화를 줄 수 있을지라도 결국 자동화된 언어 체계로 귀속되고 말 운명을 벗어나지 못한다.

몸의 경험을 경유한 언어의 회복이야말로 이 세계를 변화시키는 첫걸음이지만, 여전히 시는 미약한 힘만을 지닐 뿐이며 이 세계를 변화시킬 가능성 역시 알 수 없다. 니체의 말을 전유하자면, 결국 시인은 글을 쓰는 행위자에서 글이 쓰인 표면으로 바뀔 뿐이다. 시인이 두들기는 자판字板이 이 세계를 변화시키는 행동이 되기에는 미진한 것이다. 그렇다면 시는 무엇이어야 하는가. 그것은 곧바로 행동이어야 하지 않은가. 그 행동마저도 즉각적으로 이 세계를 변화시키기에는 미약하겠으나, 이제는 더할 수 없이 무능한 시보다 행동이 더 시적인 시대가 오지 않았는가. 시와 행동의 분열을 의식한 끝에 도달할 수 있는 사유가, 김수영이 말했던 '온몸'의 시가 아닌가.

시는 온몸으로, 바로 온몸을 밀고 나가는 것이다. 그것은 그림자를 의식하지 않는다. 그림자에조차도 의지하지 않는다. 시의 형식은 내용에 의지하지 않고 그 내용은 형식에 의지하지 않는다. 시는 그림자에조차도 의지하지 않는다. 시는 문화를 염두에 두지 않고, 민족을 염두에 두지 않고, 인류를 염두에 두지 않는다. 그러면서도 그것은 문화와 민족과 인류에 공헌하고 평화에 공헌한다. 바로 그처럼 형식은 내용이 되고, 내용이 형식이 된다. 시는 온몸으로, 바로 온몸을 밀고나가는 것이다.[9]

1968년에 씌어진 김수영의 이 진술은 결코 낡은 것일 수 없다. 시가 온몸이 되지 못하는 한, 그의 진술은 더욱 참신한 생명력을 발휘한다. 그럼에도 불구하고 우리의 시는 온몸의 시가 되지 못하고 있다. 자동화된 자율성의 언어 체계는 인간의 몸과 경험을 배반한다. 더구나 행동은 더욱 되지 못하고 있다. 시는 행동을 배반하고 행동은 시를 배반한다. 몸을 잃은 언어는 결코 온몸의 시가 될 수 없다. 언어는 관념에 불과하며, 행동은 인간의 몸 그 자체이지 않은가. 다시 말해 언어가 형식이고 행동이 내용이라면, 이 둘의 완전한 결합이야말로 온몸의 시가 되는 조건이다. 그래서 김수영에게 시란 쓰는 것이 아니라 '행'하는 것이다. "시를 행할 수 있는 사람의 경우를 생각해보더라도 지금의 가장 진지한 시의 행위는 형무소에 갇혀있는 수인의 행동이 극치가 될 것이다."[10] 수인의 행동이 진정한 시의 행위라면, 시는 도대체 무엇인가. "시의 형식은 내용에 의지하지 않고 그 내용은 형식에 의지 하지 않는다"는 말은 사실 그 둘이 분리되지 않은 하나라는 말이다. 김수영은 문

---

9   김수영, 「시여, 침을 뱉어라―힘으로서의 시의 존재」, 『김수영 전집·2 산문』, 민음사, 1982, 253~254면.
10 김수영, 「제 정신을 갖고 사는 사람은 없는가」, 위의 책, 141면.

학(언어)과 행동이 분리되지 않은 몸의 언어를 갈망했던 것이다. 그러나 김수영은 문학과 행동의 교차 지점 바로 앞에서 머뭇거렸을 뿐 그곳으로 진입하지는 못했다. 때문에 자기 치욕과 수치의 감정에서 빠져나올 수 없었다.

사실 한국문학은 김수영이 도달한 지점을 최대치로 하고 있다. 김수영은 언어와 몸의 일치, 즉 문학과 행동의 일치를 사유하고 있으며, 그 가능성과 불가능성을 동시에 끌어안은 채 한국문학의 사유 영역을 확장시켜 놓았기 때문이다. 문학이 행동이 되는 순간 문학이 사라지고 마는 역설은 문학적 사유의 한계로 작용하기도 했다. 그러나 과연 그러한가. 한국문학은 김수영이 도달한 지점을 온몸으로 뛰어넘은 시인들이 존재하지 않았던가. 문학과 행동의 일치를 온몸으로 증명했던 명확한 사례로서 우리는 김지하, 백무산, 박노해, 김남주 등을 떠올릴 수가 있다. 이들은 한때 문학과 행동이 분열되지 않은 길을 걸어왔으며, 바로 그 때문에 여전히 이들의 노래는 뜨거움으로 남아 있다. 물론 요절한 김남주를 제외한 이들 모두 추상적 생명의 사유로 흘러가고 만혐의에서 자유롭지 않지만, 시와 행동의 분열을 온몸으로 넘어선 문학사적 '사건'으로 간주하기에 충분하다. 유신체제에 저항한 자유문인실천협의회 역시 문학과 행동의 일치점을 향해간 강렬한 문예운동이라 할 수 있을 것이다.

그러나 과거는 과거일 뿐이다. 오늘날 한국문학이 이러한 길을 가고 있는가는 또 다른 과제를 안겨준다. 용산 참사, 쌍용자동차 참사, 세월호 참사 등 일련의 참사에 직면해서 한국문학이 도대체 무엇을 할 수 있는가하는 문제는 새삼스러운 문학무용론을 안겨줄 뿐이다. 인간의 경험을 떠난 자율적 기호의 난무에 빠져 있는 한국문학의 당혹감이 여기서 발생할 수밖에 없다. 한국문학은 정치적 야성野性을 상실했다. 해방기 이후 친일파의 좌익 학살은 한국문학이 현실과 유리된 언어적 자율의 세계로 도피하도록 추동했다. 4월혁명 이후 1980년대까지 문학이 현실 변혁의 도정道程에 오른 바 있었지만, 이제 와서 문학이 그 길을 마저 간다하더라도 어떤 현실적 역능이 있을지는 미지수다. 각종 사회·문예잡지에서 세월호 특집을 써대고 있다지만, 그 독자들이라 해봐야 얼마나 될 것인가. 사회적 파급력은 제한적이다. 오히려『조선일보』의 칼럼 내용을 근거로 박근혜 대통령의 '7시간' 의혹을 제기한 산케이 신문 기자가 명예훼손죄로 기소를 당한 것을 보면, 비평가와 시인들의 발언은 견제 대상으로서의 가치조차도 없는 것이 아닌지 의문스럽다.

오늘날의 문학은 겨우 애도의 기능에 머문다. 애도의 기능을 폄하하는 것은 아니다. 프로이트가 말한 것처럼, 애도는 대상 상실을 치유하는 기능을 한다. 대상 상실이 자기 상실로 전환되는 우울의 상태를 예방하고 치유하는 것이 애도다. 게다가 현재의 한국문학은 단지 이 기능에만 머무르지 않는다. 상실한 대상을 다른 것으로 대체하는 과정이 애도라면, 지금의 문학은 대상 상실을 영원히 잊지 않고 기억하려는 애도라는 점에서 다르다. 데리다가 말했듯이, 대상 상실을 영원한 현재의 경험으로 기억하는 애도야말로 사회를 지속적으로 변혁하는 힘을 잃지 않는다. 슬픔이 분노가 되고, 분노가 슬픔이 되는 숱한 과정을 거쳐야만 현실을 변혁하는 사유와 행동의 변곡점이 발생할 수 있기 때문이다. 그럼에도 불구하고 애도의 문학은 그 잠재성에 기대며, 그만큼 내성적이고 소극적으로 보인다. 그 이상 어떻게 해볼 방법을 모르는 듯싶다. 글쓰기가 행동의 전부인 것처럼 보일 정도다. 언어의 자율체를 통한 저항일 뿐이다. 그러나 귀 기울이고 읽어야 할 자들은 전혀 듣지 않고 읽지 않는다. 한 마디로 공공성의 현실효과를 상실한 것이다. 이 상황에서 "글을 쓴다는 것은 행동하지 않는다는 뜻"이라는 르 클레지오의 명제는 확실히 진리다.

4. 문학의 분노와 수치심

한국문학은 지금 분노로 가득하다. 그러나 그만큼 한국문학은 재난 속에 있다. 사회가 온갖 재난을 맞이했을 때, 문학이 공공성의 가치를 발휘함으로써 재난을 극복하는 길을 열어주어야 함에도 불구하고, 문학은 분노를 표출하거나 애도의 조사弔辭만을 읊을 뿐이다. 분노의 표출과 조사 외에 다른 방법이 딱히 보이지 않는 것이 문학 자체의 재난이다. 이명박 정권 이후 문학의 재난은 더욱 심화되어갔다. 그럼에도 여전히 문학은 적당히 분노하고, 적당히 애도하며, 적당히 정의로우며, 적당히 자족적이다. 한 마디로 말해 죽음충동을 상실한 것이다. 여기서 '적당히'라는 것은 비꼬는 말이기도 하지만, 문학이 문학으로서만 머물고 있다는 사실에 대한 적시이기도 하다.

라캉 좌파가 언급하고 있는 죽음충동의 저변에는 분노가 도사리고 있다. 일상 속에 잠재된 재난은 분노 자본을 지속적으로 축적하는 중이다. 이것이 자본 속에 도사린 민중적 정동의 한 양상이다. 분명히 분노하고 있음에도 불구하고, 우리는 왜 행동하지 않는가. 개인의 안위와 평정을 깨뜨리고 싶지 않기 때문이다. 혹은 사회적·상징적 죽음이 두렵거나, 그러한 두려움을 극복할 만큼의 분노가 아니기 때문이다. 혹은 분노의 연대를 잃어버린 것이다. 지그문트 바우만은 근대의 유동성에 대해 말한 바 있다. '유동하는 근대'. 즉, 근대인들은 자본주의 체제 속에서 집단으로 저항하는 메커니즘을 상실한 채 각자 개개인으로서만 유동하고 있을 뿐이다. 자본주의 체제가 유포하는 온갖 공포와 불안 속에서 개인과 집단의 유대관계가 해체됨으로써 개개인의 안전에만 심혈을 기울일 뿐이라는 것이 그의 진단이다. 집단은 죽음을 극복할 수 있을지라도, 예외적인 경우를 제외하면 개인이 죽음을 극복하기란 힘든 일이다.

그리고 문학적 글쓰기는 가장 안전한 '행동'이 되어버렸다. 언어의 미적 자율성 속에 거주하는 문학은 '가상'에 불과한 예술로서 보호받는다. 예술의 보호는 체제에 대한 저항력의 상실을 드러낸다. 어느 듯 우리는 문학적 글쓰기가 행동이 되지 못하는 시대를 살고 있는 것이다. 문학과 행동의 분열은 더욱 심각해지고 있는 양상이다. 여기서 문인들은 어떤 무기력과 수치감을 지닐 수밖에 없다. 세월호 참사와 관련하여 발간한 세월호 추모시집 『우리 모두가 세월호였다』(실천문학사, 2014)도 예외가 아니다.

국민소득이 어쨌다고? 집값이 어쨌다고?

똥개야 조느니 차라리 나라도 물어라

이 따위를 시랍시고 적는 내 손목을 물어라

종이나 울려라 개 떼처럼 왕왕왕

입춘대길 만사형통

때늦은 입춘방이나 하나 그려

이마빡에 여덟 팔자로 붙여주마

오냐 나여 그래도 잠은 또 오겠구나

배는 또 고파지겠구나 버러지처럼

— 김사인, 「적폐積弊가 아니라 지폐紙幣」 부분

아이들아,

이 닷냥 서푼어치도 못 나가는 시인을 우선 구속시켜다오

어떤 벌이든지 달게 받겠다

— 유용주, 「국가를 구속시켜다오」 부분

나는 그대들의 이름을 모릅니다

나는 아무것도 아닌 시인입니다

그러나 단 한 사람도 살려내지 못하고

몇 날 며칠 가라앉는 배를 그냥

바라보기만 했던 걸 생각하면

꺼내달라고 살려달라고

뒤집힌 배 안에서 손가락뼈가 부러지도록

뭔가에게 매달렸을 그대들에게

이 나라가 무슨 짓을 했는지 생각하면

나 또한 그런 나라의 금수만도 못한 시인입니다

이건 시도 아닙니다

— 이상국, 「이 나라가 무슨 짓을 했는지」 부분

제 밥그릇에 목 터져라 분개하는

이 재빠른 망각을 어쩌나

눈물 닦던 손등이 마르기도 전

텔레비전 앞에 금방 또 하나가 된

이 소름 끼치는 환호를 어쩌나

우리의 무능이었다 기억하자

우리의 수치였다 기억하자

바다 깊이 가라앉고 만

우리의 자존이었다 기억하자

저 심해까지 내려가 다시 건져 올려야 할

공생공사의 깃발이라 기억하자

우리 가슴 깊이 새겨 품어야 할

잊을 수 없는, 잊어서는 안 되는

치 떨리는 비겁이었다 기억하자

— 최영철, 「기억하자 이 비겁을」 부분

시인은 자탄自嘆한다. "이 따위를 시랍시고 적는 내 손목을 물어라", "닷냥 서푼어치도 못 나가는 시인", "금수만도 못한 시인", "우리의 무

능", "우리의 수치", "치떨리는 비겁" 모두 시인으로서의 자괴감을 드러
낸다. 이러한 자의식은 언표행위주체와 밀접히 닿아 있다. 그러니까
이 시들은 모두 시 혹은 시인 스스로에 대한 자의식을 담고 있다. 시와
시인의 무능력에서 비롯된 수치감에 직면하고 있는 것이다. 시의 언어
적 자율성에 대한 수치감은 문학이 행동에 접합되려 할 때 발생하는
문학적 증상이다. 세월호 참사 앞에서 문학의 미적 가치를 중시하거나
그것에 얽매이는 것은 시인 스스로 언어의 주인이 아니라 노예임을 드
러내는 것이나 다름없다. 앞서 말했던 진은영의 곤혹, 즉 참여시를 쓰
고자 함에도 쓸 수 없는 당혹감은 미적 언어의 노예가 된 스스로에 대
한 자각에서 비롯된 것이다. 바로 이 때문에 용산 참사 때의 '당혹감'은
세월호 앞에서는 '수치심'으로 바뀌게 된다.

　　우리는 수치심이 인간의 근본적 감정이라는 것을 이해하는 데에 어려움
　　을 느끼지 않는다. 자존감이나 자긍심을 가진 사람이라면 누구든 그것이
　　손상되었을 때 수치심이 생기기 때문이다. 니체에 따르면, 수치심은 외적
　　권위에 대한 고려에서 비롯되는 수동적 감정이 아니라 오히려 자기완성을
　　추구하는 인간의 자긍심과 명예가 충족되지 못했을 때 그 결핍을 알리는
　　일종의 신호로서 작용한다. 따라서 수치심은 자기 고양을 욕망하는 고결
　　한 존재^{der Edle}가 갖는 감정이다. 고결한 자는 고통스러운 상황을 바꿀 수
　　있는 역량이 자기 안에 있음을 알며, 그 역량을 미처 사용하지 못한 자신에
　　대해 부끄러움을 느낀다.[11]

11　진은영, 「우리의 연민은 정오의 그림자처럼 짧고, 우리의 수치심은 자정의 그림자처럼
　　길다」, 『눈먼 자들의 국가』, 문학동네, 2014, 72면.

니체의 사유를 빌려, 진은영은 고통받는 이들을 불쌍하게 여기는 대신 그 고통 앞에서 '수치심'을 느낄 것을 주문한다. 그리고 고통에 빠진 타자에 대한 연민은 수전 손택의 말을 인용하면서 매우 뻔뻔한 감정이라 비판한다. 연민이 타자의 고통에 연루되지 않았다는 전제 위에 성립한 우리의 무능력과 무고함을 증명하는 감정인 반면에, 수치감은 타자의 고통에 연루되었다는 현실을 인식한 끝에 직면한 우리의 비행동과 비참여에 대한 감정이다. 문학이 고결한 정신의 추구라면, 문학에 삶을 바친 고결한 자는 "고통스러운 상황을 바꿀 수 있는 역량이 자기 안에 있음을 알며, 그 역량을 미처 사용하지 못한 자신에 대해 부끄러움을 느"낄 수밖에 없을 것이다. 그래서 진정한 분노는 수치감 위에 존재한다. 이 수치감이야말로 진정한 분노의 원천이다.

수치감을 동반하지 않은 분노는 관념론에서 비롯된 것에 지나지 않으며, 타인을 학살하는 데 적합한 분노라고 할 수 있다. 분노의 원천으로서의 수치감은 윤리적인 것이다. 플라톤에 따르면, 수치감을 동반한 분노는 부정에 적절하게 대처하지 못한 자기 자신을 향한 것이기도 하다. 이성적이지 못한 자신의 욕구에 굴복하거나, 바로 이 때문에 공동체와 시민들에 대한 책임과 의무를 다하지 못한 자로서의 수치심에서 비롯된 분노는 근본적으로 자기성찰적이며, 공동선을 지향하는 이타성과 윤리성을 갖춘 분노인 것이다.[12] 한국 사회의 재난 앞에서 문인들이 느끼는 수치감은 바로 여기서 이해될 수 있다. 문학하는 자로서의 수치감은 문학의 고상함이 현실의 비루함과 극적으로 대비될 때 발생

---

12 손병석, 『고대 희랍·로마의 분노론』, 바다출판사, 2013, 340~341면.

할 수밖에 없다. 미적인 성질을 벗어나지 못한 문학은 재난의 현실 앞에서 자기 존재의 정당성을 상실하게 되기 때문이다. 아도르노가 아우슈비츠 이후 서정시가 불가능하다고 했듯이, 재난 이후의 문학은 이전의 문학과 다를 수밖에 없다. 다시, 진은영의 말에 귀 기울여 보자.

> 거룩한 선거에 정치적 의미를 돌려줄 수 있는 유일한 길은 선거로만 수렴되지 않는 정치적 활동을 활성화하는 것뿐이다. 우리는 선량함 밖으로 나아가 다른 활동의 기쁨을 느낄 수 있는 가능성을 사유해야 한다.[13]

세월호 참사 직후에도 뻔뻔한 여당의 손을 들어준 사태 앞에서 진은영은 선거로만 수렴되지 않는 정치적 활동을 활성화할 것을 주장한다. 선거가 더 이상 거룩하지만은 않은 사태에 직면한 현실은 새로운 정치적 행위를 성찰하고 있는 것이다. 문학 또한 마찬가지다. 문학에 어떤 정치적 의미가 존재한다면, 문학으로 수렴되지 않을 새로운 길을 갈 수도 있어야 하는 것이다. 이것이 바로 분노한 자들의 행동양식이다. 문학인이 문학을 일시적으로 파괴하고야 마는 죽음충동의 발현이기도 하다. 가장 비문학적인 것이야말로 가장 문학적인 것이 되는 것이 바로 지금 현실의 사태다. 김수영의 어법을 빌리자면, 시인은 시를 의식하지 말아야 하며 소설가는 소설을 의식하지 말아야 한다. 의식하지 말아야 한다는 의식마저도 의식하지 말아야 한다. 오로지 수치감과 그로부터 비롯된 분노에 행동을 맡겨야 한다.

---

13 진은영, 앞의 글, 82면.

선박이 침몰한 그 순간부터 지금까지 정말 너무 많은 거짓말을 했다. 서슴없이 했다. 유가족들이 오열하는 앞에서도, 야 거짓말 하지 말라고 씨발년아 소릴 들어가면서도(KBS 〈굿모닝 대한민국〉), 전 국민이 지켜보는 앞에서 국민을 상대로 거짓말을 했다. 다 바꾸겠다고 거짓말을 했고, 성역 없는 수사를 하겠다고 거짓말을 했다. 구조에 최선을 다한다는 거짓말을 했고 구조대원 726명과 함정 261척, 항공기 35대가 집중 투입된 사상 최대 규모의 수색전을 벌인다는(연합뉴스) 사상 최대 규모의 거짓말을 했다.[14]

소설가 박민규가 쓴 글의 일부다. 물론 소설이 아닌 글이다. 적어도 이 글을 쓰는 동안에는 그는 소설을 멈추었을 것이다. 그리고 그는 소설가이기에 앞서 분노하는 시민으로 존재한다. 그럼에도 이 글은 그의 어떤 소설보다도 전율을 일으킨다. 정확히 말하자면, "씨발"로 인한 전율일 것이다. 처음엔 이 욕설이 박근혜 대통령을 향한 것으로 생각했으나, 아니었다. 지난 4월 17일 아침 7시 9분에 방송된 KBS2 〈굿모닝 대한민국〉의 방송 사고였다. 한 시민이 팽목항에서 생방송중인 기자를 향해 퍼부은 욕설이 그대로 전파를 탔다. 박민규는 '사실'들의 재배치를 통해, 여기자가 아닌 한국 지도자에 대한 분노의 감정을 드러내고 있는 것이다. 그 한 마디가 '씨발년'이다. 김종엽은 칼럼 「야만적인 근혜 씨」에서 욕설마저 '언어적 시민권'을 획득한 것이 우리 사회라고 말한 바 있는데, 그 이유가 다음과 같다.

---

14 박민규, 「눈먼 자들의 국가」, 『눈먼 자들의 국가』, 문학동네, 2014, 60면.

"빌어먹을", "제기랄" 이런 말로는 성이 차지 않기 때문이다. 그래서 "씨바", 이렇게 약간 순화된 형태이긴 하지만, 언제부터인가 욕설이 조금씩 언어적 시민권을 획득해온 듯싶다. 탐욕을 지나 야만성이 뚝뚝 묻어나오는 정치에 대해 진지하고 단정하게 말하는 것이 자기정화의 고된 노력 없이는 어렵게 된 세상 탓 아니겠는가? 마침내 작가 황정은이 문턱을 넘었다. 그녀는 한국어를 모국어로 하는 이의 언어적 주권을 욕에 대해서도 유감없이 그리고 창의적으로 행사했다. 욕을 분석적인 어휘로 만들어 인간의 행태와 심리의 어떤 극한을 정밀하게 묘사하는 데까지 끌고 간 것이다.[15]

그리고 보다시피 황정은의 소설을 언급한다. 김종엽은 황정은의 소설 「야만적인 앨리스 씨」에 등장하는 폭력적인 엄마에 대해 "씨발됨이다. 지속되고 사고되는 동안 맥락도 증발되는, 그건 그냥 씨발됨이라고 말할 수밖에 없는 씨발적인 상태이다"라고 말하고 있다는 사실에 주목한다. 황정은의 소설이 우리 사회의 야만성을 향한 분노에 맞닿아 있으며, 그것이 욕설로 드러나고 있다는 것이다. 김종엽의 분석이 작가의 의도에 부합하든 안 하든, 이 소설을 통해 한국 사회를 바라보는 감정의 준거점을 확보한 것은 사실로 보인다. 그런데 박민규는 여기서 한 발 더 나아갔다. '야만적인 근혜 씨'를 향한 우회적인 욕설에서 더 나아가 거의 직접적인 욕설을 구사하고 있다. 기자를 향한 욕설이 대통령에게 중첩되도록 구성적 몽타주를 구사한 것이다. 욕설은 리얼리티를 확보한 언어이지만, 비문학적인 것도 사실이다. 문학은 미적으로 정화된

15 김종엽, 「야만적인 근혜 씨」, 『한겨레신문』, 2014.2.19, 35면.

공간이자, 생활감정emotion마저 미적 감정feeling으로 정화시켜야 되는 공간이기 때문이다. 그러나 박민규는 소설을 벗어난 글쓰기를 통해 대통령을 향한 언어의 시민권 목록에 '씨발'을 등재시키고 있으며, 그 의도는 성공한 것으로 보인다. 이는 실제 방송에서 튀어나온 욕설과 같은 충격이다. 방송의 정제된 형식을 파괴한 그 욕설이야말로 사태의 진실을 말해주지 않는가. 소설가는 이제 소설에만 머물지 않으며, 시인 역시 마찬가지다.

5. 우울한 것의 추락

송경동은 참된 리얼리즘의 전범을 구현 중이다. 시인이 시에만 머물지 않는 가능성은 이미 송경동을 통해 현실화되고 있다. 그는 생활감정과 미적 감정을 구분하지 않는다. 그의 시는 온전히 시민적 참여 속에서 형상화된다. 즉 행동이 그의 시고, 시가 그의 행동이다. 그가 기획한 '희망버스'는 사유의 행동화와 행동의 사유화를 동시적으로 실현할 수 있는 시적 통찰의 산물이 아닐 수 없다. '희망버스'를 기획한 것만으로도 그는 우리 시대의 훌륭한 시인이다. 무엇보다 그의 시민운동이나 시작詩作 행위는 어떤 관념에서 시작되지 않는다. 카프의 선동시가 사회주의 리얼리즘이라는 관념에 억압됨으로써 문학적·정치적으로 모두 실패한 문학적 사례라면, 송경동의 시는 어떤 관념에도 사로

잡혀 있지 않다. 그의 시와 행동은 노동자로 살아온 그의 '경험'에 기반해 있다. '언어적 시민권'을 획득하지 못한 노동자의 삶을 그의 시는 치열하게 형상화한다. 그의 시에 유난히 선동시가 많은 까닭도 시민운동가로서 자본의 폭력적 탄압이 난무하는 곳마다 어김없이 나타나 저항적으로 '참여'하기 때문이다.

역설적이게도 투쟁현장에서 선동시를 읽을 때라야 그는 국가로부터 온전히 시인 대접을 받는다. 물론 이는 '문학적'인 대접이 아니라 '정치적'인 대접이다. 그의 시는 문학과 정치의 경계를 넘나들고 있기 때문이다. 심지어 노동자의 추도집회에서 추도시 낭송을 했다는 이유로 그는 여러 건의 소환장을 받기도 했는데, 비로소 "폭력시위를 선동한 훌륭한 문건"[16]으로서의 대접을 받았음을 자조한다. 김수영이 서랍 속에 감출 수밖에 없었던 불온시를 송경동은 현장에서 낭독한다. 그는 문학과 정치를 분리해서 생각할 수 있는 국가에서 살고 있지 않다. 그가 경험한 국가는 온전한 문학주의자의 국가와는 차원을 달리 하기 때문이다. 언어적 주권을 획득하지 못한 경험은 언어적 질서를 부여받지 못한 채 우리 사회의 수면 아래 수장되어 있을 뿐인 것이다. 공권력에 의해 파괴된 노동자의 경험을 그의 언어는 직정적으로 형상화해내고 있다. 따라서 그의 시가 미적인 형상화에서 약점을 지니고 있다는 지적은 그의 시 이면에서 벌어지고 있는 그의 삶을 도외시한 결과다. 그에게 미적 형상화는 언어적 사치에 불과하다. 분노가 들끓는 노동현장에서, 참사 현장에서 미적인 것을 사유하는 것이야말로 수치와 분노의

---

16 송경동, 『꿈꾸는 자 잡혀간다』, 실천문학사, 2011, 143면.

대상이 되지 않겠는가. 고통과 분노의 경험들로 분출되는 그의 시는 미적인 것을 넘어선 곳에 존재한다. 미학을 넘어서는 진정성이 그의 시에 기존의 미학으로 설명되지 않는 문학적·정치적 생명력을 불어넣고 있는 것이다. 따라서 그의 시는 '돌려말할' 때와 직접적으로 말할 때를 구분한다. 특히 재난의 현장에서 그는 돌려 말하지 않는다.

돌려말하지 마라
온 사회가 세월호였다
오늘 우리 모두의 삶이 세월호다
자본과 권력은 이미 우리들의 모든 삶에서
평형수를 덜어냈다
사회 전체적으로 정규적 일자리를 덜어내고
비정규직이라는 불안정성을 주입했다
그렇게 언제 침몰할지 모르는
노동자 세월호에 태워진 이들이 900만 명이다

(…중략…)

돌려 말하지 마라
이 구조 전체가 단죄받아야 한다
사회 전체의 구조가 바뀌어야 한다
이 처참한 세월호에서 다시 그들만 탈출하려는
이 세월호의 선장과 선원들을 바꾸어야 한다

우울한 것의 추락 45

우리 모두가 이 위험한 세월호의

선장으로 기관장으로 갑판원으로 조타수로 나서야 한다

이 시대의 마지막 남은 평형수로 에어포켓으로

다이빙벨로 긴급히 나서야 한다

이 세월호의 항로를 바꾸어야 한다

이 자본의 항로를 바꾸어야 한다

— 송경동, 「우리 모두가 세월호였다」 부분

문학은 돌려 말하는 데 익숙해 있다. '돌려 말하기'는 언어적 자율체로서 존재하는 문학적 발화의 근본 속성이다. 그러나 분노의 순간에는 '돌려 말하기'가 미학적 사치일 수 있다. 적어도 송경동에게는 그러하며, 온갖 재난을 맞이한 한국 사회에, 특히 세월호 앞에서는 더욱 그러하다. 우리 사회는 분노가 문학의 미적 세련성을 파괴하고 표출될 수밖에 없는 상황에 도달하고 만 것이다. 미적인 것은 대상에 대한 '거리'다. 그러나 우리 사회는 더 이상 미적인 거리를 유지할 수 없는 지경에 이르렀다. 현실의 폭력적 경험에 노출된 인간이라면, 분노에의 거리 조정은 무의미한 일이다. 무엇보다 이 분노는 송경동에게는 이미 평상적인 것이었으며, 우리는 뒤늦게야 그의 자리에 도달하게 된 것이다. 그런 까닭에 우리는 송경동의 언어에 속절없이 동참할 수밖에 없다.

아직 문학의 힘을 믿는 사람들이 있을지도 모르겠다. 문학에 힘이 있을 수 있다면 미학의 경계를 파괴하는 죽음충동이 내재해 있을 때만이다. 그 외의 모든 힘은 문학의 잠재성으로 가라앉을 수밖에 없는데, 그것이 언제 어디서 정치적 역능으로 실현될지는 아무도 알 수 없다. 여기서 문인은 어떤 수치감을 느끼게 되는 것이다. 현실의 고통이 재난의 수준에 범접했을 경우에는 더 말할 나위 없다. 수치감이 임계점에 다다랐을 때, 문학은 이전의 문학과는 다른 형태로 변해갈 수밖에 없다. 그럼에도 불구하고 문학의 잠재성을 믿는 이들은 여전히 존재한다. 그러한 문학은 미학의 안존한 가상 속에 거주함으로써 죽음충동을 상실한다. 미학적으로 형상화된 죽음충동이 있을지라도, 로렌초 키에차에 따르면 그러한 죽음충동은 '보존적 원리'로서의 죽음충동에 지나지 않는다. 상징계를 파괴하는 것이 아니라 상징계적 환상으로 구조화됨으로써 상징계를 강화하는 데 일조할 뿐이다. '문학적'으로만 존재하는 죽음충동은 행동으로 분출될 죽음충동을 미학적으로 소진시키는 결과를 초래하는 것이다.

시민의 재난 앞에서 문학이 해야 할 일은 무엇인가. 재난 앞에서의 문학은 재난 이전의 문학과 달라질 수밖에 없다. 무엇보다 문학은 문학 스스로의 재난부터 수용하는 일이 필요하다. 지젝은 글로벌 자본주의 체제의 다가올 종말(지젝은 종말을 확신한다)에 반응하는 다섯 가지 양상의 사회의식을 퀴블러 로스의 거부denial, 분노anger, 타협bargaining, 우울depresion, 수용acceptance에 빗댄 바 있지만, 여기서 제일 중요한 것이 바로 수용이다. 재난의 수용은 혼란을 야기한다. 그러나 지젝은 재난을 수용하는 순간, 재난은 더 이상 위협으로 다가오지 않고, 새로운 출발의 기회로 다가온다고 말한다.[17] 문학 역시 마찬가지라고 할 수 있다. 문학의 무능이라는 재난의 수용이야말로 새로운 문학의 가능성을 향해 가

---

17 Slavoj zizek, *Living in the End Times*, verso, 2010, vii~xv 참조.

는 길이다. 문학의 무능에 대한 거부, 분노, 타협, 우울이 혼재하고 있는 것이 재난에 처한 문학의 양상이다. 특히 문학은 재난의 출현 때마다 수치감에 빠져들었으며 결국 우울의 양상을 보이곤 했다. 그러나 우울한 것은 추락해야 한다. 보다 추락함으로써 재난의 양상을 수용할 때, 문학은 새로운 기회를 열 수 있을지도 모르겠다. 바로 그곳에서 문학과 행동이 더 이상 분열되지 않고 현실의 억압 체제와 맞설 수 있는, 문학이 행동이 되고 행동이 문학이 되는 새로운 차원이 열릴 것이다.

시가 '나'의 죽음을 불러오리라

나르시스의 후예들과 부정성의 미학 운동

1. 미학과 '윤리의 심장부'

미美의 공동체는 가능한가. 답하기 어려운 문제임에 틀림없다. 칸트는 미를 주관적 보편성을 지닌 것이라고 말한 바 있지만, 주관과 보편의 충돌에서 알 수 있듯이, 모순적인 이 규정은 미의 주관성을 타자에게도 강요함으로써 폭력적 보편화를 초래할 잠재성을 안고 있다. 더구나 아름다움이 '선善'이라는 믿음까지 더해지면 아름다움에 대한 판단은 더욱 권력투쟁이라는 정치 현실의 개입을 피할 수가 없다. 뿐만 아니라 눈을 감고 귀를 막고 살아가고 싶은 현실 속에서 순수한 미의 추구란 대개 무의미해지기 십상이다. 순수성과 초월성의 이면 속에서는 미의 공통감common sense을 둘러싼 쟁투의 장이 벌어지기 때문이다. 현실 초월의 순수한 '미'를 향유하는 일이란 현실 회피의 수단이거나 문화적 사치에 불과하다는 가열한 비판이 따라다니는 이유다. 스스로의 의도와 무관하게 미학은 정치적인 것의 운명을 껴안을 수밖에 없다. 바로 여기에 초월의 영역에 머물고자 할지라도 현실의 영역으로 하강할 수밖에 없는 미학의 곤경이 있다.

그래서 테리 이글턴이 보기에 미적인 것은 애초부터 양날을 가진 모순된 개념이다.[1] 현실을 해방하는 전복성으로서의 미는 지배이데올로기를 내면화하는 미와 충돌한다. 현실의 미 대부분은 이 두 가지 중 하나에 귀속된다. 미의 순수성은 분명 존재하지만 미가 초월의 영역에서 현실의 영역으로 하강하는 순간 정치적 사슬에 주박당하고 마는 것이다.

그렇다면 진정한 미美란 무엇인가. 미가 정치를 떠날 수 없을 때, 그것은 가능한 한 현실의 결핍과 고통을 구원할 수 있는 아름다움이어야 하지 않은가. 프랑수아 쳉François Cheng은, 로맹 가리Romain Gary의 말을 빌려, '구원으로서의 아름다움'을 언급한다. "나는 삶을 책임지며, 삶 자체를 희생하기까지 하는 미학 말고는 인간에게 마땅한 윤리가 있으리라 생각지 않는다." 그리고 재차 강조한다. "그 아름다움으로 세상을 구해야 한다. 그 아름다움은 선행, 순수, 희생, 이상이다."[2] 프랑수아 쳉은 관념적 초월성에 머무는 아름다움을 현실의 역사 속으로 끌어 내려와 사유한다. 초월성조차 존재와 존재 '사이'에 있다고 강조한다. 특히 그가 주목하는 것은 '미美'가 발생하는 장場으로서의 '관계'이며 이 관계에서 비롯되는 윤리가 미학의 조건이라는 사실이다.

미학은 정치적 현실 속에서 윤리와 분리되기 힘들다. 게다가 윤리를 껴안아야 하는 당위로부터 자유로울 수 없다. 미의 순수성이 결국 지배

---

1   테리 이글턴, 방대원 역, 『미학사상』, 한신문화사, 1995, 20면.
2   프랑수아 쳉, 길혜연 역, 『아름다움에 대한 절대적 욕망』, 뮤진트리, 2009, 64면.

계급의 이데올로기에 편승하고 만다는 사실은 우리의 짧은 현대사를 통해서도 적잖게 목격한 바 있다. 미가 그 자체의 순수성으로 있을 때 지배계급의 권력 강화를 암묵적으로 승인하는 현실 효과를 지니는 것은 상식이다. 따라서 미적인 판단은 인간의 '관계'에 내속된 윤리를 고려함으로써만 더욱 온전해질 수 있는 것이다. 이를 통해 '미 = 선', '추 = 악'의 등식은 윤리의 가치 기준에 따라 얼마든지 '미 = 추', '추 = 선'으로 전도되기도 한다. '미'가 '추'가 되고 '추'가 '미'가 되는 전도는 미학의 세계에서 얼마든지 일어날 수 있는 것이다. 예컨대, 박근혜의 아름다운 패션 감각이 '미'를 유발할 수도 있으나 얼마든지 '추'를 유발할 수 있다. 반면에 시장에서 상추 파는 노파의 모습이 '추'가 아닌 '미'일 수도 있는 법이다.

칸트는 이러한 혼란을 없애기 위해 일찍이 '무관심한 관심', 혹은 '무관심한 만족'을 미의 속성으로 주장함으로써 미에 내속된 개인적·사회적·정치적 욕구를 없애고자 했다. 그러나 주관적 보편성이라는 규정이 폭력으로 떨어질 가능성에서도 알 수 있듯이, 미의 기준 체계는 확정된 것이 아니라 치열한 각축 속에서 이루어진다. '관심'의 상이한 용법에 따라 '무관심한 관심'을 편의상 '무관심ⓐ한 관심ⓑ'의 ⓐ와 ⓑ로 구분해보자. 미의 공통감은 관심ⓑ와 관계되어야 함에도 불구하고 실제 현실에서는 대부분 관심ⓐ와 밀접한 관계를 맺는다. 관심ⓐ는 개인과 사회의 다양한 욕구가 작동하는 현실에서 발생한다. 관심ⓐ를 제거한 '무관심의 관심'이란 역사적·정치적 현실을 배제한 것이나 다름없다. 관심ⓑ가 선험적인 공통감을 전제한 미적 본질에 해당할지라도, 실제로 우리 현실을 지배하는 것은 관심ⓐ인 것이다. 보다 큰 문제는 관심ⓐ에서 쟁취된 미의 공통감(배제의 폭력을 내장한)이 관심ⓑ의 선험성을 가장하고 있는 경우가 대부분이라는 사실이다.

그렇다면 '미는 이데아의 빛'(플라톤)이라는 황홀한 명제의 수용은 얼마나 순진한 짓인가. 현실을 지배하는 선험적 미의 규준이란 권력의 기만 그 자체일 수도 있으므로, 진리에 부착된 미를 향수하기 전에 '진리'를 먼저 의심해 보아야 하는 것이다. 일찍이 사르트르의 한 분신이었던 로깡땡은 '이데아 = 미 = 진리'라는 플라톤식의 상상계적 허구가 아버지라는 폭력을 만나 강력한 상징계를 구성해왔다는 사실에 구토를 경험한 바 있다. 이 구토는 무엇을 의미하는가. 미의 밑바닥에는 주검이 깔려 있으며 그 주변에는 시취(屍臭)를 지우는 고급 향수가 뿌려진다는 사실에 대한 폭로가 아닌가.

그럼에도 불구하고 인간은 미를 추구하는 욕망에 지배당하는 존재다. 종국에는 미에 대한 욕망을 욕망할 뿐인 우리의 민낯을 발견하게 될지라도 미에 대한 욕망이 인간 욕망의 근저가 된다는 사실을 부인할 수는 없다. 다만, 어떤 아름다움인가가 문제다. 그 아름다움을 떠받치는 것이 어떤 진리와 윤리인가까지도. 미학의 육체를 이루는 진리, 그 진리에 혈액을 공급하는 윤리의 심장은 과연 무엇이어야 하는가.

2. 나르시스의 비극적 체험과 유사성의 소름

예술에 관한 라이프니츠의 유명한 발언 중 하나인, 미와 추를 느끼게 하는 "나도 모를 그 무엇"은 18세기 영국 미학의 중요한 개념이다. 바로 여기서 아름다움을 "혼연한 이념" 그 자체로만 다룰 수밖에 없었던 어려움을 이해할 수 있다.[3] 라이프니츠가 합리주의적 미학을 견지했음에도 불구하고 비합리적 뉘앙스를 풍기는 이 진술은 칸트에 와서 미적 이념에 대한 보다 구체적인 정의로 발전한다. "나는 미감적 이념(미적 이념 —인용자)이라는 말로 많은 것을 사고하도록 유발하지만 그럼에도 어떠한 특정한 사유, 다시 말해 어떠한 특정한 개념도 그것에 충전할 수 없는, 따라서 어떠한 언어도 그에는 온전히 이를 수 없고 설명할 수가 없는, 그러한 상상력의 표상을 뜻한다."[4] 한 마디로, 칸트는 미적 이념이 개념화의 실패 위에 서 있음을 말하고 있다. 카이 함머마이스터가 칸트의 미적 이념을 "하나의 개념하에 잡다의 통일을 포섭하려고 하지만 그렇게 하는 데 실패하는 과정"이라고 정리한 것도 같은 맥락이다. "어떤 예술 작품이 정확히 무엇에 대한 것인지 말하기란 절대 불가능하다는 것"이다. 누구도 미적 이념에 다가갈 수 없음에 따라, 칸트 이후 미는 "궁극적 해석 불가능성"의 지위를 획득하게 된다.[5] 미는 의미의 '부정성' 그 자체다.

---

3 카이 함머마이스터, 신혜경 역, 『독일 미학 전통』, 이학사, 2013, 28면.
4 임마누엘 칸트, 백종현 역, 『판단력 비판』, 아카넷, 2009, 348면.
5 카이 함머마이스터, 앞의 책, 67면.

부정성negativity의 함의는 복잡하다. '否定性'을 뜻하는 동시에 '不定性'을 뜻하기도 한다. '否定性'이 거절 혹은 거부의 의미를 지닌다면, '不定性'은 미확정의 의미를 지닌다. 미에 대한 칸트의 규정은 과거의 미적 이념에 대한 부정否定이자 부정不定의 시도인 것이다. '미적 이념'의 거부否定와 공백화不定는 미적 이념에 있어서 일대 혼란을 초래한다. 그러나 미적 이념에 대한 불가지론은 헤겔에 이르러 파산한다. 물론 축조築造를 위한 파산이다. 근대인은 어둠 속에 잠긴 세계와 어떤 식으로든 명확한 관계를 맺어야 했다. 근대인의 정신은 오직 부정적인 것을 대면하고 부정적인 것과 함께 머물기를 통해서 권능을 획득하기 때문이다. 이 머무름은 부정적인 것을 실정적인 존재로 바꿔놓는 마력을 지닌다. "부정적인 것이기 때문에 순수하게 긍정적(실정적 – 인용자)인 것"으로서의 부정성은 "그것의 내적 개념 속에서 절대적 긍정성(실정성 – 인용자)으로 전화하"는[6] 마법을 지니고 있는 것이다. 의미의 공백 속에 의미를 강제하는 것이야말로 마법의 권능이다. 상상계에 사로잡힌 인간은 자신이 처음으로 내민 촉수에 와 닿은 차가운 세계의 이물감을 어떤 식으로든 자기화하지 않으면 안 된다. 그 자기화의 열망이 만들어낸 지적 각축의 정점에 있는 것이 바로 헤겔의 미학이다.

헤겔이 일찍이 예술을 상징적·고전적·낭만적 유형으로 나눈 것은 미가 오로지 절대이념을 향해 나아감으로써 예술 그 자체가 절대이념이 되는 과정을 드러내기 위해서다. 시라는 운문적 담화가 산문적 담화로 옮겨질 수 있다는 헤겔의 말은 시 예술의 이념성을 무엇보다 주목했

---

6   헤겔, 임석진 역, 『정신현상학』 2, 한길사, 2005, 167면.

기 때문이다. 헤겔에게 있어서 예술은 미의 이념화이며 그것은 절대이념 위에 서 있다. 그래서 헤겔의 예술은 절대이념을 간직하는 순간 결국 운문적 담화가 산문적 담화로 옮겨지는 자기 해체의 길을 갈 수밖에 없는 것이다. "시문학도 역시 예술이 해체되기 시작하여 철학적인 인식을 위해 종교적인 표상으로 향하면서 학문적으로 사유하는 산문으로 이행移行해 가는 바로 그런 특수한 예술로 드러난다."[7] 헤겔의 미는 절대이념이라는 실정성positivity을 상정한다. 그것은 완고한 주체와 더불어 역사의 단의성까지 상정하는 실정적 세계관을 암시한다.

그러나 헤겔의 절대이념 역시 인간이 지닌 동일성의 사유에서 비롯된다. 이 사실은 칸트의 미적 이념의 공백을 메우고자 했던 헤겔의 열망이 얼마나 허망한 것인지를 드러낸다. 근대를 압도했던 '동일성의 사유'는 매우 강력한 근대 철학 체계의 기반이 되었지만, 그것이야말로 근대 철학의 민낯을 폭로하고 있기 때문이다. 헤겔의 민낯은 곧 서정시의 민낯과 다르지 않다. 헤겔을 장악하고 있는 동일성의 사유는 곧 서정시의 본질이기도 하다. 서정시의 원리는 곧 헤겔적 사유의 정점에 서 있다. 자아와 세계의 동일성을 강제하는 동일자적 사유가 서정시만큼 잘 구현된 예술이 어디 있겠는가. 따라서 '아우슈비츠 이후의 서정시'에 대한 탄식(아도르노)은 다름 아닌 동일자적 사유를 겨냥한 것이라 할 수 있다.

동일자적 사유에 대한 충격적인 각성을 묘파한 예로 나르시스에 관한 자키 피죠의 견해[8]를 언급해야 하리라. 자신의 모습을 사랑하다 물

---

7   헤겔, 두행숙 역, 『헤겔의 미학강의』 3, 은행나무, 2010, 585면.
8   자키 피죠, 김선미 역, 『몸의 시학』, 동문선, 2005, 9~22면.

에 빠져 죽은 것으로 알려진 나르시스. 자키 피죠의 말은 다르다. 나르시스를 죽음에 이르게 한 원인은 나르시스가 사랑한 대상이 곧 자기 자신이었다는 사실을 깨닫게 된 충격 때문이다. 자키 피죠가 해석한 나르시스의 충격은 주체의 눈에 비친 이 세계가 자신의 욕망이 그려낸 환영에 지나지 않는다는 각성을 함축한다. 나르시스의 비극은 근대인의 욕망과 무관하지 않다. 자기 피죠의 해석을 거친 나르시스의 죽음은 곧 물에 비친 형상形狀을 실체로 간주하고 싶어 하는 근대인의 충격을 암시한다. 근대인은 이제 자기 죽음의 문턱을 향해 간다. 근대인의 죽음을 처음으로 예감한 이는 니체다. "모든 개념은 동일하지 않은 것을 동일하게 만듦으로써 생성된다."[9] 비동일적인 것의 동일화가 초래하는 모든 폭력에 대한 저항이야말로 나르시스의 죽음 이후 우리가 할 일이다.

그러나 문제는 아직 나르시스의 비극성을 충분히 체험하지 못했다는 사실에 있다. 아니, 이미 충분히 체험했음에도 불구하고 인류는 여전히 나르시스의 동일자적 감옥에서 헤어나지 못하고 있다는 것이야말로 문제다. 인종이라는 나르시스, 종교라는 나르시스, 국가라는 나르시스, 인류라는 나르시스, 심지어 '종북 척결'의 정체성이라는 나르시스까지.[10] 이들은 모두 '상상의 공동체'에 기반한 나르시스에 불과하

---

9   프리드리히 니체, 이진우 역, 『니체 전집』 3, 책세상, 2001, 448면.
10   이들은 모두 일종의 상징계다. 중요한 것은 상징계의 토대가 상상계라는 사실이다. 그러므로 상징계 역시 보다 큰 맥락에서 보면 상상계의 일종이라 볼 수 있다. 상징계의 질서라 하더라도 상상계적 속성을 벗어날 수 없는 것이다. 인류를 지배하고 있는 질서는 상징계적인 것이지만, 인류보다 높은 차원의 우주에서 보자면 그 역시 어린 아이가 이상적 자아와의 동일시를 시도하는 상상계에 지나지 않기 때문이다. 인종, 인류, 종교, 국가, 이념은 모두 상징계에 해당하지만, 상상계의 나르시스로 서술한 이유가 여기에 있다.

다. 나르시스로 인한 역사의 황폐화에도 불구하고, 나르시스는 여러 층위에서 여전히 강력한 자기장을 형성하고 있는 것이다. 이 세계를 한때 지배했던 나르시스의 가장 끔찍한 이념은 파시즘이 아닌가. 그것은 하나의 끔찍한 문장으로 정리된다. "파시즘의 최고의 성취는 시체더미며, 그 역사는 인간 파괴의 목록이다."[11]

시인들은 근본적으로 나르시스의 후예들이다. 그러나 이제 시인들은 자기의 기원인 나르시스를 파괴하기 시작한다. 조말선은 말한다. 이 세계는 "나르시스와 나르시스가 마주보"(조말선, 「나르시스와 나르시스들」, 『재스민 향기는 어두운 두 개의 콧구멍을 지나서 탄생했다』, 문학동네, 2010)는 형국에 불과하다고. 게다가 스스로를 직접 겨냥한다. "나는 필사적으로 텅 비우기에 매진한다 아무것도 아니기 위해 나는 파낸 부스러기에 눈이 먼다."(조말선, 같은 글) 동일성의 세계를 탈구시키기 위해서는 지난한 반복과정을 거쳐야 한다. 상상계적 자아를 잘라내도 또 다른 자아의 싹이 돋아난다. 인간은 근본적으로 동일성의 세계를 빠져나올 수 없다. 다만 강력한 법의 작용으로 상상계적 자아를 상징계적 주체로 둔갑시킬 수 있을 뿐이다. 그러나 상징계의 본바탕이 상상계라는 점엔 변함이 없다. 하여 동일성으로부터 가장 먼 거리, 다시 말해 동일성과 비동일성의 접경에 닿고자 하는 노력만이 있을 뿐이다. 그 접경조차 쉽게 닿을 수 없다. 유사성이 동일성을 둘러싸고 있기 때문이다. 동일성과 친족관계인 유사성은 동일성의 영토를 확장시킨다.

---

11 마크 네오클레우스, 정준영 역, 『파시즘』, 이후, 2002, 195면.

내 웃음은 내 웃음의 형제를 피한다 내 한숨은 내 한숨의 형제를 피한다
내 기침 소리는 내 기침 소리의 형제를 피한다 우리는 다행히 한 번도 부딪
친 적이 없었지 내 목소리의 형제를 듣는 순간 소름이 돋는다 소름을 보이
지 않으려고 내 버릇은 내 버릇의 형제를 피한다 내 옆모습은 내 옆모습의
형제를 피한다 손을 뻗으면 닿는 거리에 나를 피해가는 내 형제를 느낀다
단 하나의 습관으로 형제를 느끼는 유사성은 동일성보다 혈연적이다 형제
들과 마주보고 앉은 날 왜 나는 그 거북한 거울을 치우고 싶을까 거울 속으
로 들어갈 수 없는 것처럼 길에서 만난 형제와 스쳐지나가지 못하고 서로
를 들여다본다 함께 찻집으로 들어가지 못하고 거울 앞에서 당황해한다 난
처한 그 거울을 내가 먼저 치울 것인가 그가 먼저 치울 것인가 항상 고민하
지만 용서할 필요 없어, 우리는 동시에 거울을 치워버린다 손을 뻗으면 닿
는 거리에 평행선을 긋고 있는 내 삶의 형제를 내 삶은 피한다

　　　　— 조말선, 「유사성」 전문, 『재스민 향기는 어두운 두 개의 콧구멍을
　　　　　　　　　　　　　　　　　지나서 탄생했다』, 문학동네, 2012

　이 시의 핵심은 "유사성은 동일성보다 혈연적이다"라는 구절에 있
다. 비동일적인 것을 동일화하는 과정에서 유사성이 필연적으로 개입
한다. 유사성은 동일성의 숙주다. 유사성과 동일성은 인간에게 존재의
안정감을 제공한다. 인간이 깃들어야 할 동일성의 세계는 인간에게 안
온한 거처가 되는 셈이다. 내 형제의 목소리는 어느 순간 내 목소리와
동일화될 것이고 동일화될 수밖에 없다. 일상적 파시즘은 바로 여기서
배태된다. 파시즘을 히틀러나 나치당의 정치 문제가 아니라 대중들의
문제로 갈파한 것은 빌헬름 라이히다. 이질성을 허용하지 않는 일상이

란 파시즘의 공기뿌리다. 그것은 숨어있지 않고 자꾸 드러난다. 따라서 "내 목소리의 형제"에 대한 "소름"이란 궁극적으로 파시즘에 대한 공포다. 파시즘은 국가 나르시시즘이다. 유사성은 동일성의 병소를 퍼뜨리는 중간숙주다. 그것을 깨달은 시인은 유사성의 형제들을 멀리하고 종국에는 동일성의 세계로 진입시키는 거울마저 치워버린다.

시인이 유사성 혹은 동일성의 세계가 제공하는 안정감을 기필코 거부하는 이유는 그것이 지닌 폭력의 가능성 때문임은 의심의 여지가 없다. 시인은 유사성과 동일성 내부에 자리 잡은 폭력의 징후에 예민하게 반응하고 있는 것이다. 유사성을 걷어내는 행위는 시인 내부의 동일성을 파괴하고자 하는 충동의 반영이라고 볼 수 있다. 그렇다면 조말선의 시에서 미^美가 깃들 자리는 계속 유보될 수밖에 없다. 조말선의 시가 품고 있는 '미'는 동일성의 해체에서 비롯되는 '미'다. 어디에도 정주하지 않고 떠도는 미학의 비−체계 속에 그의 시는 자리 잡는다. 시인의 '미'는 규정할 수 없는 '미'로서 부정성의 영역에 깃든다. 달리 말해, 그것은 "무궁무진한" "천 개의 보편성"(「천수천안관음보살」)을 향한, 개념화를 거부하는 '미^美'다.

유사성, 혹은 동일성의 세계가 구축하는 공동체는 합리성의 공동체다. 알폰소 링기스는 말한다. "인간 공동체 안에서 그 개인은 자신의 내면에 폐쇄된 자신만의 사고체계를 재현하는 어떤 작업을 발견한다. 자신의 사고체계가 합리적 사고체계 전체를 재현한다고 생각하는 개인은 자신의 동료인간을 보고도 자신의 합리적 본성의 반영^{反影}밖에 발견하지 못할 것이다." 결국 합리성의 공동체란 나르시스의 세계에 지나지 않는다. 나르시시즘은 '자아의 확장'(프로이트)에 불과하다. 나르시시즘을 파괴함으로써 생성되는 진정한 공동체란 '타자의 공동체'다. 타자의 공동체는 "아무것도 공유하지 않은 사람에게 스스로를 노출하는 과정에서 실현된다." 이 타자의 공동체는 극단적으로 말해서 "아무것도 공유하지 않은 사람들의 공동체", 다시 말해서 "죽음과 '죽어야 할 운명'을 제외하면 아무것도 공유하지 않은 사람들의 공동체"다.[12] 혹은 블랑쇼가 자주 언급했던 조르주 바타이유의 "어떤 공동체도 이루지 못한 자들의 공동체".

유사성과 동일성에 대한 시인의 거부는 진정한 공동체의 공간을 찾기 위한 과정이다. 그런 까닭에 동일성과 유사성의 유혹을 벗어나기 위해 시인은 유사성과 동일성에 반응하는 자신의 소름을 복돋을 수밖에 없다. 다만 그 소름의 발작이 어디로 향해가는 것인가에 대한 이해가 우리에겐 필요하다.

3. 주체의 공백과 부정성의 공동체

박근혜가 국가정체성을 강조하듯, 국가 나르시스트들(국가주의자들)은 대개 '정체성'을 부각시킨다.[13] 아도르노의 말처럼 **그릇된 세계**(진한

---

12 알폰소 링기스, 김성균 역, 『아무것도 / 공유하지 않은 / 자들의 / 공동체』, 바다출판사, 2013, 34면.
13 알랭 바디우는 전반적으로 경제가 침체된 상황에서 극우보수주의자인 사르코지가 할

글자—인용자)에서는 친밀성・고향・안전 따위"의 "마법의 양상들"이 지배적이기 때문이다.[14] 그리고 타자들을 배제하는 데 주저하지 않는다. 나르시스트들은 순결주의로 귀착되는 자기 미화에 온힘을 쏟는다. 그 아름다움은 하나의 진리, 다시 말해 선善과 더불어 진리의 동일성에 결박당해 있는 경우가 대부분이다. 비유컨대 진眞・선善・미美로 차등화된 근대적 미인의 등급이 결국 '미인美人'의 '미美'로 수렴되듯이 '진'과 '선'을 앞세운 '미'는 진리에 대한 강박과 그 규준이 강제하는 윤리에 속박당한 근대인의 병적 증상을 생생하게 보여준다.

근대의 '미'가 진리와 윤리를 앞세운 지배이데올로기에 근거하고 있음은 명백한 일이다. '미'의 근거가 되는 진리와 윤리는 권력을 독점한 자의 것이다. 따라서 '미'를 둘러싼 쟁투는 오늘날에도 미학의 핵심적인 주제가 된다. 인식과 심미를 분리함으로써 미의 초월성을 주장한 칸트의 미학이 오늘날의 관점에서 공소空疎한 것은 바로 이 때문이다. '무목적성의 합목적성'을 지닌 미적 판단이 사회성을 거부하는 최고의 장소라는 피에르 부르디외의 비판을 떠올려 보라. 부르디외의 문화재생산 이론이 '미'와 무관할 수 없고 랑시에르의 예술의 미학적 체제가 미의 규준을 둘러싼 전복적 투쟁을 함의하는 것은 '미'가 더 이상 초월의 영역에 머물 수 없음을 말해준다. 초월성은 '미' 그 자체로 하여금 정치와의 긴장을 해제시킴으로써 미적 이념의 공백을 현실의 법으로 채워 놓는 경향이 있다. 초월성의 '미'가 유독 현실 정치와의 관계가 조화로

수 있는 일이란 외국 이주노동자들을 배제의 타깃으로 삼는 정체성 강화뿐임을 말한 바 있다. 알랭 바디우, 조재룡 역, 『사랑예찬』, 길, 2010, 107면.

14 테오도르 아도르노, 홍승용 역, 『부정변증법』, 한길사, 1999, 90~91면.

운 까닭이다.

김언은 미학과의 불화를 말하고 있다. 그의 시는 미학의 보폭을 넓히고 있지만, 사실상 해석 불가능한 상태로 진입하는 경우가 자주 발생한다. 그의 시는 즉각 고립되고 말지만 자유의 풍성함을 보상받는다. 힘겨운 소통이 보편적 소통이 되고야 말 미래를 향한 그의 시적 고행은 각막을 긁으며 어떤 기호를 남기는데, 그것은 해독 불가능한 기호, 그러나 아직 도래하지 않은 미래의 시를 드러내고자 하는 어떤 긴장의 문양이다.

나는 혼자서는 쉽게 놀지 않는다. 어딘가에 타인을 만들고 있다.
고요하고 거침없이 적을 만든다. 그를 사랑해도 좋다.
그와 무엇으로 대화하겠는가.

적당한 간격을 두고 위험에 대해
아름다움을 말하고 있다.

나는 혼자서는 쉽게 취하지 않는다.
어딘가에 항상 손님을 만든다. 분노를 만들기 위해
그를 쫓아가도 좋다. 꼭 그만큼의 간격으로

누군가를 방문하고 멱살을 잡는다.
나는 혼자서는 쉽게 풀지 않는다. 어딘가에 꼭 오해를 만들고 있다.
— 김언, 「미학」 전문, 『모두가 움직인다』, 문학과지성, 2013

그의 미학은 떠돈다. 항상 "어딘가에 타인을 만들고 있"고 "어딘가에 항상 손님을 만든다." "누군가를 방문하고 멱살을 잡는다." 그것은 이 질성, 그러니까 비동일성을 확인하는 과정이다. "그와 무엇으로 대화하겠는가." 그의 시는 대화의 불가능성에 장악당하지 않는다. 오히려 그의 시가 대화의 불가능성을 장악한다. 그러니 타인을 적으로 만들거나 사랑하거나 손님으로 대하는 등 그의 시는 의도적인 "오해"로 머문다. 역설적이지만 오해로 머물 때라야 그의 시는 끝끝내 시가 된다. 알랭 바디우의 말처럼, 시는 영원히 토대 없는 것으로 남게 되는 것이다. 위험한 벼랑 끝에 멈추지 않고 기어이 한 발 더 허공(죽음 혹은 공백)에 내딛고야 마는 언어. 추락하기 직전의 어떤 "위험"을 그의 시는 안고 있다. 시인은 그 위험으로부터 스스로를 분리하여 미적 거리를 확보한다. 그 미적 거리로 인해 "위험"을 "아름다움"으로 인식하는 것이다. 주체와 타자의 빈 공간, 혹은 주체마저 타자로 삼은 세계의 빈 공간 속으로 그의 시는 부유한다. 시집의 표제가 '모두가 움직인다'인 것은 결코 우연이 아니다. 그의 시는 어느 곳에도 정박하지 않는다. 계속해서 움직이며 떠돌 수밖에 없다. 김언의 미학은 어떤 개념화도 거부한 채 비동일성의 세계를 부유하고 있는 것이다. 이는 주체와 타자의 변증을 통한 어떤 개념화를 거부하는 '부정변증법'(아도르노)의 미학적 운동이라 할 수 있다. 이 또한 개념화라면 김언의 시는 이마저 거부하는 세계로 떠돌 것이 틀림없으리라.

김언의 언어가 이 합리적 공동체에 의해 억압된 유령의 세계를 떠돎으로써 '타자공동체'의 주름을 쓰다듬고 있다면, 허만하의 언어는 곧바로 언어의 외부를 향해 나아간다. 그만큼 그의 시는 거침없는 '무애无涯'

의 경지를 보여준다. 그의 시로써 우리의 정신은 순식간에 확장된다. 동일성으로 폐쇄된 우리의 내면에 의미의 공백으로 눈부신 시공간이 탄생하는 것이다.

> 나는 근접하면 동상을 입는 세계의 극한을 찾는 여린 언어다. 예니세이 강을 건너 알타이에 이른 나의 언어는 제자리에서 얼어붙은 파토스의 얼음이다. 자작나무 숲 흰 줄기 사이에서 뿌드득거리는 발자국 소리는 적설량보다 순수하다. 시의 계절은 언제나 겨울이다. 한겨울 바람 앞에서 내 언어는 땅 밑에서 파릇파릇 돋는 봄풀이다. 온몸으로 가늘게 떠는 연약한 한 줄기 감수성. 역사의 발에 밟힌 끝에 대답처럼 다시 본래의 체위를 찾고 마는 초록색 풀의 강인함.
>
> — 허만하, 「시의 계절은 겨울이다」 부분, 『시의 계절은 겨울이다』,
>
> 문예중앙, 2013

허만하의 언어는 "근접하면 동상을 입는 세계의 극한"을 추구한다. 과연 그런 언어란 가능한가. 언어가 상징계를 오가는 진자振子일진대, 언어를 통한 자기해방은 겨우 상징계의 내벽內壁을 치고 돌아올 뿐이다. (허만하는 이 내벽을 '계면界面'이라 부른 바 있다) 그러나 그 내벽에 언어의 혀끝이 닿는 순간 필시 혀는 상징계 바깥 세계의 극한을 느끼면서 얼어붙으리라. 시인의 감수성은 그 순간만을 열망하는 순수한 파토스다. 더욱 얼어붙기 위해서 시의 언어는 "파릇파릇 돋는 봄풀"처럼 더 연약하고 여려야만 한다. 그래야만 그의 언어는 더욱 철저하게 얼어붙을 수 있기 때문이다. 얼어붙는 순간의 떨림을 통해서 시인은 자기해방을 감지할 수 있는 것이다. 허만하 시인이 어디선가 말했듯이, 그의 시가 구현하고자 하는 '태초의 풍경'은 말 그대로 최초의 세계와 언어가 만나는 풍경이다. 우리는 그 세계를 생각한다. 허무도 낭만도 없는, 인류 이전의 그 어떤 최초의 풍경을. 어떤 의미조차 없는 그 세계 속에 언어는 폭설처럼 내리거나 잔설처럼 쌓이는 것이다. 최초의 세계와 언어가 처음으로 조우하는 순간이 바로 그의 시다. 다시 말해 '언어의 순수한 외부성'을 그의 시는 목도하고자 한다. 이러한 세계는, 아감벤의 말을 빌리자면, 어떤 선험성 또는 전제前提의 형식을 갖지 않는 "언어실험 속에서 형성되는 공동체"15라고 할 수 있다. 어떤 이념화도 개념화도 일어나지 않은 공간의 순수성, 다시 말해 부정성의 공간을 그의 시는 들여다본다.

허만하가 언어의 외부성을 언어로써 탐구하는 역설을 보여주고 있다면, 정익진은 언어 그 자체를 파괴하고 파괴된 언어 그 자체를 천착한다. 그는 실험성의 측면에서 놀랄만한 변화를 보여주고 있다. 그의 제2시집 표제작인 「스캣」은 언어를 향한 회의와 부정 그 자체다. '스캣'은 재즈 보컬리스트가 흔히 사용하는 즉흥적이고 의미 없는 음절로 가사를 대신하는 창법이다. 그의 시에서 스캣은 언어의 의미망을 파괴함으로써 확장하는 기법으로 변용된다. 언어의 질서를 교란하고 파괴함

---

15 조르조 아감벤, 조효원 역, 『유아기와 역사』, 새물결, 2010, 24면. 이러한 공동체는 아감벤이 『남겨진 시간』에서 말한 바 있는 이쪽과 저쪽에도 해당하지 않고 이쪽과 저쪽을 나누는 분할을 분할함으로써 생겨나는 '사이'와 '간극'이기도 하다. 이 사이와 간극은 바로 모든 소명을 기각함으로써 발생하는 메시아적 소명이 깃드는 공간이며 '메시아가 들어오는 작은 문'이다. 알렌카 주판치치 식으로 말하자면 '윤리의 심장부'로서 '실재의 윤리'가 깃드는 공간이다.

으로써 새롭게 확장되는 언어의 외연이 신선하면서도 경쾌하게 다가온다. 기표와 기의의 결합이라는 언어의 공식을 매우 정교하게 파괴하는 데서 비롯되는 효과다. 굳이 '정교하게'라는 수식어를 덧붙이는 까닭은 언어에 대한 파괴가 무의식이 아니라, 매우 정교한 의식 위에서 이루어지고 있기 때문이다.[16] 언어에 대한 오랜 천착이 이루어지지 않았다면 나올 수 없는 언어 감각이 제2시집 전체를 관통하고 있다.

정익진의 시적 주체는 "내국인의 취향"을 거부하고 "외국인"과 "외계인"을 지향한다.(「나는 커서」) 언어 질서의 바깥을 향해가는 그의 진격進擊은, 그러나 적이 없다. 주체의 기반이 되는 자기 언어를 파괴하는 것뿐이다. 그의 시적 실존은, 그러니까 "계단과 계단을 이어주던 말들"이 사라져버린 "끊겨 버"린 '계단' 끝에 서 있다. "열기구처럼 떠오르는 계단 / 계단 끝에서 떨어지는 계단들, // 계단의 맨 위, 햇볕에 시달린 / 곤충 껍질처럼" "바삭거"(「천국으로 가는 계단」)리기만 할 뿐이다. 비유기적인 환유로 가득한 그의 시들은 세계의 형상과 의미망을 파괴한다. 그에게 세계는 파괴되어야 할 '북카페'다.

꽂혀 있는 책들이 모두 모여
온전히 한권의 책이 될 때까지 기다려야 한다
책속으로 머리를 담근다

느릿한 음악이 가늘게 이어지고

---

16 그러나 정익진 시인은, 이후에 만난 사적 자리에서 자신의 시는 의식이 아니라 무의식의 결과물이라고 말한 바 있다.

식물원과 같은 고요 속에서 간간히 들려오는
발자국 소리, 커피 잔 달그락하는 소리

그리고 먼지 한 톨을 오랫동안 응시하는 시선의
힘으로 생각을 넘긴다

책 밖으로 천천히 지느러미를 저으며
지나가는 물고기들,
여기는 가라앉는 중이다

가라앉는다, 가라앉는다
바닥에 닿으려고 허우적대는 발들

간혹, 저쪽 테이블에서 말소리가 들려온다
천문학과 건축에 관한 용어들이다

책과 책들의 상호연관성 혹은 적대관계를
생각한다 천장에 붙어있는
다리들이 허우적대고 있다

책속에서 머리를 뺀다
—정익진, 「북카페」 전문, 『스캣』, 문예중앙, 2014

세계를 지배하는 지식 체계는 "한 권의 책"으로 표상된다. "꽂혀 있는 모든 책들이 모두 모여 / 온전히 한 권의 책이 될 때까지 기다리"는 것이야말로 근대의 핵심적 기획이다. 시인은 "책속으로 머리를 담그"지만, "먼지 한 톨을 오랫동안 응시하는 시선의 / 힘"을 잃지 않는다. 그의 시적 주체는 책 밖의 세계들, 언어로 규정할 수 없는 세계를 향해 있으며, "책과 책들의 상호연관성 혹은 적대관계"를 생각한다. 그의 시가 몽타주 기법을 자주 쓰는 이유다. 세계의 지식체계로부터 빠져나오기. 언어 질서로부터 스스로를 빼내기. "책속에서 머리를 뺀다"는 구절은, 그래서 의미심장하다. 세계와 언어를 향한 회의와 부정의 시선은 그의 시에 경쾌한 에너지를 주입하고 있다. 그 에너지란 "제 꼬리 씹어 삼키며 빙빙 도는 / 뱀들"같은 "훌라후프"(「훌라후프 생각」)의 동력학 속에서 발견 가능하다. 그의 시는 '스캣'으로 이루어진 위태로운 '훌라후프'의 에너지로 가득하다. 시니피앙의 연쇄를 인지하고 파괴함으로써, 그 원환체로부터 스스로의 언어를 빼내는 행위가 바로 정익진의 시다.

김형술 역시 언어에 대한 탐구로 핍진逼眞해 간다. 허만하의 적절한 지적처럼 김형술의 시는 "언어화가 불가능한 카오스의 말"[17]에 대한 탐구로 전향한다. 그러나 언어 탐구를 위해 언어에 의지해야 함에도 불구하고 언어를 버려야 하는 '이중구속'은 결국 자기분열의 형태로 내습來襲하기 마련이다. 우선 시인은 말을 지옥으로 인식한다. "눈뜨지 말아라 부디 꽃들이여 / 눈을 뜨는 순간 / 이름을 가지는 순간 우린 모두 / 헤어날 수 없는 지옥을 갖게 되리니"(「말의 지옥」)에서처럼 '이름'이라는

---

17 허만하, 「말과 어둠의 경계에 서는 전위성」, 『무기와 악기』, 문학동네, 2011, 126면.

폐쇄적 언어를 가지는 순간 우리 모두는 거기서 헤어날 수 없게 된다. 우리는 비로소 "말을 만나 말을 버리러 갔었다"(「잃어버린 말을 찾아서」)는 구절을 이해할 수 있다. 그러나 시인은 다시 거꾸로 말한다. "언어를 버려서 너는 언어다."(「무인도」) 이처럼 모순된 진술은 역설적이기 전에 분열적이다. 언어를 버림으로써 획득한 언어는 "사방 드넓게 열린 언어"이며 의미의 무한성을 키우는 언어다. 결국 시인이 추구하는 것은 "어떤 뭍의 비유도 범접하지 못하는 묵언의 지존 하나"인 것이다. 이 '묵언' 역시 새로운 공동체의 언어임에 틀림없다. 이처럼 시인은 새로운 공동체의 언어로써 완전한 존재론적 변신을 시도한다. 그러나 이 시도는 반복되어야 하고 반복될 수밖에 없다. 반복만이 인간의 한계를 잠재우기 때문이다. 그래서 시인은 절규한다.

> 나는 다시 태어났다. 어느새 아무것도 두렵지 않았으므로 더 이상 벽들에게 혼잣말을 하지 않았고 잠 속에 집을 짓지도 않으며 게다가 이젠 무릎을 꿇고 그녀에게 매달리며 애원하게 되었다. 제발, 제발 나를 낳아줘. 날마다, 매 시간마다 새롭게, 새롭게 늘,
> — 김형술, 「지옥」 부분, 『무기와 악기』, 문학동네, 2011

"매 시간마다 새롭게, 새롭게 늘," 태어나는 것은 '나'라는 주체의 심연에 닿는 행위다. 주체의 심연에는 무엇이 있는가. 그곳에는 아무것도 없다. 공백 그 자체다. 라캉은 이를 두고 '아파니시스$^{aphanisis; 주체의 소}$멸'라고 말한 바 있으나, 그것으로 주체의 의미가 마무리되지는 않는다. 하나의 진리가 '절차'의 형태로서만 존재할 수 있듯이, 주체 또한 '과정'

으로서 존재하는 것이다. '과정으로서의 주체'(줄리아 크리스테바)란 기실 이를 의미한다. 그러므로 언어의 지옥에서 주체가 살아남을 수 있는 유일한 방법은 언어의 외부를 탐색하는 동시에 주체마저 그곳으로 내던지면서 외부의 내부화를 영구적으로 지속하는 일이다.

4. 시詩, 그리고 혁명의 기다림

주체 문제에 있어서 전위적인 현대 시인들이 아파니시스를 하나의 정향점으로 삼을 수밖에 없는 까닭은 근대의 삶이 주체의 실정성positivity을 병적으로 강화하고 있기 때문이다. 아도르노는 실정성이 강화되는 세계 내에서 주체들이 필연적으로 더 많이 시달릴 수밖에 없는 '실존적 불안'을 언급한 바 있다.[18] 주체는 근본적으로 균열의 속성을 지닌다. 그럼에도 불구하고 근대 사회가 그 균열의 공백을 억압하면 할수록 주체는 더 많은 신경증에 시달릴 수밖에 없다. 균열과 결여lack의 억압은 신경증의 원인이다. 근대 체계의 완전성을 추구하는 인간은 스스로의 주체에 어떤 결여도 없어야 한다고 믿는다. 그러나 그 순간 인간은 자신의

---

18 장 보드리야르 역시 실정성의 과잉excess of positivity으로 인해 불확실성uncertainty에 지배당하는 경향을 지적한 바 있다. 한병철이 『피로사회』에서 비판했던 '긍정성의 과잉'(positivity의 다른 번역어가 긍정성이다)으로 인한 신경증이 바로 이것이다. Jean Baudrillard, trans. James Benedict, *The Transparency of Evil*, Verso, 2002, p.44.

진짜 실체를 지우고자 하는 존재로 전락하고 만다. 따라서 억압된 결여는 신경증을 더 강화시키면서 실존적 불안을 더욱 추동하는 것이다.

근대 체계가 완벽한 합리성의 세계(실정성의 세계)를 지향할수록, 시인은 세계의 결여를 더욱더 날카롭게 들여다본다. 그 시선은 필연적으로 자기 존재의 어두운 부정성을 향해 간다. 장 보드리야르는 부정성을 '그림자'로 표현한다. 인간은 필연적으로 그림자를 끌고 다니는 존재다. 따라서 그림자 없는 존재란 동일성에 강박되어 그림자를 끊임없이 축출하는 악의 존재에 다르지 않다. 정작 우리가 알아야 할 것은 인간은 결코 그림자로부터 벗어날 수 없다는 사실이다. 그러나 근대 이후 인간은 그림자를 말살하는 데 주력해왔고, 그 결과 인류는 아우슈비츠라는 비극을 목도하지 않을 수 없었다. 이후로 시 쓰는 자의 의무는 세계와 주체의 부정성을 인간의 엄연한 실존으로 확인하는 일이 되었다. 부정성의 공간에서 진정한 공동체의 가능성이 열릴 수 있기 때문이다.

'부정성'의 회복은 동일자의 시선이 지배하는 상징계를 벗어나 실재계로 진입하는 가능성을 열어준다. 알렌카 주판치치는 그 진입을 일컬어 '실재의 윤리'라 정의했으며, 그 공간을 '윤리의 심장부'라고 일컬었다. 보다 중요한 것은 부정성을 다시 새로운 실정성과 변증해 나가는 일이다. 중심을 상실한 부정성의 세계에서는 주로 자기해체와 자기파괴의 난경이 펼쳐진다. 그래서 '실재의 윤리'란 실정성과 부정성을 넘어서는 동시에 주체성의 새로운 정립을 강렬하게 예비한다. 그것은 미셸 푸코가 자기 변형의 가능성으로서 '실존의 미학'으로 부르기도 했던 '자기에의 배려'와 크게 다르지 않다. 공백의 주체를 일자[一者]의 진리에 포박된 주체가 아니라, 무한한 다수성을 향한 주체로 만들어 나가는 과정 자체가 '실재의 윤리'이자 '자기에의 배려'다.

알랭 바디우는 궁극적으로 일자를 지향하는 헤겔의 예술 유형을 넘어서고자 한다. 그가 『비미학』에서 분류한 철학과 예술의 관계도식은 헤겔의 그것과 크게 다르지 않다. 예술은 진리를 담을 수 없다는 '지도적didactique 도식', 예술은 진리의 미메시스라는 '고전적 도식', 예술만이 진리를 담을 수 있다는 '낭만적 도식'은 헤겔의 예술 유형인 상징적, 고전적, 낭만적 유형에 대응한다. 그러나 바디우의 방점은 이 세 가지 도식에 있지 않다. 바디우는 세 유형을 벗어나는 예술의 도식을 선언한다. 그가 건설하고자 하는 예술의 네 번째 유형은 "예술은 그 자체가 하나의 진리의 절차이다"라는 말 속에 응축되어 있다.

'진리의 절차'라는 말은 진리의 궁극을 상정하지 않는다. 진리는, '절차'라는 말이 암시하듯이, 과정 속에 있는 것이다. 이는 해체철학의 주체관과도 무관하지 않다. 진리의 주체는 궁극에 도달할 수 없으며 항상 균열을 안고 있는 과정에 불과하다. 그러니 바디우에게 진리는 '무한한 다수성'으로 출현한다. "한 진리의 무한함이란 진리를 기존의 지식과의 무조건적인 동일성으로부터 벗어나게 해주는 것이다."[19] 알랭 바디우는 니체의 그림자 그 자체다. 무조건적인 동일성에 대한 저항. 그는 이념의 공백을 지향한다. 그 공백이야말로 민주주의를 보장한다. 그 공백을 통해서 바디우는 헤겔 미학의 가장 반대편까지 나아감으로써 새로운 미학 원리를 수립한다.

물론 새로움은 위험하다. 그러나 새로운 '미'는 위험하지 않다. 단지

---

19 알랭 바디우, 장태순 역, 『비미학』, 이학사, 2010, 26면.

미적으로 불온할 뿐이다. 미학은 미학에 지나지 않는다. 미학의 새로움이 세계의 새로움을 보증하지는 않는다. 새로운 미학은 재빠르게 지배계급의 미학으로 박제되거나, 박제를 거부할 경우 철저한 소외를 감당해나가야 할 뿐이다. 다시 반복하지만, 미학의 체제전복이 현실체제의 전복으로 이어지지는 않는다. 미학의 체제전복성은 미학을 둘러싼 문화에 대한 억압으로 되돌아오고, 결국 정치투쟁이 아닌 문화투쟁으로 협애화되는 결과를 초래할 뿐이다. 오늘날의 미학이 예술에 대한 추도사가 될지도 모른다는 아도르노의 말은 빈말이 아니다. 그럼에도 미학이 중요한 것은 세계를 지배하고 있는 동일자적 사유를 파괴할 수 있는 가상Schein의 우회로가 되기 때문이다.

이것은 일종의 '진지전'에 대한 믿음이기도 하다. 미학을 통한 동일자적 사유의 파괴가 현실문화를 넘어 현실정치의 중심에 설 때 미학을 통한 현실의 혁명은 완수되는 것이다. 그 미래를 위하여 미학은 기다림에 익숙해져야 한다. '기나긴 혁명'(레이먼드 윌리엄스)이란 바로 혁명의 기다림이 아닌가. 또한 그것은 궁극적으로 '나'의 죽음을 넘어서야 하는 일이다. 끝내 '나'의 죽음 이후에야 공동체는 도래하는 것이다. 그렇다면 '나'의 죽음이야말로 이미 시작된 혁명이 아닌가.

그리고 지금
어두운 밤의 이 순간,

두 개의 혁명이 존재한다

하나는 '이' 체제의 죽음

다른 하나는 '나'의 죽음

'나'는 지금

죽음 바깥에 있다

그러나 시(詩)가

'나'의 죽음을 불러 오리라.

유한성의 파토스를 대하는 두 가지 태도

이장욱 · 이재훈의 시세계

1. 오인된 주체와 죽음의 소름

언젠가부터 한국시에서 죽음에 대한 사유는 주체의 문제로 전이되어왔다. 탈주체 이론 이후 주체의 자리가 '빈 공간'을 이루게 되었다는 사실을 환기한다면, 이론적으로 주체는 살거나 죽는 주체가 아니라 살거나 죽는다고 오인하는 주체와 다르지 않은 것이 되고 만다. 때문에 시인에게 중요한 것은 죽음 그 자체가 아니라, (죽음에 대한 의식을 포함한) 의식 그 자체를 유발하는 주체의 기원이다. 이와 같은 변화는 시적 사유의 중대한 변곡점이라 할 수 있다. 주체의 기원에 대한 시적 사유 속에서 죽음의 문제는 자연스럽게 파토스를 상실하기 때문이다. 기존의 시들은 죽음에서 비롯된 과도한 허무의식에서 벗어날 수 없었다. 그러나 최근 탈주체의 주체는, 테리 이글턴의 표현을 빌리자면, "진리 자체를 즉흥적으로 다루는 것이야말로 진리에 이르는 가장 가까운 방식"임을 깨닫고 있다. 동시에 "우리 자신의 현존에 근거가 없음을 받아들"임으로써 "죽음과 가깝게 살아"갈 수 있는 주체에 주목하고 있다. 이로써 탈주체의 주체는 "죽음을 소름끼치게 상상하는" 저주로부터 해방될 수 있는 가능성을 획득한다.

그럼에도 불구하고 주체는 소멸 혹은 죽음에 민감하게 반응할 수밖에 없다. '오인'에 근거한 주체의 구조를 명확히 의식할지라도, 주체는 강력한 현실작용 위에 기반하고 있기 때문이다. 주체가 원래부터 '빈 공간'임을 이론적으로 받아들인다 하더라도 육체에 기반하고 있는 주체 스스로가 죽음의 '소름'에서 해방되기란 힘든 일이다. 주체의 기원을 사유하고 해체하는 주체는 '자아'로서의 강력한 통일성으로부터 벗어나기가 결코 쉽지 않은 것이다. 그렇다면 탈주체의 주체 역시 원래부터 죽음과 무관한 것이라기보다는 '죽음'의 유령으로부터 끊임없이 소환당하는 주체에 지나지 않는 것이라 볼 수 있다. 죽음을 두려워하는 주체는 여전히 인간 주체의 테두리를 감싸고 있는 것이다. 그것이 설령 오인된 주체의 증상이라고 할지라도 그 증상은 강력한 현실감을 지닌다. 따라서 탈주체의 주체는 주체를 이론적으로 폐기할 수 있을지라도 실존적으로는 결코 주체로부터 벗어날 수가 없다. 탈주체의 주체는 결국은 주체의 한 지점으로 되돌아 올 수밖에 없는 것이다. 그 주체는 여전히 '오인' 속에 존재하며 죽음을 두려워하는 주체다.

이장욱은 주체를 둘러싸고 있는 상징계를 균열시키는 동시에 주체마저도 하나가 아닌 둘로 균열시켜 나가는 시세계를 구축하는 시인이다. 그의 탈주체의 정도는 무척 강력해서 죽음의 소름으로부터 어느 정도 벗어난 듯 보인다. 그래서인지 이장욱의 시는 주체와 상징계의 균열을 매우 "드라이한 저음"(함돈균)으로 드러내는 경향을 보인다. 반면에 이재훈은 주체의 소멸에서 비롯된 파토스적 세계에 결박당해 있다. 이재훈의 시는 균열된 주체 틈새로 새어나오는 습한 신음에 젖어 있는 것이다. 이러한 차이는 주체의 균열과 죽음에 대한 시적 사유의 시차視差를 드러내는데, 이는 최근 시들의 흐름을 바라보는 시각에 선명한 입체성을 제공하기도 한다.

2. '생년월일'의 기원과 재탄생

이장욱의 『생년월일』은 주체와 사물, 그리고 세계의 기원에 대한 담담한 사유를 드러낸다. 주체의 분열과 세계의 균열은 주로 '사이間'로 형상화되고 있다. 이장욱은 그 '사이' 속에 웅크리고 있는 밤의 어둠을 불러낸다. 밤의 어둠은 사물과 세계의 명료성을 제거한다. 명료한 사물과 세계란 "어디에도 빈틈이 없는" "사망신고서"와 같은 세계이다. 하지만 밤의 어둠은 세계의 물상을 "구분"하지 않는다. "죽은 사람을 움직여서 / 생각하는 사람들을 겹쳐 놓는다."(「코인로커」) '사이'는 역동적으로 움직이는 세계다. "너와 나 사이의 빈공간은 자꾸 움직이는 세계"(「우연을 위한 장소」)인 것이다. 창백하게 죽어버린 세계 속에 내재한 '사이'의 어둠에 대한 시적 감관이야말로 이 시집을 관통하는 핵심이다. '사이'는 바디우의 표현을 빌리자면 '전체'가 아닌 '비-전체'의 세계이다. '비-전체'란 라캉의 용어로 실재계라 할 수 있을 것이다. 이 '사이'의 세계로 진입하는 순간은 표제작에서 매우 명징하게 드러난다.

> 이전과 이후가 달랐다. 내가 태어난 건 자동차가 발명되기 이전이었는데, 해안도로를 달리다가 쾅! 가드레일을 들이받은 뒤에
> 새로운 세기가 시작되더군.
> 수평선은 생후 십이 년 뒤 내 눈앞에 나타났다. 태어난 지 만 하루였다가,
> 십이 년 전의 그날이 먼 후일의 그날이다가,
> 수평선이다가,
> 저 바다 너머에서 해일이 마을을 덮쳤다. 바로 그 순간 생일이 찾아오고,
> 죽어가는 노인이 고개를 떨어뜨리고, 연인들은 처음 입을 맞추고,
> 케이크를 자르듯이 수평선을 잘랐다. 자동차의 절반이 절벽 밖으로 빠져나온 채 바퀴가 헛돌았다.
>
> ──「생년월일」 전문

여기서 '생년월일'은 자동차가 가드레일을 들이받는 순간으로 묘사된다. '생년월일' 이전과 이후의 세계는 판이하게 다르다. 문제는 '생년월일'이 매우 파괴적으로 그려지고 있다는 것이다. 그럴 수밖에 없는 것이 하나의 경계를 허무는 순간이야말로 존재론적으로 가장 파괴적이기 때문이다. 한 인간의 기원과 무관하지 않은 '생년월일'은 사실 주체가 강박적으로 둘러싸고 있는 '결여'의 자리를 드러낸다. 그렇다면 주체와 세계의 결여를 마주하는 순간이야말로 진정한 '생년월일'이다. 때문에 주체의 좌표를 확정하는 '생년월일'은 이 시에서는 오히려 주체

의 좌표를 소거하는 기능을 담당한다. 다시 말해, 이 시는 '생년월일'을 지우는 순간이야말로 진정한 '생년월일'임을 암시한다. 주체가 사라지는 자리에서 새로운 생년월일이 '결여'의 형식으로 돌아나는 것이다. '생년월일'의 이쪽(상징계)에서 저쪽(실재계)로 넘어가는 상황이야말로 이 시가 담지하고 있는 주체의 중요한 국면이다. 절벽 밖으로 절반만 빠져나온 자동차의 형상은 바로 이러한 주체를 함축한다. 헛도는 바퀴 역시 '결여'의 인지로 인해 상실해버린 주체의 동력을 의미한다. 바로 여기서 주체의 새로운 동력학이 잉태될 수 있는 것이다. 그 새로움은 실재계를 마주한 주체의 '윤리'에 기반한다.

사실 주체의 동력이란 '분별지'에 기반한다. 사물을 분할하고 분류하여 규정하는 행위야말로 주체 동력학의 첫 장을 장식한다. 사물에 대한 분별지의 집대성이 백과사전이라면 인간에 대한 분별지의 집대성은 '동사무소'다. '백과사전'과 '동사무소'는 분할된 구획 속에서 '생성'의 역동성이 사라지고 없는 세계다. 무엇이든지 명징하게 드러내는 분류체계로 인한 "낙천적"인 "서류들"이 정리된 동사무소. 그곳은 달리 말해 '빈 공간'을 껴안음으로써 지우는 주체의 '누빔점'이다. 이장욱은 매우 침착하게 그 '누빔점'을 뜯어내는 시인이다. 자못 태연하게 던지는 "동사무소란 / 무엇인가"(『동사무소에 가자』)라는 질문은 이 시집을 내내 관류한다. 그리하여 "나는 아이이자 노인이지. 여자와 비슷하고 구름과도 비슷해"(『간발의 차이』)라는 시적 진술은 매우 자연스럽게 다가온다. "물과 공기를 구분하지 않고 / 사물과 사건을 나누지 않"는 물고기의 독특한 "식이요법"(『물고기 연습』) 역시 주체를 소거한 빈 공간에서 비롯된다. 물론 이는 최근의 시적 흐름 속에서 익숙한 시문법이겠으나, 주체의 결여 앞에서 담담하고 메마른 어조가 매우 희귀하고 낯설다고 할 수 있다.

무엇보다 이장욱의 시에서 주목해야 할 것은 주체가 '결여' 상태에 머물지 않고 '무한'으로 나아간다는 사실이다. 주체의 균열 속으로 침투해 들어오는 무한의 세계는 기어코 주체의 확장성과 편재성을 독자들에게 선물한다. 이른바 데카르트적 좌표를 떠난 주체는 무한으로서 존재한다. 주체는 "자꾸 무너지면서 또 / 발생하는 세계"를 바라본다. 주체의 몰락 속에서 낯선 세계가 침투해 들어와 새로운 주체를 형성해 나간다. 주체를 벗어난 주체는 "무한"이며, "무한이 되는 사람"(「뒤」)이다. 이 주체는 "나는 어디까지가 나인가"(「우연을 위한 장소」)라는 물음 앞에서 끝내 오지 않는 누군가를 기다리는 주체이다.

중요한 것은 이 '무한'이라는 것이 신성화되고 일자화一者化되는 '무한'이 아니라는 사실이다. 바디우의 표현을 빌린다면, 이 무한은 '복수화複數化된 무한개념'으로서 "무한을 진부하게 만들고, 유한성의 자장磁場을 해소"하는 "탈신성화"된 무한이다. 이는 이장욱의 시에서 유한성에서 비롯된 소멸과 허무의 정서가 잘 드러나지 않은 까닭이기도 하다. 유한한 인간과 대비되는 절대적인 타자가 존재하지 않으므로 인간은 유한의 파토스로부터 해방될 수 있는 것이다. 이장욱은 유한의 파토스로부터 이미 자유로운 시적 공간을 개척하는 데 성공한 것처럼 보인다. 적어도 이장욱은 주체의 균열 지점을 들여다봄으로써 파토스의 기원을 해체하는 데 주저함이 없다.

이장욱에게 일상은 분열되고 파괴되어야 할 '좌표'의 공간이다. "매일 경험을 하"고 "연인의 이름을 부"르는 행위는 "누군가의 위치"에서

"나이와 습관을 외운 뒤"(「동행」)에나 가능하다. 이 경화되고 고정된 좌표가 파괴되는 순간 "나는 왜 조금씩 내가 아닌가?"라는 물음이 돋아나고 '나'의 "무한한 반대편"(「반대말들」)에 치명적으로 매혹될 수밖에 없다. 그 반대편을 향한 자의식은 「아르헨티나의 태양」에서도 강렬하게 드러난다.

나는 아침마다
지구 반대편을 기준으로 깨어났다.

당신이 탱고를 추는 오후는
잠 속의 내가 리듬을 잃는 시간
손끝이 천천히 지워지는 당신의 자정은
내가 오늘의 사건사고란을 읽는 시간

부에노스아이레스의 정오에는 그림자의 목이 사라지고
그늘 속의 눈 코 입이 자정의 내 얼굴을 닮아가고
우리는 서로 발바닥을 맞댄 채
지구를 움직였다.

오늘은 하루종일 내가 삼킨 혀끝에
당신의 긴 식사시간을 더하도록 하자.
갓 잠에서 깬 내가 어리둥절한 표정으로 창문을 열면
하루의 근무를 끝낸 당신이 밤하늘을 쳐다본다.

거기는 별자리를 잃은 별들이 하나

둘

아홉

지금은 그늘 속으로 사라진 나의 목을 달고

당신이 깨어나는 시간

태양이 지구 반대편으로 사라졌다.

오늘도 정교하게

그림자를 만드는 일에 몰두하는

아르헨티나의 태양이.

— 「아르헨티나의 태양」 전문

　　위의 시에서 주체는 하나가 아니라 둘이다. "나는 아침마다 / 지구 반 대편을 기준으로 깨어"나고 "손끝이 천천히 지워지는 당신의 자정은 / 내가 오늘의 사건사고란을 읽는 시간"이다. 밤과 낮이 완벽하게 뒤바 뀐 '당신'과 '나'의 시간은 합치될 수 없다. 하나로 합치될 수 없기 때문 에 '당신'과 '나'는 영원히 서로 이해해야 하는 대상으로 영원히 남게 된 다. 당신의 정오에 "그림자의 목이 사라지고 / 그늘 속의 눈 코 입이 자 정의 내 얼굴을 닮아가고 / 우리는 서로 발바닥을 맞댄 채 / 지구를 움 직"인다. 근본적으로 '나'와 '당신'은 지구 반대편에 있음으로써 서로 닿 을 수 없다. 그러나 '나'와 '당신'의 전혀 다름이 지구를 움직이고 하나가 아닌 둘로 이루어진 주체화의 과정을 이루는 것이다. 서로 다른 타자를 동일화하고자 하는 욕망에서 벗어나 타자 그 자체로 이해하려는 열망은 "지금은 그늘 속으로 사라진 나의 목을 달고 / 당신이 깨어나는 시간"이라는 구절에서도 확인된다. 그러나 '당신'과 '나'의 서로에 대한 이해는 결코 완료형이 될 수 없으며 영원한 진행형으로 머물러야 한다. 서로가 정확히 이해되었다고 믿는 순간 '당신'과 '나'의 주체는 동사무소와 같은 고정된 좌표 속에 감금될 것이기 때문이다. '당신'을 이해하고자 하는, 하지만 결코 이루어질 수 없는 이해의 열망이야말로 이 지구를 움직이는 힘이다. 그러나 좀 더 정확히 말하자면, 이 지구를 움직여야 할 진정한 힘은 이해의 불가능성에 대한 주체의 겸손한 수긍이다. '당신'과 '나'가 하나가 아니라 둘이라는 것. 하여, '당신'과 '나'의 '사이'에서 무수히 많은 세계가 태어나는 순간들. 그 순간들이야말로 진정한 '기념일'이자 '생년월일'인 것이다.

3. 소멸과 적멸의 거처

이재훈의 시집 『명왕성 되다』는 소멸의 감각으로 점철되어 있다. '소멸'이라는 저주의 늪에 걸려든 시적 주체는, 그러나 서서히 가라앉는 소멸의 늪에서 이 세계를 응시하는 뜨거운 눈을 가지고 있다. "내 눈은 카메라를 닮았다. 노출을 열고 / 몇 시간 동안 창밖을 보면 / 불빛만 남은 세계. / 칼 맞고 피 흘리는 거룩한 세계"(「비디 바비디 부」)라고 했듯이, 그의 시는 소멸의 망막에 비친 세계에 대한 기록이다. 소멸에 대한 예

민한 감각으로 말미암아 그의 시에 비친 세계상은 냉철하게 묘사되기
보다는 그의 내면의식에 되비친 이미지로 점철된다. "내 눈은 카메라를
닮았다"고 선언했을 때, 그 눈은 '카메라아이camera-eye'와 같은 냉철한 기
계적 속성이 아니라, "붉은 눈물, / 가만히 들어와 출렁이"(「대황하 11」)는
실존적 눈의 속성을 지닌다.

하여 그의 눈은 이미 소멸과 허무에 익숙한 눈이기도 하다. "소멸을
향해 스스로 전진하는 몸짓. 눈물 나도록 아름다운 풍경"(「대황하 1」)과
같은 구절이 말해주듯이 그의 시선은 허무와 소멸이라는 감관感官에 뿌
리박고 있다. 혹은 "누웠다. 땅이 따뜻했다. 내 등은 늘 따뜻한 곳만을
찾는다. 누웠다. 썩는 냄새가 났다. 옆을 보니 시체가 누워 있다. 시체
의 살이 썩고 있다."(「대황하2」)에서 확인되듯이, '대황하'의 물결을 시즙
屍汁으로 치환시킴으로써 소멸할 수밖에 없는 육체의 치욕과 굴욕을 드
러낸다. 그래서 "아무것도 거둘 수 없는 몸. / 냄새나는 몸. / 위로할 것
없는 몸"(「흠향歆饗」)이라거나 "타닥타닥, 누군가 내 몸을 읽는 소리"(「세
이렌의 도서관」)와 같은 소멸과 허무의식은 이재훈의 시를 지배하는 의
미소라고 할 수 있다.

그러나 이재훈의 시적 사유는 여기서 끝나지 않는다. 소멸과 허무를
감각하되 그것에 대적하여 싸우는 치열한 의식의 장場으로 나아간다.

나는 아무것도 아니다.
촛불도 아니고 감나무도 아니다.
미끈한 자동차도 아니고
달콤한 솜사탕도 아니다.

차갑고 텅 빈 사물에

쇳물을 들이붓고 싶다.

나는 매일 소멸되어야 빛나는

뜨거운 강철이었다.

꿈을 꾸면

붉은 별 하나가 내게 떨어지는 사건이었다.

손이 델까 만지지도 못한 별이

마당에 내려와 날 또렷이 노려보는

순간이었다.

이제는 엎드려 울지 않겠다.

슬픔을 우스운 몸짓으로 과장하지 않겠다.

해거름에 사양(斜陽)을 보며 사흘을 울겠다.

그러다 그러다 목이 마르면

불구덩이에 내 몸을 녹이고 녹여

에밀레 에밀레 신명을 내겠다.

그 비밀의 성소(聖所)가 내 집이었다.

소멸이

내 먹는 밥이었다.

—「연금술사의 꿈」전문

이 '연금술사의 꿈'은 유한성을 극복하고자 하는 주체의 열망과 맞닿는다. 인간의 유한성을 있는 그대로 받아들이되 그것을 넘어서고자 하는 치열한 고통을 보여주고 있는 것이다. 따라서 이재훈의 시가 '유한성의 파토스'로 가득한 것은 당연한 일이다. "나는 아무것도 아니다"라는 주체의 '결여'에 대한 자각 속에서 소멸과 허무의식은 들끓는다. 그러나 "나는 매일 소멸되어야 빛나는 / 뜨거운 강철", 혹은 "소멸이 / 내 먹는 밥"이라는 고백 속에서 허무의 세계를 대적하고자 하는 주체의 결연한 태도를 읽을 수 있다. '나'라는 주체의 허무와 소멸이 "불구덩이에 내 몸을 녹이고 녹여" 만들어내는 "신명"이기를 간절히 기구祈求하고 있는 것이다. 그 신명 속에서 만들어지는 "뜨거운 강철"은 꿈속에서 "내게 떨어지는" "붉은 별"이자 "사건"으로서 재주체화의 과정에 있는 시인이 지향하는 '연금술'의 세계라고 할 수 있다. 그것은 주체의 '진화'로도 진술된다. "나는 자꾸 진화한다. / 詩人이었다가 일용근로자였다가 백수건달이었다가 독학자가 된다. / 어떤 모습에도 아파하지 않는 내성耐性의 몸"은 "누구의 소유도 아닌" "연혁이 없는" "몸"이다.(「비상」) 누구의 소유도 아닌 몸은 자신의 연혁을 지움으로써 탈주체화를 도모한다. 주체의 '결여'화를 도모하고 '결여'에 직면하고자 하는 것이야말로 주체 이론이 다다른 윤리학의 정점이다.

그러나 지상의 '소멸'(탈주체화)과 천상의 '붉은 별'(재주체화)이 지니고 있는 간극은 너무 크다. 시인이 마주하고 있는 지상은 "페트병에 가득 담긴 담배꽁초와 찌그러진 맥주 캔. 먹다 남긴 컵라면. 참기 힘든 소음. 역겨운 화장 냄새와 비둘기 똥 냄새"(「매일 출근하는 폐인」) 따위로 가득한 현실이다. 급기야 시인은 "육십억 분의 일"에 지나지 않는 왜소한 존재로서의 절망감을 드러낸다. "벌거벗은 육체 사이에서 신음"하거나 "저녁마다 매연을 맡으며 구역질을 하"면서 "허무의 군락 사이를 헤매"(「킬

리만자로」)야 하는 현실은 처음부터 혁명 혹은 개조가 불가능한 대상인 것이다. 하여 그의 시는 결국 어떤 '근원'의 세계에 의탁하기도 한다. "돌의 근원"(「돌」). 구체적인 물상物像으로 펼쳐진 광활한 세계를 폐기함으로써 드러내는 "짐승도 없고 새도 없고 울음도 없"고 "깊은 밤 달빛"이 "제 몸인 양" "푹 잠"긴 "돌의 근원"을 향한 회귀욕망. 말할 것도 없이 '돌'은 추상화된 사물로서의 세계다. "차갑고 텅 빈 사물에 / 쇳물을 들이부"(「연금술사의 꿈」)음으로써 이 세계를 연금술적으로 해득하고자 했던 시인의 욕망은, 그러나 잠재성의 차원에서만 꿈틀거릴 뿐이다.

문제는 소멸과 허무의식이다. 인간이 지닌 소멸과 허무의식이야말로 '탈주체'가 맞닿은 가장 큰 장벽이다. 소멸과 허무의식은 유한성의 세계관 속에서 강화된다. 일자一者로 수렴된 무한은, 일종의 '유일신'으로서, 유한한 현존재인 인간의 대척점에 서게 된다. "매일 소멸되어야 빛나는 / 뜨거운 강철"(「연금술사의 꿈」)에 대한 열망은 "아무것도 기억나지 않는 밤의 형벌"을 견뎌야 하는 "육십억 분의 일"(「매일 출근하는 폐인」)이라는 주체 속에서 들끓는다. 이 양자兩者의 간극을 견디면서 "천사와 함께 비탄의 노래를 부르"고 "처형의 시간"(「연옥의 산」)을 기다리는 존재가 바로 이재훈의 시적 주체이며, 이 시적 주체의 발화가 그의 시세계다.

아무도 모르는 그곳에 가고 싶다면, 지하철 2호선의 문이 닫힐 때 눈을 감으면 된다. 그러면 어둠이 긴 불빛을 뱉어 낸다. 눈 밑이 서늘해졌다 밝아진다. 어딘가 당도할 거처를 찾는 시간. 철컥철컥 계기판도 없이 소리만 있는 시간. 나는 이 도시의 첩자였을까. 아니면 그냥 먼지였을까. 끝도 없고, 새로운 문만 자꾸 열리는 도시의 生. 잊혀진 얼굴들을 하나씩 확인하는 버릇이 생겼다. 풍경은 서서히 물드는 것. 그리운 얼굴이 푸른 멍으로 잠시 물들다 노란 불꽃으로 사라진다. 나는 단조의 노래를 듣는다. 끊임없이 사각거리는 기계 소리. 단추 하나만 흐트러져도 완전히 망가지는 내 사랑은, 저 바퀴일까. 폭풍도 만나지 않은 채, 이런 리듬에 맞춰 춤추고 싶지 않다. 내 입술과 몸에도 푸른 멍자국이 핀다. 아무리 하품을 해도 피로하다. 지금까지의 시간들은 모두 신성한 모험이었다는 거짓된 소문들. 내 속의 허무로 걸어 들어갈 자신이 없다. 지하철 2호선의 문이 활짝 열린다.

— 「명왕성 되다[plutoed]」 전문

지하철의 시간은 "어딘가 당도할 거처를 찾는 시간"이다. "기계소리"만이 들리는 지하철 속에서 시인은 정주할 힘을 전혀 갖지 못한다. "도시의 生"을 향한 "새로운 문이 자꾸 열리"지만, 도시의 기계적 "리듬에 맞춰 춤추고 싶지 않"은 그는 섣불리 지하철의 리듬에 몸을 맡기지 못한다. "男子가 바닥에 구토를 하"거나 "시체 썩는 냄새가 나"는 지하철에서 "심장은 슬픔을 견디기 위해 존재"(「귀신과 도둑」)할 뿐이다. 도시적 삶의 조건을 수락할 수 없으면서도 도시 '내부'에 존재하는 시적 주체는 도시 '내부'의 '바깥'에 거주하고 있는 것이다. 그러니까 도시 '내부'에 거주하고 있으면서도 도시적 삶에 탑승하지 못하는 주체는 태양계의 명왕성과 닮았다. 태양계의 행성과 유사한 궤적을 형성하고 있으면서도 태양계에서 버림받은 '명왕성'의 처지와 다를 바 없는 것이다. 도시를 맴돌면서도 그곳에 속하지 못하는 명왕성 처지의 시적 주체는 도시 '내부'의 '바깥'에서 "푸른 멍자국"이 생길 뿐이다. 그럼에도 불구하고

"내 속의 허무로 걸어 들어갈 자신이 없다"는 고백. 이 '허무'는 "도시의 生"을 겨냥한 것이다. "도시의 生"은 바로 허무다. 이재훈은 이 사실을 명확히 직관한다. "도시의 속도에 적응된 발로 허공을 구른다"(「언덕의 아들」)고 했듯이, 도시의 삶은 "허공으로, 바람 속으로 달리"는 것에 불과한 것. 시인의 내면에 들어앉은 소멸과 허무의식은 도시의 삶 전체로 확장되고 있다.

  그렇다면 「명왕성 되다」의 첫 구절 "아무도 모르는 그곳"은 주체의 허무를 관통한 이후의 그 어떤 세계가 아닌가. 그곳은 내 안의 "허무"를 관통하여 '결여'의 자리에 정주할 때 비로소 도달할 수 있는 곳이다. 그러나 시인은 고백한다. "내 안의 허무로 들어갈 자신이 없다." 쉽게 뛰어들지 못하는 '도시의 생'과 '허무'의 사이에서 시인은 배회한다. 그 배회의 실상은 어떠한가? 시인은 내면의 허무로써, "모든 것이 까마득"한 이 세계를 "얼음의 시간"(「북극의 진화」) 속에 감금하는 적멸寂滅의 사유로 나아가려 한다. 그러나 결국 "도시의 은유에 머물렀다가 / 집에 돌아와 거울을 보며 와르르" "무너지"는 "형체 없는 얼굴"(「거울 속의 얼굴」)로 귀착되고 만다. 이처럼 이재훈은 소멸과 허무의 감성을 도시의 폐부 깊숙이 불어넣는다. 더불어 적멸에 닿을 수 없는 주체의 고통을 시적으로 형상화한다. 이러한 주체의 고통은 일찍이 진이정이 보여주었던 "나라는 물건은 원래 존재하지 않았다, 라는 각성이 / 둔한 내 뒷골을 쑤셔야만 하리라 하하 원래 존재하지 않았다니, / 그럼 죽고 싶어도 못 죽는단 말인가!"(「아트만의 나날들」)와 같은 고통의 감각이라 할 수 있다.

4. 파토스로부터의 자유와 부자유

주체의 기원 형성을 '오인'으로 파악하고 주체의 자리를 '빈 공간'으로 파악하는 사유의 방식은 궁극적으로 아파니시스^{aphanisis}, 즉 주체의 소멸로 귀결될 수밖에 없다. 그러나 이러한 라캉의 정신분석학적 방식은 주체를 지속적으로 재정립하는 윤리의 역능을 발휘한다. 주체의 소멸이 주체의 허무와 죽음으로 귀착되는 것이 아니라 '실재'를 경유한 새로운 주체로 재탄생하는 과정 자체가 윤리성을 담지하고 있기 때문이다. 그러나 이러한 주체 이론과 무관하게 주체의 실상은 매우 복잡다기한 고통으로 가득하다. 그 고통에서 자유롭기란 힘든 일이다. 그러니 주체의 분열과 고통을 마주하는 시인의 태도는 각기 다를 수밖에 없다.

이장욱과 이재훈은 주체와 세계 속에 내재한 균열을 바라본다. 그러나 그 방식에 있어서 뚜렷한 차이를 보여주고 있다. 이장욱이 시의 주체를 선험적으로 파기함으로써 소멸과 죽음에서 발생하는 파토스로부터 자유롭다면 이재훈의 시적 주체는 파기되는 '과정' 내에 존재함으로써 유한성의 파토스로부터 자유롭지 못하다. 때문에 이장욱의 시적 상상력은 매우 자유롭다. 어느 한 시점에 매이지 않고 세계의 구획을 마음대로 넘나들며 주체의 자장과 진폭을 마음껏 넓히고 있는 것이다. 기존의 '생년월일'을 파괴함으로써 획득하는 새로운 주체의 '생년월일'의 복수성複數性을 무한하게 추구하고 있다. 이는 주체 기원의 복수화複數化라고 부를 수도 있으며, 무엇보다 주체의 관성慣性을 깨고 있다는 점에서 파토스적 주체마저도 사라지게 되는 까닭을 짐작할 수 있다. 반면에 이재훈은 유한성의 파토스를 적극적으로 끌어안고 있다. 이재훈의 시적 주체는 자기 소멸의 사태에 예민하게 감응함으로써 시적 파토스를 더욱 강화한다. 이러한 파토스는 분열의 주체가 아니라 실존적 주체와 강력하게 결합한다는 점에서 매우 현실적이다. 주체의 결여에 선험적 지위를 부여하지 않고 '결여'를 향해 나아가는 고통의 결을 시적으로 형상화한다.

그러나 이장욱과 이재훈에게 아쉬운 것이 있다면 여전히 주체의 기원과 소멸에 집중하고 있다는 점이다. 이장욱이 주체와 세계의 '생년월일'을 탐색하고 파괴함으로써 "새로운 세기"(『생년월일』)로 나아갈 채비를 하고 있다면, 이재훈 역시 "매일 소멸되어야 빛나는 / 뜨거운 강철"(『연금술사의 꿈』)에 대한 열망을 응축하고 있다. 그러나 이러한 시적 열망은 라캉 좌파^{Lacanian Left}의 관점에서 보자면 윤리의 원질^{原質}에 해당하는 태도라고 할 수 있다. 실재를 경유한 윤리적 주체는 뚜렷한 정치적 주체로서 성장할 필요가 있는 것이다. 최근의 시적 주체들이 대개 실재를 경유하는 데만 골몰할 뿐, 뚜렷한 정치적 윤리를 탐색하는 데 있어서 다소 소극적인 것은 아쉬운 대목이 아닐 수 없다. 주체의 윤리를 정치적 윤리로 확장해나가는 작업이 이루어질 때, 이들의 시가 보다 큰 진폭과 파장을 가질 수 있지 않을까.

유한성과 동일성 너머의 무한

이재훈·김영미의 시세계

1. 유한의 감성과 주체의 공백화

바디우는 낭만주의적 전통이 오늘날까지 남긴 유일한 정신적 자산이 있다면 유한성에 대한 예민한 자각이라고 정리한 바 있다. 인간은 본질적으로 유한성에 처해 있다는 자각은 인간의 모든 문제를 죽음에 귀착되게 하는 문제를 발생시켜왔다는 것이다. 열망과 좌절의 간극 속에서 발생하는 유한성의 파토스는 낭만주의 전통 이후 동일성의 시학이 지니고 있는 감성적 자질인 것이다. 따라서 오늘날의 시인은 본질적으로 죽음과 파국이라는 유한성의 예감에 치를 떠는 존재다. 낭만주의적 영원과 신성, 혹은 무한자를 향한 열망은 인간이 자각하는 유한성의 강도를 더해왔던 것이다.

유한의 감성은 어떻게 극복할 수 있는가. 바디우는 독특하게도 동일성의 대상인 무한을 일자一者가 아닌 다자多者로 해체함으로써 극복하고자 한다. 이른바 무한의 탈신성화. "무한을 아우라 없는 다수성들의 유형학 속에 산포시키기 위해 일자의 지배에서 *끄집어내*"는 것이다. 주체마저도 일자가 아닌 이자ㅡ者, 혹은 다자로 해체되고 빈 공간이 됨으로써, 무한과 주체는 일자가 아닌 오직 "무한한 다수들"로서만 존재하게 된다. "무한한 다수들"은 일자의 세계가 아니라 '빈 공간' 혹은 공백의 세계이다. 따라서 무한과 주체가 '공백'으로 환원되고 그 자체가 "무한의 다수들"이 됨에 따라 주체의 유한성은 해소될 수 있는 것이다.

이는 동일성의 시학(김준오)에 있어서 중대한 전환점을 시사한다. 인간 주체(유한)의 공백과 절대자(무한)의 공백이 다르지 않다는 점에서 유한 / 무한의 대립관계가 형성될 수 없기 때문이다. 따라서 바디우가 지향하는 주체는 '공백'을 감싸는 둘레가 없는, 일자ㅡ者를 폐기한 '비-전체'로서의 주체이다. 둘레를 제거한 인간 주체가 발산하는 무한의 공백은 무한자의 공백과 자연스럽게 겹치게 되는 것이다. 따라서 죽음과 소멸, 즉 유한을 극복하고자 하는 현대시의 한 방향은 주체의 공백을 둘러싼 테두리를 제거함으로써 주체의 자리를 무화(공백화)시키는 데 있는 것이다. 여기서 동일성의 시학은 무화되고 만다. 동일성의 시학이 절대·영원과의 분리의식을 해소하기 위해 무한자를 향한 유한자의 열망에 근거하고 있는 것이라면, 바디우의 주체 관점에서 동일성의 욕망은 폐기되어야 마땅한 것이기 때문이다.

동일성의 시학(김준오)에서 시적 주체는 보다 큰 일자ㅡ者로 귀속되고자 하는 열망을 지닌다. 대립과 적대 관계 속에서 이 세계가 아닌 다른 세계를 향한 열망을 품게 되는 동일성의 욕망은 서정적인 것과는 전혀 다른 차원을 내포한다. 에밀 슈타이거가 지적했듯이 서정적인 것은 세계와의 조화로운 상태 그 자체라면, 지금 여기의 세계를 부정하고 다른 세계를 열망하는 동일성은 파토스를 필연적으로 동반하기 때문이다. 왜소한 존재로서의 주체는 이 세계의 결핍과 유한성을 극복하기 위해 영원과 무한의 세계를 동일성의 대상으로 삼는다. 세계의 유한성을 향한 대립과 갈등 속에서 배태된 적대적 감정이 바로 파토스이며, 영원한 무한자를 향한 동일성의 욕망을 충동하는 배면이 되는 것이다.

그러나 바디우의 철학적 관점에서 동일성의 시학은 극복대상이 되고 만다. 바디우에게 동일성의 시학은 낭만주의적 전통에서 유한성의 파토스를 이어받은 일자一者 중심의 세계관적 산물이다. 바디우는 유한과 무한의 대립이라는 낭만주의적 유산을 극복하고 주체의 공백 속에 내재한 무한의 공백을 읽어냄으로써 모든 것이 죽음(유한)에 귀착되고 마는 오늘날의 정신성을 극복하고자 하는 것이다. 일자로서의 주체와 무한에 감금되지 않고 주체와 무한을 감싼 테두리를 제거함으로써 '공백'이라는 '비-전체'를 발견하는 것. 이로써 유한자로서의 동일성 욕망이 응축하고 있는 유한성의 파토스를 벗어날 수 있다는 것이다. 이는 허무주의적 탈주체 이론과는 전혀 다른 것으로 주체의 윤리를 가장 극단적으로 정립해 나가고자 하는 정치적 주체이론의 근간이 된다.

이런 관점에서 최근의 시를 읽는 일은 의미 있을 것이다. 1990년대 이후 한 흐름을 형성해왔던 주체의 균열과 유한의 감수성은 여전히 한국시의 상당 부분을 지배하고 있기 때문이다. 이재훈과 김영미의 시들 역시 이러한 흐름과 무관하지 않다.

2. 신성神聖의 파국과 균열의 기록

이재훈의 시는 신성神聖을 욕망한다. "인간에게는 누구나 시원始原에 대한 원대한 물음"이 있으며, "문학하는 이유가 자기 구원이라는 생각에는 변함이 없다"(「흠의 고백」)는 제1시집(『내 최초의 말이 사는 부족에 관한 보고서』, 2005)의 고백을 환기한다면, 그의 시적 지향이 무엇인지 짐작할 수 있다. 인간 개체와 시원을 연결 짓는 원대한 꿈은 시의 유년을 지배했던 열망이 아닐 수 없다. 시가 자기 존재에 대한 물음에서 발원되고 사회로 확장되는 과정에서 존재와 우주, 그리고 근원과 시원의 문제는 필연적으로 거쳐야 했던 물음이기 때문이다. 이재훈의 제1시집은 바로 그런 물음들로 가득 차 있었다. 예컨대 "새의 등을 올라타고 세상을 구경하고 싶었으며 나스카 평원에 새겨 넣은 神의 형상을 한눈으로 보고 싶었다"(「나스카 평원을 떠난 새에 관한 이야기」), 혹은 "나는 어머니가 믿는 神의 안부가 궁금해졌지"(「사수자리」)라는 부분만을 보더라도 그의 시에 내재된 신성에의 욕망이 확인된다.

'신성'은 자기 구원의 언덕이다. 그러니까 이재훈의 시는 자기 구원을 위한 '신성'에의 탐구에서 시작된 것이다. 따라서 이재훈의 첫 시집은 '신성'에의 탐색으로 가득하다. 정확히 말하자면 신성에의 탐색과 거기서 비롯된 균열의식으로 가득하다. "천 년 동안 날아가고 천 년의 천 년을 날아가지. 아무리 날아도 어딘가로 닿지 않지. 시간을 견디지 못해 몸은 찢어졌지"(「순례 2」)처럼 신성은 시인의 접근을 쉽사리 허락하지 않는다. '신성'의 분리는 인간의 전락顚落과도 무관하지 않으므로 시인의 시선은 인간의 깊은 무의식("잠속으로 들어가는 입구는 / 깊은 동굴이었지" — 「사수자리」)과 드넓은 천공天空을 향하지 않을 수 없다. 거기서 발원되었던 것이 시인의 '말', 곧 시詩이다. 이재훈의 시적 주체는 신성에 가닿은 시원의 언어를 찾아 "최초의 말이 사는 부족 속으로 들어가" "노래 부르는" 시의 "추장"이 되고자 하는 것이다. "내 목을 자르고"서라도 말이다(「내 최초의 말이 사는 부족에 관한 보고서」).

6년만의 시집 『명왕성 되다』(2011)는 신성에의 동일성 욕망이 결국 파국에 이르렀음을 보여준다. 제1시집에서도 그 균열과 파국의 징후가 보이긴 했지만, 제2시집만큼 적나라하지는 않았다. 자기 구원의 문학적 가능성이 제2시집에서는 여지없이 파국을 맞이하고 있는 것이다. 그 구체적 징후는 우선 '소멸'에 대한 압도적 감성에서 드러나는데, 「대황하」 연작시편은 인간을 지배하는 소멸의 역사를 형상화한다. 시인은 신성이 떠나간 이 세계를 "소멸을 향해 스스로 전진하는 몸짓. 눈물나도록 아름다운 풍경"(「대황하 1」)으로 진술한다. 이 소멸의 세계에는 이제 더 이상의 구원은 없다. 이재훈은 말한다. "당신의 세상은 불구의 시간이 시작되는 때" "우주에서는 아무도 당신의 비명을 들을 수 없"으므로 "일부러 가부좌를 틀 필요는 없다."(「앉은뱅이꽃」) 그렇다면 그토록 갈구했던 신성神聖은 어디로 갔는가? 이재훈의 시에서 신성은 이 세계와 회복할 수 없는 간극을 지닌 것으로 그려진다.

밀었다. 저 새. 군무의 몸짓이 공중을 긋고 지나갈 때. 하늘 귀퉁이 구름을 밀었다. 타인의 몸 몇 개를 밀었다. 늙은 햇살이 들판을 토닥토닥거릴 때. 밀었다. 어둠 속으로 햇살을 밀었다. 이 세계엔 바람이 없다. 밀고 밀린 생들이 서로 겹쳐 희붐히 향기만 가득할 뿐. 잊혀진 고향 땅만 언뜻언뜻 보일 뿐. 지겹다. 밀고 밀었다. 눈을 감았다. 도도록한 마음 가운데 한 머리가 덜컹 떨어졌다. 팔짱만 긴 몸이 잠시 움찔했다. 파릇파릇 새로운 몸이 피어났다. 당신의 형상은 몰라요. 부서진 뼈의 향기는 달콤했다. 어떤 운명을 잠시 밀었다. 물 쪽으로 향한 구름에 몸을 던진다. 저 새.

— 「건기乾期의 새」 전문

더할 나위 없이 아름다운 위 시에서 시인은 회복할 수 없는 신성을 노래한다. 이 세계엔 우주의 저 끝에 있을 신성神聖으로 밀어줄 바람이 존재하지 않는다. 다만 겨우 "밀고 밀린 생들이 서로 겹쳐 희붐히 향기만 가득하"고 "잊혀진 고향 땅만 언뜻언뜻 보일 뿐"이다. "밀고 밀린 생들"이라 했지만, 사실 이들은 모두 '밀리고 밀린' "생들"이다. 건기의 하늘을 나는 새는 이미 지쳤다. 신성의 세계는 이제 인간계와 분리되었으며, 그 간극을 극복하기에 너무 메말랐다. '건기乾期의 새'란 신성을 도저히 회복할 수 없는 세계에 처한 인간의 비극을 아련하게 드러낸다. 신성神聖이란 이제 이렇게 진술된다. "당신의 형상은 몰라요. 부서진 뼈의 향기는 달콤했다." 그럼에도 구름에 몸을 던지는 새야말로 인간의 운명을 의미하지 않는가, 라고 말하기에는 신성과 인간의 간극에서 비롯되는 피로도가 이미 역치에 달했다. 역치 이후엔 죽음의 파국만이 남을 것인가.

그나마 아름답게 형상된 이 비극의 세계는 「만신전萬神殿」에 이르러 그 끔찍함이 폭로되고 만다. "저는 오래전 아버지를 죽이고 자유를 얻었습니다. 그 뒤로 수많은 신들이 제 속에 들어와 소리를 지릅니다. 홀짝홀짝 살들을 빨아 먹습니다." "허공의 사다리엔 긴 목을 가진 시체들이 걸려 있습니다."(「만신전萬神殿」) 신성을 향한 인간의 열망은 숭고함을 잃었다. 이재훈은 숭고함을 상실한 이 결핍의 자리를, 신성이 인간의 살들을 '홀짝홀짝' 빨아먹는 이미지로써 끔찍하게 드러낸다. 신성과 인간 사이의 간극을 힘겹게 건너가는 "허공의 사다리"에는 "긴 목을 가진 시체들"이 주렁주렁 걸려 있는 것이다. 그리하여 신성의 세계는 해체되고 만다. "처형의 시간" 이후 도달한 "연옥의 산"에서조차 "그 어떤 존재도 이름이 없다"(「연옥의 산」)는 사실은 '신성'을 향한 낭만적 환상이 여지없이 파국을 맞이했음을 드러낸다. 그러므로 "신성한 사랑에 대해 논"하는 일이란, "구름"과 같은 헛된 것을 먹는 것에 지나지 않으며, 결국 "구역질이 나서 / 나무의 텅 빈 몸에 구름을 토하"(「카프카 독서실」)는 비루함에 맞먹는다. 그런데, "텅 빈 몸"이라니. 시인은 비로소 주체의 자리를 '빈 공간'으로 인식하기 시작한다. 신성과 개체의 영성적 동일성을 추구했던 시인의 세계관은 주체의 '결여' 쪽으로 기우는 것이다.

> 그동안 숨어 있던 마음의 보풀이
> 비늘처럼 떨어집니다.
> 입김을 불면 그대로 내 살들이
> 냄새를 풍기며 날아갑니다.
> 비린내가 가득합니다.
>
> —「물에 대한 사소한 변론」 부분

> 고가도로 아래로 바람이 분다.
> 땅속으로 분다.

이 세계의 배꼽 속으로 분다.

모든 허공으로 분다.

모든 공허 속에 인다.

—「미궁의 열두 번째 통로」 부분

　신성神聖을 향한 욕망이 "마음의 보풀이 / 비늘처럼 떨어지듯" 허물어
진다. "입김을 불면" 그대로 "냄새를 풍기며 날아가"는 "살들"의 "비린
내". 신성의 확신으로 가득 차 있던 주체는 비로소 악취를 풍긴다. 강한
신념은 비린 냄새를 숨긴다. 암석처럼 단단한 주체는 허물어질 때 비로
소 독한 비린내를 풍긴다. 비린내는 주체의 강도에 비례하리라. 주체
가 '빈 공간'이라는 자기 파국의 비수는 마침내 신성神聖을 향해 거침없
이 나아간다. "고가도로 아래" 부는 세속의 "바람"이 "땅속으로", "이 세
계의 배꼽 속으로" 불듯이 말이다. 그런데 "땅속", "이 세계의 배꼽", "모
든 허공", "모든 공허"의 병치는 결국 하나의 의미망으로 귀결되지 않는
가. 이 병치는 '신성'을 담지하고 있을 "세계의 배꼽"이 "허공"이자 "공
허"임을 웅변한다. 그렇다면, 신성에 닿고자 했던 주체는 '빈 공간'으로
서의 '신성'과 합일을 이룬다. 그러나 이 합일은 절대적 무한으로서의
'신성'을 부정하고 주체의 확실성을 부정하는 데서 이루어지는 합일이
다. 이와 같은 주체와 신성神聖의 파국 속에서 이재훈의 시적 세계관은
극적인 변화를 겪고 있다. 제2시집의 제목이 『명왕성 되다』인 것도 우
연은 아니다. 태양계의 궤도로부터 이탈된 명왕성은 주체와 신성神聖의
궤도를 이탈한 존재의 비유에 다름 아닌 것이다.

거울엔 과녁이 없다.

내가 거울에 입을 맞추면

오히려 그는 없고 내 얼굴만

환하다.

어디를 찔러도 되돌아오는 아픔.

거울은 고요다.

어떤 사연도 담지 않고

내가 볼 때마다 붉게 충혈된

눈만 되돌려 주며

침묵하는 사태.

나는 도시의 은유에 머물렀다가

집에 돌아와 거울을 보며 와르르

내 얼굴이 무너짐을 본다.

형체 없는 얼굴,

소실점으로 모이지 못하는 얼굴,

─「거울 속의 얼굴」 부분

겨냥할 과녁이 없는 세계. 욕망의 대상이 사라짐으로써 주체는 결국 '나'라는 존재의 "소실점"을 상실하고 만다. 이 "소실점"은 주체의 '누빔점'이 아닌가. '누빔점'을 상실한 주체의 파국이야말로 이재훈의 시가 새롭게 진입한 세계의 진경眞境이다. 하여, 시인에게 '시詩'란 시원始原의 신성神聖을 향해 날아가는 '자기 구원'의 언어가 아니라 "어머니가 없는 공허한 시"에 지나지 않으며, 시인조차도 "재킷을 입고 시를 쓰"(「재킷을 입은 시인」)는 세속화된 존재에 지나지 않는다. 이토록 극적인 세계관의 변화 속에서 상처는 피할 수 없다. 시인은 단지 '자기 구원'의 "일생을 꿈꾸었을 뿐인데", "챙, 소리에 놀라 보니 사방에 깨진 파편들이 빤짝"이는 것이다. "깨진 기왓장"의 "천 년을 건너온 어떤 눈동자"에 시인은 "스윽" "손을 베이"고 만다(「동경銅鏡」). 파국의 과정에서 시인은 깊은 상처를 입는다. 이 상처의 깊이는 '신성神聖'을 열망했던 시인이 경험한 자기 파국의 강도를 알려준다. 따라서 이재훈의 제2시집은 신성神聖을 희구했던 주체가 비로소 맞이한 파국의 세계와 그 안에 새겨진 고통과 균열의 기록이라고 할 수 있다.

3. 욕망과 허무의 난경難境에서 주체의 무한으로

김영미의 제1시집(『비가 온다』)은 욕망의 문명을 '산책'하며 차곡차곡 쌓은 비관과 우울, 그리고 그 경계 너머를 향한 치열한 탐색의 기록이다. 실제로 제1시집은 전락顚落한 문명 속을 떠도는 시의 행적이 전면에 드러나는데, 「퇴행」, 「카드나무 당신」, 「타워크레인」, 「제5문명기」, 「서면西面 우리들의 도시 국가」 등의 시들에서 문명 속을 부유하는 시인의 내면을 만날 수 있다. 시인에게 도시 문명은 "욕망의 돌림병이 거리를 휩쓰"(「냉장고」)는 "무한 갈증의 시대"(「제5문명기」)이다. 이 문명 속에서 시인은 "마음을 베인 적이 있"(「민들레 시론」)으며 "길을 잃거나 암전"(「퇴행」)된 상태다. 그럼에도 불구하고 시인은 "일찍이 내 꿈은 / 썩지 않는 정신이었다"(「냉장고」)라고 고백하기도 한다. '썩지 않은 정신'은 문명에 감금되지 않는 문명 너머의 세계를 예감할 줄 안다. 무엇보다 문명의 경계에 대한 의식, 다시 말해 경계의식으로써 능동적인 국외자를 꿈꾼다. "한 잎 한 잎 철조망을 젖히며 총신을 겨누어도 죽은 듯 엎드려 있는 저 신기루 같은 집과 건물, 그 위로 더운 기류만이 전깃줄을 그어대는 저 곳이 내 의식이 넘어야 할 경계"(「접경지대」)라고 했을 때, 이 '경계'에 대한 탐색이야말로 시인이 제1시집에서 추구했던 시적 사유이자 정신이다.

경계 너머의 탐색은 '너머'로의 이행을 충동한다. 실존의 기반을 허물고 '너머'의 세계로 이행하기란 실제적으로 불가능하다. 불가능성의 가능성이라는 모순적 어사 역시 '불가능성'에 '낭만적 아이러니'라는 시적 정조를 부과하기 위한 수사修辭일지도 모른다. "나는 끝없이 내 반경에 도전한다 그러나, / 삶이란 여러 사람이 넘기는 한 권짜리 단행본 / 돌아보면 나는 늘 첫 페이지에 있다"(「윈도우 브러쉬」)는 고백처럼 그의 탐색은 늘 원점으로 되돌아간다. '탐색'이 '이행'으로 전환되지 못할 때, 시적 주체는 죽음충동에 직면한다. "길을 잃어버리는 나는 / 앉으면 고철 / 누우면 파지다 / 모든 부스러진 기억들은 / 이미 비철이다 / (…중략…) / 신호등이 바뀌었다 / 나를 밟아라"(「고파비 철지철」) 문명의 경계 너머, 그리고 문명적 주체 '너머'를 열망하는 시인이 어느 한계에 봉착하게 되었을 때 시인은 항용 자기죽음을 대면한다. 탐색의 동력 상실은 시인의 응시를 자기육체로 향하게 한다. "귀에서 말간 물이 흐르"고 "기억의 지붕이 샌 지는 오래"(「누수」)인 육체의 한계는 곧 사유의 한계가 전이된 결과이다. 혹은, 상징계를 파괴하는 수단으로써 죽음만한 것이 없기 때문이다.

제2시집『두부』의 숱한 죽음 이미지 역시 탐색의 극한에서 어떤 해방구를 찾고자 하는 열망에서 비롯된다. 하여 이 죽음은 '너머'에 대한 사유의 포기를 의미하는 것이 아니라 '너머'를 향한 보다 강렬한 의지의 표현이라고 할 수 있다. 이 시집의 첫 시에서 "오, 반가워라 번개 / 번개가 올 조짐 // 몸 속 석유통을 꺼내어라 / 뚜껑을 열어라 / 정수리에 심지를 박고 / 번쩍이는 번개, 도화선을 지펴라"(「즐거운 번개」)거나 "삶보다는 죽음 / 죽음보다는 자살이란 말이 / 더 솔깃하"(「비단끈」)다는 진술에서, 시인의 내면에서 들끓고 있는 저 '너머'를 향한 도저한 열망을 읽을 수 있다. 시인에게 필요한 것은 "혈서"와 같은 "격문"(「격문」)이며, 생을 뒤흔들 죽음의 배수진이다. 물론 죽음에서 비롯되는 도저한 허무주의는 투쟁적 '격문'을 자폐적 '유서'로 전락시킬 가능성을 내재한다. 시인 역시 제2시집에 이르러 죽음에 그을린 내면으로부터 자유롭지 않지만, 욕망에 대한 비판적 통찰과 허무주의의 경계를 절묘하게 넘나든다. 김영미의 허무주의적 태도는 문명에 대한 비판적 시선을 배면에 깔고 있는 것이다.

동질성에서인가? 그득 쌓인 책 위에 먼지가 그득 쌓여 있다 내용에 앞서 필연적일 수밖에 없는 제목에 대해 먼지는 며칠 또는 몇 달째 긴 묵상 중에 있다 햇빛보다는 그늘 쪽인 먼지는 컴컴한 구석을 주로 거닌다 십 년을 꿈쩍 않는 가구들의 해묵은 그림자를 걸치고 말하기보다 침묵을 좋아하는 먼지는 TV 브라운관 속이나 스피커 떨림판 속에 소복이 귀를 모으고 있다 靜的이나 급속히 動的으로 팽창하기도 하는 먼지는 이리 저리 떠도는 마음을 따라 무작정 헤매기도 한다 이율배반적이기도 한 먼지는 장식장을 붙들고 있으면서도 장식이기를 거부하고 자유롭기 위해 무한궤도를 꿈꾸면서도

돌아가는 선풍기 날개를 죽어라 부여잡고 있기도 한다 그 먼지는

우주에서 보면 모든 것이 다 티끌인데
꽃도 별도 사람도 다 티끌인데

독자적이고자 하는 그 먼지는 보다 깊고 보다 높은 곳에 저만의 공간을
마련하고 마침내 없음에 이르고자 한다 그러면서도 올이 고운 보송보송한
옷과 향기로운 화장품 뚜껑에 한없이 집착하는 그 먼지는 한 칸짜리 집과
한 평짜리 사무실을 꽉 붙들고 한 발짝도 나가지 못한다 그 먼지는

—「그 먼지는」 전문

'먼지'는 존재의 허무를 환기한다. 먼지의 존재론적 비유는 자칫 상
투적일 수 있지만, '먼지'와 '묵상'의 이미지 결합을 통해 이 시는 참신
한 생명력을 얻는다. "먼지"의 "묵상"은 사실 '죽은 자'의 묵상이며 죽음
을 사유하는 '나'의 묵상이기도 하다. "보다 깊고 보다 높은 곳에 저만
의 공간을 마련하고 마침내 없음에 이르고자 하"는 '먼지'는 모든 존재
의 완료된 미래다. 그런 점에서 삶의 허무를 철저하게 응축한 상태라
고 할 수 있다. '먼지'의 극한은 완전한 '무'에 이르는 것이지만, '무로의
완전한 귀환은 좌절되고 만다. '무'를 향한 욕망은 '제논의 역설'을 상기
시킨다. 표적에 닿을 수 없는 화살의 역설. '무'라는 표적에 주체의 의
식은 닿을 수 없다. 주체의 완전한 소멸이란 바로 그러한 불가능성 위
에 존재한다. 주체의 의식지향성은 주체의 자기 궤도를 지속적으로 유
지시킨다. 그러므로 주체는 "보송보송한 옷과 향기로운 화장품 뚜껑에

한없이 집착"하듯이 욕망의 "사무실"을 벗어날 수 없다. 달리 말하면 주체의 의식은 욕망에서 비롯되는 것이다. 그렇기 때문에 '먼지'의 형상을 뒤집어쓴 주체가 물적 욕망에 강력하게 결합되어 있다는 사실은 인간 주체의 '무'로의 환원이 얼마나 힘든 일인지에 대한 폭로이다. 하여, 허무와 욕망이 뒤얽힌 "화장품 뚜껑" 위의 먼지는 바로 주체의 실상이 된다. 먼지의 허무를 체득한 주체의 완전한 해탈은 좌절되고 결국 물적 욕망에 집착하고 마는 주체의 난경難境을 보여주는 것이다.

「그 먼지는」은 소멸할 수밖에 없는 주체가 '무'로 환원되지 못하고 욕망에 포획되고 마는 주체의 운명을 드러낸다. 소멸의 운명과 물적 욕망이 뒤섞인 인간의 실존에 대한 천착. 김영미 시인이 점유하고 있는 시의 자리는 바로 여기이다. 시인은 인간이 지니고 있는 덧없는 물적 욕망의 사태 속에서 소멸을 향한 존재의 실상을 보다 깊이 천착한다. 제1시집이 인간의 욕망에 대한 비판적 시각이 지배적이었다면, 제2시집에서는 소멸이라는 인간의 궁극적 사태에 내밀히 감응한다. "허공을 올려다보니 / 머리와 가슴이 없다 / 내가, 허공이다"(「虛空」)라는 진술도 그렇지만, "사람들이 나를 모래시계라 했다 / 나는 모래일 뿐"(「모래시계」). 이러한 인식에서 존재론적 허무의 태도가 잘 드러난다. "모래시계"가 도래할 죽음을 암시한다면 "모래"는 죽음 자체다. '나'라는 존재의 궁극을 향한 천착은 비관적일 수밖에 없음에도 불구하고 시인은 그 길을 도모하지 않을 수 없다.

찰나지만
무한 천공으로 사라지는 나를 목격한 후

나는 종래 그 발자국을 추적중이다

나를 달여 거른다면

비이커 밑바닥 한 조각 날선 사금파리

골수에 골수를 넣고 유리막대로 젓는다

저으면서 나는 생각한다

수억 년의 시간을 뚫고 빗방울 화석으로 태어난

비의 골수분자를

밤이 깊었다

하늘엔 유리처럼 투명한 이온들

촉매는

사방에 깔려있다

— 「밤의 광합성」 부분

　사라지고 말 '나'라는 존재의 본질은 "나를 달여 거른" "골수분자"로
진술된다. 이 "골수분자"는 다름 아닌 "날선 사금파리"다. 이 '사금파리'
는 "수억 년의 시간을 뚫고 빗방울 화석으로 태어난 / 비의 골수분자"이
다. '나'의 본질이 "날선 사금파리"라면 매우 당혹스러운 일이다. "날선
사금파리"는 매우 왜소하고 하찮을 뿐더러 상처를 내는 사물이 아닌가.
기호의 의미가 '차이'를 통해 생성되듯이 주체 역시 '나 / 너'의 이분법
적 '차이'와 '대립'에 의해서 형성된다. 주체는 본질적으로 이항대립과
이분법적 폭력을 바탕으로 형성된다. "날선 사금파리"는 이분법적 주

체의 날카로움을 의미하며, 그런 만큼 보잘 것 없고 왜소한 주체의 전락順落해버린 이미지이다. 그러나 보다 주목해야 할 것은 주체의 본질에 대한 시인의 탐색 그 자체이다. 「밤의 광합성」은 주체의 탐색에 대한 의지의 종결을 보여주지 않는다. 오히려 "하늘엔 유리처럼 투명한 이온들 / 촉매는 / 사방에 깔려 있다"는 점을 말하고 있지 않은가. 시인은 궁극적으로 다른 주체를 열망한다. 다른 주체는 주체의 바깥을 받아들이는 순간 형성된다. 이는 곧 주체의 '바깥'에 대한 열망이다. 제1시집에 보여주었던 문명의 '바깥'에 대한 열망이 제2시집에서 주체의 '바깥'에 대한 열망으로 전이된 것이다. 그러나 이 둘은 본질적으로 동일한 열망이다. 제1시집의 시적 주체가 문명에 점유된 주체였고 이 주체의 '바깥'은 곧 문명의 '바깥'을 지시하기 때문이다. '바깥'은 전복적인 힘을 지닌다. 그리고 '바깥'의 침투가 곧 주체를 확장시킨다는 점에서 바깥을 향한 시인의 욕망과 좌절은 시적 사유의 중핵을 이루게 된다.

나를 열면

바깥이 흘러들어와

내 안을 가득 채운다는 우주

그 곳을 향해 무한히 나아가고 싶지만

딱딱해진 날개 안에 웅크린 한 마리 갑충처럼

지구본에 꽂혀 다만

나를 잡고 파닥거린다

— 「나의 바깥」 부분

우주의 무한은 시인의 열망이다. 주체의 허무와 한계를 넘어 주체의 경계를 무한히 넓히고자 하는 시인의 욕망은, 그러나 좌절되고 만다. 주체는 무한을 열망하지만, "딱딱해진 날개 안에 웅크린 한 마리 갑충"에 지나지 않는다. "지구본에 꽂혀" 있다는 것. "꽂혀" 있는 지점이 바로 유한에 묶인 주체의 자리이다. 그곳에서 "나를 잡고 파닥거"리는 자는 누구인가? 그것 역시 '나'가 아닌가? "지구본"에 꽂힌 자리를 벗어나는 순간에야 비로소 '나'로부터 헤어날 수 있다. 주체의 '의식지향성'은 결국 '나'를 "지구본"에 꽂아두고 주체의 해방을 갈망하는 역설에 처한다. 해방의 순간 주체는 무한을 경험한다. 무한은 무엇인가? 그것은 "기적처럼 / 껍질과 알맹이의 근원적 대립이 몸을 풀고" "마침내 모든 입자가 하나로 어우러지"는 것. 모든 입자들은 '대립'에서 벗어나 '하나'로 융합된다. 그러나 "하나"로 융합되는 세계는 동일성의 욕망과는 다른 차원의 세계이다. 그것은 일원론적 주체로 귀속되지 않고 '무한'한 차이들이 공존하는 다원론적 주체의 세계이다. 이 주체는 무한하며 자유롭다. 시인은 이러한 주체를 제2시집의 표제작인 「두부」로 형상화한다. "무색무취에다 자의식이 없"고, "모든 맛과 거리를 두고 있어 어느 쪽으로도 기울지 않는" "무아무상"의 두부. 그래서 시인은 "나의 화두는 두부이다"라고 선언한다. '두부'는 주체의 유한성 따위는 아랑곳없이 "온몸으로 칼을 받아들여 칼의 길이 되어버린다". "순하"고 "따듯하고 착"한 두부 속에 '무한성'이 이미 내속되어 있다. 견고한 주체로부터 "무아무상"의 형태로 진화하고자 하는 시인의 열망이야말로 제2시집 『두부』의 중핵에 해당하는 시적 사유라고 할 수 있다.

4. 동일성의 유지와 해체의 너머

　현대시의 핵심적인 사안은 동일성의 수용 문제이다. 동일성에 대한 시인의 관점에 따라 시적 세계관이 확연히 달라지는 동시에 동일성의 유지와 해체 사이에서 다양한 시적 변주가 발생하기 때문이다. 파토스를 동반하는 동일성의 욕망은 필연적으로 다른 세계를 열망한다. 이 열망은 이 세계가 지니고 있는 중대한 결함에서 비롯된다. 영원의 세계와 동일화되고자 하는 욕망은 인간의 유한성에 대한 비극적 인식과도 무관하지 않다. 따라서 낭만주의적 전통 속에서 동일성 욕망의 감성적 자질에는 필연적으로 파토스가 동반되는 것이다. 보편자와 개별자의 동일성을 확신했던 낭만주의는 영원과 동일화되는 엑스터시를 시적으로 체현할 수 있었다. 그러나 그 엑스터시는 영원성의 결락缺落에 따른 파토스를 예비해야만 했다. 무한을 향한 열망과 좌절 속에서 '낭만적 아이러니'가 발생한다는 점을 생각하면 낭만주의의 본질이 무한과 유한의 길항관계에 있음을 쉽게 짐작할 수 있다.

　이재훈의 시가 신성神聖을 향한 동일성의 욕망에서 신성의 파국과 주체의 균열로 변화하는 예에 해당한다면, 김영미의 시는 욕망과 허무의 난경을 넘어 주체의 무한으로 나아가고자 하는 열망을 드러내는 예라고 할 수 있다. 그러나 이들의 시는 유한성의 파토스를 드러낸다. 이재훈의 파토스가 신성의 파국 이후 소멸할 수밖에 없는 인간의 유한성에서 비롯된다면 김영미의 파토스는 주체의 경계를 확장시켜 무한에 이르고자 하지만 좌절할 수밖에 없는 현실에서 비롯된다. 이들의 파토스는 기본적으로 주체의 바깥, 즉 무한을 향한 열망과 좌절을 응축한 것이다. 이들의 시적 주체는 모두 고립되어 있다. 고립된 주체는 동일성을 열망한다. 그러나 이들의 시는 모두 동일성의 대상을 근본부터 다시 탐색하는 과정에 있으며, 주체마저 재구축하는 고통스러운 과정을 보여준다. 그 균열 속에서 발생하는 유한성의 파토스가 바로 이들의 시가 발산하는 시적 감성의 본질이다.

결과적으로 이재훈과 김영미 또한 낭만주의의 현대적 영향에서 크게 벗어나지 않는다. 이재훈의 시는 영원의 다른 이름인 신성神聖을 향한 열망을 지녔으나 파국을 맞이한 유한자의 내면적 기록이고, 김영미의 시는 욕망과 허무의 난경 속에서 일자一者로서의 주체를 폐기함으로써 유한성에서 해방되고자 하는 시적 사유를 보여주고 있기 때문이다. 이들의 시적 감수성은 신성과 무한을 향한 열망의 파국 이후 유한성의 파토스로 전화轉化해 간 것이라 볼 수 있다. 그러나 이들의 시가 비로 주체의 공백을 통해 열리는 무한의 세계에까지 도달하지 못했으나 주체의 공백을 탐구해나가는 과정 속에 있음을 주목할 필요가 있다. 유한성의 감성에 지배당하고 있음에도 불구하고 주체의 '빈 공간'(공백)을 발견함으로써 주체를 재구축하고 유한의 감수성을 극복하고자 한다는 점에서 동일성의 유지와 해체 사이에서 시적 주체가 겪고 있는 곤경과 가능성을 동시에 드러내고 있기 때문이다.

오이디푸스의 지옥에서 주체의 무한으로

조말선의 시세계

　현대시는 주체의 심연을 들여다본다. '타자는 지옥이다'라는 사르트르의 말은 이제 '주체는 지옥이다'로 바꾸어도 됨직하다. 물론 이때의 주체는 이미 타자의 문제를 포괄한다. 타자로부터 비롯된 주체의 형성은 그 기원부터 분열을 껴안는다. 주체를 둘러싸고 있는 상징계의 결여는 주체를 지옥에 빠뜨린다. 주체는 있는 것도 아니며, 없는 것도 아니다. 생각하는 것도 아니며, 생각하지 않는 것도 아닌 이 분열이야말로 주체가 지옥에 빠질 수밖에 없는 근본적인 이유다. 이런 지옥에의 대면은 시적 주체의 운명이다. '상징체계의 0도'(줄리아 크리스테바)를 응시하는 것. 이것이야말로 시적 언어의 본질이다. 때문에 시적 언어는 상징체계에 파열음을 남기며, 그 파열음을 통해서 새로운 시적 주체로 나아간다. 시적 주체는 언제나 분열의 과정에 있으며, 지옥 속에 있다. 이러한 지옥을 윤리적 지옥이라 불러도 될까? 지옥에도 윤리가 있을 수 있는가? 지옥에서조차 윤리에 강박당하는 것이 온당한 일인가? 그러나 이 지옥은 즐거운 지옥이며 쾌감을 동반하는 지옥이다. 주체와 상징계의 분열을 획책하고 확인하는 쾌감. 이것은 '시적 언어의 혁명'을 추동하는 힘이다.

조말선의 시적 텍스트 역시 주체의 심연과 더불어 '상징계의 0도'를 관류한다. 첫 시집『매우 가벼운 담론』(2002)을 지배했던 것은 '감금'의 이미지이다. 새장, 모종컵, 화분 등으로 형상되는 '감금'의 이미지는 물론 상징계의 억압을 강렬하게 드러낸다. "세상의 악기는 감옥이었네 / 소리는 악기 속에 갇혀 / 꿈을 조율하였네 / 아름다운 노래는 그때 / 탈옥을 꿈꾸는 자의 탄식이었네"(「새장」) 상징계의 억압과 관련하여 조말선은 아버지를 불러낸다. "아버지가 모종컵 속에 나를 심는다 아가야, 어서어서 피어라 너를 팔아 새 눈알을 사야지"(「거울」) "자상한 아버지는 모자를 벗기고 내 목을 잘랐네"(「화분들」) 그러나 가련해라, 이 아버지는 또한 갈가리 "찢어지는 아버지"이다. 주체가 결여에 근거한다면, 대타자인 상징계 역시 결여를 껴안는다. 주체와 더불어 아버지라는 상징계 역시 찢겨지는 대상에 지나지 않는다.

새장을 샀다 새장 속에 앵무새가 있었다 이름을 물었다 나는 새장이야, 앵무새가 말했다 새장 앞에 거울을 들이대고 물었다 너는 새장이군, 앵무새가 말했다 기분이 상한 나는 앵무새를 날려보냈다 새장 속에 고양이를 넣고 이름을 물었다 나는 새장이야, 고양이가 앵무새처럼 말했다 화가 난 사람들을 데리고 와서 고양이의 이름을 물었다 이것은 검은 새장이군, 사람들이 앵무새처럼 말했다 나는 고양이를 꺼내고 구름을 넣었다 나는 구름에게 이름을 붙여주었다 너는 새장이야, 나는 앵무새처럼 말했다 구름은 앵무새 모양이 되었다가 고양이 모양이 되었다가 비가 내린 어느날 사라졌다 나는 텅 빈 새장 속으로 들어갔다 사람들이 다가와서 이름을 물었다 텅

빈 새장이야, 나는 앵무새처럼 말했다

—「앵무새」 부분, 『매우 가벼운 담론』

　위 시에서 새장 속의 내용물과 새장은 구분되지 않는다. 주체는 새장이라는 상징계와 한 몸이다. 상징계가 안고 있는 결여로 인해 새장은 "검은 새장"이다. 새장이 텅 빈 것이라면, "나" 역시 텅 빈 것. 시적 주체는 "텅 빈 새장"이다. 시적 주체는 새장에 대한 의문을 가진다. 새장은 질문의 습속을 껴안는다. 새장 속에서 "질문들은 성숙"해지고, "질문들은 스스로 대답을 낳"게 되며, "대답 속에서 촉촉한 질문 하나가 태어난다."(『매우 가벼운 담론』) 질문의 습속은 주체의 본질이다. 주체는 질문하고 대답하고 질문한다. 이 끝없는 연쇄야말로 시적 주체의 기원이자 진보라고 할 수 있다. '상징계의 0도'에 저당 잡힌 시적 주체는 질문의 과정 속에서 다시 발아하는 주체다. 새장을 파괴하고자 하지만, 그 속에 생성되는 질문이야말로 주체의 근간이 되며, 그로 인해 시의 언술이 형성된다. 새장은 전복의 대상인 동시에 주체의 "모종컵"(『거울』)이어서 주체는 새장(아버지)과의 분열을 공존으로 번복하고, 다시 분열로써 번복한다.

　두 번째 시집의 표제작인 「둥근 발작」 역시 시적 주체의 국면을 매우 명징하게 드러낸다. "자유와 억압의 이중구조 안에서"의 "둥근 발작"(「둥근 발작」). 상징계는 자유와 억압의 이중구조이다. 주체는 자유인 동시에 억압이다. 주체의 형성을 통해 자유를 획득하는 순간 주체는 상징계 내에 갇히고 만다. 사과묘목에 열리게 될 사과처럼 주체는 '둥근 발작'이다. 인간의 주체는 광기, 즉 발작에 근거한다. 자유와 억압의 이중나선구조를 영구적으로 순환하며 발생하는 것이 주체의 실상이다. 조말선은 상징계의 허물을 벗겨내는 동시에 주체의 허물마저도 벗겨낸다. 상징계와 주체가 상징계적 주체로 연동되어 있음에 따라 상징계의 전복을 통해 주체의 재구성을 시도하는 경우가 일반적이지만, 조말선은 주체의 '빈 공간'에 대해서도 만만찮은 시선을 작동시킨다. 이는 상징계(아버지)의 파열 이후 주체를 향해 갈 파괴적 질문을 암시한다. 상징계에 대한 강한 대타의식에서 비롯된 조말선의 시적 주체는 결국 주체 그 자신을 향한 질문과 부정으로 나아간다. "자정에 / 이 생각 저 생각을 눕혔다. / 내 얼굴을 벗겼다."(「프라이팬」) 이런 식의 자기부정은 시적 주체를 당황케도 하지만, 결국 시적 주체의 분열을 당위적인 것으로 받아들이는 것으로 귀착된다. 예컨대 "분산적인 시선에 당황하며 초원을 보"는 시적 주체는 "고정적인 시선을 버리"고 "분산적인 시선을 모으고 싶"어 하는 것(「분산적인 시선을 보는 고정적인 시선」). 분산적인 시선에 의한 주체의 분열은 상징계의 파열을 넘어선 이후의 주체로 회귀한다. 이는 조말선의 시가 상징계의 파국을 지나 보다 근본적인 분열의 지점을 향해가는 증좌다.

　　번복의 계절이다 올해의 벚나무는 작년의 벚나무를 번복하고 올해의 밤나무는 작년의 밤나무를 번복하고 올해의 장미 향기는 작년의 장미 향기를 번복하고 수많은 아버지들은 수많은 아버지들을 번복하고 수많은 엄마들은 수많은 엄마들을 번복하고 수많은 나는 수많은 나를 번복하고 신발이라곤 달랑 지구 하나 신발이 비좁은 가로수가 멈추어 선 거리마다 표지판들은 표지판들을 번복하고 신호등들은 신호등들을 번복하고 신발이라곤 달

랑 외짝 신발 한통속 갈아 신을 신발이 없고 달아날 두 다리가 없고 올해의
글라디올러스들은 작년의 글라디올러스들을 번복하고 올해의 번복의 성
장률은 작년의 번복의 성장률을 번복하고

—「번복하는 오이디푸스나무」 전문

오이디푸스는 두 번째 시집 『둥근 발작』을 지배하는 모티프다. 대타
자에 의해 거세당함으로써 자신의 눈알을 뽑아버린 오이디푸스는 영
원히 반복(혹은 번복)된다. 시인이 오이디푸스에 주목하는 까닭은 더 이
상 오이디푸스(상징계적 주체)의 극복에 있지 않다. 오이디푸스를 극복
했다고 믿는 순간 새로운 오이디푸스가 도래한다. 시적 주체는 이제
오이디푸스의 극복이 아니라 오이디푸스 그 자체에 주목한다. 한 구조
의 파열이 곧 새로운 구조를 낳듯이, 오이디푸스의 해체는 새로운 오
이디푸스를 초래한다. 모든 것은 반복된다. 이 반복은 사실상 구조적
차이가 없는 반복이므로 원래 상태로의 회귀와 다르지 않다. 여기서
반복은 번복이 된다. 원래 상태로의 번복. "수많은 아버지들이 수많은
아버지들을 번복"하듯이 "수많은 나는 수많은 나를 번복"한다. 시적 주
체는 번복의 과정에 놓여있다. 그렇다면 줄리아 크리스테바가 말한
'과정으로서의 주체' 역시 번복으로서의 주체에 지나지 않는다. 오이
디푸스는 조금의 미동도 보이지 않는다.

도끼는 나무의 구도를 뒤흔든다 나무는 구도를 바꾸지 않는다 도끼는 나
무를 상처낸다 나무는 태도를 바꾸지 않는다

—「오이디푸스나무의 신발」 부분

완강한 구도로서의 오이디푸스 삼각형은 이제 해체의 대상이다. "아버지를 경작"(「이식」)하듯이 오이디푸스나무의 tree에 매달린 t, r, e, e를 뿔뿔이 흩뜨린다. 오이디푸스 삼각형의 골조물을 선명하게 드러냄으로써 상징계적 권력의 기원을 폭로하고자 하는 시도(「오이디푸스나무의 뼈」). 상징계의 해체는 주체의 해체 시도와 맞물린다. 상징계의 결여를 깨달은 주체는 굳이 주체를 해체하려는 시도를 하지 않는다. 주체의 빈 구멍은 저절로 직관되는 것이기 때문이다. "벗자마자 내가 콸콸 쏟아지는 모자 벗자마자 내가 싹 사라진 모자"(「무덤들」), "나는 나를 맛볼 수 없었다 달칵, 압력솥을 열고 나는 나를 맛볼 수 없었다"(「나는 나를 맛볼 수 없었다」), "나는 분명함과 분명함 사이에 있다"(「커튼」) 등의 진술들은 주체가 무화되는 순간들을 포착한다. 아니, 다시 말하자면, 이런 무화의 순간에 시적 주체가 포획된다. 하여 '허공'을 감각하는 주체의 손은 "내 손과 당신 손이 느끼는 허공의 양은 같다는 결론"(「손」, 『시인세계』, 2011 겨울)을 거머쥐고 소실점을 향해간다.

　　한 손이 다른 손에게 구름을 건네주고 있었다 이 발이 저 발에게 바람을 건네주고 있었다 그것은 늘 움직이고 있는 한 손과 다른 손, 이 발과 저 발이어서 장소가 없었다 도착이 없었다 당신은 내 옆을 지나가고 있었다 나는 당신의 옆모습이 만족스럽지 않아 반쯤 표정을 숨긴 태도가 나를 외롭게 해 한 옆모습이 한 옆모습을 돌려세우려고 가고 있는 당신은 더 외로워 보여 그러니 당신은 이 봐 이 봐, 당신을 돌려세우려고 가고 있었다 외로움의 제복을 입고 당신에게 당신을 건네주고 있었다 제복의 아름다움은 길게 줄을 서는 것 그것은 늘 움직이고 있는 현상이라서 봄이 왔다 한 손이 다른 손에게 봄을 건네주고 있었다 이 발이 저 발에게 봄을 건네주고 있었다 저 소실점까지!

—「가로수들」 전문, 『미네르바』, 2012 여름

구름과 바람은 건네지고 있을 뿐 거처하는 장소도 도착도 없다. 구름과 바람이 '기의'라면 "한 손"과 "다른 손"은 '기표'로 치환 가능할 터이다. 그렇다면 가로수들은 '텅 빈' 기표들이다. 기표의 축을 따라 미끄러지는 기의들은 소실점으로 빨려 들어간다. 기표로서의 가로수들은 조말선의 시에서 실제 1, 2, 3, 4, 5, 6, 7, 8, 9로 형상되기도 한다(「무엇」, 『시와 세계』, 2011 여름). 이들은 모두 "무엇인지 알 수 없"는 기표들이다. 다만 "무엇"인가가 이들 기표의 자리를 스쳐 지나간다. 그 스쳐가는 흔적의 현실효과가 바로 주체의 자리이다. 그렇다면 주체는 존재하는 것인가. 이와 관련한 수학의 철학적 사유를 빌리자면, 주체는 기수基數와 같다. 집합의 원소 개수를 의미하는 기수 0은 공집합($\varnothing$), 1은 {$\varnothing$}, 2는 {$\varnothing$, {$\varnothing$}}, 3은 {$\varnothing$, {$\varnothing$}, {$\varnothing$, {$\varnothing$}}}, ……이다. 기수의 바탕이 공집합이듯이, 주체의 바탕 역시 빈 공간이다. 주체는 빈 공간으로서 기수의 자리를 점유한다. 그럼에도 불구하고 현실효과로서의 주체는 스스로의 빈자리를, 거기서 비롯되는 주체를, 실재하는 것으로 오인하고자 한다. 정수는 기수로부터 탄생한다. 그렇다면 정수 역시 비어있는 것. 비어있는 정수를 향한 극한의 열망은 바로 남근적 주이상스phallic jouissance와 다를 바 없다. 너무나도 '하찮은paltry' 남근적 주이상스! "당신이라는 장소에 도달하기 위해 / 손에서 발까지 걸어"가고, "배에서 등까지 걸어"간다.(「손에서 발까지」, 『시와 표현』, 2011 가을) 하지만 "당신이라는 장소"

는 부재하며 영원히 도달할 수 없는 기수의 자리와도 같다. 마찬가지로 이것은 당신 또한 '나'에게 결코 도달할 수 없음을 말해준다. 당신과 '나'의 이 거리는 결코 좁혀지지 않는다. 좁혀진다고 믿는 순간 상상계가 작동한다. 잊지 말아야 할 또 한 가지는 '나'와 당신의 거리만큼이나 당신은 당신에게 '나'는 '나'에게 결코 도달할 수 없다는 사실이다. 주체와 타자는 주이상스^{jouissance}의 대상일 뿐, 결코 그것을 거머쥘 수 없다. 극한이 닿을 수 없는 정수의 자리처럼! 그럼에도 불구하고 시적 주체는 언어로써 당신이라는 타자, 혹은 나라는 주체에 이르는 언어의 가교假橋 놓기를 멈추지 않는다. 따라서 주체에 이르는 길은 역설적이지만 언어를 헤치고 나아가는 과정이다.

여름은 빽빽해졌다

여름은 벌레처럼 단어들이 창궐했다

명쾌한 명사는 점점 수식어가 많아졌다

당신의 아름다운 눈을 찾기 위해 수식어를 헤치고 나아갔다

당신의 눈은 점점 깊어졌다

나는 구번 트랙을 돌며 당신의 아름다운 눈을 노래했다

당신은 구번 외의 어느 트랙도 거부했다

나를 재생하고 재생했지만

당신은 나를 들을 수 있을 뿐이었다

　　　―「재스민 향기는 어두운 두 개의 콧구멍을 지나서 탄생했다」 부분,

『현대시학』, 2012.4

조말선의 시에서 특히 주목해야 할 것은 한 지점을 중심으로 한 순환 이미지이다. "접시들이 빙글빙글 나를 따라 돈다 나는 태양처럼 식탁 위에 떠 있다"(「얼굴」, 『둥근 발작』)처럼, 위 시 또한 순환의 이미지를 지닌다. '나'는 다만 노래할 수 있을 뿐, 창궐하는 단어들 속에 은폐된 "당신의 눈"에는 결코 닿을 수 없다. '나'는 구번 트랙을 돌며 "당신의 아름다운 눈을 노래"한다. "당신"은 '나'에게 "구번 트랙"만을 허용한다. 남근적 주이상스는 어떤 결여를 둘러싸면서 그 주변만을 맴돈다. 하여 시적 주체는 처음부터 혼란을 느낀다. 위 시의 앞부분에 진술된, "테두리를 그리자마자 지울 궁리를 했다"는 문장이 그것. 주이상스는 테두리의 유무에 따라 그 속성을 달리한다. 테두리가 있는 것이 남근적 주이상스라면, 테두리가 없는 것이 여성적 주이상스이다. 남근적 주이상스가 주체의 결여를 둘러싸고 있는 유한한 테두리를 향해가는 극한이라면, 여성적 주이상스는 테두리가 사라짐으로써 열리게 된 무한이다. 이 무한은 잠재적 무한이 아닌 사실적 무한으로서, 일자一者가 아닌 다자多者로서의 실무한의 세계이다. 따라서 여성적 주이상스는 신의 세계와 맞닿아 있으며 이를 달리 타자적 주이상스로 부르기도 한다. 바디우는 여성적 주이상스의 무한성을 일자一者의 세계가 아니라 다자多者의 세계로 규정한다. 여성적 주이상스를 정수의 테두리에 머물지 않고 정수 너머로 열린 무한을 향해 나아간다. 바디우는 이러한 여성적 향유를 "순수한 주체, 분열된 주체 자체"의 주이상스라고 규정한다. 주체의 테두리를 향한 남근적 주이상스를 제거하는 방법은 '분열자-되기'(고봉준, 「오이디푸스를 위한 무덤」, 『둥근 발작』 시집 해설)이다. '분열자-되기'는 순수한 주체로서의 분열 주체를 구현한다. 분열을 망각하고자 하는 남근적 주이상스는 다시 반복하지만 '하찮은^{paltry}' 것이다. 그래서 남근적 주이상스의 다른 이름은 '하찮은 주이상스^{paltry jouissance}'다. 조말선의 시는 주체의 한 지점을 넘어 무한을 향해 나아가는 시적 사유를, 적어도 그 잠재성을 응축한다. 이는 최근의 한국시에 그 무게를 더하는 새로운 시적 성취라고 할 수 있다.

이 오물이 튀지 않게 소매 좀 걷어줘요

당신은 손을 쓰기 전 내게 부탁한다

이만큼이면 될까요

나는 소매 속에서 당신의 손목을 꺼내준다

후, 당신은 참은 숨을 쉬기 시작한다

코만 나왔으니 조금 더 걷어주시면 고맙겠습니다

당신은 손도 쓰지 않은 채 내게 부탁한다

나는 당신의 손목위의 벌레물린 부위만큼 소매를 걷어준다

당신이 손을 쓰기 시작하자 오물이 튄다

앞이 보이지 않는지 당신은 소매로 눈가를 닦는다

소매가 당신의 눈에 가려 보이지 않는다

나는 당신의 소매를 접고 접고 접는다

당신의 눈꼬리가 드러나고

당신의 속눈썹이 드러나고

당신의 굴러다니는 눈알이 보였다가 안보였다가

소매의 소실점으로 당신의 소매는 한없이 접혀올라간다

당신의 소매는 무한대이다

당신의 소매는 접어도 접어도 접힌다

당신의 소매는 불완전수

당신의 민소매가 완전수라해도 지금

손쓸 수 없는 당신의 소매접기는 무한대

오물이 튀지 않는 지점은 조금씩 자리를 옮긴다

나는 당신의 소매를 한없이 풀고 있다

— 「한없이 접혀 올라가는 소매들」 전문, 『현대시학』, 2011.11

   "소매"는 주체를 감싸는 둘레이자 테두리다. "당신"은 '나'에게 소매를 걷어올려 줄 것을 부탁한다. '나'는 당신의 소매를 접고 접는다. 그러나 당신의 소매는 무한대. 소매의 소실점까지 접어 올리는 행위는 무한대로 지속된다. "당신"이라는 주체의 자리는 둘레(테두리)를 벗어나 분열됨으로써 무한에 접합되려 한다. 주체의 분열은 주체의 '하찮은paltry' 자리를 삭제한다. 삭제의 방법이란 테두리를 없애는 것. 소매를 무한대로 접어 올리듯 주체의 분열은 지속되고 테두리는 사라진다. 하나의 정수에 묶이듯 하나의 주체에 묶여 있는 남근적 주이상스를 넘어서고자 하는 분열의 행위는 주체의 윤리를 방기하고 현실의 역사를 외면하는 행위가 아니다. 남근적 주이상스로부터 비롯되는 하찮은 일자一者의 폭력이 아닌 '다자多者'의 공존 세계를 지향하는 분열의 윤리를 거느린다. 바디우가 말한 보편적 개별성이란 바로 다수성의 세계, 다시 말해 남근적 주이상스가 아닌 여성적 주이상스를 전제한다. 조말선의 시적 주체는 보다 진보한 분열의 윤리를 향해 나아가고 있으며, 일자를 벗어나 다자의 세계로 들어서는 문을 통과하고 있음을, 최근의 시들은 보여준다. 물론 이러한 분열의 윤리가 구체적 현실 속에 적용되기 힘든 고도의 추상성과 관념성을 띠고 있음을 부인할 수는 없다. 그럼에도 불구하고 조말선의 시는 분열의 시학이 결여하고 있는 정향定向의 자리에 일자가 아닌 다자로서의 무한을 들이고자 하는 시적 악력을 보여준다. 조말선의 시는 시적 주체의 분열이 개척하지 못한 새로운 윤리의 한 극점이다.

슬픔의 무한한 처녀성

심보선의 시세계

1. 아우슈비츠의 동일성 이후

아도르노는 동일성을 이데올로기의 근원적 형식이라고 규정한 바 있다. 이는 아우슈비츠 이후 시를 쓰는 것은 죄악이라고 했던 그의 말에 정확히 맞닿는다. 여기서 아도르노가 주목한 시의 죄악은 전통 서정성에 비롯된다고 할 수 있다. 시의 본질이 세계와의 조화 혹은 통일을 추구하는 서정이라면, 아우슈비츠 이후의 모든 서정시는 가스실에서 세계와의 조화와 통일성을 노래해야 하는 상황에 직면하게 되는 것이다. 아우슈비츠의 참혹한 세계에서 서정시는 잔인한 예술 형식에 지나지 않는다. 서정시가 가능할 수 있다면, 아우슈비츠에 대한 망각 이후다. 그러나 정작 아도르노가 끔찍하게 생각했던 것은 동일성이라는 이데올로기의 폭력이다. 아우슈비츠가 동일성이라는 이데올로기의 폭력이 만개한 공간이라면, 서정시 역시 세계와의 동일성을 일방적으로 구사하는 언어에 다르지 않기 때문이다. 따라서 아우슈비츠와 서정시는 유사한 체계의 이데올로기 작동방식을 보여준다고 볼 수 있다. 아도르노가 끔찍해 했던 것은 바로 이 지점이다. 서정시를 지배하고 있는 자기 동일성의 욕망을 아우슈비츠 이후 더욱 철저히 경계할 필요가 있었던 것이다.

아우슈비츠와 동일성을 병치시켜 놓고 보면, 아도르노가 부정변증법을 통해 설파하고자 했던 바가 선명히 드러난다. 아우슈비츠는 동일성의 산물이며 동일성은 실정성positivity에 기반한 욕망이다. 실정성은 무엇인가? 그것은 타자를 주체와 동일화시킬 수 있는 이데올로기의 확실성이다. 확실성은 타자에 대한 폭력적 배제를 작동시킨다. 아우슈비츠의 근원이 동일성에 의해 창출된 유일한 진리로서의 이데올로기이므로 그것은 악evil과 다르지 않다. 하나의 진리가 '악'에 준한다는 사실은 알랭 바디우의 말을 빌리지 않더라도 인간의 역사를 일별하는 것만으로도 충분히 알 수 있다. 마찬가지로 정말로 끔찍한 것은 시가 아니라 동일성이라는 인간 욕망의 근원적 형식이다. 그러므로 아우슈비츠 이후 시를 쓰는 것은 죄악일 수밖에 없으며, 죄악을 벗어나기 위해서 시의 근원적 형식은 달라질 필요가 있었던 것이다.

인간의 역사를 폭력의 역사이게 했던 동일성의 욕망이 곧 시의 본질적 욕망이라는 사실은 시의 근원적인 폭력성을 환기시키기에 충분하다. 따라서 아우슈비츠 이후 시의 주체가 동일성이 아니라 동일성의 해체로 나아간 것은 자연스러운 귀결이라 할 수 있다. 시는 동일성이 아니라 비동일성으로, 혹은 탈동일성으로 나아가거나 비만증에 시달리는 주체의 다이어트(잔니 바티모)를 시도해야하는 처지가 된 것이다. 그것이 오늘날 흔히 말하는 시의 윤리가 되고 있다. 이 윤리는 비평적 강요로 습득된 것이라기보다는 대부분의 시인들이 지니고 있는 생래적 현상에서 비롯된다. 요컨대 오늘날의 시인은 동일성의 기반이 되고 있는 실정성positivity이 아니라 부정성negativity을 시적 주체의 속성으로 삼는다.

심보선 역시 부정성의 영역에 거주하고 있는 시인이다. 그의 주체는 부정성의 상황에 놓여 있다. 그는 첫 시집(『슬픔이 없는 십오 초』, 2008) 표지 뒷면의 후기에서 다음과 같이 말한 바 있다.

> 시를 쓰게 된 이래 줄곧, 단 한 번도 일어나지 않는 사건의 주범이 된 느낌이다. "나는 거기 없었다"라고 강변할 때, 애초부터 '거기'가 없는 기이한 알리바이, 긍정으로 회귀하지 않는 부정의 부정으로서의 시.

여기서 말하는 긍정(성)은 실정성positivity의 다른 번역어다. 마침내 긍정으로 회귀하고 마는 부정마저도 부정하고자 하는 것이 바로 그의 시다. 그의 시가 주체 혹은 이데올로기의 실정성을 해체하는 자리에서 비롯되고 있음을 우리는 충분히 감지하게 된다. 부정성의 세계관에 기초한 그의 시가 보여주는 가장 뚜렷한 증상은 그의 시적 주체가 이 세계의 내부가 아니라 외부에 적籍을 두고 있다는 사실이다. 그 외부는 규정할 수 없는 무無의 공간이다. 어떤 의미와 신념도, 이데올로기도 없는 부정성의 공간. 그 공간으로부터 그의 시는 시작한다.

나는 우연히 삶을 방문했다
죽으면 나는 개의 형제로 돌아갈 것이다

영혼도 양심도 없이

짖기를 멈추고 딱딱하게 굳은 네발짐승의 곁으로

그러나 나는 지금 여기

인간 형제들과 함께 있다

(…중략…)

사랑의 수학은 아르키메데스의 점을

우주에서 배꼽으로 옮겨온다

한 가슴에 두 개의 심장을 잉태한다

(…중략…)

그리하여 나는 지금 여기에 있다

인간이기 위하여

사랑하기 위하여

無에서 無로 가는 도중에 있다는

초라한 간이역에 아주 잠깐 머물기 위하여

—「지금 여기」 부분, 2011[1]

그의 삶은 우연한 방문이다. "無에서 無로 가는 도중"에 지나지 않는 그의 삶 혹은 시는 소멸의 운명에 처한 것에 지나지 않아 지금 당장 휘발해버려도 상관없는 것. 그러나 그는 이 삶에 신들리고 말았으며, "인간이기 위하여 / 사랑하기 위하여" "지금 여기"에 존재한다. 그의 사랑은 "한 가슴에 두 개의 심장을 잉태"하는 것. 그가 꿈꾸는 것은 하나가

---

1   심보선은 두 권의 시집을 출간했다. 『슬픔이 없는 십오 초』(2008)와 『눈앞에 없는 사람』(2011)이 바로 그것인데, 편의상 '2008'과 '2011'로 약칭한다.

다른 하나를 폭력적으로 동일화하지 않는 진정한 사랑의 세계다. 그러나 현실의 악evil은 우리를 배반하지 않는다. 그것이야말로 불변의 진리다. 우리의 현실은 하나가 모든 것을 점령하고자 하는 악evil의 세계. 그러니 이곳은 "개의 형제"보다 못한 세계다. 아주 짧은 방문 동안 그는 이미 이 세계의 악에 점염漸染되면서 소스라친다. 그의 유일한 저항은 "한 가슴에 두 개의 심장"을 꿈꾸는 것. 이로써 그는 우연히 방문한 이 세계 속에 주저앉아 버린다. "인간이기 위하여 / 사랑하기 위하여"를 되뇌는 순간 그의 방문은 일시적 우연이 아니라 영원한 것이 되고 만다. 그의 내면을 지배하는 바깥의 어둠(부정성)을 끌고 다니면서 이 세계의 절망과 슬픔을 폐부 깊숙이 향유한다.

심보선의 시적 주체는 이 세계의 바깥에서 우연히 들어왔으나 이 세계로 인해 절망과 슬픔을 향유하는 주체로의 형질전환을 일으킨다. 그런 의미에서 그는 모험가다. 게오르그 짐멜이 말했듯이, 모험은 우리 존재의 이물질이다. 바깥에서 들어온 그의 주체는 이 세계를 모험한다. 그리하여 이물질 같은 새로운 삶의 맥락을 만들어낸다. 그의 시가 지닌 독특성은 세계의 바깥을 이 세계 안쪽으로 끌어들인다는 사실이다. 다시 짐멜의 말을 빌리자면, "외부는 내부의 형식이 된다." 심보선의 시는 세계의 외부(부정성)를 세계의 내부(실정성)로 끌어들임으로써 이 세계의 형질 전환을 일으키고 있는 것이다.

2. 초월의 역류逆流와 슬픔의 처녀성

심보선의 시는 짐작컨대 최초의 주체적 상황이 죄의식의 상황이라는 바디우의 명제에 결박당해 있다. 그것은 외부(부정성)에서 들어온 자의 생래적 속성이다. 기표가 난무하는 이 세계는 의미를 매듭짓고자 하는 악의 본성으로 가득하다. 그의 시적 주체는 이러한 상황에 저항한다. 그의 시는 항상 이 세계의 의미를 비켜가며, 스스로의 주체마저도 매듭이 풀린 채로 그냥 흘러가게 놓아둔다. 그에게 주체의 실정성은 존재하지 않는다. 그러니 이 세계와의 애착 관계 역시 그다지 돈독하지 않다. "전날 벗어놓은 바지를 바라보듯 / 생에 대하여 미련이 없다"(「아주 잠깐 빛나는 폐허」, 2008)는 것은 바로 이를 시사한다. 이를 허무주의라고 할 수 있을까. 허무주의는 주체의 확실성이 존재할 때에만 가능하다. 그의 주체는 다만 이 세계의 방문 직후 발생한 것이며, 그 궤적이 힘겹게 유지되고 있을 뿐이다. 그에게 이 세계의 실정적인positive 주체는 존재하지 않는다. 따라서 그의 시는 허무주의의 징후가 아니라 외부에서 도래한 자의 감수성을 보여준다고 할 수 있다.

그러나 어느 순간 시인의 내면은 전도되고 만다. 외부에서 흘러들어 왔으되 기어이 내부자가 되고 마는 것. 이것이야말로 이 세계를 방문한 자의 운명이자 시적 모험의 유구한 형식이다. 시인은 이 세계 내부에서 형성된 바로 이곳의 주체에 압도당하고 만다.

나는 나에 대한 소문이다 죽음이 삶의 귀에 대고 속삭이는 불길한 낱말

이다 나는 전전긍긍 살아간다 나의 태도는 칠흑같이 어둡다

오지 않을 것 같은데 매번 오고야 마는 것이 미래다 미래는 원숭이처럼 아무 데서나 불쑥 나타나 악수를 권한다 불쾌하기 그지없다 다만 피하고 싶다

오래전 나의 마음을 비켜간 것들 어디 한데 모여 동그랗고 환한 국가를 이루었을 것만 같다 거기서는 산책과 햇볕과 노래와 달빛이 좋은 금실로 맺어져 있을 것이다 모두들 기린에게서 선사받은 우아한 그림자를 지니고 있을 것이다 쉽고 투명한 말로만 대화할 것이다 엄살이 유일한 비극적 상황일 것이다

살짝만 눌러도 뻥튀기처럼 파삭 부서질 생의 연약한 하늘 아래 내가 낳아 먹여주고 키워준 것은 아무것도 없다 정말 아무것도 없다 이 불쌍한 사물들은 어찌하다 이름을 얻게 됐는가

그렇다면, 어찌해야 한단 말인가. 이 살아 있음을. 내 귀 언저리를 맴돌며, 웅웅거리며, 끊이지 않는 이 소문을, 도대체, 어찌해야 한단 말인가

— 「어찌할 수 없는 소문」 전문, 2008

'나'라는 주체를 "나에 대한 소문"이라 규정하는 것만큼 강렬한 부정의 언어는 없다. 이 부정은 단지 주체만을 겨냥하지는 않는다. 시인은 이 세계마저도 "어찌하다 이름을 얻게" 된 "사물들"이라 표현하고 있지

않은가. 과거·현재·미래라는 시간적 지속을 통해서 형성되는 것이 기억이고 기억이 인간 주체의 본질이라면 시인은 미래가 더 이상 오지 않기를 바랄 것이다. 그럼에도 불구하고 도래하는 미래에 의해 지속되는 자기 주체가 "불쾌하기 그지없다". 게다가 본의와 상관없이 모여든 것들이 "국가"라는 거대한 동일성의 이데올로기적 주체마저 이루고 만다면 불쾌의 강도는 더해질 수밖에 없다. 이 불쾌는 원래 없는 것이 존재한다고 오인됨으로써, 그리하여 정말 존재하는 것이 되고 마는 상황에서 발생한다. 더구나 시인이 "낳아주고 키워준 것은 아무것도 없"는 정말 아무것도 없는 상황이 아닌가. 그는 이 세계에 어떤 채무도 없는 외부자에 불과할 뿐이다. 그렇다면 시인이 불쾌로부터 벗어나는 방법은 매우 간단하다. 이 세계를 지체 없이 떠나는 것. 외부에서 온 자가 외부로 가버리는 것은 매우 간단명료한 해결방법이다. 하지만 시인은 우연히 방문했을 뿐인 이 세계 내에서의 "살아있음"에 대해 당혹스러워 한다. 그 까닭은 이미 첫 연에 제시되어 있다. '나'란 "죽음이 삶의 귀에 대고 속삭이는 불길한 낱말"이라는 고백. 죽음의 불길함에 대한 고백은 외부자가 내부자로 전환된 가장 뚜렷한 증거가 된다. 시인은 바깥에서 도래했음에도 불구하고 이미 이 삶에 갇혀 버린 것이다. 삶의 바깥은 죽음이다. 그가 도래했던 죽음의 공간이 불길하다면, 시인은 이미 바깥(죽음)에 대한 두려움을 가진 내부자로 전환되고 만 것이다.

이는 역설적이게도 바깥에서 도래한 자가 하나의 주체로서 이 세계를 살아가야만 하는 운명을 말해준다. 하이데거식으로 말하자면 '내던져진 자'(피투체)로서의 운명. 삶의 바깥(죽음)에서 온 자가 오히려 죽음을 두려워한다는 것. 그것은 그가 이미 이 삶에 결박당해 있다는 것을 뜻한다. "그렇다면, 어찌해야 한단 말인가, 이 살아 있음을" 이와 같은 절규는 이 세계의 원주민과는 전혀 다른 비통함의 자리를 마련한다. 곧 '내부의 형식이 된 외부'(짐멜)의 비통함이다. 그의 시는 '내부의 형식이 된 외부'의 성격을 띠고 있으므로, 슬픔 역시 대체로 타자의 것으로 형상화된다. 그럼에도 불구하고 슬픔은 그의 내면으로 비집고 들어온다. 이때 그의 시적 주체가 겪는 슬픔은 날 것 그대로의 슬픔 그 자체다. 바로 여기서 슬픔의 '낯설게 하기'가 작동한다. 보다 정확히 말하자면, '낯설게 하기'가 아니라 원래 낯선 것이다. 슬픔에 직면해보지 못한 외부자에게 이 세계는 당혹스러운 풍경의 연속이다. "슬픔이 없는 십오 초"는 외부자의 것이다. 그러나 슬픔의 순간적인 공백은 이 세계의 슬픔을 선명하게 한다. "슬픔이 없는 십오 초"는 슬픔에 관한 그의 처녀성을 말해준다. 슬픔의 처녀성은 슬픔을 더욱 예민하고 아프게 받아들이게 한다. 슬픔의 처녀성은 그가 외부자의 태도를 지니기에 가능하다. 이것이 바로 '내부의 형식이 된 외부'의 시적 미학이다.

> 나는 길 가운데 우두커니 서 있다
> 남자가 울면서 자전거를 타고 지나간다
> 궁극적으로 넘어질 운명의 인간이다
> 현기증이 만발하는 머릿속 꿈 동산
> 이제 막 슬픔 없이 십오 초 정도가 지났다
> 어디로든 발걸음을 옮겨야 하겠으나
> 어디로든 끝간에는 사라지는 길이다
>
> ─「슬픔이 없는 십오 초」 부분, 2008

우두커니 서 있는 '나'의 눈에 비친 이 세계는 슬픔으로 가득하다. "슬픔이 없는 십오 초"의 발견은 삶의 바깥에서 도래한 자이기에 가능한 것이다. 이는 역으로 슬픔으로 가득한 세계의 발견이다. "궁극적으로 넘어질 운명"은 이제 바깥에서 도래한 시인의 삶이 되어버렸다. 시인은 세계 외부와 내부의 경계 위에서 가끔씩 "슬픔이 없는 십오 초"를 목도한다. 그러나 시인은 이미 세계 내부로 깊숙이 들어와 버렸다. 이 세계를 지배하는 슬픔을 자기 주체의 본질로 받아들일 준비를 하고 있는 것이다. "십오 초"를 제외한 세계의 시간을 시인은 이미 슬픔으로 인식하고 있지 않은가. 그리고 이 슬픔의 끝이 무엇인지 또한 알고 있다. "어디로든 발걸음을 옮겨야 하겠으나 / 어디로든 끝간에는 사라지는 일이다". 여기서 독특한 허무주의가 출현한다. 사라지는 길을 걸어야간다는 인식, 혹은 걸어가야 하는 길임에도 결국엔 사라지리라는 인식. 이는 단순히 절망 혹은 허무라기보다는 외부에서 도래한 자의 관조적 허무주의이다. 다시 말해 내부가 되어버린 외부의 형식 말이다.

심보선 시의 독특한 지점은 바로 여기에 있다. 그의 시는 이 세계의 내부에서 출발한 것이 아니라 외부에서 들어온 자의 감성 체계를 보여준다. 이를 두고 현실과 초월의 변증법적 감수성이라고 해도 좋으리라. 그러나 그의 시는 초월의 역류성逆流性을 드러내기도 한다. 이를 두고 초월의 초월이라 부를 수 있지 않을까. 이를테면 다음 시를 보라.

내 언어에는 세계가 빠져 있다
그것을 나는 어젯밤 깨달았다
내 방에는 조용한 책상이 장기 투숙하고 있다

세계여!

영원한 악천후여!

나에게 벼락같은 모서리를 선사해 다오!

설탕이 없었다면

개미는 좀더 커다란 것으로 진화했겠지

이것이 내가 밤새 고심 끝에 완성한 문장이었다

(그러고는 긴 침묵)

나는 하염없이 뚱뚱해져 간다

모서리를 잃어버린 책상처럼

이 세계 곳곳에서 사람들이 울고 있다!

심지어 그 독하다는 전갈자리 여자조차!

그러나 나는 더 이상 슬픔에 대해 아는 바 없다

공에게 모서리를 선사한들 책상이 될 리 없듯이

그렇다면 이제

인간은 어떤 종류의 가구로 진화할 것인가?

이것이 내가 밤새 고심 끝에 완성한 질문이었다

(그러고는 영원한 침묵)

—「슬픔의 진화」 전문, 2008

　　괄호를 통해 자기성찰의 메타성을 드러내는 이 시는 사유의 외부성을 보여준다. "긴 침묵", "영원한 침묵"이라는 표지가 그것인데, 그가 바깥으로의 초월을 항용 염두에 두고 있다는 사실을 말해준다. '침묵'의 공간은 이 세계를 들여다보는 부정성의 공간이다. 바깥의 침묵에서 시작하는 그의 언어는 이 세계 내부를 들여다본다. 그리고는 스스로의 언어에 세계가 결핍되어 있음을 자각한다("내 언어에는 세계가 빠져 있다"). 이것은 정말 중요한 자각이다. 세계의 결핍에 대한 자각은 언어에 세계가 반영되어야 한다는 성찰의 산물이기 때문이다. 세계를 결핍한 언어는 바깥에서 도래한 자의 생래적인 한계다. 그럼에도 불구하고 시인은 그 한계를 넘어 리얼리스트가 되고자 하는 자각을 지닌다. 자기만의 방 안에 "장기 투숙"한 책상물림 시인은 세계를 결핍한 자신의 언어가 "모서리"와 같은 날카로움을 가지기를 소망하고 있는 것이다. 그러나 그것은 자기 갱신을 온전히 통과하지 않고는 쉽지 않은 일이다. 그래서 시인 자신은 "모서리를 잃어버린 책상"에 지나지 않으며, 이로 인해 세계의 슬픔을 감득할 능력이 없고 슬픔에 대해 계속 침묵할 수밖에 없음을 탄식한다. 그 침묵이란 바로 세계를 결핍한 언어의 공허다. 그러므로 "나는 더 이상 슬픔에 대해 아는 바가 없다"는 진술은 슬픔에 대한 방기放棄가 아니라 뼈아픈 자기 성찰이자 비판이라 할 수 있다. 이것은 달리 말해 시인 스스로가 더 이상 외부인이 아니라 내부인이 되고 있다는 방증이며, 이 세계의 일원으로 슬픔에 동참하고 있음을 말해주는 표지라 할 수 있다. 그럼에도 불구하고 인간의 슬픔에 대해서는 어떠한 답도 낼 수 없다. 다만 "인간은 어떤 종류의 가구로 진화할 것인가?"라는 질문만이 그의 시를 공명하고 있을 뿐이다. 다시 말해 슬픔의 진화는 슬픔을 향한 모서리에 달려 있는 것. 그렇다면, 바깥에서 도래한 그의 시적 주체는 말 그대로 슬픔에 주박당한 주체라고 불러도 되리라. 게다가 슬픔에 대한 그의 처녀성이란!

3. 기억의 회복과 티모스^{thymos}의 소멸

심보선은 이 세계의 허무를 직시한다. 그러나 그 허무라는 것이 앞서 말했듯이 다소 관조적이다. "시간이 매일 그의 얼굴을 / 조금씩 구겨놓고 지나간다 / 이렇게 매일 구겨지다보면 / 언젠가는 죽음의 밑을 잘 닦을 수 있게 되겠지"(「한때 황금 전봇대의 생을 질투하였다」, 2008) 이처럼 허무의 주체는 대상화되거나 타자화된다. 그러나 마침내 그는 이 세계의 슬픔과 허무를 자기의 것으로 받아들이는 과정을 보여주었다. 그의 주체는 슬픔과 허무에 대한 기억으로 점철되어 있으며, 그것이 시적 구심점을 이룬다. "머무를 처소 하나 없이 우주 만역에 흩어지는 먼지의 나날이 될 때까지 / 나는 그대를 기억하리."(「먼지 혹은 폐허」, 2008) 심보선의 시에서 기억의 의미는 단순하지 않다. 그의 기억은 이 세계를 이해하고 받아들이는 인식론적 형식이다. 심보선은 이 형식을 「인중을 긁적거리며」(2011)를 통해 탁월하게 형상화한다.

태어난 이래 나는 줄곧 잊고 있었다.

뱃사람의 울음, 이방인의 탄식,

내가 나인 이유, 내가 그들에게 끌리는 이유

무엇보다 내가 그녀를 사랑하는 이유

그 모든 것을 잊고서

어쩌다보니 나는 나이고,

그들은 나의 친구이고,

그녀는 나의 여인일 뿐이라고,

어쩌다보니 그렇게 된 것뿐이라고 믿어왔다.

태어난 이래 줄곧

어쩌다보니, 로 시작해서 어쩌다보니, 로 이어지는

보잘것없는 인생을 살았다. 그러나

어떻게 하면 깨달을 수 있을까

태어날 때 나는 이미 망각에 한 번 굴복한 채 태어났다는

사실을, 영혼 위에 생긴 주름이

자신의 늙음이 아니라 타인의 슬픔 탓이라는

사실을, 가끔 인중이 간지러운 것은

천사가 차가운 손가락을 입술로부터 거두기 때문이라는

사실을, 모든 삶에는 원인과 결과가 있고

태어난 이상 그 강철 같은 법칙들과

죽을 때까지 싸워야 한다는 사실을.

— 「인중을 긁적거리며」 부분, 2011

　"인중"과 관련한 탈무드의 설화를 차용한 이 시는 우리의 삶이 곧 기억을 회복하는 과정임을 감동적으로 그려낸다. 그 기억이란 다름 아닌 "뱃사람의 울음과 이방인의 탄식"으로 표상되는 "타인의 슬픔"에 대한 것이다. "인중"이 모든 전생에서 비롯된 슬픔의 기억을 천사가 지워버린 흔적이듯이, "주름" 또한 타인의 슬픔이 새겨진 영혼의 흔적이다. "인중"과 "주름" 모두 망각과 관련 있다는 공통성이 있다. 망각된 기억을 복원하는 것이 시인이 생각하는 삶의 행로다. 인간의 삶은 까맣게 잊어버린 기억을 향해 온몸으로 망각의 벽을 기어서 넘어가는 포월匍越의 과정이다. 그러므로 "태어난 이래 줄곧 잊고 있었"던 "타인의 슬픔"을 기억해내야 하며, 슬픔을 생산하는 "그 강철 같은 법칙들과 / 죽을 때까지 싸워야 한다는 사실"을 깨달아야 한다. 다시 말해 "인중을 긁적거리"는 일은 망각 너머 타인의 탄식(슬픔)을 기억해내는 일이다. 그래서 시인은 "인중을 긁적거리며 / 그들의 슬픔을 손가락의 삶-쓰기로 옮겨 오"고자 하는 것이다. 여기서 '삶-쓰기'는 시인의 근원적인 정체성을 이룬다. 세계가 결핍된 언어를 극복하고 타인의 슬픔이 가득한 세계를 온전히 복원하는 것이 시인의 사명이다. 그러나 "손가락의 삶-쓰기"는 어떤 한계를 넘지 못한다. 그 한계에 대해서 시인 스스로도 자각하고 있다.

　비둘기들은 주변을 맴돌며

그들의 외투에서 빵가루처럼 떨어지는

후회나 낙심 따위를 노리고 있다

비둘기들이 비유를 알 리 없지 않은가

(…중략…)

비둘기들은 아직도 비유를 모르고

포기를 몰라 끝도 없이 주변을 맴돈다

그들이 앉은 벤치로부터 공원 전체로

미지의 그늘이 번져가고 있다.

— 「빵, 외투, 심장」 부분, 2008

비유를 실재實在로 오인하는 비둘기는 실상 시인과 다를 바 없지 않은가. 시인은 시詩라는 가상의 세계를 창조해내는 존재다. '삶-쓰기'가 결코 '삶-행동'으로 나아가지 못하는 것은 '삶-쓰기'의 한계다. 비유로서의 '삶-쓰기'를 깨닫지 못하고 그것을 실체로 인지함으로써 '삶-쓰기'의 주변에 몰려 있는 비둘기들의 처지는 시인과 다를 바 없다고 볼 수 있는 것이다. 이는 '삶-쓰기'가 제공하는 환희와 절망이다. 심보선의 시에서 혁명에 대한 진술이 공소空疎한 이유 역시 바로 여기서 비롯된다고 할 수 있다. '삶-쓰기'만으로 혁명이 이루어질 수는 없기 때문이다. 물론 글쓰기와 책읽기가 지닌 혁명의 잠재성을 갈파한 사사키 아타루(『잘라라, 기도하는 그 손을』)의 예가 있긴 하나, 그것은 그야말로 현실의 수면 깊숙이 잠복한 잠재성에 지나지 않는다. 지금 당장 혁명이 필요한 이들에게 잠재성은 메시아를 기다리는 막연함과 다를 바 없다. 그래서 시인은 탄식한다. "내가 믿었던 혁명은 결코 오지 않으리 / 차라리 모호한 휴일의 일기예보를 믿겠네"(「착각」, 2008) 시대의 방향성이 모호하고 혁명 또한 불가능하다는 절망적 인식은 시인에게 매우 익숙하며 필연적인 것이다.

나는 즐긴다

장례식장의 커피처럼 무겁고 은은한 의문들을 :

누군가를 정성들여 쓰다듬을 때

그 누군가의 입장이 되어본다면 서글플까

언제나 누군가를 환영할 준비가 된 고독은 가짜 고독일까

일촉즉발의 순간들로 이루어진 삶은

전체적으로 왜 지루할까

몸은 마음을 산 채로 염(殮)한 상태를 뜻할까

내 몸이 자주 아픈 것은 내 마음이 원하기 때문일까

누군가 서랍을 열어 그 안의 물건을 꺼내면

서랍은 토하는 기분이 들까

내가 하나의 사물이라면 누가 나의 내면을 들여다 봐 줄까

층계를 오를 때마다 왜 층계를 먹고 싶은 생각이 들까

숨이 차오를 때마다 왜 숨을 멎고 싶은 생각이 들까

오늘이 왔다

내일이 올까

바람이 분다

바람이여 광포해져라

하면 바람은 아니어도 누군가 광포해질까

말하자면 혁명은 아니어도

혁명적인 어떤 일들이 일어날까

또 어떤 의문들이 남았을까

어떤 의문들이 이 세계를 장례식장의 커피처럼

무겁고 은은하게 변화시킬 수 있을까

또 어떤 의문들이 남았기에

아이들의 붉은 입술은 아직도 어리둥절하고 끝없이 옹알댈까

—「의문들」 전문, 2011

　지금은 혁명의 시대가 아니라 의문들의 시대다. 도래하지 않는 혁명의 시대는 차치하고 여기서 문제가 되는 것은 "의문들"에 덧칠된 감성의 구조다. "의문들"은 "장례식장의 커피"에 비유된다. 장례식장이라는 어둡고 무거운 정서는 세계의 배면에 깔린 기조基調를 암시한다. 세계에 가득한 의문들이 과연 이 세계를 변화시킬 수 있는가. "장례식장의 커피"는 단지 우울하고 쓸쓸할 뿐이다. 세계는 "일촉즉발의 순간들"로 이루어져 있지만, 삶은 전체적으로 "지루할" 뿐이다. 의문들은 해소되지 않고, 장례식장의 커피를 마실 일은 드물지 않게 자주 찾아온다. 혁명은 어디 있는가. 장례식장의 영정사진 속에? 그렇다면 지금 이곳은 혁명의 모르그morgue다. 광포해질 혁명가도, 시대의 광포한 바람도 더 이상 존재하지 않는다. 말하자면 지금 여기는 "혁명은 아니어도／혁명적인 어떤 일들"에 대한 기대만이 남았을 뿐이다. 우울한 장례식장의 커피, 지루한 삶, 그리고 끊임없이 "옹알"거려지는 어떤 의문들. 그리하여 이제 혁명의 감성은 죽고 말았다. "몸은 마음을 산 채로 염殮

한 상태"란 필시 이를 의미할 것이다. 혁명을 향한 마음의 염焰. 이 마음이란 티모스thymos를 의미한다. 격정 혹은 기개를 뜻하는 티모스가 사라진 시대를 우리는 살고 있다. 티모스는 역사 변화의 추동력이다. 프랜시스 후쿠야마가 '역사의 종말'을 외쳤을 때 그 유력한 근거 중 하나가 바로 티모스의 소멸이었다. 시인에 따르면, 오늘날 역사의 육체는 티모스를 염한 상태와 다르지 않다. 그럼에도 불구하고 시인은 "나는 즐긴다"는 표현을 쓴다. 절망에 익숙한 자라야 절망 자체를 즐길 수 있다. 혁명이 가버린 시대의 즐김이야말로 이 세계의 은폐된 절망을 선명하게 보여준다. 절망의 즐김은 변태적이다. 이 변태 지향은 파괴적인 전복성을 내장하고자 하는 몸부림이다.

4. '삶-쓰기'와 슬픔의 무한성

심보선은 시인의 의미에 대해 늘 사유한다. 그는 말한다. "나는 아이가 없다 / 아이 대신에 내겐 무엇이 있나 / 그렇다 / 내겐 시가 있다 / 내겐 시가 있다"(「축복은 무엇일까」, 『문학과사회』, 2012 겨울). 프로이트에 따르면 아이는 남근의 대체물이다. 심보선에게 아이의 대체물은 바로 시다. '남근 = 아이 = 시'로 미끄러지는 사유의 배경에는 그의 주체관이 자리하고 있다. 바로 이어지는 시의 한 구절을 보라. "나는 자위를 끝내고 난 다음에 반드시 시를 썼다 / 그것은 마치 부활하는 느낌이었다". 남근의 욕망이 소멸한 자리에 발생하는 시란 결핍에서 돋아나는 '무無'의 자리다. '무'는 무한無限이다. 한계 없음, 혹은 테두리가 있지 않은 주체의 열림 상태다. 시란 바로 그런 자리에서 분비되는 것이다. 그것은 주체의 폐쇄적인 테두리를 벗어나 마치 "부활하는" 듯한 생명감을 준다. 바로 이 지점에서 그의 시는 주체의 윤리적 자리를 마련한다.

> 나는 '나'라는 말이 양각일 때보다는 음각일 때가 더 좋습니다.
> 사라질 운명을 감수하고 쓰인 그 말을
> 나는 내가 낳아본 적도 없는 아기처럼 아끼게 됩니다.
> 하지만 내가 '나'라는 말을 가장 숭배할 때는
> 그 말이 당신의 귀를 통과하여
> 당신의 온몸을 한 바퀴 돈 후
> 당신의 입을 통해 '너'라는 말로 내게 되돌려질 때입니다.
> 나는 압니다. 당신이 없다면,
> 나는 '나'를 말할 때마다
> 무(無)로 향하는 컴컴한 돌계단을 한 칸씩 밟아 내려가겠지요.
>
> ― 「'나'라는 말」 부분, 2011

'나'라는 주체는 음각일 때가 더 좋다는 고백은 주체를 남근적 향유 phallic jouissance가아니라 여성적 향유feminine jouissance의 대상으로 인식하고 있다는 말이다. 주체를 확실성이 아니라 '빈 공간'으로 이해하고 있다는 것은 주체의 자리를 보다 낮은 곳에 마련했음을 말해준다. 즉, '나'라는 주체는 "사라질 운명"의 것이며, 원래부터 비어 있던 것이다. 그럼에도 불구하고 시인은 '나'라는 말을 "낳아본 적도 없는 아기처럼 아끼"고 있다. 왜냐하면 '나'라는 말은 "당신의 귀를 통과하여 / 당신의 온몸을 한 바퀴 돈 후 / 당신의 입을 통해 '너'라는 말로 내게 되돌려지"기 때문이다. '나'는 당신의 육체를 통과하여 '너'로 변주된다. '나'라는 말이 '너'라는 말로 변주되는 과정은 '나'를 이루고 있는 동일성의 세계를 빠져나오는 과정과 다르지 않다. 이 동일성의 세계를 빠져나옴으로써 '나'를 '너'로 되돌려주는 '당신'이라는 진정한 타자를 만나게 되는 것이다. '나'가 '너'로 변주되는 음성의 궤적은 "사라질 운명"을 넘어서는 아름다움을 내포하다. '당신'과 '나'라는 주체는 "무에서 무로 가는 도중에 있"(「지금 여기」, 2011)는 존재다. "당신이 텅 빈 공기와 다름없"고 "당신과 내가 원하기만 한다면 / 모든 것들이 동시에 끝날"(「텅 빈 우정」, 2011) 운명이다. 그러나 '나'가 '너'로 변주되는 이 궤적은 시인이 혁명을 위한 "첫 줄"을 기다리는 이유가 될 만큼 충분히 아름다운 것이다.

첫 줄을 기다리고 있다.
그것이 써진다면
첫눈처럼 기쁠 것이다.
미래의 열광을 상상 임신한
둥근 침묵으로부터
첫 줄은 태어나리라.
연서의 첫 줄과
선언문의 첫 줄.
어떤 불로도 녹일 수 없는

얼음의 첫 줄.

— 「첫 줄」 부분, 2011

"첫 줄"은 무엇을 의미하는가. 이는 물론 시인의 '삶-쓰기'에서 비롯되는 것이며 궁극적으로 '삶-행동'으로 이어져야 하는 것이다. 그러나 '삶-쓰기'에서 '삶-행동'으로 나아가기란 쉬운 일이 아니다. '삶-쓰기'와 '삶-행동'은 미적 가상과 실재의 간극을 드러낸다. '쓰기'가 곧 '행동'이 되고야 마는 "첫 줄"은 과연 존재하는가. 아니, 가능한 것인가. 이 질문의 답은 영원히 연기되며, 그런 의미에서 시인의 "첫 줄" 역시 영원히 유보된다. 영구혁명이란 혁명의 영구적인 지연이 아닌가. 이는 시인의 "첫 줄"에 그대로 적용된다. 시인은 "어떤 불로도 녹일 수 없는 / 얼음의 첫 줄", 즉 "선언문의 첫 줄"에 가닿고자 하지만 그것은 불가능한 일이다. 첫 줄이 쓰일 수 있다면, 곧바로 혁명은 시작될 것이다. 하지만 그런 순간은 오지 않는다. 장례식장의 커피 같은 우울한 '의문들'만이 시로 변신할 뿐, 시인의 온전한 "첫 줄"이란 결코 닿을 수 없는 언어이다. 그래서 시인은 그저 "사물을 조용히 관찰하고 오래 오래 생각하는 / 그런 평범한"(「나는 시인이랍니다」,『현대시』, 2013.10) 사람에 머물 수밖에 없다.

"첫 줄"은 세상에 대한 증오이자 사랑이다. 세계를 구원하고자 하는 욕망은 세계에 대한 증오와 사랑에서 비롯된다. "나의 문디여, / 나는 세계를 죽도록 증오한다, 그러나 그것은 결국 / 내가 세계를 한없이 사랑한다는 뜻이기도 하다"(「Mundi에게」, 2011). '문디'는 음성적으로 라틴어 Mundi(세계)를 뜻하지만, 경상도 방언에서는 문둥이를 의미한다. 고

전라틴어와 경상도 방언의 이 절묘한 대위법은 천상과 지상의 아우라를 변증한다. 경상도 방언 '문디'가 그렇듯이 고전라틴어 'Mundi(세계)' 역시 깊은 애증의 대상이다. '문디'에 대한 증오는 어떤 양태로 드러나는가. "우리는 아주 커다란 행성의 아주 작은 노예들 / 실패할 수 없는 것들을 실패하고 / 반복될 수 없는 것들을 반복한다 / (…중략…) / 우리는 망상이 빚은 말들 속에서 만나 / 세계의 심연을 향해 절규한다"(「시초」, 2011). "첫 줄"의 반복되는 불가능성, 다시 말해 혁명의 영구적인 지연은 증오의 원인이자 사랑의 결과이다.

그럼에도 불구하고 시인은 "첫 줄"의 불가능성을 넘어 '삶-행동'으로 나아간 바 있었다. "기억하나? 우리가 송전탑 아래서 / 벌벌 떨면서 몇 시간을 함께 서 있던 겨울날을?"(「멀리 떠나는 친구에게」, 『문예중앙』, 2013 가을) 희망버스를 타고 부산 영도의 한진중공업으로, 현대중공업의 송전탑으로 다녀가는 일이 '삶-행동'이라고 할 수 있는가. '삶-쓰기'의 "첫 줄"에 결코 닿을 수 없듯, '삶-행동'의 "첫 줄"에도 결코 닿을 수 없는 것은 아닌가. 그가 쓰고자 하는 '삶-행동'의 "첫 줄" 역시 영원히 지연되고 있는 것은 아닌가. 바깥에서 도래한 자는 여기서 심각한 분열에 빠져든다. 분열은 내부가 된 외부의 형식에서 비롯되는 증상이다. 시인은 그 증상을 넘어 이 세계에 대한 사랑만을 간직한다. '문디'에 대한 사랑에는 증오가 함께한다. 우연히 방문한 지구에서 시인이 걸어가야 하는 삶의 방향은 그러니까 하나이면서 둘이다. "한 가슴에 두 개의 심장을 잉태"(「지금 여기」, 2011)한 것처럼. 그리고 그의 시적 방향도 하나이면서 둘이다. 이 둘의 반복 속에서 무한한 슬픔이 생성된다.

아직 지구에 없는 내 초라한 무덤을 향해

아직 내 무덤이 없는 찬란한 지구를 향해

— 「연보年譜」 부분, 2011

　시인은 결국 '내부가 된 외부의 형식'으로서 이 세계에 정착한다. 이 세계의 슬픔은 그를 향해 여전히 다가오고 있으며, 그 역시 그 슬픔을 향해 다가가는 중이다. '내부가 된 외부의 형식'은 이 세계에 남게 될 그 자신의 무덤이다. 이 무덤은 원래 이 세계에 없는 것이었으나 종래는 있게 될 슬픔의 집이다. 더구나 시인의 무덤은 이 세계를 향한 사랑의 형식이 아닌가. 슬픔의 처녀성을 간직한 그의 '연보'는 무한한 슬픔의 원천인 지구에서 시작과 끝을 이루게 되는 것이다. 슬픔은 시인에게 있어 무한성의 원천이다.

제2부
참혹한 속(俗)의 풍경

시적 나르시시즘의 몰락과 죽음의 윤리학

이창동의 〈시〉에 대하여

1. 음악의 배제와 강물 소리

시詩와 시屍. 이창동의 영화 〈시〉는 죽음을 미리 던져 놓고 시작한다. 죽음은 상징계를 균열시키는 가장 강력한 도구로서 삶의 실재를 탐구하는 데 여전히 유효한 장치다. 강물을 따라 흘러내려오는 시체와 영화 제목 '시'의 병치는 이 영화가 정확히 어디를 향해 가는지를 암시한다. 죽음의 시를 탄생시키는 서사야말로 이 영화의 핵심이다. 시와 시체를 관통함으로써 발생하는 것은 다름 아닌 인간의 새로운 윤리이며, 그것은 타자의 고통 혹은 실재에 닿고자 하는 예외적인 인간의 본성에서 발현된다. 그러나 영화 〈시〉가 보여주는 삶의 일상은 지리멸렬 그 자체이다. 일상을 지배하는 질서는 '소녀'(희진)의 죽음을 처리하는 가해자 학부모들의 돈거래를 통해 그 추악성을 드러낸다. 그래서 이 영화가 자본의 속악한 질서를 관류하여 도달하는 지점은 바로 소녀의 '시

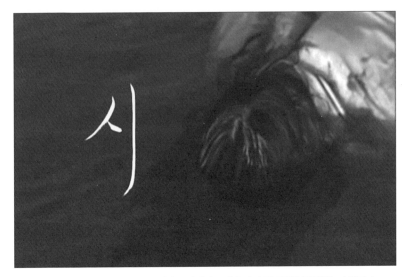

체'가 떠내려 온 자리일 수밖에 없다. 영화의 첫 장면과 마지막 장면이 압도적인 강물 이미지인 것은 이 영화가 어디로 회귀하는가를 분명히 보여준다. 소녀 '희진'의 죽음으로 시작한 영화는 가해자의 할머니인 '미자'의 죽음으로 마무리된다. 죽음이라는 실재계로의 귀환이야말로 이 영화가 지니고 있는 '윤리'적 심연이다.

영화 〈시〉가 함의하는 주체의 윤리는 음악의 배제와 무관하지 않다. 영화를 장악한 음악의 공백은 지속적으로 관객과의 불화를 유도하는데, 따라서 관객들은 영화 어디에도 동화되거나 몰입할 수 없는 곤경에 처하고 만다. 전통적 의미에서 음악이 극의 잠재적 구조장치로서 기능해왔다는 점을 환기한다면 영화라는 극에서 음악적 요소를 배제한다는 것이 얼마나 큰 파격인지 알 수 있다. 아리스토텔레스나 플라톤의 음악에 대한 언급까지 소급하지 않더라도, "음악적 요소의 도입은 한 쇼트 속에서 포착된 삶의 색채와 때로는 삶의 본질을 변화시킨다"는 타르코프스키의 진술은 영화가 요구하는 음악의 예술적 기능을 말해준다. 무성영화 시대부터 이미 도입되었던 음악은 감독의 예술적 의도를 부각하는 중요한 장치로서 기능해 오지 않았던가. 그러나 타르코프스키는 또한 말하고 있다. "영화적 형상이 실제로 총체적인 소리를 갖기 위해서는 아마도 의식적으로 음악을 포기하지 않으면 안 될 것"이고 "이 세계는 스스로 매우 아름다운 소리를 지니고 있으므로 우리들이 올바로 듣는 것을 배운다면, 영화는 음악을 따로 필요로 하지 않게 될 것이다."[1]

영화 〈시〉는 음악을 배제함으로써 세계의 "아름다운 소리, 총체적인 소리"를 드러내는 시도라고 할 수 있다. 그러나 정작 〈시〉를 가득 채우는 것은 일상의 너절한 소음에 지나지 않는다. 다만 영화의 처음과 마지막 장면의 강물 소리만이 이 영화를 열고 닫는다. 이 강물소리야말로 이 영화가 전달하고자 하는 '실재'의 소리이다. 처음과 끝을 제외한 영화 전체를 지배하는 것은 남루한 일상의 소리에 지나지 않지만, 〈시〉는 처음과 끝의 강물소리를 통해 이 세계의 진정한 소리가 무엇인지를 말하고 있다. 강물소리는 영화의 서사를 관류하면서 타락한 일상의 삶을 균열시키는 힘을 얻는다. 관객을 압도하는 강물 이미지는 영화의 마지막 장면에서 마침내 이 세계의 실재를 뿜어내고 있기 때문이다. 실제로 영화를 보는 내내 우리는 영화 어디에도 동화되기 힘든 경

---

1   안드레이 타르코프스키, 김창우 역, 『봉인된 시간』, 분도출판사, 2003, 206~208면.

험을 하게 되지만, 마지막 장면의 강물 소리에 몰입하지 않을 수 없다. 그 소리야말로 세계의 실재를 머금은 소리로 인식되기 때문이다.

일반적으로 음악은 감독의 의도 속으로 관객을 끌어들이기 위한 수단이고 영화음악에서 비롯되는 정서는 영화를 영화답게 보여주는 장치로서 기능한다. 하지만 '우리는 왜 음악을 듣는가?'에 대한 슬라보예 지젝의 대답을 떠올려야 한다. 우리가 음악을 듣는 것은 "대상으로서의 목소리와 마주치는 것에 대한 두려움을 피하기 위해서"[2]이다. 음악은 현실의 실재를 미적으로 중화시키는 마술적 기능을 지닌다. 우리가 음악을 만들고 듣는 이유는, 알랭 자크 밀레가 말한 것처럼, 대상으로서의 목소리[3]를 침묵시키기 위한 것이다. 대상 목소리는 의미의 빈틈에서 배어나오는 배제된 타자 혹은 실재의 소리이다. 그러나 음악은 "대상을 길들이려 하고 그것을 미적인 쾌락의 대상으로 바꾸려 하며 그 안에 견딜 수 없는 것을 가려주는 장벽을 세우려는 시도"다.[4] 그렇다면 음악이 사라진 공백 속에서 우리는 비로소 대상의 실재에 접근할 수 있다. 그러니까 음악의 배제는 실재의 소리에 도달하기 위한 장치로서 기능한다. 따라서 영화 〈시〉가 들려주는 강물 소리는 우리 내면으로 흘러들어오는 실재의 얼룩을 남긴다.

2 　슬라보예 지젝, 「"나는 눈으로 너를 듣는다"」, 라캉정신분석연구회 역, 『사랑의 대상으로서 시선과 목소리』, 인간사랑, 2010, 160면.

3 　이 글에서는 대상 목소리(대상으로서의 목소리)와 대상 시선(대상으로서의 시선)이 중요한 개념으로 등장한다. '대상a'(objet petit a)가 상징계의 누빔점이자 결여로서 상징화의 실패 공간이라면, 대상 목소리와 대상 시선 역시 각각 침묵과 맹점에 대응하는 상징화가 실패한 지점이다. 위의 글, 155~158면 참조.

4 　믈라덴 돌라르, 「대상 목소리」, 라캉정신분석연구회 역, 『사랑의 대상으로서 시선과 목소리』, 인간사랑, 2010, 30면.

음악이 일상(상징계)의 틀을 강화하는 의미화 작용이라면, 그것은 상징계를 지배하는 대타자의 목소리와 다르지 않다. 음악이라는 대타자의 목소리를 제거함으로써 우리는 실재로서의 소리, 즉 대상 목소리에 노출될 수 있다. 실재로서의 소리는 상징화를 거부하는 대상 목소리이다. 요컨대, 〈시〉는 음악을 추방함으로써 삶의 저편(실재계)에서 흘러오는 소리(대상 목소리)의 침입을 허락하는 것이다. 절묘하게도 이 영화는 단 한 편의 시 「아녜스의 노래」를 낭송하는 '미자'의 목소리를 '희진'의 목소리로 전환함으로써 강물소리가 희진과 미자, 즉 죽은 자의 목소리임을 깨닫게 한다. 이 영화가 음악을 배제한 궁극적 이유는 바로 여기에 있다.

강물 소리는 시각적 감각을 동반한다. 영화의 처음과 끝 장면에서 카메라아이camera-eye는 강물을 향해 열려 있다. 우리의 눈과 귀 또한 강물을 향해 열려 있다. 우리의 눈과 귀를 향해 젖어드는 것은 강물의 흐름과 소리이다. 그것은 현실의 어떤 의미도 상실한 물자체다. 강물은 우리에게 어떤 맹점과 침묵을 되돌려준다. 우리는 강물의 압도적인 감각 앞에서 우리의 맹점과 침묵에서 발원한 '시선'과 '소리'를 느낄 수밖에 없다. 이 '시선graze'은 "나의 실존 속에서 사방에서 응시되고 있다"는 점에서 주체의 눈eye과 분리되며,[5] '소리' 역시 주체의 귀와 분리되는 침묵

5   자크-알랭 밀레 편, 맹정현·이수련 역,『자크 라캉 세미나11-정신분석의 네 가지 근본 개념』, 새물결, 2008, 114면. 'gaze'는 일반적으로 '시선'(김종주)과 '응시'(맹정현)로 번역된다. '시선'이 보다 명징하지만 동사로 활용할 수 없다는 점에서, '응시'는 '시선'보다 불명료하지만 동사로 활용할 수 있다는 점에서 혼용되고 있는 상황이다. 이 글에서 동사적 활용을 최대한 자제함으로써 보다 명징한 번역어라고 할 수 있는 '시선'을 번역어로 선택했다.

의 자리에 놓는다. 그 '시선'과 '소리' 속에서 주체는 어떤 불안과 부끄러움을 느끼고 내적인 성찰을 하게 된다. 강물의 압도적인 이미지는 영화 〈시〉를 지배하는 실재의 얼룩blot 기능을 하고 있는 것이다. 이 얼룩의 자리는 시체가 떠내려 오는 강이다. 그 강은 우리 삶(상징계)의 맹점과 침묵이 자리한 죽음의 공간이다.

이처럼, 〈시〉는 강물을 통해 죽음이라는 실재의 차원에 포획되는 전율을 우리에게 선사하고, 일상적 현실을 충격하는 균열의 지점으로 작용한다. 그리고 너절한 일상의 장면과 소음을 관류하여 만나게 되는 단 하나의 '목소리'(「아녜스의 노래」) 속으로 완전히 몰입하는 순간을 열어준다. 그 목소리는 바로 죽은 자의 소리이며, 우리 내면을 일깨우는 윤리의 목소리이다.

2. 시와 미자와 나르시시즘

영화 〈시〉는 '시'에 관한 영화다. 더 정확히 말하면 시의 나르시시즘에 관한 영화다. 상징계를 구성하는 대타자(법)를 전혀 의식하지 않는 나르시스트는 상상계적 존재이며, 자기동일성의 세계 속에서 헤어날 수 없다. 라캉이 말했듯이 거울에 비친 '유사자counterpart'를 자기 존재로 인식하는 주체는 상상계에서 벗어나지 못한 존재다. 거울 속 형상(유사자)을 자기로 인식하는 '아기'의 특성은 사실 인간 주체의 근본적인 특성이 아닌가. 나르시스가 죽음에 이르게 된 원인이 대상과의 불가능한 사랑이 아니라 물에 비친 형상이 곧 자기의 허상이라는 사실의 인식에 있듯이,[6] 나르시시즘은 자기 기원의 실재를 폭로하는 순간 소멸하고 만다.

'미자'는 시의 나르시시즘을 드러내는 강렬한 상징이다. 미자 역시 나르시스와 동일한 운명의 궤적을 보여준다. 그래서 영화 〈시〉는 '미자'와 '시'를 서사의 중심에 두고 있다. 이 영화는 '미자'와 '시'가 일체화되는 과정을 보여준다. 그러나 '미자'는 바라보기에 너무 불편한 인물이다. 도드라진 옷차림새부터 말투까지 미자는 어색하기 짝이 없는 인물이며, 이는 주위의 상황을 고려하지 않는 나르시시즘 증상과 무관하지 않다. 남루한 마을과 어울리지 않는 화려한 옷차림새라든가, 상황에 관계없이 자기 말을 여과 없이 드러내는 행동들은 영화의 전체적 미장센과 어울리지 않는다. 문학 강좌 중 뜬금없이 "나도 연필 잘 깎는데 ……"라고 자기본위적인 말을 하고 집 앞 평상에 앉아서 지나가는 노인이 이해 못할 말을 하는 행동들은 미묘한 부조화를 불러일으킨다. 자살한 희진 문제를 의논하기 위해 모인 자리에서 시상을 떠올리기 위해 꽃을 감상한다든지 기범 아버지에게 "시 쓰고 있어요"라고 말하는 부분은 미자가 지닌 성격적 결함을 불편하게 확인시켜준다. 미자는, 그래서 "참 개념 없는 할머니네"라는 핀잔에서 자유롭지 않다. 여기서 개념은 상징계적 질서를 의미한다. 따라서 미자는 상징계로 진입하지 못한 나르시스의 증상 그 자체이다.

---

6 자키 피죠, 김선미 역, 『몸의 시학』, 동문선, 2005, 18면.

그러나 주목해야 할 것은 미자의 이러한 행동이 곧 '시'의 본질과 무관하지 않다는 사실이다. 영화 〈시〉에서 '미자 = 시'라는 등가관계는 중요한 서사의 축이다. 미자가 한 편의 시를 써야 한다는 서사적 설정은 시와 미자의 일체화를 가능하게 한다. 무엇보다 시는 미자만큼 한심한 대상으로 그려진다. 미자가 말끝마다 운운하는 "시 배우러 가야 되거든요", "시 배우고 있어요", "시 쓰고 있어요"라는 대사는 황명승(실제로는, 황병승) 시인의 "시 같은 것 죽어도 싸!"라는 절규와 강력하게 충돌하면서 시의 환멸을 불러일으킨다. 시 낭송회와 미자의 입에서 떠도는 '시'는 병적인 나르시시즘에 근거하고 있기 때문이다. 시에 대한 부박한 이해는 "내가 시인 기질이 있지. 꽃도 좋아하고 이상한 소리도 잘하고"와 같은 대사에서도 암시된다. '시', '꽃', '이상한 소리'로 압축되는 이러한 시의 이해는 영화 속에서 두 번 반복될 만큼 미자와 시의 나르시시즘을 부각시킨다.

미자는 속악한 세계에 적응하지 못하고 세계의 실재에 가닿지도 못하는 인물이다. 운명적으로 자기동일성의 세계로 회귀하고 마는 시는 나르시시즘으로부터 자유로울 수 없다. 따라서 미자는 자기동일성이라는 나르시시즘에 사로잡힌 '시'의 현재적 위상을 함축한다. 영화 〈시〉를 지배하고 있는 '시'의 이미지를 보자. 그것은 '시'의 추락을 명시한다. 시 창작 강의와 시 낭송회에서 반복되는 시의 지리멸렬한 모습은 "시 같은 건 죽어도 싸!"와 같은 절망적인 전언에 힘을 실어준다. 더구나 자살한 희진의 모친을 만난 자리에서 행한 실수는 결정적이다. 딸을 잃은 모친을 위로하고 합의를 얻기 위해 가는 길에 미자는 자아도취적 시를 쓴다. 미자는 희진 모친 앞에서 원래 목적을 까맣게 잊고[7] '살구'와 '날씨'

에 대해 이야기한다. 심지어 "여기는 참 좋은 곳인 거 같아요. 경치도 너무 좋고 참 이런 곳에서 살고 싶다는 생각이 드네요"라는 말까지. 나르시시즘이 초래하는 부조화는 이렇듯 불편하다. "의상이 진짜 튄다. 이 동네에 진짜 안 어울린다"는 기범 아버지의 말이 암시하는 것처럼 미자는 타자와 무관한 삶을 살아왔던 존재론적 국면을 함축한다. '미자 = 시'라는 등식이 성립되는 것이다.

그렇다면 진정한 '시'란 무엇인가? 영화 〈시〉는 이 물음에 대한 충실한 답이다. 이 영화가 시를 찾아가는 서사적 과정에 충실한 까닭이기도 하다. 시에 대한 부박한 이해에도 불구하고, 미자는 한 편의 시를 얻기 위한 성찰의 과정 속에 놓여 있다. 〈시〉는 미자의 나르시시즘을 균열시킴으로써 말 그대로 '시'를 직면케 한다. 사실 그것은 영화의 첫 장면에서 이미 암시되어 있다. 영화의 첫 장면처럼 시는 시체로 떠 온다. 시체는 희진의 주검이다. 가해자의 할머니인 미자는 희진의 죽음 속으로 진입할 수밖에 없다. 미자는 타자의 죽음 속에서 단 한 편의 시를 쓰게 된다. 그렇다면 시는 시체가 아닌가.

영화의 첫 장면과 마지막 장면을 다시 떠올려보자. 거기에는 강이 흐르고 있다. 강변에서 놀고 있는 어린 소년의 눈에 들어오는 물 위의 시체는 상징계라는 일상에 침투한 실재의 얼룩이다. 시체를 머금은 물결과 소리. 삶의 범주를 벗어난 물결과 소리는 상징계를 파괴하는 죽음을

---

7   치매 때문에 원래 목적을 망각했다고 봄으로써 치매의 비극적 국면을 주목할 수도 있으나, 보다 중요한 것은 치매로 인한 망각 때문에 나르시시즘 증상이 전면에 드러났다는 사실이다. 그리고 치매가 도달하는 궁극적인 의미화의 지점은 언어의 소멸인데, 이것은 실재계로의 윤리적 진입을 암시한다. '미자'가 자기 죽음을 통해 진정한 '시'에 이르는 도정을 의미하기 때문이다.

머금고 있다. 물결을 마주하고 소리를 듣는 순간, 우리는 무언가에 노출되고 있음을 불현듯이 깨닫게 된다. 그것이 바로 대상a이자 실재계의 얼룩으로서 상징계가 균열하는 지점에서 발생하는 동시에 상징계를 파괴하는 힘을 지닌다. 따라서 이 영화는 죽음이라는 실재를 나르시시즘을 벗어나 타자를 경유하는 윤리적 매개 공간으로 삼음으로써, '시'와 '미자'가 궁극적으로 회귀해야할 지점을 서늘하게 보여준다.

3. 자기 균열과 나르시시즘의 소멸

미자의 시 「아녜스의 노래」가 주는 감동은 어디서 연유하는가? 그것은 희진의 목소리에 있다. '미자'가 남긴 최초이자 최후의 시詩인 「아녜스의 노래」는 죽음이라는 실재의 지점에서 발생한 대상 목소리이다. 첫 장면의 강물소리가 마지막 장면에서 깊은 여운을 주는 것은 미자의 목소리가 희진의 목소리로 전환되기 때문이다. 그것은 윤리의 기적이다. 미자가 희진이라는 타자 속으로 진입하는 순간이야말로 이 영화의 윤리를 함축하며, 강물의 '시선'과 '소리'의 윤리적 의미가 발생하는 지점이다. 미자는 희진의 고통에 반응한 유일한 인물이다. 바로 이 때문에 미자가 지닌 나르시시즘적 상상계가 파괴된다. 영화 〈시〉가 보여주는 미자의 행적은 사실 나르시시즘의 소멸 혹은 극복 과정과 다르지 않다. 따라서 미자의 '시'는 나르시스의 환영을 벗어나 자기 죽음에 다가가는 시라고 할 수 있다.

미자가 문학 강좌 포스트를 보게 된 시점은 딸의 죽음 때문에 오열하던 희진 모친을 보게 된 직후다. 이는 문학이 타자의 고통에 무관할 수 없다는 사실을 드러낸다. 이 영화에서 희진 모친의 오열은 결국 미자의 오열로 대체된다. 그 과정에서 미자의 나르시시즘은 철저히 파괴되어야 한다. 미자는 그 파괴를 스스로 실천하는 예외적 인물이다. 이 세계는 미자가 자살한 여중생의 이야기를 꺼내보고자 했음에도 아무런 반응이 없던 마트 여주인의 모습이 말해주듯이, 희진의 시체와 모친의 오열을 추방해버린 속악한 세계다. 그 죽음과 오열이 유일하게 머무는 곳이 바로 '미자'다. 넋 나간 희진 모친의 소름 돋는 오열 장면은 시체 이미지와 더불어 이 영화 전체를 지배하지만, 거기에 감응한 유일한 인물이 바로 '미자'라는 사실이 중요하다. 오열에의 감응과 '시'(시체)로의 진입은 이 영화에서 거의 동시적으로 발생한다. 따라서 희진의 자살에 감응하는 순간이야말로 한 편의 시에 진입하는 순간이다.

그러나 타자의 고통에 가닿는 일은 한 편의 시를 얻게 되는 과정만큼 지난하다. 왜냐하면 그것은 자기를 파괴하지 않으면 안 되는 일이기 때문이다. 손자 '박종욱'은 미자의 공간에 남아 있는 유일한 피붙이다. "개념 없는 할머니" 나르시스 미자는 희진의 자살 동기에 손자 종욱이 연루되었고 희진을 집단 성폭행했다는 사실에 충격을 받고 자기 균열을 일으킨다. 이러한 자기 균열의 과정이 시를 쓰는 과정과 병치되어 있다는 사실이 〈시〉의 중요한 서사적 전략이다. 시는 '실재의 윤리'와 무관하지 않다는 사실을 말해주기 때문이다. 실재의 윤리란 자아 혹은 주체가 실재를 경유함으로써 새로운 주체를 형성해가는 과정을 함축한다.

시낭송회에서 만난 사람들은 상상계적 자아로부터 자유롭지 않다. 시 창작 강사인 시인 역시 비극적인 현실과 무관한 삶의 아름다움을 추구하고 있으며, 시는 대상의 아름다움을 찾는 일이라고 말한다. 그것은 대상의 실재와 무관한 상상계를 구축하는 일과 다르지 않다. 여기서 시의 환멸이 발생하며 "시는 죽어도 싸!"와 같은 젊은 시인의 말은 울림을 갖는다.

미자는 희진에 대한 추모 미사가 있는 성당에서 희진의 작은 영정사진을 훔친다. 사진 속의 희진은 미자를 바라본다. 그 사진을 식탁에 두어 손자가 보게 한다. 손자는 무감하지만, 미자는 희진의 '시선'으로부터 자유롭지 않다. 희진 친구들의 '시선'에 의해 쫓기듯 성당을 빠져나왔듯이 미자는 그 '시선'이 주는 고통을 줄곧 느낀다. 그 '시선'은 결국 미자에게 '오열'을 일으킨다. 회장집의 욕실에서 샤워하며 오열하는 장면과 손자 종욱에게 "왜 그랬어?"라고 오열하는 장면은 자기 균열의 증상이다. '내 인생의 가장 아름다웠던 순간'에 대한 시 창작 수강생들의 발표 또한 나르시시즘의 구성물이 어떤 것인지를 적나라하게 드러낸다. 내 인생의 가장 아름다웠던 순간에 대한 고백을 통해 흘리는 눈물과 한숨은 결국 인간이 근본적으로 지니고 있는 나르시시즘의 병적 증상이기 때문이다. 자기 주체의 구성물에 구속되어 있는 주체들의 고통은 자기 유사체와 분리될 수밖에 없는 '결여'에 대한 인식의 결과물이다. 특히 언니에 대한 '미자'의 추억은 회복 불가능한 동일성의 결여로 인한 흐느낌으로 귀결되고 만다.

점진적으로 파열음을 내고 있는 미자의 상상계는 타자의 죽음(실재)을 들여다보기 시작한다. 희진이 성폭행당한 장소인 과학실을 창문 너머로 들여다보고, 희진이 몸을 던진 장소를 찾아간다. 강물의 다리 위에서 강물을 내려다보는 미자의 모자가 바람에 날려 강물에 떨어지는 장면은 의미심장하다. 그것은 희진의 죽음을 환기시키는 동시에 미자의 죽음을 암시하기 때문이다. 강변으로 내려간 미자가 꺼내든 것은 메모지다. 그 동안 몇 차례 시작 메모를 해보았음에도 불구하고 미자는 아무것도 쓰지 못한다. 영화 내내 몇 차례 반복된 메모지의 극단적인 클로즈업이 다시 한 번 반복된다. 메모지에 빗방울이 떨어진다.

매우 인상적인 이 장면은 미자가 지닌 언어의 변환을 예고한다. 상상계적 자아에서 균열의 주체로 넘어가는 과도기의 순간, 메모지에 남은 것은 언어와 무관한 빗방울이라는 실재계의 물성物性 그 자체다. 이 빗방울은 미자를 둘러싼 세계의 바깥에서 침투한 실재의 언어로서의 잔상과 충격을 남긴다. 비에 흠뻑 젖은 미자는 자아를 벗어나 균열된 주체로 진입하여 실재계를 향유하기에 이른다. 그것은 라캉적 의미의 승화다. 균열의 지점인 결여 지점, 즉 대상a를 마주보는 것. 회장의 성관계 요구를 수락한 것은 자기 결여를 외면하지 않은 승화가 있었기에 가능한 일이다. 회장과의 섹스는 '희진'이라는 타자로의 진입이다. 이것은 일종의 '희진-되기'다. 주체의 균열을 통해 미자는 희진이라는 타자의 고통(실재) 속으로 진입하고야 만다.

여기까지만 해도 미자는 합의금을 노인과의 섹스에 연계시키지 않는다. 그 사실은 중요하다. 그러나 종욱의 합의금을 구하기 위해 일종의 화대로서 요구한 500만 원은 미자 스스로를 창녀로 전락시키고 만다. 결과적으로 미자의 '창녀-되기'는 일종의 '속죄'의 양식이자, 타자의 고통에 응대하는 제의祭儀로서의 의미를 지닌다. 더구나 미자는 손자 '종욱'을 다독이고 형사에게 인계함으로써 여타 학부모의 세속적인 삶의 방식을 거부한다. 따라서 미자의 '창녀-되기'는 성聖과 속俗의 변증으로서, 주체의 균열을 통해 새로운 주체를 찾아가는 윤리적 함의를 지닌다. 손자의 비행에 대한 자책, 창녀로의 전락, 희진 어머니 앞에서의 치명적 실수로 인한 자기 환멸, 그리고 무엇보다 희진의 죽음에서 자유로울 수 없는 미자가 선택할 수밖에 없는 것은 자신의 죽음이다. 그 죽음은 영화의 첫 장면에서 롱테이크long-take로 잡아냈던 희진의 시체를 환기시킨다. 미자가 손자 종욱의 발톱을 깎는 행위는 종욱을 소년원으로 보내기 위한 것이지만, 자기 죽음을 예비하는 염습의 의미 또한 지니는 것도 바로 이 때문이다.

「아녜스의 노래」라는 시 한 편을 남기고 미자는 사라진다. 미자가 사라진 곳은 어디인가? 손자를 형사에게 인계한 후 격정적으로 썼던 시는 자기 소멸의 시이며, 자살했던 여중생의 목소리로 썼던 시다. 미자는 마침내 강물의 시체로 전환되며, 이로써 나르시시즘의 소멸을 이루게 된다. '미자'라는 시는 나르시시즘의 바깥 세계를 이루는 것이다. 미자의 딸이 찾아온 빈집. 미자의 체온과 체취가 전혀 느껴지지 않는 적막으로 가득하다. 그 적막을 통해 우리는 이미 미자가 '여기'가 아니라 '강물'이라는 실재의 공간에 거주하고 있음을 깨닫게 된다.

4. '빼기'의 폭력과 윤리의 내면화

미자가 앓고 있는 '치매'는 영화 〈시〉에서 매우 의미심장한 서사적
장치이다. 영화 속에서도 잠깐 언급되듯이 치매는 망각의 병이다. 언
어에 대한 망각이 명사, 동사 순으로 진행된다. 언어의 소멸은 곧 자아
의 소멸이다. 자아 구성에 있어서 언어 작용은 절대적이다. 따라서 치
매는 자아의 소멸과도 깊은 관련을 지닌다. 미자가 치매 진단을 받는
장면이 김 노인의 성적 요구를 소스라치며 차갑게 거부한 직후라는 점
을 상기하자. 김 노인의 성적 요구 앞에서 미자는 여성으로서 매우 강
고한 자아를 드러내는데, 이 장면 직후 밝혀지는 치매 진단은 미자의
자아 속에 내재된 균열의 징후를 더욱 부각시킨다. 이 균열의 징후 속
에서 미자는 '시'에 보다 근접하게 다가서게 되는 것이다.

메모지의 빈 여백에 떨어지는 빗방울의 이미지는 미자가 시에 보다
근접하게 되었음을 암시한다. 언어의 공백을 통해 실재의 시는 탄생한
다. 미자가 버려야 할 언어는 상상계와 상징계를 부유하는 언어들이
다. 미자의 내면에 유입된 진정한 언어는 빗방울이라는 실재계의 얼룩
이다. 흥미롭게도 미자의 메모지에 적힌 언어는 세 가지 차원으로 분
류된다. 라캉의 삼항 체계로 정리하면 다음과 같다.

- 상상계 : "새들의 노랫소리 무엇을 노래하나", "시간이 흐르고 꽃도 시들
고", "살구는 스스로 땅에 몸을 던진다 / 깨여지고 밟힌다 / 다음 생을 위해"

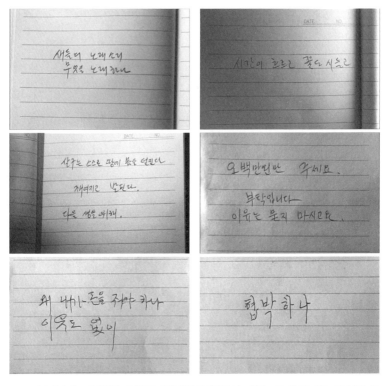

<자료 2> '미자'의 메모지에 적힌 언어들은 시와 현실의 선명한 부조화를 드러내는데, 이는 상상계와 상징계의 이질성에서 비롯되는 것이기도 하다.

· 상징계 : "오백만원만 주세요. 부탁입니다. 이유는 묻지 마시고요.", "왜 내가 돈을 줘야 하나. 이유도 없이", "협박하나"

· 실재계 : 강변의 허공에서 떨어져 메모지에 번져간 빗방울

미자의 메모지는 정확히 현실의 중층성을 반영하고 있다. 첫 번째 메모지는 상상계의 아름다운 허상을 드러낸다. 나르시시즘의 세계는 시

와 미자의 실상과 관계한다. 두 번째 메모지는 미자가 처한 상징계적 현실을 드러낸다. 회장과 미자 사이에 오간 필담은 추악한 현실 그 자체를 담고 있다. 상상계와 상징계의 부조화가 일으키는 불편함은 이 영화의 중요한 메시지 중 하나

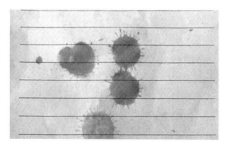

〈자료3〉 '미자'의 메모지에 떨어진 빗방울은 실재계적 언어라고 할 수 있다. 상상계적 언어는 상징계 속에서 파열됨으로써 언어의 새로운 차원을 만나게 된다.

다. 세 번째 메모지는 실재계를 반영한다. 영화 〈시〉를 지배하는 강물 이미지에 등가되는 이미지는 무엇보다 메모지에 떨어진 빗방울이다. 메모지에 떨어진 빗방울의 물성은 강물에 떠내려 온 시체와 같은 충격을 남긴다. 혹은 언어가 사라지고 빗방울이 스며든 메모지는 치매를 앓는 미자의 내면 공간을 암시하기도 한다.

그러나 빗방울이 시체와 다른 점은 승화의 의미를 지닌다는 사실이다. 빗방울은 실재계의 물자체이지만, 언어의 세계를 떠난 미자의 시가 나아갈 방향을 암시한다. 메모지에 스며든 빗방울은 미자의 새로운 윤리적 발아發芽인 동시에 시인 것이다. 그래서 시체와 달리 빗방울은 매우 아름다운 시각적 충격을 준다. 그것은 실재계의 승화된 침투라고 할 수 있다. 이로써 치매를 앓는 미자는 시를 앓는 것으로 의미화된다. 현실의 언어(상징계)를 상실한 미자는 희진의 언어(실재계)를 얻게 된 것이다. 그것이 바로 「아녜스의 노래」다.

영화 〈시〉에서 미자가 겪는 주체의 균열은 매우 윤리적이다. 미자는 균열을 통해 희진의 자리에 서게 됨으로써 현실이 은폐하고 억압하는 실재(죽음)의 자리를 드러낸다. 그것은 유령으로 떠돌고 있던 희진

의 목소리(「아녜스의 노래」)를 전경화함으로써 실재계의 침투라는 인지적 충격을 남기고 있다. 그러나 무엇보다 미자가 윤리적 주체로 재탄생하자마자 소멸하고 만다는 결말은 매우 의미심장하다. 딸이 찾아온 미자 집의 빈 공간처럼, 진정한 윤리란 항상 결여의 상태로 남아 있을 뿐이며, 욕망하되 닿을 수 없는 '대상a'로서만 존재할 수 있다는 사실을 영화 〈시〉는 말하고 있기 때문이다.

미자는 희진과의 접신을 통해 윤리적 주체를 획득할 수 있었다. 그러나 주체의 윤리적 실천은 상징계의 전복과 관련되기 때문에 결코 만만치가 않다. 균열된 상상계를 빠져나온 미자가 상징계를 전복시키는 방법은, 바디우식으로 말하자면 '빼기의 폭력'이라는 전략에 기반한다. 미자는 손자를 경찰에 인계하는 방식으로 학부모와 희진 모친 사이에 이루어진 합의를 파기한다. '합의'의 중요한 구조물 중 하나인 미자는 스스로를 '빼기'함으로써 그 구조물을 무너뜨린다. 그것은 일종의 윤리적 폭력이다. 지젝에 따르면, 진정한 빼기의 폭력은 "그것이 스스로를 빼내는 시스템의 좌표 자체를 무너뜨릴 때, 그 시스템의 '증상적 비틀림'의 지점을 가격할 때이다."[8] '희진'의 죽음은 합의의 구조물에서 배제된 채로 있었다. 그러나 미자는 '빼기의 폭력'으로써 희진의 죽음을 배제한 합의의 구조물을 붕괴시킨다. 이러한 미자의 행위야말로 진정한 윤리적 실천이다. 미자의 '빼기'는 속악한 상징계의 구조물을 매우 강력하게 충격하고 파괴한다. 그리고 '빼기'의 결과로서 미자 역시 합의의 구조물인 추악한 상징계에서 사라질 수밖에 없다.

---

8   슬라보예 지젝, 박정수 역, 『잃어버린 대의를 옹호하며』, 그린비, 2009, 611면.

상징계를 전복한 미자가 선택한 것은 죽음이지만, 그 죽음은 실재의 아름다움으로 드러난다. 「아녜스의 노래」를 낭송하는 순간 흘러나오는 미자의 목소리는 놀랍게도 희진의 목소리로 대체된다. 그리고 학교, 희진의 집, 허공을 향해 짖는 개, 마을버스와 경주하는 희진 동생을 바라보는 시선은 유령처럼 떠도는 희진의 '시선'임을 암시한다. 다리 위에 서서 자살 직전의 희진은 카메라를 슬프게 응시한다. 희진의 '시선'과 관객의 '눈'이 비로소 마주친다. 그 순간이야말로 타자가 관객의 주체 속에 현전해오는 순간이다. 희진은 미자이며, 죽음이며, 실재이며, 윤리의 기원이다. 레비나스의 말대로 윤리는 타자의 죽음을 인식하는 데서 비롯된다. 우리는 여기서 다시 한 번 음악을 배제한 이창동

〈자료4〉 〈시〉의 엔딩장면은 언어를 벗어버린 강의 물결과 소리로 가득 채워진다. 시체를 머금은 듯한 강물은 전율을 일으키며, 그 전율을 통해 〈시〉는, 우리는, '실재'로부터 빚어지는 윤리의 내면화를 이루게 된다.

의 의도를 짐작할 수 있다. 음악이 배제된 이 영화 속에서 진정한 소리이자 음악은 바로 희진의 목소리이기 때문이다. 그것은 상징계의 모든 소리를 침묵시킨다. 영화 전체를 통틀어 처음으로 제시되는 희진의 목소리는 우리가 다가가야 할 불가능성의 대상인 것이다.

다시 강물이 흐른다. 강물은 미자와 희진의 시체를 머금고 있다. 언어를 벗어버린 물결과 소리. 우리는 강물 저쪽에서 떠내려 올 시체를 전율로써 이미 느끼고 있다. 그 전율을 통해 영화 〈시〉는, 우리는, '실재'로부터 빚어지는 윤리의 내면화를 비로소 획득하게 된다. 그렇다. 지젝을 말을 전유하자면, 우리가 시체(죽음)를 어떻게 볼 것인가가 중요한 것이 아니고, 시체(죽음)가 우리를 어떻게 볼 것인가가 중요하다. 우리 현실에서 배제된 맹점과 침묵에서 발아하는 '시선gaze'과 '목소리vocie'야말로 실재의 윤리를 가능케 한다. 영화 〈시〉는 바로 이 지점에 존재한다.

'왜'라는 의문사의 영화적 출현
: 박찬욱의 〈올드 보이〉
문화콘텐츠로서 신화적 상상력의 한 방향

1. 문화콘텐츠와 신화—스토리텔링과 스토리셀링의 사이

현대문화 속에서 신화란 무엇을 의미하는가? 범박하게 말해, 신화는 인간의 무의식적 원형을 함축하고 있는 것으로 인간의 근원적 욕망과 기억을 끊임없이 환기시켜주는 인류의 정신적 유산이라 할 수 있다. 이는 인간 무의식의 발생학적 기원을 풀어주는 열쇠가 될 수 있음을 의미한다. 즉, 근대란 고대 그 이전부터 면면히 이어져 온 무의식의 토대 위에 성립된 것으로서, 칼리니스쿠가 베르나르의 말을 빌려 '근대'를 "고대라는 거인의 어깨 위에 올라앉은 난장이"[1]라고까지 충분히 표현할 만한 것이다. "근대인이야말로 진정한 고대인"이라는 역설적

---

1   M. 칼리니스쿠, 이영욱 외역, 『모더니티의 다섯 얼굴』, 시각과언어, 1998, 25면.

명제 위에서 고대의 신화란 바로 근대의 문화적 원형이라는 주장 또한 가능해진다. 현대문화의 신화적 이미지들은 고대와의 오래된 대화인 것이다. 다시 말해, 신화적 이미지는 인간의 의식을 무의식의 원천으로 거슬러 오르게 함으로써 거역할 수 없는 '의미의 물줄기'(질베르 뒤랑)를 이루게 하는 것이다.

신화를 통해서 인류의 무의식 속에 자리 잡고 있는 원형적 사유를 탐색하는 신화학자들의 노력은 인류의 자기 기원에 도달하고자 하는 것과 다르지 않다. 조셉 캠벨은 "과거에다 묶어두려는 경향이 있는 인간의 끊임없는 환상에 대응하여 인간의 정신을 향상시키는 데 필요한 상징을 공급하는 것"[2]이 신화의 기능이라고 밝힌 바 있다. 그 상징이란 우주의 실재와 마주치게 하는 매개이며, 신화 속에는 그러한 상징이 풍부하게 내재되어 있다는 것이다. 신화의 상징 속에는 비의가 존재하고, 인간의 근원에 대한 거침없는 질문이 내재되어 있으며, 그에 대한 답 또한 마련되어 있다는 것이 캠벨의 관점이다. 신화는 실재의 대체물이기에 상징계의 회로를 끊임없이 떠돌지라도 인류의 기원, 혹은 인간의 자기 기원에 대한 의문이 항상 새롭게 솟아날 수 있는 원천이다. 여기에 신화적 상징이 지닌 '비의'의 의미가 있다. 그러나 조셉 캠벨은 오늘날 "이 모든 비의가 그 힘을 잃었다"고 탄식한다. 신화는 더 이상 고대와 근대를 이어주는 사유의 원형이 되지 못하고 비의로부터 멀어졌다는 것이다. 오늘날의 신화는 자본의 축적을 열망하는 문화콘텐츠로서 유용한 소비재가 되고 있을 뿐이기 때문이다. 그것은 소비될 뿐

---

2   조셉 캠벨, 이윤기 역, 『천의 얼굴을 가진 영웅』, 민음사, 2003, 23면.

이며, 비의를 더 이상 생산하지 못한다.

스튜어트 보이틸라의 분석[3]처럼 수많은 영화가 모두 조셉 캠벨의 영웅서사의 형식을 따르고 있다는 사실만으로는 신화적 비의를 보증해주지 않는다. 그것은 인류 공동의 정신성으로 회귀하고자 하는 현대인의 신경증을 유발시키는 신화의 서사구조를 표피적으로 이용한 것에 불과할 따름이다. 한 마디로 말해, 스튜어트 보이틸라는 신화의 본질을 탈각시킨 형해만을 취했을 뿐이다. 문화콘텐츠와 신화에 관련된 최근의 논의들은 대부분 문화의 전면에 부각되는 신화의 '외피적' 양상에 주목하고 있으며, 그것의 '심층적' 의미의 문화적 수용에 대한 깊이 있는 천착은 아직까지 뚜렷한 성과가 나오지 않은 실정이다.

문화콘텐츠와 관련된 신화에 대한 논의는, 스튜어트 보이틸라의 예에서도 확인할 수 있듯이 주로 스토리텔링의 관점에서 이루어지고 있다. 스토리텔링을 주로 문화콘텐츠의 관점에서 연구해온 최혜실은 '스토리텔링storytelling'을 "구술문학이나 문자문학보다 앞서고 그 구분을 가능하게 하는 근원적인 개념"으로 바라보고 있으며, "지금까지 텍스트문학을 분석해서 이루어진 서사학을 극복하기 위한 방법론"[4]으로서의 의의를 지닌다고 평가한다. 그에게 있어 스토리텔링이란 신화를 포함한 구술적 이야기, 문학, 만화, 애니메이션, 영화, 게임, 광고, 디자인,

---

3   조셉 캠벨의 영웅서사는 크리스토퍼 보글러에 의해 영화만이 가지는 스토리텔링의 조건에 따라 다음과 같은 단계로 나뉜다. ① 보통세상 ② 모험에의 소명 ③ 소명의 거부 ④ 조언자와의 만남 ⑤ 관문통과 ⑥ 시험, 협력자, 적 ⑦ 접근 ⑧ 시련 ⑨ 보상 ⑩ 귀환 ⑪ 부활 ⑫ 묘약과의 만남. 스튜어트 보이틸라는 이러한 구분을 그대로 빌려와 할리우드 영화에 그대로 적용하고 있다. 스튜어트 보이틸라, 『영화와 신화』, 을유문화사, 2005 참조.
4   최혜실, 「디지털, 스토리텔링, 산업」, 피종호 편, 『디지털 미디어와 예술의 확장』, 아카넷, 2006, 163면.

홈쇼핑, 테마파크, 스포츠 등의 하위 이야기 장르를 포괄하는 개념으로 존재하는데, 이것은 철저히 문화콘텐츠 산업의 핵심적 요소가 된다. 문학과 영화라는 한정된 영역을 벗어나 널리 산포되어 있는 스토리를 문화콘텐츠 산업으로 흡수시키는 데 전략적 개념으로 발생한 '스토리텔링'은 '서사'의 상업적 측면이 강화된 개념인 것이다. 따라서 스토리텔링storytelling은, 곧 스토리셀링storyselling이다.

문화콘텐츠로서의 스토리텔링은 철저히 그 구조적 측면에 집중한다. 이는 레비스트로스가 '신화소', 블라디미르 프로프가 '기능'에 주목했던 것과 유사한 측면이 있다. 신화의 보편적 문법이 인류의 사고를 구조화하듯이, 스토리텔링의 구조화는 문화콘텐츠를 정형화하는 데 일조하기 때문이다. 여기서 신화는 스토리텔링을 풍성하게 하는 참조자료로 활용될 뿐, 신화의 원형적 의미는 탈색되거나 기껏해야 문화콘텐츠의 일부로 전락하고 만다.

문화콘텐츠에서 주목하는 신화의 특징은 바로 '영웅'과 '통과제의'이다. 문학의 시원이라 볼 수 있는 신화에서 가장 흥미로운 부분이 바로 영웅의 모험이기 때문이다. 영웅과의 동일시와 미지에의 모험을 향한 통과제의는 심미적 성장통과 함께 서사적 '쾌락'을 안겨주기 마련이다. 이는 문화산업의 관점에서 주목할 수밖에 없는 신화의 대중적 가능성이다.[5] 그러나 영웅의 모험이 의미하는 바를 제대로 구현하지 않는 이상 신화의 본래적 의미는 희석되고 만다. 그러므로 조셉 캠벨의 말을 다시 한 번 떠올릴 필요가 있다. "아무리 단순한 민화라도 사생아私生兒

---

5   최혜실은 오늘날 게임이 청소년들에게 인기 있는 이유 중 하나가 바로 통과제의라는 주제 때문이라고 진단하면서 여기에 대한 세밀한 분석의 필요성을 제기한다. 위의 책, 170면.

가 어느 날 문득 자기 어머니에게, 내 아버지가 누구냐고 물으면, 이 민화는 갑자기 의미심장해진다."[6] 달리 말해, 영웅의 모험은 자기의 기원, 혹은 이 세계의 기원을 밝히기 위해 시련과 고통을 관류하면서 "하나의 실재"를 획득하는 과정이다. 그것은 신화가 곧잘 "아들과 아버지가 화해하는" 모티프를 채용하는 이유이기도 하다.

아버지를 탐문하고 아버지와 화해한다는 것, 그것은 사물의 비밀한 기원을 배우는 것[7]이다. 세계와 인간의 기원을 포함한 모든 사물의 기원은 신화 속에 녹아들어가 있다. 다시 말해 모든 사물의 기원을 향해 가는 인류학적 상상력이 신화의 근원적인 생명이라고 할 수 있다. 신화의 구조를 차용한 스토리텔링이 이러한 신화의 근본적인 의미를 놓칠 때 공허해질 수밖에 없음은 자명하다. 서사를 포함한 스토리텔링은 결국 자기 기원을 향해가는 국면에서 그 궁극적 의미를 발견할 수 있기 때문이다.

이 글은 자기 기원을 향해가는 신화적 상상력을 창조적으로 수용한 박찬욱의 〈올드 보이〉를 대상으로 한다. 주지하다시피, 박찬욱의 〈올드 보이〉는 미네기시 노부야키·츠치야 가론의 동명만화를 원작으로 하고 있다. 그러나 박찬욱의 영화는 원작과 달리 '오이디푸스'라는 신화적 모티프를 수용함으로써 작품의 완성도와 주제의 깊이에서 원작을 훨씬 능가하고 있다.[8] 따라서, 이 글은 박찬욱의 복수 시리즈 중 〈올드 보이〉를 분석하고 자기 기원의 탐색이라는 신화적 의미의 양상을

---

6   조셉 캠벨, 앞의 책, 432면.
7   미르치아 엘리아데, 이은봉 역, 『신화와 현실』, 성균관대 출판부, 1998, 24면.
8   만화 『올드 보이』와 영화 〈올드 보이〉의 세부적 차이점을 나열하면 다음 표와 같다.

살펴봄으로써, 〈올드 보이〉가 신화의 본래적 의미를 창조적으로 재해석한 성공적인 사례임을 주목하고자 한다.

2. 자기 기원의 탐색과 스토리텔링

　박찬욱의 복수 시리즈 중 한 편인 〈올드 보이〉는 〈복수는 나의 것〉이나 〈친절한 금자씨〉와 변별되는 지점이 있다. 자기 기원의 탐색이 바로 그것이다. 〈복수는 나의 것〉이나 〈친절한 금자씨〉가 부조리한 상황 속에서 복수에만 몰입하는 인물들을 보여주고 있다면, 〈올드 보이〉는 복

	원작 만화 『올드 보이』	영화 〈올드 보이〉
중심인물	고토 / 카키누마 타카아카(초등학교 동창)	오대수 / 이우진(고등학교 동창)
주변인물	에리('고토'의 애인) / 츠카모토('고토'의 친구)	미도(오대수의 애인이자 딸) / 주환(오대수의 친구)
사설 감금소	10년 감금(자청룡, 군만두)	15년 감금(자청룡, 군만두)
복수(감금)의 이유	고토가 카키누마 자신의 내밀한 고독을 눈치 챈 데서 발생하는 열등감	오대수가 남매간의 근친상간을 발설함으로써 누나(이수아)가 자살함
후최면에 의한 사랑	고토와 에리는 후최면에 의해 사랑에 빠지지만, 이로 인한 서사적 확장은 발생하지 않음.	후최면에 의한 오대수와 미도의 사랑은 오대수에 대한 이우진의 복수로서 의미를 지님.
부녀간의 근친상간	고토와 에리는 부녀지간으로 설정되지 않음.	오대수와 미도는 부녀지간으로 설정됨에 따라 이들의 사랑은 부녀간의 근친상간임
남매간의 근친상간	카키누마의 '누나'라는 인물은 설정되지 않음.	친남매인 이우진과 이수아는 사랑(근친상간)에 빠짐.
혀의 절단	없음	부녀간의 근친상간이라는 충격 속에서 미도를 보호하기 위해 오대수는 이우진 앞에서 자신의 혀를 자름
권총자살	카키누마는 고토에 대한 열등감 속에서 결국 권총 자살함.	오대수를 향한 완벽한 복수를 이루지만, 죽은 누나로 인한 결핍을 이기지 못한 이우진은 권총 자살함.
기억의 망각 시도	없음	부녀간의 근친상간이라는 고통스러운 기억을 망각하고자 최면술사를 찾아감

수라는 서사의 외피를 쓰고는 있지만 그 중추에 자기 기원을 탐색해가는 신화적 형식이 녹아 있다. 이는 다른 두 편의 복수 시리즈물과 근본적인 차이를 보여주고 있으며, 신화적 의미를 더욱 풍요롭게 하는 작용을 한다. 〈올드 보이〉에서 신화의 강렬한 힘을 보여주는 것이 있다면, 바로 '왜?'라는 의문사이다. 세계와 자기, 모든 사물과 행위의 기원에 관련된 '왜'라는 의문사는 이 영화의 스토리텔링을 이루는 기원이자 중추라고 할 수 있다. '왜'라는 의문사를 통해 〈올드 보이〉는 단순한 스릴러물을 넘어서 신화적 충동을 반복 재생하는 주술적 의례로 승화된다.

1) "왜?"라는 의문사의 충격적 현현

신화는 "왜"라는 의문사에서 출발한다. 이 우주가 '왜' 생겨났으며, 인류가 왜 탄생했으며, 바다와 하늘이 왜 있으며, 인간은 왜 죽어가는가, 바람은 왜 불며, 비는 왜 내리는가, 등등의 인류의 유아기적 의문은 신화를 이루는 출발점이다. 이 출발점에는 우주를 영토화해 나가야 하는 인간의 실존적 고민들이 담겨 있다. 신화적 서사의 출발점에는 인간과 우주, 인간과 비의秘義라는 대립적 국면이 존재한다. 〈올드 보이〉는 철저하게 이 근원적인 물음에서 출발한다. 이는 인류가 맨 처음 지녔었던 물음이며, 신화의 꼭대기에 서려 있는 혹한의 빙설이다. 〈올드 보이〉는 이 '왜'라는 의문사를 현대적으로 가공함으로써 신화의 과잉소비 속에서 마모되고 그 흔적조차 사라지고 없는 '왜'라는 의문사를 예각화한다. 사각형의 좁은 공간, 사설 감금소에서 '왜'라는 신화적 의

오대수와 이우진의 첫 대화. 대수는 "누구냐, 너!"라고 줄곧 묻지만 이우진은 "내가 중요하지 않아요. '왜'가 중요하지"라고 말한다.

문사는 오대수의 폭탄머리처럼 현대적으로 재탄생한다.

〈올드 보이〉를 떠받치는 서사의 축은 '누구'와 '왜'라는 의문사다. '누구'라는 의문사는 '왜'를 향해 치닫게 되며, '왜'라는 의문을 해결하는 순간 자기비밀이 폭로되고 만다.

오대수는 지루한 일상에 파묻힌 채, '오늘만 대충 수습하며 사는' 인물이다. 클로즈업 쇼트의 심상치 않은 첫 장면에서부터 폭탄머리 스타일로 표출되는 광기는, 바로 뒤이어 등장하는, 술에 취해 무장해제 된 오대수의 모습과 선명하게 대비된다. 파출소에서의 장면은 현대인의 평범하고 무의미한 삶의 일상적 차원을 보여준다. 그리고 곧바로 이어지는 다음 장면에서 감금된 오대수의 상황은 비일상적 삶의 차원을 암시한다. 8평 남짓한 방, 그것은 인간이 살아가는 실존적 공간의 대체물이다. 창문조차 없는 폐쇄 공간 속에서 오대수는 '왜'라는 의문사를 품는다. '왜'는 이 공간 속에서 핵심적인 의문사다. '왜'라는 의문은 풀릴 가능성이 없다. '왜'라는 의문사의 실마리를 쥐고 있는 것은 '누가'라는 의문사이다. ‘왜’와 ‘누가’라는 의문사가 장악한 공간 속의 인간은 ‘내던 져진 존재’이다. 오대수 자신의 감금상태는 인간의 실존적 고뇌와도 맞닿아 있는 것이다.

일상적인 공간에서는 결코 키울 수 없는 ‘왜’라는 의문. ‘왜’로부터 비롯되는 인간의 실존적 지능은 사설 감금소에서 15년 동안 야수처럼 단련된다. 분노의 육체화. 실존적 의문은 날렵한 근육 이미지로 드러나며, 이로써 ‘왜’라는 의문사는 실존적 육체성을 획득한다. 인간이 본질적으로 가져야 할 가장 중요한 의문사 하나가 유순한 일상을 탈출하여 야수적인 근육질을 획득하게 된 것이다. 야수적 근육질의 ‘왜’라는 의문사가 폐쇄적 공간을 벗어나 현실로 뛰어들 때, 그 파괴력은 짐작하기 어렵지 않다. ‘왜’라는 질문이 제거된 일상은 무료하지만 안정감 그 자체라고 할 수 있다. ‘왜’라는 의문사가 현실로 뛰어드는 순간, 그것은 괴물의 형상이 될 수밖에 없다. 야수성을 획득한 ‘왜’라는 의문사 하나가 유순한 일상과 충돌했을 때의 모습을 상상해 보라. 그때 오대수는 일상적 인간이 아니라, 이미 그 스스로가 말하듯이 ‘괴물’이다. 이 ‘괴물’은 ‘왜’라는 의문을 풀기 위해 자기 현실의 기원을 탐구하고 파괴한다.[9]

이처럼, 오대수는 오로지 ‘누가’, ‘무엇을’, ‘어떻게’라는 의문사에만 주로 매몰되어 있던 영화 서사 속에 비로소 등장하게 된 ‘왜’라는 의문사의 가장 충격적인 영화적 출현이다.

---

[9] 물론 일상성에 대한 부정 의식은 원작에서도 드러난다. 감금당하지 않았다면, “명랑한 노예”처럼 살고 있을 거라는 의식이 그렇다. 그러나 이것은 감금으로 말미암아 잃어버린 지난 세월에 대한 단순한 소회에 지나지 않아 보인다. 박찬욱은 일상성의 파괴를 통해 자기비밀의 폭로를 향해가는 비극적인 주제의식을 형상화함으로써 원작의 이 지점을 더욱 강렬한 구체성으로 드러낸다.

2) '왜?'와 부조리의 신화

오대수가 휘두르는 장도리처럼 이 영화가 관객에게 둔중하게 던지는 화두는 '누가? 왜?'이다. 한 가정의 평범한 가장인 오대수가 어느 골방에 감금된 채 15년의 세월을 지내는 순간부터 '누가? 왜?'라는 의문사가 집요하게 관객을 물고 늘어진다. 여기서 '누가? 왜?'라는 의문이 장장 두 시간에 육박하는 이 영화의 플롯을 이끌어가기 위한 장치로만 여겨진다면, 이 영화가 깊이 내던진 사유의 그물을 우리는 걷어 올릴 길이 없다. 여기서 보다 중요한 것은 '누가'보다 '왜?'라는 의문사이다.

오대수는 어느 골방(나중에 그곳이 사설 감금소였다는 것이 밝혀지지만)에 이

"누군가한테 10년간 연금 당해 있지 않았더라면, 아저씨 인생은 어떻게 되어 있을까요? 잘 생각해보고 꼭 대답해줘요."(에리) "명랑한 노예"(고토) "엥 ……, 너무 어려워. 그게 무슨 의미인데요?"(에리) "그냥 일벌레로 지내고 있겠지. 행복하지도 불행하지도 않은 채 별 다를 바 없는 하루하루 ……" "결혼해 아이를 낳고 대출받아 집을 사고, 휴일에는 경마나 골프로 기분을 풀면서 ……. 아마도 그렇게 되어 있겠지."(고토)

—『올드 보이』 3권, 54~56면

유도 모른 채 갇혀 지내면서 서서히 파멸해간다. 매일 텔레비전 시청만으로 시간을 보내던 그는 어느 날 아내의 살해소식을 텔레비전을 통해 접하고 자신이 살인자로 수배 중임을 알게 된다. 그리고 매일 매일의 지옥같은 분노와 고통, 그리고 자학. 감금 장소의 미장센은 오대수의 심리를 잘 드러낸다. 자학 속에서 선연하게 떠오르는 의문사가 바로 '왜'이며, 그리고 '누가'이다. 오대수는 복수를 위한 상상훈련으로서 벽을 때리며 자신을 단련시켜나간다. 벽을 때리는 둔중한 음향은 스크린 바깥까지 충분히 전해진다. 우리 역시 그런 벽으로 둘러싸여 있지 않은가. 그렇다면 우리에게도 중요한 의문사 역시 '왜'이며 '누가'이다.

그가 15년 만에 납치당한 그 장소에서 풀려난 후 '누가'라는 의문을 풀기 위해 보여주는 행위들은 집요함의 극치다. 하지만 그를 납치해서 사설 감금소에 감금한 자가 고등학교 동창 이수아의 남동생, 이우진이라는 사실을 아는 순간부터 그가 나를 가두었던 이유, 즉 '왜'라는 의문이 증폭된다. 그렇다면 '누가?'라는 의문은 결국 '왜'라는 의문의 증폭을 가져오기 위한 방법적 의문에 지나지 않은 것이다. 다시 말해, 여기서 근원적이고 본질적인 의문은 '왜'이다. 이것은 오대수와 이우진의 대화 속에서도 선명하게 드러난다. "누구냐, 너! 날 …… 왜 가둔 거냐?"(오대수) "내가 중요하지 않아요. '왜'가 중요하지."(이우진)

'왜'라는 의문을 가장 철학적으로 그리고 문학적으로 풀어내었던 것이 이른바 까뮈의 부조리 사상이다. 부조리 개념의 핵심은 '행위'와 '책임'의 불균형이다. 사소한 행위에 대한 책임이 때론 감당할 수 없는 크기로 되돌아온다. 행위와 책임의 불균형으로 인한 고뇌. 이는 인간의 실존적 삶의 양태를 드러내 준다. 단적으로 말해 인간은 태어나서 죽

〈자료1〉 오대수의 '장도리'는 사설 감금소와 같은 일상을 파괴하는 탈주의 힘이자, '왜'라는 의문의 실마리를 찾아가는 자기파멸적 욕망을 상징한다. 이 장면은 원작에 비해 매우 강렬하게 각색되어 있다. 원작에서는 겨우 한 명의 감시인만을 간단히 제거할 뿐이지만, 박찬욱의 〈올드 보이〉는 수십 명과 싸우는 장면으로 각색하여 2분 40초간의 롱 쇼트로 보여준다.

는다. 내가 태어난 것은 나의 의지가 아니나, 인간은 죽어야 한다는 엄청난 실존적 고통을 겪어야 한다는 것. 비단 죽음만이 아니라, 삶 속에는 인간이 이해하지 못하는 고통들이 가득하다. 사르트르의 유명한 한 구절, "삶은 우리보다 잔인하다."(『오해』)

오대수는 이처럼 부조리한 삶의 조건을 고통스럽게 살아내는 인간형의 알레고리다. 다시 찾아간 사설 감금소에서 수십 명의 조폭들을 찍어 쓰러뜨리는 오대수의 장도리는 안정감 있는 상징계를 파괴하는 무서운 일탈과 폭력의 의문사 '왜'의 신화적 야수성을 드러낸다. '실재'를 향한 오대수의 모습은 신화적 폭력의 미학을 충분히 구현한다. 여기에는 숭고미와 더불어 비장미가 함축되어 있다. 그를 둘러싼 상징계는 완강하다. 사설 감금소는 그러한 상징계의 성격을 단적으로 드러낸다. 사설 감금소에서 풀려나는 순간부터 그를 둘러싼 세계 전체가 사설 감금소가 된다. 폭력의 뿌리를 지닌 상징계는 그에게 사설 감금소나 다름없다. 더구나 오대수의 상징계는 누군가에 의해 폭력적으로 조작된 것이 므로 말 그대로 '사설 감금소', 다시 말해 '사설 상징계'라고 할 수 있다.

이처럼 〈올드 보이〉에서 오대수의 감금상태는 사설 감금소에서 풀려난 이후에도 지속된다. 그를 감금시키고 있는 것은 '왜'라는 의문사다. '왜'라는 의문사는 삶의 부조리를 강렬하게 암시한다. 사실 부조리는 박찬욱 영화의 핵심적인 모티프이다. 그의 다른 영화 〈쓰리 몬스터〉[10] 역시 부조리한 상황을 매우 단순하게 그려낸 바 있다. 친절한 매너를 가진 유명 영화배우와 엑스트라 배우의 파국적 대립. 엑스트라 배우는 유명 배우에게 한 가지 선택을 강요한다. 아내의 손가락과 어디서 데려온 아이의 목숨 둘 중 하나. 유명 배우가 의식하지 못한 삶의 불공평함에 대해 엑스트라 배우는 복수를 단행한 것이다. 이것 역시 행위와 책임의 불균형에서 비롯된다. 〈복수는 나의 것〉 역시 사소한 실수로 인해 죽거나 살해당하는 부조리를 드러낸다. 그러나 〈올드 보이〉는 다른 전작들에 비해 보다 깊은 차원으로 이동한다. 말 한마디 때문에 15년을 갇혀야 했던 상황 역시 부조리이지만, 이 영화는 무엇보다 '왜'라는 의문사를 따라 자기탐색의 궁극을 향해 뻗어감으로써 결국엔 비밀의 자기폭로와 자기파멸에 이른다. 이와 같은 역동적인 서사의 비밀은 자기 기원을 향해 뻗어가는 '왜'라는 의문사에 있다. '왜'라는 의문사는 정적으로 머물러 있지 않다. 나선형처럼 꼬이면서 선회한다.

---

10 미이케 다카시(일본), 프룻 챈Fruit Chan(홍콩), 박찬욱(한국)이 합작해서 만든 영화로 세 개의 segment로 이루어져 있다. segment 1은 「상자BOX」(일본), segment 2는 「만두餃子: Dumplings」(홍콩), sement 3은 「컷Cut」(한국)으로 구성되어 있다. 「컷Cut」이 박찬욱의 작품이다.

그리하여 오대수는 끊임없이 바위를 굴려야 하는 비참의 전모를 깨닫게 되는 비극적 시시포스, 혹은 눈알을 뽑아버림으로써 자신의 운명을 받아들이는 오이디푸스와 오버랩 된다. 이것은 신화성과 현대성의 오버랩이라 할 수 있다. 신화적 원형에서 분출되는 부조리의 자기복제, 부조리의 자기진화. 여기에 이 영화의 강렬한 힘이 있다.

3. 부조리의 신화적 원형과 자기복제

1) 원작『올드 보이』의 재해석과 근친상간

오이디푸스는 이우진과 오대수의 신화적 원형이다. 오이디푸스는 자신의 의도와 무관하게 아버지를 죽이고 어머니와 결혼한 자기 운명의 실재를 확인한 후 자신의 눈알을 뽑아버린 비극적 인물이다. '부친살해'와 '근친상간'이라는 상징계적 금기의 파괴는 인간을 전율에 빠트린다. 하지만 오이디푸스의 전율은 모든 인간에게 보편적인 잠재성을 지닌다. "주여, 저들은 저들이 하는 일을 알지 못하나이다"라는 십자가에 못 박힌 예수의 탄식을 생각해보라. 인간은 자신이 누구인지, 무엇을 하는지 알지 못하는 존재다. 오이디푸스가 자신의 비밀을 깨닫는 순간 자신의 눈을 뽑아버렸듯이, 예수를 팔아버린 유다가 자신의 행위를 깨닫고 죽음을 택했듯이. 그러나 대부분의 인간은 자기 기원과 행위에 무지하며 무관심하다.

　그러나 중요한 것은 이 모든 비극의 원인이 신의 신탁에 있다는 사실이다. 신의 신탁 속에 모든 인간의 행위가 예정되어 있다. 신의 신탁을 거부하고자 했던 오이디푸스의 부친 라이어스의 자유의지마저도 사실은 신의 창조행위이다. 이 모든 비극의 원인은 잔혹하고도 비극적인 신의 주사위 놀이에 있다. 오이디푸스는 신의 질서에 순응하는 위대한 인간의 초상이 아니라, 신의 놀이에 처참하게 파괴되는 인간의 전형에 불과하다. 그러므로 인간보다 잔혹한 것은 삶이 아니라 신이다. 이처럼 오이디푸스 신화는 부조리의 원형이며, 〈올드 보이〉는 그것을 창조적으로 변주하고 있다. 이 부조리는 '왜'라는 의문사로 압축된다. '왜'의 파악은 결국 자기 기원의 폭로와 자기 파국으로 귀결된다.

　박찬욱의 〈올드 보이〉는 사설 감금소, 후최면에 의한 사랑, 감금자와 피감금자의 갈등, 그리고 감금의 이유('왜')와 주체('누가')를 핵심모티프로 하고 있다는 점에서 원작 『올드 보이』의 서사 구조를 그대로 가져오고 있는 것처럼 보인다. 그러나 두 작품의 결정적인 차이는 감금자가 피감금자에게 행하는 복수의 이유에서 발생한다. 원작에서 '카키누마'가 '고토'를 감금하는 것은 자신의 내밀한 고독을 '고토'가 눈치 챘다는 비교적 단순한 이유 때문이다. 반면, 박찬욱의 〈올드 보이〉에서 이우진이 오대수를 감금하는 것은 이우진과 친누나와의 근친상간에 대한 오대수의 발설로 인해 누나(이수아)가 자살했다는 이유 때문이다. 이러한 설정의 차이는 두 텍스트가 함축한 의미의 질적 차이를 발생시킨다.

　원작과 달리 오대수와 미도의 사랑은 이우진의 치밀한 후최면에 의한 근친상간으로 설정되고 있다. 이우진을 향한 오대수의 복수('왜'의 탐색)는 결국 자기비밀(근친상간)의 폭로라는 양상으로 치닫게 된다. 박찬욱이 동명만화를 시나리오로 각색하면서 원작에도 없던, 남매간(이우진 / 이수아) · 부녀간(오대수 / 미도)의 근친상간을 집어넣은 것은 두말할 것도 없이 '오이디푸스'라는 신화적 원형의 충격 효과를 노린 것이다. 박찬욱의 〈올드 보이〉는 원작에다 오이디푸스 신화의 모티프를 덧입히고 있는 셈이다. 다시 말해, 박찬욱의 〈올드 보이〉와 원작 동명 만화는 오이디푸스의 신화적 모티프로 인해 질적으로 전혀 다른 작품이 되고 만다.

인간의 근원적이고 보편적인 금기의 균열을 서사화함으로써 박찬욱의 〈올드 보이〉는 원작보다 더욱 강한 서사적 흡인력을 발휘한다. 사실, 원작인 동명 만화에서 '왜'라는 의문사는 자기 기원의 극한까지 내닫지 않는다. 비밀의 탐색이 자기 기원의 폭로에까지 이르지 않으므로, 동명 만화는 '오이디푸스'를 뿌리에 두지 않는다. 박찬욱의 각색 속에서 〈올드 보이〉는 신화적 원형을 품은 영화서사로 진화한다. 근친상간. 한국 영화에서 거의 유일할 이 근친상간 장면이 단지 결말의 반전 효과를 노리기 위한 장치로 치부된다면, 〈올드 보이〉는 단순한 스릴러물로 전락하고 말 것이다. 근친상간은 이 영화의 핵심이며, 오대수라는 존재의 자기탐색의 끝이자 자기폭로의 끝이다.

그 폭로는 이우진이 포장한 앨범에 의해서 실행된다. 이우진이 포장한 앨범에는 자기 비밀이 숨겨져 있다. 이 앨범을 통해 딸과의 근친상간은 폭로되는 것이다. "만약에 미도가 이 사실을 알면, 너 이 개새끼야! 너 머리털끝부터 발끝까지 이 지구상 동서남북 어디서도 네 시체를 찾을 수 없을 거다. 왜! 내가 잘근잘근 씹어 먹을 테니까!" 그리고 오대수는 자신의 혀를 자른다. 그것은 이우진 앞에서 실행하는 자기 형벌이다.

상징계의 강력한 자장磁場인 금기가 파괴된 곳에서 우리는 신화의 무의식 속에 흐르는 무시무시한 실재의 공포를 느끼게 된다. 그 극단에서 오대수의 상징계는 파괴되며, 단지 살아 있기 위해서 기억의 망각을 소망할 수밖에 없다. 단지 살아 있기 위해서 말이다. "아무리 짐승만도 못한 놈이어도 살 권리는 있는 거 아닌가요?"(오대수) 그 권리는 스스로가 짐승이라는 사실을 망각할 때에만 회복될 수 있는 것이다.

2) '기원의 기원'이라는 신화적 구조 – 모래알이든 바윗덩어리이든

〈올드 보이〉의 특이성은 부조리가 두 갈래로 나뉜다는 점이다. 그 것의 분리지점은 오대수가 감금되기 시작하는 순간이다. 감금의 순간을 기점으로 '자연적'(신에 의한) 부조리와 '인위적' 부조리로 나뉜다. 남매간의 근친과 이로 말미암은 이수아의 비극적인 죽음의 상황이 자연적 부조리에 해당하며, 이우진의 치밀한 보복의 덫(딸과의 근친상간)에 걸린 오대수의 상황은 인위적 부조리에 해당한다. 이우진과 이수아의 부조리[11]는 자연발생적으로 일어난 것이며, 오대수의 부조리는 이우

---

11 여기서 이수아와 이우진의 근친상간은 그야말로 부조리다. 근친상간 자체가 부조리인 것이 아니라, 근친상간을 둘러싼 상황, 다시 말해 이수아와 이우진의 사랑을 근친상간으로 규정하는 관습적, 윤리적 상황이 부조리다. 카뮈의 어법을 빌리면, 그들은 사랑했을 뿐이다. 남매라는 관계가 용납될 수 없을 뿐. 이 상황 속에는 이미 대상없는 분노가 내재되어 있는데, 근친상간의 유일한 목격자인 오대수가 분노의 대상이 될 수밖에 없는 상황이 부조리다.

진의 계획에 의해 일어난 것이다. 이 두 부조리는 자연과 인위라는 점에서 분리되지만, 인위적 부조리가 결국 자연적 부조리에 의해 촉발된다는 점에서 인과율을 형성한다. 이는 대단히 중요한 의미를 띠는데, 소포클레스의 비극 『오이디푸스 왕』에서 발견되는 신화적 부조리를 인간의 영역으로 끌어내리고 있기 때문이다. 그것은 신화적 원형을 구체적 현실 속에서 보다 세밀하게 풀어내는 수평적 확장을 이루면서, 신화적 원형에 맞닿는 수직적 깊이를 내포한다.

〈올드 보이〉의 서사 전개는 이우진이 만든 인위적인 부조리를 중심으로 하고 있다. 오대수의 부조리는 철저하게 이우진의 계획에 따른 것이다. 오대수가 자기비밀에 다가가는 순간 이우진의 자연발생적 부조리도 드러난다. 이우진의 그것에 비해, 오대수의 부조리는 좀 더 치밀하고 잔혹하다. 친딸과의 근친상간이라는, 이우진의 치밀한 계획에 의한 결과는 이우진의 창조행위다. 이 순간 이우진은 신의 지위를 획득한다. 이우진은 그 자신의 말처럼 "오대수 학자"이다. 이우진은 자본의 힘을 마음껏 누리는 일종의 폭압적인 권력자, 즉 현대적 의미의 '주인'이자, 오이디푸스 왕을 조종하는 신神이다. 오대수는 이우진의 계략(신탁) 속에서 마음껏 조종당하는 나약한 현대적 '노예'로서 오이디푸스 왕의 비참을 보여준다.

그러나 혀를 자른 오대수를 바라보는 이우진의 조롱기 섞인 얼굴은 두 개의 표정을 보여준다. 신의 얼굴과 인간의 얼굴. 우리는 이우진의 얼굴을 통해 인간(오대수)의 부조리한 상황을 획책한 신의 얼굴을 본다. 동시에 스스로 부조리에 빠져든 인간(이우진)의 얼굴을 본다. 이우진은 오대수라는 상징계를 껴안은 상징계에 지나지 않는다. 이때 이우진이라는 상징계로서의 대타자 역시 결여의 상태를 드러낸다. 자살을 선택한 그는 대타자의 결여 그 자체다. 수학소 S($_A$)로 표기되는 대타자의 결여는 대타자 역시 하나의 상상계(상징계는 상상계 없이 형성되지 않는다)에 지나지 않음을 폭로한다. 이러한 중층적 구조는 '기원의 기원'을 궁구하는 신화적 사고의 반영이라고 할 수 있다. 그러나 그 기원을 결국 상징화하는 것이 신화의 오래된 방식이라면, 〈올드 보이〉는 그 기원의 상징화를 거부하고 결여의 상태로 내버려둠으로써 실재의 침투에 저항하는 것을 포기한다.

예컨대, 이우진은 말한다. "모래알이든 바윗덩어리든 물에 가라앉기는 마찬가지예요." 오대수 학자 이우진은 오대수를 둘러싼 상징계를 조종하는 대타자로서의 위치를 점유한다. 그러나 오대수를 둘러싼 상징계가 파멸했듯이, 이우진이라는 대타자 역시 그 스스로의 결여를 드러내면서 파국의 길을 갈 수밖에 없는 것이다.

4. 신화적 원형의 재해석과 스토리텔링

1) 신화적 비밀의 폭로와 은폐 구조

여기 또 다른 원형이 있다. 예수와 빌라도에 관련된 신약성서의 한 장면. 빌라도가 예수에게 묻는다. "네가 유대인의 왕이냐?" "네 말이 옳도다." 이에 대제사장들이 예수를 여러 죄목으로 고발한다. 빌라도가 다시 묻는다. "아무 대답도 없느냐? 그들이 얼마나 많은 것으로 너를 고발하는가 보라." 예수는 침묵하고 빌라도는 놀라움을 느낀다(마가복음 15 : 1-5). 빌라도의 두 번째 물음부터 예수는 침묵을 지킨다. 빌라도는 첫 질문부터 감히 물을 수 없는 질문의 경계를 넘어섰으며, 감히 들을 수 없는 대답의 경계에 가까이 가 있다. 그 경계는 "내 나라는 이 세상에 속한 것이 아니니라"(요한복음 16 : 36)라는 말에서도 확인할 수 있다. 예수의 침묵에서 비롯되는 놀라움은 이 세상 바깥의 실재를 끌어오는 두려움에 비롯된다. 빌라도의 "네가 유대인의 왕이냐?"는 물음은 인간의 한계를 넘어선 것이다. "네 말이 옳도다"는 인간의 말로 돌려준 답이다. 그러므로 침묵만이 진정한 대답이 될 수 있다. 침묵은 이 세계 바깥의 실재를 끌어온다. 그 앞에서 인간은 어떤 한계를 느낀다.

신학자 본회퍼는 인간의 이성은 "누구인가?"라는 물음과 함께 그 한계에 도달하였다고 말한다.[12] 인간이 스스로 '누구인가?' 혹은 '신은 무엇인가?'라는 질문을 하게 될 때, 그것은 비밀스러운 자기 기원에의 접근을 뜻한다. 자기 기원은 존재의 탄생과 죽음이 도사리고 있는 지점이다. 자기 탄생의 비밀을 아는 순간, 인간은 자기의 죽음을 목도하게 된다. 자기 기원의 비밀은 상징계의 누빔점이다. 인간의 지식으로 그것에 다가가기란 불가능하며, 오히려 지식을 파괴함으로써만 다가갈 수 있다. 그것은 규정할 수 없는 신비와 죽음의 세계다.

이 장면은 〈올드 보이〉에서 변형·반복된다. 오대수는 이우진에게

12　디트리히 본회퍼, 에버하르트 편, 조성호 역, 『본회퍼의 그리스도론』, 종로서적, 1989, 35~51면.

묻는다. "넌 누구냐?" 이 물음은 오대수를 둘러싼 상징계의 내벽에 부딪혀 파쇄되고 만다. 이우진은 오대수의 상징계를 철저하게 통제하는 대타자이다. 오대수의 부조리적 자의식, 야수적 변모, 근친상간, 그리고 복수에 이르는 과정 모두를 철저하게 통제하고 감시한다. '후최면'에 의한 통제는 이우진을 신의 위치에 오를 수 있게 한다. 신으로서의 이우진은 오대수로 하여금 "인생을 통째로 복습하게" 한다. 그러나 오대수의 '왜'와 '누구'라는 의문사는 상징계의 내벽을 넘지 못하고 그 속에서 공명한다. 광기가 된다. 오대수와 이우진을 가로지르는 경계는 마치 현실과 초월, 속俗과 성聖의 그것과도 같다. 오대수의 상징계 너머에 자리한 이우진은 대타자의 목소리로만 존재하며, 가끔 베일을 벗을 뿐이다. 이우진에게 접근할수록 오대수의 위태로움은 더해지며, 오이디푸스의 비극적인 운명이 다가온다. 결국 자기 기원의 비밀을 마주했을 때, 그는 "너무 말이 많"았던 혀를 자른다. 그것은 자기 기원의 비밀을 스스로 확인한 결과이다. 결국 그는 자기 기원을 다시 은폐하고자한다. 이우진이 만든 상징계의 기원을 망각함으로써 영혼을 그을리는 실재의 빛을 차단한다.

복수를 완성하기까지 이우진은 침묵한다. 그의 정체와 '왜'의 해답에 점점 접근해오는 오대수의 얼굴에 뜨거운 실재의 화인火印을 남길 준비를 한다. 그의 침묵은 짧은 듯 길며, 무섭다. 무엇보다 예수의 침묵은 상징계를 초월하는 거룩한 신성을 계시한다. 이우진의 침묵은 상징계의 권력을 드러내는 잔혹한 표지에 불과하다. 이것은 신화와의 구

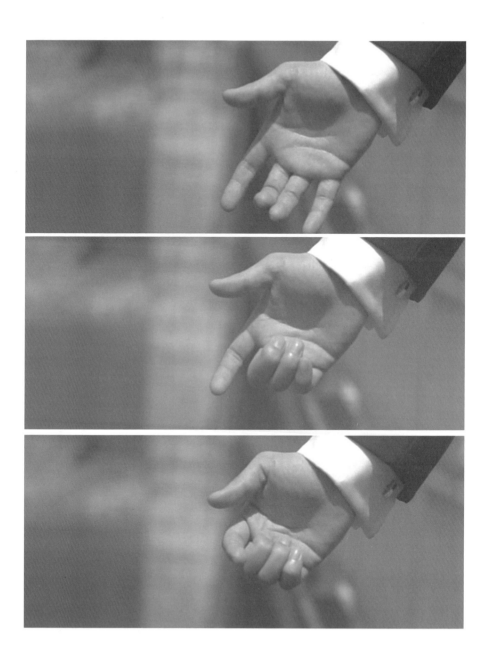

〈자료2〉 누이의 손을 놓친 이우진의 빈 손바닥은 권총을 발사하는 손바닥으로 변해 간다. 누이 이수아를 놓친 이우진의 빈 손바닥은 대타자의 결여를 의미한다. 복수가 끝나는 순간 더욱 선명해지는 결여를 이우진은 견딜 수 없다. 누이를 놓친 빈손이 자기 머리를 향해 방아쇠를 당기는 손으로 변화함으로써, 결여가 대타자의 소멸로 이어지는 과정을 드러낸다.

조적 유사성에도 불구하고 예수와 이우진의 결정적 차이다. 이우진의 권력은 신성이 아니므로 공허하다. 그 공허를 오대수에 대한 복수로써 채우고자 하지만, 그것은 이수아처럼 손아귀를 미끄러져 빠져 나간다. 이는 오대수에게 독백처럼 읊조리던 대사에서도 드러난다. "복수가 다 이루어지고 나면 어떨까? 아마 숨어 있는 고통이 다시 찾아올 걸." 이 것은 복수가 철저하게 실현되었을 때 찾아오는 이우진의 공허감이자 대타자의 결여를 의미한다(〈자료 2〉). 이 결여는 이우진이 머리에 총알을 박을 수밖에 없는 이유이다. 결정적으로 이우진은 자기 결여를 넘어서지 못했다. 신화적 영웅은 "마침내 우주의 벽을 깨뜨리고 모든 형상(모든 상징, 모든 신성神性)의 경험을 초월하는 자각에 이르게 된다."[13] 이는 '대상a'이라는 상징계의 빈틈을 넘어선 곳에 존재하는 "불변의 공空에 대한 자각"이다. 신화는 결국 다시 실재계를 거쳐 상징화의 과정(상징계)으로 되돌아온다. 그러나 이우진은 상징화의 과정을 거부한다. 이우진은 인간의 얼굴을 한 비참한 신이며, 혹은 오대수를 둘러싼 상징계를 껴안은 대타자의 또 다른 비참에 지나지 않는다.

여기서 신화의 재의미화가 발생한다. 〈올드 보이〉의 오대수는 자기 기원을 확인함으로써 새로운 존재로 태어나는 입문과 귀환의 과정을 보여주어야 하지만, 불가능한 귀환과 더불어 퇴행의 과정을 보여준다. 복수를 완료한 이우진 역시 대타자의 결여를 견디지 못한다. 결국 〈올드 보이〉는 자기 및 세계의 기원에 대한 해답을 제시하고 다시 상징화되는 제의로 귀결되지 않는다. 대타자의 결여와 실재계에 대한 공포는 우리 삶을 전복시키는 충격을 남긴다. 결국 신화 속에 숨은 신경증은 신화 속에서 매듭 되지 않고, 우리 현실 속으로 침입하게 되는 것이다.

---

13 조셉 캠벨, 이윤기 역, 『천의 얼굴을 가진 영웅』, 민음사, 2003, 249면.

2) 신화적 스토리텔링의 현대성과 사진미학

〈올드 보이〉는 신화적 의미소를 적재적소에 사용한다. 유지태의 엉덩이에 새겨진 십자가 모양의 문신과 펜타하우스 내부를 흐르는 물의 원형성에 이르기까지 신화적 디테일은 철저히 계산되고 있다. 그러나 이 영화는 오이디푸스적 운명의 수용이라는 진부한 신화적 주제로 귀결되는 것에 저항하는 강한 힘 또한 지니고 있다. 이 영화의 첫 장면이 오대수와 자살자의 만남으로 시작한다는 것은 의미심장하다. 자살자와의 만남으로 시작하는 이 영화는 상징계 바깥으로 사라지는 인간의 묵중한 죽음을 배면에 깔아놓는다. 승용차 위로 떨어지는 자살자의 장면scene은 이 영화를 내내 지배한다. 오대수의 손끝에 겨우 잡힌 자살자는 이수아의 죽음 이미지를 강화하기 위한 장치로 기능하는 것이다.

하여, 한 장의 사진을 기억할 필요가 있다. 스스로 한 장의 이미지로 남기를 바랐던 이수아의 사진. 이수아의 사진은 아름답다. 죽음의 순간, 이수아의 아름다움은 극한까지 치닫는다. 이수아의 죽음은 이우진에게 대체될 수 없는 빈 공간으로 남는다. 대체될 수 없는 이 빈 공간의 공허야말로 오대수를 향한 이우진의 적대감정이 분출하는 지점이자, 이 영화의 서사를 떠받치는 근원이다. 그것은 이우진이 이수아를 영원히 기억할 수 있는 유한성의 형식이다. "나 기억해 줘야 돼, 알았지?"(이수아) 이수진의 목에 걸린 카메라를 통해 이수아는 추락 직전의 자기 모습을 사진으로 남긴다. 롤랑 바르트는 말한다. 사진은 "죽음과의 접촉"이라고. 사진은 "더 이상 존재하지 않는 것의 증인"[14]인 셈이다. 사진이 주체의 한 순간을 담아내는 순간, 사진 속의 대상은 현실 속에 부재한

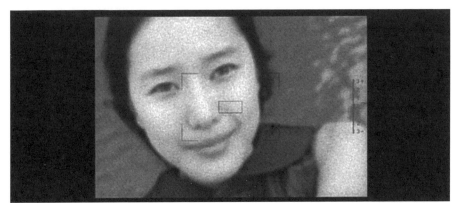

⟨자료3⟩ 이수아는 죽음 직전에 자신의 얼굴을 사진으로 기록한다. 지금은 사라지고 없는 이수아의 모습은 사진 속에 남아 있다. 바르트의 말대로 사진은 "죽음과의 접촉"이다. 이 장면을 통해서 ⟨올드 보이⟩는 실존적 감성을 획득하게 되며, 이우진의 근원적인 결핍과 외로움을 이해할 수 있게 된다. 보라, 무상성에 직면한 이 끔찍한 아름다움을! 이것은 죽음에 관한 가장 아름다운 사진미학의 한 형식으로서 한국 영화사에 깊이 각인될 수밖에 없다.

다. 사진은 곧 죽음의 한 형식이며, 모든 사진은 영정사진과 다름없다. 이미지의 탄생이 죽음에 대한 거부이자 영생을 위한 것이었듯이(레지스 드브레), 사진은 부재자(죽음)를 현존시키는 형식이기도 하다. 이우진의 펜트하우스에 가득한 이수아의 사진이 암시하듯이, 이우진을 지배하고 있는 것은 이수아의 죽음이자, 그로인한 결여이다.

이러한 사진미학은 ⟨올드 보이⟩의 신화적 이미지를 새롭게 해석하기 위한 장치로 기능한다. 할리우드 영화가 신화적 원형에 매달림으로써 부딪히는 고리타분함이라는 스토리텔링의 한계를 SF적 원형의 차용을 통해서 해결했다[15]면, 박찬욱은 사진미학의 실존적 감성을 통해 해결하고자 한다. 다시 말해 할리우드 영화의 신화적 원형이 SF적 원

14 롤랑 바르트, 김인식 역, 『이미지와 글쓰기』, 세계사, 1993, 131면.
15 최예정 · 김성룡, 『스토리텔링과 내러티브』, 글누림, 2005, 161면.

형의 스펙터클과 결합함으로써 관객에게 "시각적 쾌락"[16]을 제공한다면, 〈올드 보이〉의 신화적 원형은 사진미학과 결합함으로써 인간 실존의 깊숙한 곳까지 내려가게 한다. 추락하는 이수아의 아름다운 죽음처럼, 〈올드 보이〉의 신화적 원형은 실존적 감성으로 덧칠되면서 신화의 '인간화'에 성공하게 된다.

5. 신화와 스토리텔링 – 문화콘텐츠의 한 방향

신화는 오늘날 영화에서 자주 원용되는 이미지이며, 게임을 비롯한 각종 문화콘텐츠에서도 유용하게 쓰이는 재료다. 그러나 문화콘텐츠로서의 신화는 소비재로서의 오락성과 흥미를 위해 그 고유의 의미를 탈각하는 경향이 있다. 신화를 바라보는 시각이 산업적 측면으로 지나치게 편중되어 있기 때문이다. 각종 신화 관련 저서들이 쏟아지고 있고 영화를 신화의 관점에서 해석하는 방식 역시 보편화되고 있지만, 그것 역시 단순한 흥미 이상의 것이 되지는 못한다. 서사의 빈곤을 신화를 통해 해소하고자 하는 문화적 저류가 느껴지는 대목이기도 하다.

문화콘텐츠는 그 용어의 뉘앙스에서 알 수 있듯이 자본에서 자유로울 수 없다. 문화산업을 중심으로 한 국가 간의 경쟁은 생존의 필연적

---

16 문재철, 「현대영화에서 내러티브와 스펙터클의 관계」, 피종호 편, 『디지털 미디어와 예술의 확장』, 아카넷, 2006, 281면.

인 과정이기 때문이다. 문화콘텐츠로 수렴될 만한 모든 문화적 원형이 대중성과 상품성을 지니지 않으면 안 되는 것이다. 신화는 철저히 대중성과 상품성의 관점에서 접근하고 있으며, 게임과 영화산업에서는 더욱 심각하다. 특히 영화의 스토리텔링에서 신화적 원형의 삽입은 이미 할리우드 영화제작의 기본 지침이 되고 있을 정도로 적극적이다. 이를 두고 신화적 의미의 대중화라고 반길 일인지는 철저히 신화의 관점에서 재고될 여지는 얼마든지 존재한다.

사람들은 도대체 무엇 때문에 영화관에 가는가, 라고 안드레이 타르코프스키는 물은 바 있다. 영화의 오락성을 혐오했던 영화철학자이기도 했던 그는 영화의 진정한 의미를 "세계관을 획득하려는 인간의 욕구를 충족시키고자 하는 영화의 원칙적 본질"에서 찾을 수 있음을 강조한다. "영화야말로 인간의 실제적인 경험을 풍부하게 하여 주"며, "잃어버린 시간, 놓쳐 버린 시간, 또는 아직 성취하지 못한 시간"을 생생하게 재현해주기 때문이다.[17] 따라서 소비를 목적으로 하는 현대의 대중문화를 의수, 의족, 의안의 문명[18]이라고 비판한 타르코프스키의 말은 오늘날의 문화콘텐츠의 근원적인 한계에 대한 정확한 지적이 아닐 수 없다.

그렇다면, 영화의 스토리텔링에서 신화가 지니는 의미는 무엇인가? 신화가 종교의 풍부한 상징성을 내포하고 있다는 엘리아데의 관점을 고려할 때, 흥미를 넘어 보다 심오한 삶의 근원적인 성찰을 주는 데 신화의 의의가 있을 것이다. 신화적 서사는, 그런 점에서 종교적 물음에

---

17 안드레이 타르코프스키, 김창우 역, 『봉인된 시간』, 분도출판사, 2003, 79~80면.
18 위의 책, 53면.

서 흘러나온 인류의 상상력이 어우러져 만든 '의미의 물줄기'라 할 수 있다. 그것은 인류학적 심성의 시원에 다가 서 있다. 그러나 오늘날 신화적 의미들은 문화콘텐츠를 지배하는 시각적 쾌락 속에서 제 자리를 찾지 못한 채 떠도는 부유물에 지나지 않는다. 신화의 자기 기원에 관한 사유와 근원적이고 종교적인 심성을, 스펙터클의 시각적 쾌락이 아니라 다른 매개를 통해서 재형상화할 방법 모색이 필요한 이유이다.

〈올드 보이〉의 신화적 재해석은 좋은 모범이 된다. '왜'라는 의문사의 야수적 충동 속에서 이루어지는 자기 기원의 탐색과 자기비밀의 폭로는 원작 『올드 보이』를 새롭게 하는 힘이다. 그리고 신화적 원형과 사진미학의 결합은 〈올드 보이〉를 서구 할리우드 영화와는 다른 질적 차원을 확보하게 한다. 무엇보다 신화적 의미를 인간화하고 인간의 부조리와 실존, 그리고 자기 기원의 문제를 철저하게 파고든다는 점에서 〈올드 보이〉는 신화적 원형을 매우 섬세하게 구현하고 있다. 오늘날의 문화콘텐츠가 신화를 대중성과 상업성의 측면에서만 사용한다는 점을 고려할 때, 〈올드 보이〉는 신화적 의미를 독창적으로 창조해낸 훌륭한 모범 사례라 할 수 있을 것이다.

'박형서'라는, 젊거나 늙은 모나드^{monad}

1. '자정'의 암순응暗順應이라는 진입장벽

박형서의 소설[1]로 진입하기 위해서는 다소간의 암순응暗順應 현상을 감내해야 한다. 근대라는 대낮의 광명에서 벗어나 그의 소설 제목처럼 '자정'으로 진입하는 순간 어둠이 시신경을 장악하고 말기 때문이다. 소설의 형식에 관한 근본적인 질문이 저절로 튀어나올 만큼, 그의 소설은 이색적이고 때로는 황망하다. 가령, 한 문장으로 구성된 한 문단 (「물속의 아이」), 한 문단으로만 구성된 한 편의 소설(「사막에서」), 혹은 논문 형식의 소설(「「사랑손님과 어머니」의 음란성 연구」) 등은 기존의 소설 형식을 헤집어 놓는다. 소설의 형식뿐만 아니라, 내용 역시 종횡무진이

---

1   이 글은 박형서의 『토끼를 기르기 전에 알아두어야 것들』(문학과지성사, 2003)과 『자정의 픽션』(문학과지성사, 2006), 그리고 2006년에 발표된 소설 중 「열한 시 방향으로 곧게 뻗은 구 미터 가량의 파란 점선」(『문학동네』, 2007 가을), 「너와 마을과 지루하지 않은 꿈」(『창작과비평』, 2006 겨울)을 대상으로 했다.

다. 머리에서 정유가 흘러나오는 이야기인 두유전쟁, 음란소설로 치밀하게 난도질을 해놓은 「사랑손님과 어머니」, 광인의 머릿속의 사막을 떠도는 분열적 망상에 대한 기록, 죽은 자들의 행렬을 바라볼 수 있는 노란 육교, 논쟁 속에 감추어진 파괴적인 무사의 갑작스러운 출현 등등의 이야기는 도무지 현실의 장場에 발붙일 겨를이 없다.

스스로가 명명한 '자정의 픽션'이라는 소설집 제목은 근대의 소설이 끝나기를 기다렸다는, 그럴 듯한 뉘앙스를 풍긴다. 소설의 외연을 넓히는 데 많은 에너지를 투여하는 스스로에 대한 알리바이로는 적절한 제목이다. 호기롭고 당당하다. 그 '당당한' 소설 세계로 진입하는 순간, 대낮의 밝은 빛에 팽창된 홍채는 순간적으로 마비 상태에 빠진다. 근대소설에 길들여진 서사적 관습은 암순응의 상태에서 회심의 미소를 짓고 있는 자정의 픽션에 결박당하고 마는 것이다. '결박'이란 방향감각의 상실이다. 그러나 그 낯선 형식에 일단 적응하게 되면, 눈이 조금씩 밝아져 온다. 물론, 정제되지 않은 소설 형식으로 인해 발생하는 난독의 문제가 있긴 하지만, 소설이 읽히기 시작하는 것이다.

그의 소설은 가벼우면서도 깊이가 있다. 물론 가벼움과 깊이는 그의 소설에서 아직 배타적 분포를 보이긴 하지만(사실 이점이 그의 한계다). 그렇다면, 이런 의문이 든다. 박형서의 소설이 제공하는 암순응 현상은 근대소설의 엄숙주의를 쉽사리 떨쳐내지 못한 증상이 아닌가.

그는 말한다. "모든 작가가 한 곳을 향해 나란히 서 있는 건, 똑같이 근엄한 표정을 짓는 건 끔찍한 일이다."[2] 옳은 말이다. 모든 작가들이

---

2   박형서, 「울지 마요, 미스터 앤더슨」, 『문학과사회』 2006 겨울, 331면.

엄숙한 표정을 지은 채 한 곳만을 바라보며 그것만을 강요한다면, 그것은 문학적 파시즘이 아닌가. 1980년대의 문학적 파시즘이 초래한 폐단의 증례들은 1990년대 문학에 수없이 널려 있지 않은가 말이다. 그런데, "장난감 비행기를 주무르며 즐거워하듯" 자신의 소설을 즐겨달라는 박형서의 고백은 왠지 위악僞惡처럼 느껴진다. "와이프한테 멋지게 보이고 싶어" 소설을 쓴다는 박민규의 말처럼.[3] 설령 그렇다 하더라도 '재미'만으로 소설의 존재태가 다 규명되지는 않을 테다. 이렇게 말하고는 다시 암순응에 시달릴 것만 같은 불길함이 들지만, 박형서의 소설을 '재미'의 층위에서 접근하려는 단순한 태도는 왠지 미덥지 못하다. '재밌는데, 뭘 어쩌라고?'와 같은 태도는 무책임하다. 그래서 꼼꼼히 따져 볼 일이다. '재미'에 가려진 다른 무엇이 그의 소설에 똬리 틀고 있지 않은가를 말이다. 재미 때문에 쉽게 지나쳐 버린 '해석'과 '폐해'가 있다면, 그것부터 따지고 곱씹어 보는 것이 비평의 의무일 것이다.

2. 텍스트의 에너지를 위한 '탈맥락화'

'신화'는 기원을 파헤치는 순간 몰락한다. 근대소설의 신화 역시 예외는 아니다. 소설의 기원은 '잡종적'인 데서 출발하기 때문이다. 소설

---

3   좌담(이기호, 정이현, 박민규, 김애란, 신영철), 「한국문학은 더 진화해야 한다」, 『문학동네』, 2007 여름, 124면.

은 다른 문화적 영역을 집어삼키는 제국주의적 성향을 지녔다는 마르트 로베르의 말[4]을 빌리지 않더라도, 소설의 뚜렷한 경계는 일종의 근대적 강박으로 치부된다. '근대소설'이 지녔던 여러 가지의 공리들, 이를테면 전형성, 총체성, 재현성, 사실성, 반영성, 개연성 등의 개념적 범주들은 소설을 규준하면서 통제했다. 근대적 자기검열에 의해 제거된 소설의 태아들을 생각한다면, 소설의 비명과 고통은 유령처럼 떠돌고 있는지도 모를 일이다. 억압된 것, 비근대적인 것, 비소설적이라고 치부되었던 것들은 이제 젊은 작가들을 매혹시키고 있음은 분명해 보인다. 그렇다. 근대는, 소설의 관점에서 하나의 감옥이다. '소설'은 이제 근대의 감옥으로부터 해방되는 것일까.

　　이 세상 어딘가에는 곤경에 처한 오후 세 시며 꽃사슴을 배신한 이중스파이, 고등어를 꼭 닮은 오징어가 있다. 있던 자리에는 계속 있어도 별 문제 없으련만, 무슨 마음에선지 어느 날 문득 우리 곁으로 미끄러져 들어온다. 두 세계가 일순 겹치는 것이다. 그리고 아무 대책도 없이 잠시 머문다. 갑자기 생각난 듯 저 먼 망각의 어둠 속으로 총총히 사라진다. 우연히 그러한 존재와 마주했을 때 망설임 없이 이해하고 설명해낸다는 건 꽤나 근사한 일이다.[5]

　박형서의 발칙한 상상력은 근대소설의 '공리'를 망가뜨린다. 이를 두고 "뒤로 가는 소설들"[6]이라는 비판도 있었지만, 충분히 그럴 만도

4　　마르트 로베르, 김치수・이윤옥 역, 『기원의 소설, 소설의 기원』, 문학과지성사, 2001, 12면.
5　　박형서, 앞의 글, 333면.

했다. '고등어를 꼭 닮은 오징어'라니, 대체 상상이나 되는가 말이다. 그러나 일반적인 규준을 벗어나는 순간, 상상은 무한대로 가능하다. 제멋대로 뻗어나가는 상상을 소설의 영역으로 끌어들이는 것은 오로지 소설가의 자의식에 달려 있다. 위 인용은 엉뚱한 상상에 대한 작가의 단순한 변명 정도로 넘어갈 수도 있지만, 최근 한국소설에서 일어난 뚜렷한 미학적 변환을 암시해주기에 충분하다. 박형서의 소설은 근대적 공리로부터 해방된 소설가의 자의식에 관한 비평적 사유의 긴장감을 유도하고 있는 것이다. '가벼움'은 전복적 언어의 전략이기도 하다. 예를 들어, '양파', '고구마'라는 인물 명명법(「물 한 모금」), 춤추는 외계인과 마늘버터를 바른 식빵(「작별」), 머리에서 원유가 흘러나오는 두유頭油 청년 성범수(「두유전쟁」) 등등은 일반적인 알레고리로 읽기에도 너무도 뜬금없다. 알레고리로 읽기에는 너무 유치하고, 너무 유치해서 피식 웃을 수도 없는 상황. 그저 기호의 그물망 바깥으로 돌발적으로 튀어나온 잠재된 언표의 표면화. 혹은 그냥 '재미'를 유발하는, 무의미한 발화.

> 그러니까 삼백육십오 곱하기 십사는 오 사 이십에 이 올라가고 영 남고 육 사 이십사에 이 올라가고 아까 이랑 더해서 사가 남고 삼 사 십이에 아까 이랑 잘 합쳐서 십사 거기에 더하기 오 일은 오 육 일은 육 삼 일은 삼 이렇게 해서 사천구십, 여기에 다시 사를 곱하면 사 영은 영 구 사 삼십육 삼 올라가고 육 남고 사 영은 영에 아까 올린 삼이 슬며시 내려오고 사 사 십육

---

6   심진경, 「뒤로 가는 소설들」, 『창작과비평』, 2007 봄 참조.

해서 만 육천 삼백육십, 어라 어디서 계산이 틀렸지? 어쨌든 엄청나게 오랜 시간 동안 교육을 받은 것이다.

—「날개」

아무런 의미 없이 반복되는 계산식은 단순히 "엄청나게 오랜 시간" 을 '재미' 있게 강조하기 위한 장치일 뿐이다. 근대소설에서 마땅히 폐기될 수밖에 없는 무의미한 구절이지만, 이 소설에서는 '뻔뻔'하게도 한 자리를 차지한다. '탈맥락화'는 정해진 지점을 향해가는 서사의 응집성과 긴장성을 와해시킴으로써 근대소설의 경직된 형식을 탈영토화 하는 기능성을 지닌다. '탈맥락화'는 텍스트 내에 역동적 에너지를 불어넣는다. 텍스트 체계 내의 통제지점과 탈출지점이 요동치는 과정을 통해서 발생하는 텍스트의 에너지.[7] 근대적 관성에서 비롯된 서사의 피로도疲勞度는 이미 탈영토화의 충동을 견뎌왔는지도 모를 일이다. 만약 그렇다면, 박형서의 소설은 억압되었던 서사의 해방을 만끽하고 있는 한 예일 것이다. 물 한 모금 마시는 시간 차이로 인해 발명가와 위조자로 인생이 달라진 두 발명가가 아무 이유 없이 '고구마'와 '양파'로 명명되고 있다거나(「물 한 모금」), 양파의 효능에 대한 맥락 없는 장광설이 마치 개그프로의 한 코너를 연상시킨다는 점. 순간적인 재치를 발휘하며 출몰하는 '탈맥락화'는, 소설의 경직된 긴장감에 '이완'의 순간

7 　마리 매클린은 서사 이론 분류 체계(연극적, 놀이, 에로틱, 에너지, 언어 모델) 중에서 에너지와 언어 모델은 사실 들뢰즈의 이론을 취합한 영향이 크다. '탈맥락화'라는 용어는 '탈영토화'의 서사적 전유 형태인 셈이다. 마리 매클린, 임병권 역, 『텍스트의 역학』, 한나래, 1997, 56면 참조.

을 제공함으로써 소설에 다시 몰입할 수 있도록 한다.

그것은 일종의 막간극burlesque. 뭐랄까, 개그프로의 '바람잡이' 역할과도 같다. 그것은 단순한 재미로만 머물 때도 있으나, 촌철살인의 세태 풍자를 보여주기도 한다. 고전설화를 실증하는 실험을 하는 T교수의 무리한 요구에 작두를 타다가 인대가 끊어지기도 했던 '나'가 하는 말, "세상은 보통사람과 절뚝발이로 나뉘지 않는다고. 세상은, 오직 전임과 비전임으로 나뉜다고."(「열한 시 방향으로 곧게 뻗은 구 미터가량의 파란 점선」) 그리하여 "이 새끼, 응? 이 개새끼야. 너 때문에 실패하면, 응? 이 새끼야. 네가 책임질 거냐? 응? 오늘 아침까지도 속을 썩이더니. 응? 입을 확 꿰매버릴까보다. 이 쓸모없는 새끼!"와 같은 폭언이 일상화된 교수의 소설적 배치는 대학사회의 치부를 효과적으로 보여준다.

'금도끼 은도끼'의 산신령이 "너는 어찌하여 그리 서럽게 울고 있느냐?"라고 말하는 대목에서는 저절로 웃음이 배어나온다. 그 단순한 웃음은 별 것 아니지만 매우 치밀하게 준비된다. 산신령의 데이터를 축적하기 위한 여러 최첨단 장비들, 예컨대 커맨드머신, 다섯 대의 음향탐지장치, 위치추적센서, 표적지향성 마이크, 집음기, 드루나이트, 조명탄 발사기, 플라스마 배터리, 디지털 오실로스코프, 데나토늄 벤조에이트 20ppm 희석액, 파동센서, 액티브소나가 장착된 수중카메라, 대상인식 프로그램, 양전하칩 등은 오늘날 대학연구팀의 현장성을 생생하게 재현해놓는다. "4.08초 후에는 파동센서의 계기판이 흔들려야 했다. 그러나 파동센서는 그보다 약 2초나 늦게 진동을 감지했다. 중간에 어떤 존재가 도끼의 낙하를 막은 것이다"와 같이 길게 이어지는 실험과정의 세부진술은 산신령의 출현에 대한 기대감과 긴박감을 고조시키지만,

산신령의 출현은 막상 대학연구팀의 '첨단성'과 어이없는 부조화를 일으켜 웃음을 유발하고 만다. 대학원 사회의 풍자 외에, '단순한' 웃음을 위한 치밀한 준비과정에 수고를 아끼지 않는 것이다.

누구나 한번쯤 배시시 웃으며 생각해보았을 법한 주요섭의 소설 「사랑손님과 어머니」의 '음란성'을, 다시 한 번 뒤틀어 사랑손님과 옥희의 "하드코어 포르노를 연상시키는 낯 뜨거"운 사랑으로 해석한 「「사랑손님과 어머니」의 음란성 연구」역시, 웃음을 유발하기 위한 그 치밀한 상상의 변주를 보여주는 동시에 논문의 허구성과 논문중심주의의 대학 사회를 풍자하는 효과를 지닌다. 의미의 논리적 접속이 불가능한 경우, 박형서는 기지에 찬 유머로 이를 건너뛰는데, "우리는 왜, 어떻게 이것을 70년 동안이나 간과해왔단 말인가? 달걀이라고 무시하는 건가?", "필자의 옆집에 사는 백 년 묵은 할망구에게 물어봤더니 오후 내내 도리도리했다", "욕정의 대상이 어머니가 아니라 바로 옥희였기 때문이다. 그게 아니라면 하숙하는 주제에 주인집 귀한 따님인 옥희에게 '그러지 말어' 하고 윽박지를 필요가 전혀 없다" 등이 구체적 예다. 인과율의 구속에서 박형서는 자유롭다. 소설가에게 주어진 절대적 자유가 허용되기 시작하는 예를 다시 한 번 확인하고 있는 셈이다. 박형서에게 소설의 힘은 "절대적 자유"[8]에서 분출된다. 그 힘이란 근대소설의 형식을 뒤흔듦으로써 발생하는 새로운 소설 형식의 미적 가능성이다. 한 마디로 그의 소설은 젊은 것이다.

---

8   마르트 로베르, 앞의 책, 16면.

3. 사막 같은 우주의 감옥―'객관점 선험'의 톱니바퀴

　모든 경우의 수를 경험해버린 인류란 가능할까. 그것은 불가능할 것이다. 경험을 미처 다 해보기도 전에 아마도 인류는 사라질 테니까. 그리고 경험하지 못한 경우의 수는 잠재적 상태로 이 세계에 '내속'되어 있을 테다. 굳이 모든 경우의 수를 경험해보지 않더라도, 이 세계는 '객관적 선험' 내에서 무한대의 경우의 수로 이루어져 있음은 분명하다. 선험적으로 주어진 인간 경험의 총량은 이미 결정되어 있는 것이다. 여기서 내 어린 날의 한 풍경을 잠깐 말해야겠다. 10살 언저리의 어느 저녁, 번데기 장수의 리어카판. 당시의 번데기 뽑기란 이렇다. 리어카를 덮은 널빤지에 100여 개 이상 되는 못을 박아 놓고, 리어카 오른쪽에서 고무줄 달린 막대기로 구슬을 튕긴다. 강력한 고무줄의 탄력 에너지로 튕겨 나간 구슬이 널따란 나무판의 수많은 못에 부딪히며 아래로 떨어져 1부터 10까지 배열된 아래 칸에 떨어지면, 주인은 순갈로 그 숫자만큼 번데기를 퍼 준다. 오늘날의 전자오락 핀볼과 흡사하지만, 나는 그것을 보고 '저것이 인생이구나'라는 생각을 했다. 인간의 삶이란 무수한 경우의 수 중 하나라는 것. 이정우가 들뢰즈의 '사건의 철학'을 설명하기 위해 고안한 야구장 모형을 읽었을 때, 난 어린 날의 번데기 리어카 판을 떠올리지 않을 수 없었다. 라이프니츠의 빈위attribut라든가 들뢰즈의 순수사건, 그리고 '객관적 선험'은 어린 날의 그 전율과 닮아 있는 것이다. 마찬가지로 우리가 경험하는 현실이라는 것은 잠재적 장場에서 솟아오른 표면 효과일 뿐이지 않은가. 실현되지 않은 무수한 현실이 잠재적 층위에 내속되어 있는 것이다. 문제는 잠재적 장場조차도, 비록 그 내부에 무한소의 주름들이 접혀 있을 테지만, 우주의 절대적 체계를 벗어나지 못한다는 점이다. 우리가 경험하는 기상천외의 어떠한 일도 사실은 '운명'의 형식을 벗어나지 못한다는 것. 물론 들뢰즈는 객관적 선험 내에서의 우연과 필연(운명)을 긍정하는 동시에 탈주와 '생성'의 철학으로 진화해갔지만, 박형서의 소설에서 인간 세계는 '생성'의 가능성을 상실함으로써 무료함 그 자체가 될 뿐이다.

> 심지어는 법정이라는 장소도 판사라는 직업도 사라졌는데, 분쟁이 일어나지 않아서가 아니라 인류가 이미 모든 경우의 수를 경험해버렸기 때문이었다. 누가 잘못했으며 어떤 보상을 해야 하는지는 의회에 보관된 엄청난 분량의 디지털 판례 정보를 열람하는 것만으로 충분했다.
>
> ──「날개」

이 구절을 두고 인간의 자유를 억압하는 경화된 근대문명을 떠올릴 수 있다면, 이 소설은 현실과의 구체적 긴장감을 보다 핍진하게 응축한 것일 터이다. 그러나 박형서는 그저 무료하고 무력한 미래의, 혹은 현재에 내속된 미래의 삶을 이야기할 뿐이다. 억압을 표상하는 법정, 판사조차도 사라진 세계는 그야말로 모든 경우의 수를 경험해버림으로써 탄력성을 잃어버린 추상적 현실이자 '늙은' 세계이다. 모든 경우의 수를 경험해 버린 '늙은' 인류는 물론 불가능하다. 그러나 박형서는 이를 상상한다. 그런 의미에서 박형서의 '세계'는 늙었다. 경우의 수를 다한 세계란 하나의 '추상'이자 실제적 감옥이며, 박형서의 소설에서는

'사막'으로 표현된다. 매트릭스에 내속된 수많은 '경우의 수'(순수사건)의 총체는 그 자체로서 관념적이면서 실제적인 감옥이 될 수 있다. 가령 일상의 층위에서는 하나의 추상에 지나지 않는 블랙홀이 실재하듯이 말이다. "야트막한 벽 하나 없는 사막은 인간을 가두기에 지상에서 가장 완벽한 감옥이다. 마침내 한 사내가 말했다. 나는 여기 남겠어. 아무 이유 없이 걸어가는 것과 아무 이유 없이 여기 남는 것의 사이에 조금도 차이가 없잖아."(「사막에서」) 인간은 완벽하게 감금되었다. 어차피 벗어날 수 없는 사막이라면, 아무 이유 없이 걸어가는 것과 그 자리에 남아있는 것에는 별다른 차이가 없다. 어차피 사막을 벗어나지 못하기 때문이다. 그런데 그 사막은 기이하게도 '나'의 아버지가 사랑한 여인의 두뇌 속에서 펼쳐진다. 여인은 광인狂人이다. 광인의 두뇌 속에 펼쳐진 사막을 걸어가는 네 명의 사내. 그 중의 한 명은 제일 먼저 행렬에서 낙오한 '나'이며, 이미 죽었다("나의 그림자가 없는 것을 깨달았다"). 나를 포함한 그들은 모두 정신병원, 미친 여인의 머릿속을 걸어가고 있는 것이다.

> 그녀가 아버지와 포옹을 하고, 돌아서서 한 무더기의 노란 히아신스가 담긴 꽃병의 물을 갈 때 나는 그녀의 머릿속을 가득 채운 기이할 정도로 정교한 톱니바퀴를 보았다. 그 보랏빛 톱니바퀴의 사막에는 네 명의 사내가 걸어가고 있었다.
>
> ─ 「사막에서」

나는 "자꾸 아버지를 껴안으려고 하는" 그 여인을 증오한다. 그 여인의 머리는 오르골(자동 뮤직 박스)의 "기이할 정도로 정교한 톱니바퀴"로 가득하다. 사막은 거대한 오르골이며, 그것은 무한대와 무한소로 주름 접힌 감옥이다. 네 명의 사내는 결코 사막을 벗어나지 못한다. 그들의 몸부림은 이제 "영원히 반복될 것만 같은 후렴"이며, "우연한 순간들의 연속"에 지나지 않는다. 그러나 우연조차도 오르골 자동톱니바퀴의 한 요철일 뿐이다. 사막을 벗어나고자 하는 욕망의 궁극은 결국 죽음이다. "그는 자신의 일행에게서 한 발자국의 거리만큼 멀어지던 그 순간부터 끝없이 질주의 속도를 올려갔다. (…중략…) 그 숨 막히는 속도감에 허허 웃기만 하던 리더는 종내는 목이 뒤로 꺾이며 거대한 폭발음과 함께 우주를 향해 뛰쳐나갔다." 오르골의 정교한 톱니바퀴는 우주를 구성하는 수많은 순수사건들의 연속체이자, 총체이다. 죽음은 그 사막을 벗어나게 하는 유일한 수단인 것이다. 그러나 그조차도 톱니바퀴의 하나임을 리더는 알았을까. "인간은 예정된 궤도를 주행할 뿐" (『K』)이다. "우주의 한 점은, 그 마지막 점은 바로 너에게 연결되어 있"으며, 그 마지막 점은 바로 죽음이다.

박형서의 세계관은 정확히 이 지점에서 출발한다. 그의 세계는 필연의 감옥이며, 그것은 시간 속에서도 마찬가지이다. 「날개」의 한 부분을 보자. "아무튼 그 일과 상관없이 나는 미래를 볼 수 있다. 이제부터 내가 이야기할 미래는 170년 후, 그러니까 제정신인 사람들은 모두 태양계 밖으로 빠져나가고 지구는 방사능과 바퀴벌레와 프레메이슨의 소굴이 된 서기 2175년도다." 170년 후의 미래. 사랑하는 남자가 하늘을 날 수 있는 거인이었으며, 죽은 그의 세포를 떼어내 복제한 자신의 아이 역시 하늘을 나는 거인이라는 한 여인의 체험은 지금 현재(미래의 과거)와 170년 후의 미래가 교차되면서 서술된다. 서술자는 현재(미래의

과거)에서 미래를 보기도 하지만("이제부터 내가 이야기할 미래는 170년 후"),
미래에서 현재(미래의 과거)를 바라보고 있기도 하다("마치 170년 전, 내가 이
소설을 쓰고 있는 북한산 부근의 초가을 저녁처럼 말이다"). 서술시간조차도 과거
와 미래가 겹쳐 있어, 과거, 현재, 미래라는 시간의 굴레를 훌쩍 벗어나
버린다. 초월적 위치에서 현재와 미래의 시간을 조망하고 있는 것이
다. 그것은 초월적 서술자의 위치에서 펼쳐진, 시간 속에 '내속'된 미래
와 과거의 모습이다. 시간에 '내속'되었다는 점에서 그것은 여전히 잠
재적 실재일 뿐이지만, 박형서는 결정적으로 인간은 잠재성의 그물망
을 결코 벗어날 수 없으며, 수많은 경우의 수 중의 하나인 삶을 살아갈
수밖에 없는 것으로 파악한다. 무한 속의 유한에 유폐된 상황은 「사막
에서」처럼 한 단락으로 진술되는 서사방식은 무한 속의 유한에 유폐
된 인간의 상황을 지시하는 '형태'적 제시이다. 끝없이 이어지는 긴 사
막과 끝없이 한 줄로 이어지는 소설의 형태적 동일성. 그의 소설은 지
루한 사막을 벗어나지 못하는 불행한 이야기인 것이다.

4. 봉쇄된 세계의 출구
— 관념적 종말로서의 죽음과 소박한 자기위무

박형서는, 죽음에 관한 한, 탁월한 작가이다. 「노란 육교」는 "지도에
기록되지 않은 길"에 대한 이야기이다. 지도에도 없는 길이란, 죽음의

길을 일컫는다. 망자들의 길이 발견되자 춘천 당국에서는 노란 육교를 설치한다. 노란색과 불길한 보랏빛 안개의 부조화. 쾌활과 우울의 정서적 대비는 구경꾼과 망자의 세계를 가른다. 사람들은 망자의 길에 대한 관심을 보이고, 구경꾼이 몰려든다. 19세기 프랑스의 시체 공시소 모르그morgue를 연상시킬 만큼, 망자의 길은 스펙터클한 관광 상품이 되고 만다. 이야기가 전개됨에 따라, 죽음의 길은 세계적으로 확장되고, "세계의 여러 지역에서 길은 연달아 발견"된다. 뿐만 아니라, 죽은 짐승들의 길조차도 강원도 일대, 특히 "한계령에서 집중적으로 발견"된다. 죽음의 전 세계적 확장. 죽음의 길이 확장될수록 죽은 자들이 그 길에서 벗어나 산 자들의 삶에 개입할 가능성에 대한 공포감은 커져간다. 그러나 망자들은 '아름다운' 질서의 행렬을 보여준다. 그것은 무서운 법칙이어서 예외가 없는 기계(자전거; 망자들은 한결같이 자전거를 타고 보랏빛 안개 너머로 사라진다)의 법칙이다. 그리고 죽음의 길은 "우리와 멀리 떨어져 있지 않으며 심지어는 우리 삶 속으로 미끄러져 들어와 간혹 부드럽게 겹치기도 한다는 사실"을 넌지시 알려준다. 그러나 길은 사라질 위기에 처한다. "관리들에게 있어서 길은 화장터나 쓰레기장 등의 혐오시설과 마찬가지, 즉 도시의 입장에서는 미관을 해치고 거주민의 편익을 훼손하는 병든 지역"일 뿐이므로.

눈초리가 축 처져 억울하게 생긴 꼬마 녀석 하나가 페달을 밟아 달려오고 있었다. 놀라고 흥분한 두 할아버지는 발을 동동 구르며 서두르라고 고함쳤다. 또 인부들을 향해서는 멈추라고 악을 썼다. 그러나 꼬마는 서두르지 않았고 인부들은 멈추지 않았다. 이미 죽었기에 서두르지 않는 건 당연한 일이었다. 어찌 보면 꼬마는 내려오는 컨테이너박스보다 한 발 앞서, 무사히 안개 속으로 들어갈 것 같았다. 또 어찌 보면 그 육중한 쇳덩어리가 끝내 자전거의 앞을 가로막을 것 같았다.

마침내 기중기가 컨테이너박스를 길의 한가운데에 내려놓았을 때, 유유자적하던 꼬마와 자전거는 정확히 그 밑을 지나고 있었다. 바닥에 닿으면서 쾅, 하고 무척 큰 소리가 나는 바람에 모두들 어깨를 움찔했다.

—「노란 육교」

죽음의 배제. 19세기 프랑스 파리의 모르그morgue가 유럽의 중요한 구경거리였다가 슬그머니 사라진 것처럼, 망자들의 길 또한 이 세상 어디론가 사라진다. 그러나 망자의 길을 폐쇄하는 방식은 매우 폭력적이다. 유유히 제 속도를 유지하며 길을 가는 꼬마의 머리 위로 컨테이너 박스가 덮친다. 그럼에도 망자의 길은 멈추지 않는다. 망자의 길은 사라졌지만, 여전히 살아 있는 모든 것들의 육체를 꿈틀대며 기어 나올 것이기 때문이다.

「너와 나의 지루하지 않은 마을의 꿈」 역시 죽음의 비밀에 관한 훌륭한 알레고리이다. 소설의 결말이 암시하듯이, 죽음의 비밀을 알아낸 쾌감은 삶의 소유가 될 수 없으므로 덧없는 것이다. 죽음은 그 자체로 미지의 영역이며, '소외'와 '배제'를 조건으로 하는 비의秘義이다. 더구나 근대적 사고에서 삶과 죽음은 뒤섞일 수 없으며, 죽어가는 자는 철저히 고독하다. 바위에 머리가 박힌 채로 죽어버린 이방인과 이장영감. 죽음의 시선(땅벌들의 시선)이랄 수 있는 초점화자는 죽음의 비밀을 끝까지 밝히려 드는 '너'(이 소설은 2인칭 소설이다)의 불행한 호기심과 비극적 죽음을 주시한다. 앞의 두 죽음이 그러했듯이, '너'는 갑작스러운 땅벌들의 공격을 피해 능선을 따라 호수를 향해 뛰어간다. 옷 속으로 스며든 땅벌 때문에 뛰어가면서 윗도리를 벗어 한쪽 팔에 꿰고, 허리띠를 풀어 바지춤을 내리며(이것은 앞서 죽었던 두 사람의 옷 상태와 정확히 일치한다), 평생 물결의 일렁임으로 알아 왔던 어둠 속의 "희미한 반짝임"을 향해 힘껏 뛰어든 순간, "턱, 하는 소리와 함께 너는 아찔한 어둠에 갇"힌다. 호수의 반짝이는 일렁임이 바위 속 어둠으로 돌변하는 순간, 삶이 죽음으로 급변하는 놀라운 충격을 '너'는 경험한다. 여기에는 또 하나의 반전이 덧붙여진다. 죽음의 진정한 원인은, 운모바위(죽음의 바위)나 땅벌이 아니라, 죽음을 확신하고 '너'의 머리를 빼내는 과정의 폭력에 있다는 것. 그것은 '산 자'의 생매장과 같은 끔직한 전율을 불러일으킨다. 그리하여 이 소설은 좁게는 뇌사자에 대한 알레고리로 읽히기도 한다. 뇌사자는 죽지 않았을 가능성에도 불구하고, 타인에 의해 죽은 자로 규정된다("운모바위에 처박혀 축 늘어져 있는 건 그저 너의 시체일 뿐이라고 믿었다"). 죽지 않았음에도 시체 취급을 당하는 "너"와 '뇌사자'의 상동성은, 죽음의 순간을 생생하게 포착하는 데 매우 효과적이다. 이 의뭉스러운 결말의 반전을 통해 이 소설은 닫힌 알레고리를 넘어 열린 알레고리의 허공으로 뻗어간다. 단순한 죽음의 알레고리를 넘어, 다른 의미체계로 스르르 미끄러져 가는 것이다.

이 소설에서 '너'의 죽음이 더욱 비극적인 건, '너'는 이 마을을 끊임없이 벗어나고 싶어 했기 때문이다. 늘 도망을 꿈꾸어 왔던 '너'는 죽음에 결박되어 버린 것이다. 죽음에 쫓겨 달아나며 희구했던 삶의 빛. 호수쪽 물결의 일렁임이 사실은 죽음의 아가리였음은 세계의 출구에 대한 비관적인 직관을 함의한다.

이처럼, 박형서의 소설에서 세계의 출구는 봉쇄되어 있다. 또한 그의 소설은 질료들의 흐름을 분절하고 채취함으로써 획득하는 탈영토화의 실제적 차원을 그려내지는 못한다. 끝없는 사막, 혹은 지루한 마을을 벗어날 수 없는 인물들은 겨우 "거대한 폭발음과 함께 우주를 향해 뛰쳐나가"(「사막에서」)거나, 모든 경우의 수를 탕진함으로써 지루한 세계를 둥둥 날아오르는 망상, 혹은 환상을 보여줄 뿐이다(「날개」). 그것은 현존의 상황을 통째로 뒤흔드는 탈배치가 아니라, 오로지 자신의 한 몸만 빠져 달아나는 소박한 자기 위무에 지나지 않는다.

따라서, 여전히 그의 소설은 세계의 한 지점, 운명의 바위에 머리가 포획된 채 죽을 수밖에 없는 불행한 인간(인류)에 관한 이야기이다. 도무지 빠져나갈 수 없는 세계의 공포. "끔찍한 광경이었다. 손톱은 죄다 빠졌고, 돌비늘에 갈린 손가락 끝으로 새하얀 뼈가 드러나 있었다. 머리통이 구멍에 완전히 처박힌 채로, 이장은 팔과 다리를 때로는 힘없이 휘청거리며 때로는 근육을 씰룩이며 바위 여기저기를 걷어차고 긁고 밀었다."(「너와 마을과 지루하지 않은 꿈」) 그래서 'K'(「K」)는 자신의 죽을 수밖에 없는 운명을 확신하는 자이고, '나'는 비극적 운명에 대한 "비참한 예지와 직감"에 메스꺼움을 느끼는 자이다. 유일한 출구는 죽음이며, 그것은 관념적 종말로서의 성격을 지닌다. 그래서 그의 소설은 구체적인 시공간이 존재하지 않는다. 아니, 필요하지 않다. 공중으로 무겁게 혹은 가볍게 부유하는 그의 소설은 삶의 경우의 수가 모두 쇠진해버린 듯한 '늙음'을 안고 있기 때문이다. 하지만, 그의 '늙은' 서사에 대응하는 '늙은' 세계는 존재하지 않는다. 그의 '늙은' 서사는 세계의

'늙음'보다는 작가의 '늙음'에서 비롯되었기 때문이다. 쇠진해버린 체험, 혹은 체험에 대한 욕구의 소멸. 그는 현실의 장에서 아직 경험해보지도 않은 '경우의 수'를 생략하고 건너뜀으로써 무중력의 높은 '추상'으로 나아가 버렸다.

5. 우연과 운명의 환원론 – 열린 알레고리의 추상抽象

인류가 모든 경우의 수를 경험할 수 없음에도, 그의 소설에서 그러한 현실이 도래하고 그 현실을 견뎌야만 한다면, 현실을 제약하는 권력의 통제와 억압을 생각해볼 도리밖에 없다. 그러나 박형서의 소설에서는 그것이 불가능하다. 그의 소설에서 현실과 접맥되는 부분을 쉽게 찾아내기란 힘들기 때문이다. 그는 애초부터 구체적 현실이 아닌 관념적 혹은 추상적 현실을 염두에 두고 있을 뿐이다. 현실이 알레고리화되었다 치더라도, 그의 알레고리는 열린 형식을 지니기 때문에 수많은 현실들이 소설의 배면을 순식간에 미끄러지며 스쳐지나갈 뿐이다. 이를 두고 '무제한의 다의성'[9]이라고 할 수 있을까? 열린 알레고리, 다시

---

9   프랑코 모레티에 따르면, 전통적인 의미에서 알레고리는 텍스트가 지닌 의미의 복수성을 축소함으로써 텍스트의 의미를 단 하나의 공인된 것으로 만들어버리는 빈곤한 결과를 낳은 주범으로 인식되었다. 그러나 보들레르, 벤야민, 폴 드 만, 조나난 컬러, 슐라퍼, 크루제의 연구에 의해서 20세기의 문학은 알레고리의 새로운 미적 가능성을 발견하기에 이르렀다. 모레티는 알레고리가 일의적 의미화의 틀을 벗어나는 근대적 현상을 두고

말해 '다의적' 알레고리 형식을 취하고 있지만, 박형서의 소설은 현실의 휘발성이 매우 강하다는 점을 지적하지 않을 수 없다. 그것은 단지 "소설을 장난감 비행기 주무르며 즐거워하듯" 재미있게 읽어주기를 바라는 그의 태도와도 무관하지 않다. 따라서, 그의 소설은 특정한 현실에 대한 문제의식, 혹은 이념이 도출되기가 쉽지 않으며, 자전하는 기호의 연쇄체로 전락할 우려가 크다. 의미의 확장을 이룰 만한 서사적 에너지를 충분히 지니고 있음에도, 그 에너지들은 의미 바깥의 어둠 속으로 신속히 사라지고 만다. 이로 말미암아 그의 소설은 환원론의 비극적 운명으로 수렴되는 경향을 보인다. 다시 말해, 비극의 본질은 결코 불행에 있지 않으며, 사물의 냉혹한 작용의 엄숙함에 있다는 것.[10] 사물의 냉혹한 작용은 인간에게 우연 아닌 '우연'으로 다가오는 운명의 형식인 것이다. 결국 그의 소설에서 삶의 모든 불행은 인간의 현실적 차원을 넘어 사물의 추상적 차원으로 휘발되어 버린다.

「물 한 모금」과 「이쪽과 저쪽」은 '우연'으로 말미암은 인간의 불행을 보여준다. 「물 한 모금」은 동일한 기계를 발명했음에도 불구하고, 특허신청 과정에서 물 한 모금 마시는 시간 차이로 인해 위조자로 전락한 '양파'씨에 대한, 혹은 "비극이 된 우연"에 대한 이야기이다. 양파씨의 비극의 원인은 기막힌 '우연'에서 비롯된다. '물 한 모금' 마시는 짧

"알레고리가 미친 듯이 날뛴다"라는 표현을 쓰기도 하는데, 이는 알레고리의 무제한의 다의성을 극적으로 보여주는 말이다. 모레티는 괴테의 『파우스트』와 멜빌의 『모비 딕』이 무제한의 다의성을 지닌 알레고리 형식으로 파악함으로써, 이 작품들이 근대 서구 최초의 열린 작품으로 평가하고 있다. 프랑코 모레티, 조형준 역, 『근대의 서사시』, 새물결, 2001, 4장 참조.

10   화이트헤드, 오영환 역, 『과학과 근대세계』, 삼성출판사, 1993, 43면.

은 시간의 차이로 인해 삶은 예기치 않은 방향으로 흘러간다. 예기치 않은 방향이란 겨우 '물 한 모금'이나 '이쪽과 저쪽'의 차이에 지나지 않는다. '우연' 역시 세계의 잠재적 장에 내속된 필연의 한 과정이다. 따라서 삶의 불행이란 누구의 탓도 아니며, "저 빌어먹을 신"을 원망해야 할 일인지도 모른다. 평생을 걸어갔던 '이쪽' 길을 버리고 '저쪽' 길을 우연히 선택한 데에 따른 형벌을 받는 농사꾼 '양씨'(「이쪽과 저쪽」) 역시 '비극이 된 우연'에 저당 잡힌다. 늘 다니던 이쪽이 아닌 저쪽으로 가는 바람에 '곽가'와 그의 아들을 실수로 죽이게 된 이 사건은 이쪽이 아니라 저쪽을 선택한 논리적 이유를 대지 못함에 따라 고의적인 살인으로 판결된다. 양씨는 결국 교도소 내에서도 이쪽 길이 아닌 저쪽 길의 사형집행대로 끌려가게 되는데, 이는 "원인과 결과의 상관성", "인과율"의 근대적 절대성이 지닌 폭력적 양상이다. "법은 아버지를 살해하기 위해 만들어진 것"이라는 양씨 딸의 카프카적 깨달음 역시 근대 질서를 구축하는 근간인 법체계 역시 동일성과 인과율의 폭력에 근거하고 있음을 보여준다.

이 세계는 인과율로 설명되지는 않는다. 설명될 수 있다하더라도, 인간의 한계를 넘어서는 일이다. 세계의 무한한 잠재적 장을 들여다보는 일 또한 불가능한 일이다. 우리는 단지 현실의 장으로 튀어나온 우리의 현실을 목도하고서야 이 세계의 '부분적' 실체를 깨닫게 된다. 인간에게 속수무책으로 '우연'일 수밖에 없는 사건들은, 세계의 인과율적 체계에 균열을 만들어 낸다. 전체상을 파악할 수 없는 세계에서 인간은 파편적으로 존재하며, 세계와 타자를 이해할 수 있는 폭 또한 좁아지게 된다. 세계가 불가해한 마당에 세계 내적 존재인 타자들이야 일러 무엇하겠는가. 그래서 그의 소설이 "슬픔을 머금은 늪"[11]이라는 비유 역시 가능한 것이다. 다만, 그 슬픔에서 박형서는 한참 물러나 있다. 기계의 작동을 묘사하듯, 이 세계를 그려낼 뿐이다.

'우연' 속에 감금된 이 세계를 자유롭게 가로지를 능력마저 없는 이들에게 남은 건 왜곡된 삶뿐이다. 토끼의 사인死因을 밝혀내기 위해 스스로 토끼로 변해가던 아내(「토끼를 기르기 전에 알아두어야 할 것들」)의 죽음을 지켜봐야 했던 '나'는 결국 이렇게 말한다. "좀 더 잘 이해하기 위해 입장을 바꾸어가며 살아간다면 결국 인류는 3주일도 안 되어 멸종해버릴 것이다." 소통의 불가능성은 유한한 인간의 존재 양상이다. 오랜 세월을 함께 살아온 '나'에게 아내가 숨겨온 비밀은 바로 '외로움'인 것이다. 「하얀 발목」의 아내 역시 하염없이 잠만 자면서 남편과 단절되어 있다. 남편은 아내에 대한 억압된 살해 욕망으로 충일하다. 남편은 지인들의 죽음이 아내의 꿈과 관련 있다고 믿어버린다. 남편은 아내를 두려워하고, 아내는 남편이 없는 동안 잠만 잘 뿐이다. 남편이 아내를 잔인하게 살해하는 과정에서 아내는 "월척의 느낌"을 줄 정도로 철저하게 사물화 되고, 살해한 직후에야 아내가 꿈속에서 보았다는 많은 사람들의 이름은 타인의 꿈을 통해서도 수없이 들어왔다는 사실을 깨닫는다. '우연'은 아내의 꿈과 죽음의 불길한 관계를 형성하고 남편의 심연 속에 있던 살해욕망을 일깨운다. 인육을 먹는 소방수들의 이야기인 「불 끄는 자의 도시」, 타자에 대한 폭력적 지배 욕망을 보여주는 「논쟁의 기술」 모두 '우연' 속에서는 진정될 수 없는 삶의 폭력성과 야

---

11   오윤호, 「불온한 예언자가 중얼거린 미래의 말들―박형서론」, 『문학과사회』, 2006 겨울, 348면.

만성을 환기한다. 인간의 인지 능력으로 이해할 수 없는 필연적 '우연'의 톱니바퀴로 가득한 세계로서의 '사막'은 결국 외로움과 죽음의 불안만이 가득한 것이다. 그래서 사막 속을 떠도는 네 명의 사내(「사막에서」)들, "그들은 사막에서 갇혀 소리 죽여 울었고, 때가 되자 하나씩 소멸해" 갈 수밖에 없었다.

6. '박형서'라는 모나드^{monad}, '이쪽과 저쪽'의 갈림길

시대적 이데올로기에 기민하게 반응하는 미학체계와 마찬가지로, 근대적 서사의 공리는 서서히 변화할 수밖에 없다. 공리의 경계는 끊임없이 확장되거나 축소되는, 그 자체의 치열한 역장을 형성하기 마련이며, 그 역동성의 쾌감(혹은 불쾌감)은 매우 큰 것이다. 여기서 중요한 것은 형식적 변화보다는 그 변화에 내장된 의미(자의식)이다. 다시 말해, 근대의 종언 이후 탄생한(탄생했다고 주장하는) '자정의 픽션' 혹은 '뒤로 가는 소설들'에서 보다 중요한 것은 형식적 새로움에 어떤 시대적 당위성이 있는가 하는 점일 터이다. 가령, 서구 문학의 수입을 제국주의적 침략의 연장선상에서 근본적으로 사유하고 근대 이전의 소설양식으로 의도적으로 퇴보함으로써 제국주의의 문화적 침략에 저항한 나쓰메 소세키의 예에서 알 수 있듯이, 형식에 내장된 작가의 자의식은 무엇보다 중요한 사안인 것이다. 그렇다면, 박형서는 그러한 자의식을 지니고 있는가?

안타깝게도 박형서는 스스로 왜소한 자의식을 노출한다. 대신에 자의식의 결핍을, 단순한 서사일지라도 매우 치밀한 디테일을 입히는 능력으로 가득 채운다. 상투적 스토리마저도 그의 능수능란한 세부묘사로 인해 생동감과 긴장감을 획득하는데, 활달하고 발칙한 서사형식이 자의식의 결핍을 가려버리는 효과를 누리는 것이다. 이처럼, 무미건조하고 죽어있는 서사의 라인에 활력을 불어넣는 그의 재능은 오히려 '이야기꾼'으로서의 입지를 굳히게 한다. 작가적 자의식의 결핍은 소설적 재미로 인해 면죄부를 부여받는 것이다. 「「사랑손님과 어머니」의 음란성 연구」나 「열한 시 방향으로 곧게 뻗은 구 미터 가량의 파란 점선」은 작가적 자의식을 그다지 필요로 하지 않는 소설이며, 젊은 서사적 감각만이 과잉된 소설일 뿐이다.

하지만, 단지 재미를 위해 소설을 쓴다는 등의 비루한 자의식을 노골적으로 드러내는 그의 발언들은 '위악'에 가깝다. 주제를 한층 안 보이는 곳에 숨겨놓았다는 그의 말[12]을 감안하면, 그는 여간해서 본심을 잘 드러내지 않는 작가로 판단되기 때문이다. 그는 작가로서 최소한의 자의식은 지니고 있는 것이다. 가볍게 보이면서 무겁게 가기. 이것이 그의 서사적 전략이 아닐까. 터무니없이 가볍고 발칙한 소설 「「사랑손님과 어머니」의 음란성 연구」에 「너와 마을과 지루하지 않은 꿈」을 겹쳐놓는다면, 그가 단순히 가벼운 읽을거리만을 추구하는 작가가 아님

---

12 "이야기 자체에 만족하지 못해 굳이 주제나 메시지를 찾아 나서겠다면, 말리지는 않겠다. 하지만 미리 말해두는데 그건 좀 힘들 것이다. 그런 거에 별로 관심 없을 거라는 생각에 꼭꼭 숨겨두었기 때문이다." 박형서, 앞의 글, 331면.

을 대번에 눈치 챌 것이다. 그럼에도 박형서의 소설을 가벼운 읽을거리 정도로 치부하는 현상은 그의 몇몇 작품이 가지는 발칙한 재미, 소설답지 않은 데서 오는, 근대소설의 엄숙주의를 파괴하는 반미학의 쾌감(혹은 불쾌감)에 빚진 바가 클 것이다.

물론, 그의 서사적 세계가 지닌 '늙음'의 문제는 여전히 남는다. 그런 만큼 무엇보다 그의 소설을 전체적으로 조망하는 일이 중요하다. 그의 소설은 현실과 접맥되는 지점이 불완전함에도 불구하고 기호의 빈틈에서 묵직한 의미의 연쇄체가 잠복한 듯한 매혹과 재미를 던져주기도 하지만, 다소간의 질적인 편차가 발견된다는 점, 무엇보다 알레고리적 성격이 강함에도 불구하고 현실의 자력磁力이 느껴지지 않는다는 점에서 일정한 한계를 안고 있음을 인정하지 않을 수 없는 것이다. 따라서 서사의 알레고리적 비의秘意와 가벼운 재미 사이를 극단적으로 오가는 그의 소설은 아직 암중모색의 단계에 있을 뿐이라는 조심스러운 진단 역시 가능하다. 혹은 젊음과 늙음 사이를 정처 없이 무중력의 상태로 배회하고 있는 것은 아닌가라는 진단 역시도.

그렇다면, 박형서의 소설 역시 '이쪽과 저쪽'의 갈림길에 서 있다고 할 수 있다. 물론 '물 한 모금' 마실 시간의 차이로 인생이 달라지는 절박함에 직면한 것은 아니다. 그러나 '박형서'라는 모나드monad에는 무한대의 내재성이 내속되어 있으므로, 무엇을 간취하느냐에 따라 그의 소설적 운명이 '이쪽과 저쪽'처럼 달라질 것이다. 아직 박형서는 어느 쪽도 선택하지 않은 것으로 보인다. 그의 재능과 전략으로 보아, 당분간 그의 소설은 서사적 긴장의 고삐를 늦추지 않고 소설 읽는 '재미'를 우선적으로 전경화할 것으로 보인다. 그렇다면, 그는 언제쯤 알레고리적 서사의 심층에 묵직한 현실을 회오리 돌게 할 것인가. 언젠가 그것이 가능하다면, 한국소설은 '새로운 시선'을 넘어 문학적 성취를 이루었음을 자신하게 될 것이다. 그런 의미에서 박형서는 한국소설의 젊거나 늙은 모나드monad다. '젊음'과 '늙음' 사이에서 어떤 주름이 펼쳐질지는 온전히 그의 몫이다.

죽음의 유비類比와 주체의 참상
윤의섭의 시세계

윤의섭은 첫 시집(『말괄량이 삐삐의 죽음』)부터 줄곧 죽음에 천착했던 시인이다. 저수지에 익사한 주검이 나물로 시퍼렇게 돋아난다(「남사박」)는 심상치 않은 상상력을 선보였던 그는 네 번째 시집 『마계』(2010)에 이르기까지 여전히 죽음의 세계를 떠돈다. 인간의 유한성을 그윽한 사유의 대상으로 삼음으로써 죽음에 처한 이 세계를 면밀히 성찰한다. 이 성찰은 죽음의 허무를 넘어 '영원'을 향한 열망으로 이어진다. 이 열망은 네 번째 시집 『마계』가 이룬 시적 성취와 관계되는데, 예컨대 「석어石魚」란 시가 그렇다. "수세기를 거슬러 기원전으로 / 다시 제 나이만큼의 세월 건너 저 자리로 돌아와 외로운 회향을 거듭하는 / 石魚"라고 했을 때, 윤의섭의 시적 사유는 단순히 육체의 유한성에서 비롯된 비탄에 머물지 않고, 죽음 너머의 불멸을 향한 열망을 품고 있음을 알 수 있다. 그러나 이 열망 또한 때로는 덧없는 것이어서 "파헤쳐 보면 슬픔이 근원"(「구름의 율법」,『마계』)이라는 인식에 가닿는다. 이러한 시적 충돌은 윤의섭의 시가 죽음에서 비롯된 비관과 허무를 확장·심화하는 과정에서 불가피한 것이라 볼 수 있다.

윤의섭의 시는 우선 이 세계를 죽음의 공간으로 인식한다. 인간이라는 개체의 죽음을 세계의 모든 사물로 확장시킨 비극적인 이 유비類比의 시선은 오로지 죽음이라는 감관을 통해서만 세계를 이해하고 파악한다. 하여 시인을 둘러싼 세계의 모든 사물은 죽음과 무관하지 않은 것이 된다. 첫 시집의 "세월의 수의를 염색하는 나무"(「나무처럼 서다」), "오랫동안 사색에 잠긴 폐차의 무덤"(「폐차의 날개」)과 같은 유비는 네 번째 시집 역시 지배한다. 예컨대, 포도주의 포도알을 "썩지도 못하고 알코올로 변해가는 시체 공시소의 눈알들"(「밀주密酒」) 혹은 "시체를 옆에 세워 놓고 가로등들은 오늘따라 눈이 자꾸 감빡인다"(「가로등이 켜질 때」)와 같이 지속적으로 반복되는 죽음의 이미지는 시인의 세계관이 깊이 반영된 것이다. 무엇보다 윤의섭은 궁극적으로 이 세계는 '이미' 죽은 세계라는 인식을 지닌다. "겨우 열아홉 살 우리가 살았던 모든 시절이었다"(「물의 묵시黙示」, 『천국의 난민』), "한때 나비로 살았던 날이 있다"(「변신」, 『붉은 달은 미친 듯이 궤도를 돈다』, 이하 『붉은 달』), "밑도 끝도 없이 살아가던 어느 날의 일이다"(「여우비」, 『마계』)에서 암시되듯이, 그의 시집 도처에서 발견되는 인간사의 '완료화'는 이미 멸망해버린 인간 역사에 대한 '묵시록'이다.

세계를 향한 죽음의 강렬한 유비類比는 윤의섭이 통각하는 존재의 유한성에 비롯된다. "저만치 목련이 촛농처럼 녹아내린다 / 필 때부터 흐느끼고 있었다"(「사월의 광시狂詩」, 『붉은 달』)처럼 그의 시적 주체는 유한성에 철저히 그을린 상태다. 그러니 "구름을 운구하는 바람서랍"(「하늘서랍」, 『마계』)처럼 하늘에서 '관'의 이미지를 읽어내거나, "꾸역꾸역 죽은 자들의 육수가 흐르는"(「위령慰靈」,『말괄량이 삐삐의 죽음』) 죽음의 바다를 발견한다. 일반적으로 '유비'는 인간과 자연을 유기적으로 통합함으로써 '생명시학'의 이론적 근간으로 활용되지만, 윤의섭의 시에서 '유비'는 죽음을 매개항으로 하여 부분과 전체를 연결 짓는 '죽음시학'의 인식론적 근간이 되고 있다. 윤의섭의 '유비'는 개체적 유한성을 세계의 종말론으로 확장시킴으로써 시의 비극적 시선을 더욱 강화한다. 요컨대 윤의섭은 인간과 세계를 생명이 아닌 죽음의 관점에서 유기적으로 통합하고 있다.

사실 생명과 죽음은 한 짝이다. 그러나 생명과 죽음의 순환론을 근간으로 하는 '생명시학'이 주체의 확실성에 대한 욕망에서 자유롭다면, '죽음시학'은 주체의 절대적 확실성에 대한 욕망에 붙들려 있다고 할 수 있다. 개체적 삶의 영원성에 대한 욕망이 근대와 더불어 강화되어 온 측면이 있긴 하지만, 인간은 근본적으로 자기 주체의 지속성에 대한 욕망에서 자유롭지 않다. 이러한 욕망이 강할수록 죽음이 생명의 한 현상이라는 깨달음으로부터 주체의 해방감을 얻지 못하고 주체의 소멸에 대한 비극적 정조만을 강화하는 결과를 초래한다. 윤의섭이 기억의 문제에 그렇게 집착하는 것 역시 이와 무관하지 않다. 기억이 주체를 구성하는 절대적 요건인 한 기억의 상실은 곧 주체의 상실이기 때문이다.

　새벽 여섯시 육분육초 시계는 멎는다 떠오르던 태양이 지평선에 굳어있다 승천하려다 절정의 순간을 간직한 채 곤추선 물안개 비늘처럼 흩날리다 하늘에 붙박인 꽃잎들 새소리 반쯤 들려오다 멈춰버린다 육신 가운데 가장 먼저 정지하는 것은 방금까지 흐르던 기억이다 영혼은 폐쇄 된다 다만 아무도 죽지 않았고 아무도 살아있지 않다 밤새 텔레비전은 저절로 세 번 켜졌고 그때마다 부정되었다 화면을 비집고 나오려다 실패한 동물의 왕국과 사막의 모래와 메마른 강물을 맨발로 걸어간 자는 이천년 전 지층으로 내려가 화석이 되었다 새벽 여섯시 육분육초 시계는 혼자 움직인다 세상이 시작되었지만 어디에서도 미동초차 없다 아무런 변화도 없으므로 아무런 절망도 없다 끝을 알지 못했으므로 구원도 없다 한없이 멈췄다는 사실을 몰랐으므로 한없이 멈췄다는 사실을 모른다

—「묵시록」 부분, 『시를 사랑하는 사람들』, 2011.11~12

위 시 「묵시록」에서 육체의 죽음은 기억의 정지로부터 시작한다. "육신 가운데 가장 먼저 정지하는 것은 방금까지 흐르는 기억이다". 기억의 정지 이후 모든 것은 멈춰 버린다. "아무런 변화도 없으므로 아무런 절망도 없다". 이 전언은 주체 소멸 이후의 세계란 무의미 자체라는 허무주의적 인식의 결과이다. 윤의섭의 시는 주체의 소멸에 대한 페이소스이며 그것은 다시 세계를 향해 확장된다. 「묵시록」의 첫 문장이 "이날 지상의 모든 잔존물은 한 권의 책 속으로 빨려 들어가 단 한 줄로 요약된다"로 시작했듯이, 이미 멸망해버린 미래의 세계에 대한 묵시默示는 윤의섭의 시적 기저를 이룬다. 개체의 죽음을 관류한 자의 세계는 이미 죽은 세계다. 세계의 멸망을 인식할 주체도 없으므로, 주체의 죽음 이후의 세계는 절망도, 구원도, 세계가 멈췄다는 사실조차도 휘발해버린 세계다. "단 한 줄로 요약되"는 지상의 종말과 그 문장을 읽을 사람 역시 사라지고 없으리라는 것, 아니 종말의 세계가 이미 실재하

고 있다는 것, 「묵시록」은 바로 이 지점을 환기시킨다.

　사실 이러한 시적 전언은 허구가 아니다. 시간의 지평을 한 개체의 삶 너머로 무한히 확장시키는 순간 '나'라는 주체는 사라지기 마련이며 이 세계 역시 사라질 운명을 벗어날 수 없다. 여기서 윤의섭은 영원과 초월의 세계를 탐색한다. 그러나 윤의섭에게 영원과 초월은 주체의 유한성을 위무하기 위한 방책에 지나지 않는다. 죽음의 유비類比로 얽힌 세계의 출구를 찾고자 하는 탐색은 좌절의 곡선을 그린다. "늘 닫혀 있더라", "늘 쓸쓸하더라"(「하늘서랍」, 『마계』)와 같은 탄식은 "지상으로도 대기권 너머로도 이탈하지 못하는 궤도"(「구름의 율법」, 『마계』)로 인한 것이다. 윤의섭은 주체의 궤도 너머를 탐색함으로써 어떤 근원을 향한 사유를 시도하지만, 그것은 항용 주체의 궤도로 되돌아오기 마련이다. '근원'에 대한 열망은 곧 '주체'에 대한 열망이다. 근원을 향한 열망의 귀결은 서두에서 인용했던 「석어」에서 암시된 바 있다. "흐르는 물살을 거슬러" "수세기를 거슬러 기원전"의 "상류로 상류로 헤엄치"는 "石魚"는 결국 "다시 제 나이만큼의 세월 건너 저 자리로 돌아와 외로운 회향을 거듭"하고 마는 것이다. 근원, 즉 시원始原을 향한 동일자적 욕망은 주체의 궤도를 더욱 강화할 뿐이다. 근원에 대한 욕망은 주체의 영원성을 향한 욕망과 다르지 않다. 바로 이 욕망이 윤의섭의 시적 기원을 이룬다고 볼 수 있다.

어느덧
은행나무 단풍 들 차례다
서녘에 파리한 얼굴을 반쯤 파묻은 낮달이 떴으나

이변으로 기록되진 않았다

하루마다 노을 지지만 파국의 흔적 어디에도 남아있지 않은 것처럼

시월의 잉크가 나뭇잎을 물들여 가는 사태는 한 줄 문장으로도 기입되지 못한다

다만 이 모든 풍경을 바라보며 生이 긍휼해질 때가 있는 것이다

가지 잘려나간 자리에 생긴 옹이를 평생 품고 살아야 할 나무다

흩어지면 다시는 처음으로 복원되지 못하는 구름의 결이다

거진 반세기 전 생년과 아무도 모르는 생몰연도는 빼버리고라도

아침에 날아든 느닷없는 부고로 생긴 남은 날의 퇴적층만이 아니라

한나절 가짜 굴비 절대 아니라며 떠들어대는 트럭 확성기에 지친 청력과

짐작했어도 돌이킬 수 없는 건강진단서 결과의 암담함과

오래 전 잊은 사람 마음 뒤늦게 전해 들어 쓰리도록 아픈 가슴과

초저녁 서늘한 바람에 이유 없이 복받쳐 오르는 서글픔까지

이토록 간략한 역사가 없다

이제 곧 해거름이고 어둠이 짙어질 것이다

늘 겪는 순서이므로 누구나 다음 차례를 예언할 줄 안다

별이 떠오를 것이며 간혹 꿈을 꾸게 될 것이라고 점칠 줄 안다

그 와중에 희소성 없는 小事는 잊힐 테지만

어느 차례에 다시 등장할지 알 수 없는 일이다

오늘 약력이 반세기 전 생년에 이미 쓰였을지도 알 수 없는 일이다

  —「슬픔의 약력」전문,『나를 사랑하는 사람들』, 2011.11~12

위 시는 주체의 영원성을 향한 욕망의 쓸쓸함을 드러낸다. "시월의

잉크가 나뭇잎을 물들여 가는 사태"는 죽어가는 생의 유비類比다. 죽어가는(혹은 이미 죽은) 세계의 모든 풍경을 바라보며, 시인은 "생"의 "긍휼"을 느낀다. 이 "긍휼"이란 "흩어지면 다시는 처음으로 복원되지 못하는 구름의 결"에서 비롯된다. 다시는 복원되지 못하는 '유한'으로서의 세계와 육체, 그리고 이것을 인식하고 있는 주체는 너무나 명료한 "슬픔의 약력"을 지닌다. 이 "약력"이란 탄생에서 죽음까지다. 그러니 "이토록 간략한 역사가 없다"라고 말할 수밖에 없다. 종말은 이미 실재로서 존재하고 "슬픔의 약력" 역시 존재한다. 아니 이미 존재'했'다고도 말할 수도 있으리라. 미래의 종말은 다만 현실화되지 않았을 뿐 이미 확정되고 완료된 실재가 아닌가. "오늘 약력이 반세기 전 생년에 이미 쓰였을지도 알 수 없는 일이다"라는 진술 역시 이 맥락에서 이해될 수 있다. 그러니 '나'는 "걸어다니는 시체 말하는 시체 사유하는 시체"(「밀주密酒」, 『마계』)이다. '실재'의 종말이 뿜어대는 허무와 슬픔에 직면한 주체는 흩어진 구름이 다시 처음으로 복원되기를 바라듯이 자기의 지속성을 열망하는 주체다. "살아남은 자에게 무서운 건 지워지는 기억"(「물의 묵시」, 『천국의 난민』)이기 때문이다. 그러나 역설적이게도 주체의 지속성은 죽음 이후에나 가능하다. "언제고 누군가는 나를 기억할 것이다. / 그 순간 나는 온전히 죽는다"(「무변계無邊界」, 『마계』) 주체의 형상이 기억의 세계로 편입되는 순간 그 주체의 형상은 현실에서 사라진다. 거꾸로 말해 주체의 사라져가는 형상은 기억 속에서만 지속성을 획득한다. 그러나 기억 자체도 일정한 생성과 소멸의 과정을 거치는 까닭에 그 지속성은 완전하지 않다. 그러므로 '나'는 온전히 기억될 수 없고 온전히 죽을 수조차 없다.

이때 사진은 중요한 철학적 문제로 떠오른다. 사진은 죽음의 형식이다. 롤랑 바르트는 사진의 본질은 "죽음", 혹은 "죽음과의 접촉"이라고 말한다. 그러나 역설적으로 사진은 죽어가는 존재의 순간적 형상에 영원성을 부여한다. 인간은 자기영속의 욕망을 사진을 통해 대체할 수 있으나 모든 사진은 영정사진인 까닭에 사진의 비극성이 강화된다. 또한 사진 속의 형상은 이미지에 불과하며, 기억 속의 형상 역시 두뇌에 저장된 환영에 불과하다. 따라서 기억과 더불어 사진은 비극과 희극의 결합을 시도하고자 하지만, 사실상 비극 쪽으로 심하게 기운 결합이라고 할 수 있다.

풍경의 봉분은 사각형이거나 아련하다
바람에 흔들리던 들풀이 담겨 향기 없는 영생을 산다
노을의 폭풍이라 불리는 액자는 가끔씩 지나가는 환영을 비춘다
사진에 이끌려 온 유령들이 화랑을 배회하는 것은
오래 된 역사다
참을 수 없는 서로의 허기가
그리하여 텅 빈 눈동자 같은 어느 액자와 인연이 맞닿으면
모년모월모일모시의 시공에 들어앉아 정박하는 것이다
한 시절을 떼어다 옮겨놓는 일은 초혼이다
풍경의 영정마다 붙은 이름으로 초저녁이 깨어나고
어둠으로 최후를 맞이할 리 없는 해거름이 다시 태어나고
흰색 벽 여기저기 걸려 있는 들판의 사지가 가냘프게 숨 쉬는 소리
저들의 공시소

한 번씩은 들여다보고 확인해야 하는 저들의 묘역

회억 연민 간직 기념 천천히 잊혀가는 절차는 이렇다

어느 날 풍경의 행방이 묘연하다

— 「사진전」 전문, 『시를 사랑하는 사람들』, 2011.11~12

　　윤의섭은 인간과 세계의 풍경을 '사진'의 관점에서 절묘하게 해석한
다. 인간의 눈에 비치는 모든 삶의 풍경이 '사진전'이라는 시적 전언.
풍경의 모든 순간은 사라져간다. 사진은 그 풍경의 순간을 "모년모월
모일모시의 시공"에 "정박"시킨다. 그러나 이 역시 삶의 한 시절을 사
진 액자 속에 옮겨놓을 뿐인 "초혼"에 지나지 않는다. 지상의 부름에
되돌아온 망자의 혼은 잠시 머물다 다시 사라진다. 사진 액자 속의 형
상 역시 망자의 혼과 다르지 않다. 죽음을 껴안은 사진전은 일상의 풍
경이 곧 죽음의 풍경임을 말해준다. '사진전'이 시체 공시소^{morgue}라는
끔찍한 진술은 결국 우리 삶은 죽음으로 가득 차 있으며 망자들을 잠
시 보여주는 영정사진 액자틀에 불과하다는 인식을 보여준다. "회억
연민 간직 기념", 삶은 결국 이런 절차를 거쳐 잊혀져 간다. 그리고 어
느 날 이 모든 "풍경의 행방이 묘연"해진다. 그렇다면 이 세계는 생생
한 종말의 현장이 아닐 수 없다.

　　세계의 종말은 '비의 도록圖錄'(「비의 도록」) 속에 감춰져 있다. "마당에
꽃히는 장대비" 속에서 "우리는 서서히 식어가는 체온"이며 "비에 젖으
면 비가 되"어 "각자 흘러 어느 지층으로 사라져갈 뿐"인 존재들이다.
그러나 "이렇게 세상이 잠기는데 종말에 대한 소식은 없다". 우주의 종
말과 달리 개인의 종말은 원래 개체적이고 파편적이다. '유비類比'는 개

체와 세계의 '종말'을 유기적으로 연결시킨다. 구모룡에 따르면 '유비'는 제유의 시학을 마련하는 사유의 근간이다. 제유의 시학은 부분과 전체를 유기적으로 연결함으로써 '보편생명의 전일성'을 회복한다는 것이다. 그러나 윤의섭의 시는 '유비'를 바탕으로 제유의 시학을 마련했으되 보편생명의 전일성이 아니라 죽음의 보편적 전일성이라는 '죽음시학'을 향해 나아간다. "비는 뿌리를 내리는 중이다 / 지중을 파고드는 빗방울 / 서로 같은 뿌리를 가졌으므로 인연은 있을 것이다". '비의 도록' 속에서 비는 어느 지층으로 사라져가면서 "같은 뿌리"를 내린다. '공동성'의 뿌리라고 부를 수 있을 그것은 곧 죽음이다. 생명에서 죽음으로, 죽음에서 생명으로 오가는 동안에 모든 존재는 '같은 뿌리'로서의 인연을 지닌다. 그러나 윤의섭은 생명이 아닌 죽음의 뿌리에 주목한다. 윤의섭은 주체의 궤도를 영원히 맴돌고자 하는 욕망을 지닌 주체이기 때문이다. 사실 이것은 모든 인간의 보편적 욕망이다. 윤의섭의 시는 보다 정직한 인간의 욕망에 닿아 있는 것이다. 주체의 궤도를 영원히 맴돌고자 욕망할수록 종말의 묵시록은 시인을 더욱더 압박한다. 주체의 영속성과 종말은 매우 강렬한 한 짝인 것이다. 영속의 욕망이 강할수록 종말의식 또한 주체의 등짝에 더욱 강하게 들러붙는다. 그리고 종말의식은 영원과 구원의 탐색으로 전이된다.

> 빗방울이 떨어질 때까지의 경로에 대해선 알려진 바 없다
> 최단거리를 달려왔을지라도 평생을 산 것이다
> 일설에는 바람의 길을 따라왔을 거라고 한다
> 해류를 타고 흐르는 산란인 듯

어디에 안착한다 정해졌더라도 생식할 가망 없는 무정란인 듯

구름의 영역 너머로 들어선 빗방울은 추락하지 않는 달을 본다

스스로의 길을 따라 휘도는 성운을 본다

귓전을 가르는 바람소리 속에서도 궁륭 가득 흐르는 神律을 들으며

빗방울이 어떻게 미쳐갔는지에 대해선 알려진 바 없다

살점을 떼어내며 살생의 속도로 치달리는 운명이란

길을 잃고 천공 한가운데서 산화하거나

영문도 모른 채 유리창에 머리를 짓찧고 흘러내리거나

하늘길 지나오면서는 같은 구름의 종족과 몸을 섞기도 했다

나란히 떠나왔던 친구는 어느 나무 밑동에 뿌려져 이미 잠들었다

발을 디디고서야 빗방울은 최초로 신음한다

이 기나긴 침묵으로 흐린 하늘 가득하다

구름으로부터 그어진 무수한 여정으로 흐린 하늘 슬프다

오직 고요의 춤만이 허락된 비행으로 흐린 하늘 눈부시다

지상을 적시며 빗방울은 비로소 몸을 묻는다

천구를 가로질러온 경로다

— 「비의 문양」 전문, 『시를 사랑하는 사람들』, 2011. 11~12

    '비의 문양'은 구원을 향한 탐색과 좌절의 기록이다. 비는 죽음의 '도록'을 떠돌다 구원과 초월의 가능성을 엿본다. "구름의 영역 너머"로 진입하여 "추락하지 않는 달"과 "스스로의 길을 따라 휘도는 성운"을 보기도 하고, "궁륭 가득 흐르는 神律"을 듣기도 한다. 문제는 구름의 영역 너머에 이르지 못한 빗방울의 전락顚落이다. 좌절된 구원은 참혹

하다. "살점을 떼어내"는 "살생의 속도"로 지상으로 하강하는 운명. 그것은 삶의 참혹한 문양이다. 중력의 극복은 '기화氣化'를 통해서만 가능하다. 구원된 주체가 빗방울의 형태일 수는 없다. 빗방울의 기화氣化로써만 "궁륭 가득 흐르는 神律"에 융합될 수 있다. '기화'는 곧 주체의 소멸aphanisis이다. 그러나 이 세계에는 가득 비가 내린다. 이것이 세계의 실상이다. "유리창에 머리를 짓찧"거나 지상에 부딪치는 빗방울은 "신음"한다. 그러나 주체가 "구름의 영역 너머"의 어떤 '근원'을 탐색하는 한 삶의 참혹한 문양에서 벗어날 수 없다. 영원으로서의 근원을 향한 욕망은 주체의 영속성을 향한 욕망의 다른 이름이다. 죽음의 '유비類比'에 붙들린 윤의섭의 시는 주체의 자기 지속성, 혹은 영원성을 향한 욕망을 배면에 깔고 있는 것이다.

> 무한대라는 말은 참으로 무책임하다 차라리 영원이라면
> 영원이라면 흐르는 시간도 없이 늙어 고생할 일도 없이
> 돌아갈 곳도 없이 고여 있을 뿐일 텐데
>
> ―「여우비」 부분, 『마계』

시인은 '무한' 앞에서 영원의 부재와 존재의 유한성을 언급한다. 무한과 영원은 어떻게 다른가? '무한'이 일자一者의 궤도를 폐기함으로써 비로소 가변적으로 열릴 수 있는 것이라면, '영원'은 일자의 궤도에 귀속됨으로써 절대불변의 것으로 존립한다. 수학자 칸토르 이후 일자로부터 해방된 '무한' 개념은 '일자'로서의 절대자를 폐기처분한 바 있다. 바디우에 따르면 칸토르 이후에야 인간은 복수複數로서의 무한을 마주

하게 된다. 복수로서의 '무한'은 주체마저도 '일자'에서 '이자二者'로 분리시켜나감으로써 소멸과 죽음의 페이소스를 해소하는 철학적 토대를 마련한다. 그러나 헤겔 이후 낭만주의 경향 속에서 무한은 다시 "유한성의 시간성"에 기입되고 "일자에 포획"됨으로써 유한의 페이소스를 동반하게 된다. 역사적 시간 속의 인간 실존은 주체의 자기지속성을 본질로 하는 까닭에 본질적으로 유한성을 벗어날 수 없다.

유한성의 페이소스를 극복하고자 하는 욕망은 근원에 가닿는다. 근원과의 동일화를 통해 자기영속성을 확증 받고자 하는 욕망의 '석어石魚'는 기원전 시원始原을 향해 거슬러 오르는 주체다. "구름터널" 너머로, "출구의 소실점을 향해 치달리는 영혼"들, 그러나 "아무도 터널을 빠져나갔다는 이야기는 듣지 못했"(「구름터널」, 『마계』)듯이, 일정한 궤도를 도는 주체의 형식으로는 죽음의 '도록'에서의 초월은 불가능하다. 윤의섭은 자기영속의 욕망에 들러붙은 종말적 묵시록과 죽음의 유비類比에 저당 잡힌 시인이다. "붉은 달"이 "미친 듯이 궤도를 돌"듯이(「눈길」, 『붉은 달』), 자기영속에 대한 욕망과 소멸의 페이소스를 "깊어가는 病歷"(「먼 훗날」, 『붉은 달』) 속에서 죽음의 도록圖錄에 새기고 있다. 그러나 윤의섭은 섣부른 초월과 구원의 포즈를 취하지 않는다. 윤의섭은 초월의 상상계적 환상을 폐기하고, 주체의 궤도를 끊임없이 돌며 주체의 실존적 참상을 보다 실재적으로 대면하고 있는 시인인 것이다.

나르시스의 응축된 죽음과 주체의 윤리

이영옥의 시세계

1. 나르시스의 죽음 '이전'과 '이후'

시를 생각하면 떠오르는 신화가 하나 있다. 나르시스 신화. 흔히 나르시스는 자기 모습을 사랑하다 그 사랑을 이룰 수 없어 죽음을 맞이한 것으로 알려져 있지만, 또 다른 흥미로운 해석(자키 피죠)에 따르면 나르시스의 죽음은 수면에 비친 연인이 다름 아닌 자기 자신의 모습이라는 사실을 깨달은 데서 찾는다. 자신의 사랑이 다름 아닌 자기 자신을 향한 것이었다는 충격적인 사실은 인간의 인지적 능력이 구성하고 있는 세계가 객관적 토대 위에 구축된 것이 아니라 상상계적 산물이라는 점을 암시해준다. 다시 말해 이 세계란 객관적으로 존재하는 것이 아니라 자기 욕망에 의해 구성된 허구적 대상에 불과하다는 것이다. 그것을 깨달은 이후 나르시스는 자신의 존재론적 근거를 상실하고 만다. 아닌 게 아니라 자신을 둘러싼 세계가 실재가 아니라 자신의 욕망이 빚어낸 허구(물에 비친 영상)라는 사실은 그 세계를 살아낼 동력을 제거하기에 충분한 경악스런 사건이다.

　최근의 시가 이 지점에서 뚜렷하게 나뉘고 있다는 사실은 매우 흥미로운 일이다. 나르시스의 '죽음' 이전과 '이후'의 시는 판이하게 다를 수밖에 없다. 나르시스의 눈에 비친 세계를 시적 대상으로 하는 것과 나르시스의 죽음 이후의 세계를 시적 대상으로 삼는 것은 세계관의 차이를 반영하기 때문이다. 나르시스적 주체와 세계의 파국 이후의 시들은 주체와 세계의 모든 것을 의심하고 해체할 수밖에 없다. 이들의 눈에 나르시스의 세계란 안쓰러운 자아가 만들어 낸 헛것의 이미지에 불과하다. 그럼에도 불구하고 나르시스를 완전히 폐기할 수 없는 것은 허상의 세계를 해체하고 실재의 세계를 탐색하는 주체의 최종심급이 여전히 존재하기 때문이다. 주체의 최종심급이 존재하는 한 주체는 나르시스적 허상을 완전히 벗어날 수 없다. 나르시스적 주체의 폐기는 곧 주체의 소멸aphanisis을 의미한다. 주체가 소멸하는 순간 그 어떤 사유의 거점도 사라지므로 주체의 해체적 '작업' 역시 불가능해진다. 하여 나르시스의 상상계를 온전히 폐기하고자 하는 주체의 노력은 사실상 불가능의 영역에 있다.

　그렇다면 나르시스의 죽음은 불가능하다. 나르시스의 죽음을 승인하고자 하는 주체 역시 나르시스라는 자아의 속성을 지니고 있기 때문이다. 나르시스의 죽음 이후를 상정한 시적 작업 역시 나르시스의 죽음 이전을 토대로 한다는 사실은 시적 주체는 결코 나르시스의 상상계를 완전히 벗어날 수 없음을 말해준다. 이런 점에서 시는 (서정시는 물론이거니와) 근본적으로 '자기 표현'이라는 본질을 벗어날 수 없다. 나르시

스의 죽음 '이후'는 본질적으로 나르시스의 죽음 '이전'에서 출발한다
는 사실을 간과해서는 안 되는 것이다. 이는 곧 시란 '자기 표현'의 언
어에 근본적 토대를 두는 예술형식이라는 사실을 재환기시키는 기회
를 제공해준다.

이영옥의 시적 주체는 자기표현에 매우 충실하다. 나르시스의 죽음
이전에 새겨진 과거의 기억과 상처의 문양을 매우 섬세한 언어로 그려
내고 있다. 우리가 나르시스의 죽음 이전을 살고 있고 그것이 대부분
의 삶을 이루고 있는 것이라면, 이영옥의 시적 언어는 곧 우리의 내밀
한 상처 곁에 나란히 놓일 수 있게 된다. 그러나 이영옥은 여기서 한 걸
음 더 나아가 나르시스의 죽음 이후를 탐색하기 시작한다. 나르시스의
완전한 폐기에서 이 탐색 작업이 이루어지는 것이 아니라, 나르시스의
경계 지점에서 나르시스의 외부 세계를 향해 언어의 촉수를 뻗고 있는
것이다. 이영옥이 최근에 발표한 시들은 이런 관점에서 시적 주체의
윤리적 변화를 암시하고 있다고 할 수 있다.

2. 나르시스의 죽음과 외부를 향한 촉수

"아버지가 없는 틈을 타 어머니가 나를 훔쳐갔다"(「철길」)로 시작하는
이영옥의 첫 시집 『사라진 입들』(2007)은 주로 가족사에 기댐으로써 시
인의 내밀한 상처를 매우 섬세하게 드러내는 데 집중한다. 시인은 가족

사에서 비롯된 상처를 "시간의 실핏줄로 역류해 온 독"(「복어국」)이라고 규정한다. "시간의 실핏줄로 역류해 온 독"이라니. 가족사에서 비롯된 상처는 주체의 일생을 지속적으로 뒤흔드는 정서적 격랑의 진원지다. 첫 시집의 표제작 「사라진 입들」에서 드러난 '언니'에 관한 기억을 환기해보자. "저녁이면 하루살이들이 봉창 거미줄에 목을 매러왔다 / 섶 위의 누에처럼 얕은 잠에 빠진 언니의 숨소리는 / 끊어질 듯 이어지는 / 명주실 같았다", "생계의 등고선을 와삭거리며 / 종종걸음 치던 / 그 아득한 적막"과 같은 부분에서 가족사에 얽힌 기억의 상처는 시인의 주체 깊숙이 뿌리박혀 있다. 현재의 시인은 여전히 과거와 연결되어 있으며, 과거는 시인에게 "시간의 실핏줄을 역류해온 독"인 것이다. 과거의 상처는 이제야 비로소 시인의 핏줄을 따라 흘러서 적절한 언어의 몸을 입는다. 언어의 몸을 입지 못한 과거의 상처는 침묵 속에서 오들오들 떤다. 말 못하는 상처의 나르시스는 언어를 통해서 고통의 형체를 드러내는 것이다. 이 언어를 통해서 우리는 한 내면의 굴곡진 지형을 파악할 수 있으며, 그것에 대항하여 싸울 수 있게 된다. 그러니까 이영옥의 첫 시집은 언어 이전의 어떤 상처와의 내적 투쟁의 결과이다.

그러나 이영옥은 그 상처를 드러내면서 감출 뿐 구체적으로 형상화하지 않는다. "큰 언니가 가방을 꾸려 객지로 떠나던 날 / 내 안에서 우는 마른 바람 소리를 들었다"(「삼나무떼」)처럼 상실과 불안의 정서만을 암시하고 있을 뿐, 상처를 둘러싼 구체적 정황은 드러내지 않는다. 그러나 중요한 것은 이 과정을 통해 이영옥의 시적 주체는 과거와 정면으로 대면하고 연민과 애도의 과정을 거치게 된다는 사실이다. "어디에서 날아왔는지 / 꽃잎 한 장이 방충망에 붙어 어깨를 떨고 있다 / 아무도 없는 여기서 한참이나 울었던 것 같다 / 저 슬픔은 어디에서 출발한 것일까 / 읽던 책 속으로 다시 시선을 내리는데 / 아까보다는 조금 더 위쪽으로 자리를 옮겨 / 눈물을 찍어대고 있다 / (…중략…) / 옆에서 아무도 다독여 준 이가 없었구나"(「행방」)처럼 시적 주체는 언어 이전의 상처를 언어를 통해서 해석하고 연민을 느끼는 동시에 스스로 애도한다.

이영옥의 시는 "꽃 진 가지"에 걸린 "가장 누추한 기억"(「목련」)에서 비롯된 상실에 대한 애도와 화해의 과정이다. 때론 "능멸"(「밥상 위의 명태 한 마리」)의 느낌을 받기도 하지만, 결국 화해를 향해가는 순탄치 않은 과정을 보여준다. 월남 상이용사 삼촌의 죽음을 다룬 시(「맨드라미」)에서 물에서 먼저 떠오른 삼촌의 "고무팔"이 "그가 처음으로 보내온 세상과의 화해"라고 썼듯이, 이영옥의 시적 주체는 "가을 꽃밭의 붉은 혀들"의 "긴 울음을 밀어내"는 상실의 치유와 화해를 향한 애도의 과정을 겪고 있는 것이다. "사랑하기에는 너무 어렸고 / 사랑하기에는 이제 너무 늙었다"는 탄식, 그리고 "주소도 없이 허공을 떠돌다 사라질 저것"(「늦은 눈」)에 대한 깨달음은 주체의 변화를 암시한다. "떠돌다 사라질" 눈은 주체의 변형된 이미지이다. 소멸을 의식하는 순간 주체는 중대한 변화의 국면을 맞이한다. 소멸의 사유는 주체 스스로를 파괴하고 되살린다. 이영옥의 시는 기억의 단순한 변주變奏를 넘어서 주체의 재구성을 향해 나아간다. 이영옥의 최근 시들은 이러한 변화의 징후를 조금씩 드러내고 있다.

낙하하는 어둠보다 빠르게, 조울증 앓는 해보다 시무룩하게, 너는 어떤 뜨거움을 지나와 여기에 놓여있는가, 고요한 버찌는. 열매가 온몸을 웅크리고 있다 火氣의 순간을 깨물고 있는 문신처럼, 조용히 돋아나는 기억에 물을 주며

　　낮과 밤이 뒤섞여 뿌예진 봄 날, 두 팔을 벌려 초과된 기억을 안고 백야를 조금씩 굴러갔다 문방구 좌판에서 뽑아 낸 설탕 달, 달콤한 시간의 부스러기들은 검은 얼룩으로 자랐다 소슬한 바람이 연분홍 불빛을 군데군데 슬어놓고 가는 초저녁 밤

　　긁히고 터진 것들은 어떤 식으로든 흔적을 남긴다 먼 곳에서 달려와 풀썩 엎어지는 봄바람. 이유 없이 오래 남는 얼룩이란 없다 해가 뜨고 해가 지고, 너를 위해 내가 없어지는 경험을 하며 간신히 한 계절을 매달렸다가, 떨어지고, 밟혔던 과적된 기억의 아가리가 벌어져있다. 아직 즙이 덜 빠진 나로부터, 가만히 터져있는 버찌로부터.

　　　　　　　　　　　　　　　　　　　　　─「검은 버찌의 나날」 전문, 『시작』, 2011 봄

　이 시에서도 여지없이 기억의 문제가 부각된다. 그러나 확연히 달라진 것은 기억에 대해 일정한 심리적 거리를 확보하고 있다는 점이다. "너는 어떤 뜨거움을 지나와 여기에 놓여 있는가"라는 질문은 스스로를 향한 것이다. "火氣의 순간을 깨물고 있는 문신"과도 같은 '검은 버찌'는 말할 것도 없이 시적 주체의 동일화 대상이다. 더 이상 기억 속에서 허우적거리지 않고 "기억에 물을 주며" 관조하는 "검은 버찌"는 시적 주체의 극적인 변화를 드러내는 뚜렷한 징후라 할 것이다. 내장된

"火氣의 기억"이 천천히 식어가는 징후는 다른 시에서도 드러난다. 예컨대 "기억을 지우기 위해 매일 허물을 벗는 바람"(「가을황사」, 『시와 정신』, 2011 가을), "지나가야 할 것들은 고요하게 지나갔습니다"(「목련방」, 『딩하돌하』, 2011 여름)에서 확인되듯이 이영옥의 시적 주체는 기억의 안에서 바깥으로 이동한다. 그것이 비록 '기억을 지우는' 형식일지라도, 아니 '기억을 지우는' 형식이기 때문에 주체의 성격은 달라질 수밖에 없다. 기억을 지우고자 하는 주체는 "매일 허물을 벗는" 주체의 갱신을 통해 새로운 주체로 거듭난다. "초과된 기억"으로부터의 자유가 "검은 버찌"의 것이듯이 검은 버찌의 "과적된 기억의 아가리"를 들여다보는 시적 주체는 자신에게 남아 있는 "덜 빠진" 기억의 "즙"을 성찰한다. 이 성찰의 힘은 기억의 늪을 빠져나와 타자의 세계를 들여다보는 힘을 부여한다. 이 힘은 "내가 없어지는 경험"의 반복 이후에야 시적 주체로 스며든 것이기도 하다.

그것은

자신의 내면을 펼치기 시작했습니다
땅 따먹기처럼
얼룩덜룩하게
무엇인가를 구분 지으며
부드럽고 차가운
질감으로

저녁 일곱 시가 여섯시를 감싸 안았습니다

숨고 싶은 마음이 생기고부터 안기고 싶은 거니까

안긴다는 것은 나를 지우는 것과 같은 거니까

하얀색으로 덮는 것만큼 완벽한 이중성은 없으니까

처음에는

순한 눈망울들이 어둠속에서

껌벅거렸는데

기어이 백년만의 폭설이 되고 말았습니다

차편이 끊겨 지키지 못한 약속

휘몰아치는 눈발처럼 당신을 떠났습니다

내가 가려던 귀가의 방향은 영 헝클어졌습니다

급한 이별도 잠깐 뒤로 미룰 수 있다는

뉴스를 들은 것도 같은데 휴교령이 내려지고

눈사람처럼 외롭게 웃는 사람들이 자꾸 늘어났습니다

얼굴은 바꾸었지만 피를 바꾸지 않은 도시

입을 벌리면 녹다만 말들이 작은 소리로 중얼거렸지만

제설차가 올 때까지 아무도 그 말을 알아듣지 못했습니다

— 「폭설」 전문, 『시와 미학』, 2011 겨울

이제 시인의 내면은 자잘한 기억의 구체성을 버리고 "백 년만의 폭

설"이라는 매우 강렬한 이미지로 단순화된다. 이러한 단순성은 시적 주체의 변화와 무관하지 않을 수 없는데, '폭설'의 이미지는 시적 주체에게 있어서 정화의 기능을 수행한다고 볼 수 있기 때문이다. 그러나 폭설의 의미만큼은 단순치가 않다. "땅 따먹기처럼 / 얼룩덜룩하게 / 무엇인가를 구분"짓는 폭설은 표출된 내면으로서 결국은 주체와 타자의 경계를 뚜렷이 하는 것으로도 되비친다. 그러나 '폭설'은 기억과 내면의 상처를 한껏 터트리는 작업이다. 상처를 드러냄으로써 상처로부터 "숨고 싶은 마음"과 상처 아닌 다른 무엇에 "안기고 싶은 마음"이 발생한다. "백 년만의 폭설" 속에서 드러난 '포옹'의 이미지는 이러한 주체의 변화를 잘 보여준다. "일곱 시가 여섯 시를 감싸 안"는 폭설의 시간에 안기고 싶은 마음에 대한 고백과 더불어 "안긴다는 것은 나를 지우는 것과 같은 거"라는 고백은 주체의 형질 변환을 암시한다. '안김'은 나를 '지우는' 과정이다. "일곱 시가 여섯 시를 감싸 안"듯이 주체의 연성화軟性化는 주체의 소멸을 일부 승인한다. 소멸로 인한 주체의 결핍은 타자를 수용하는 윤리적 공간으로 기능한다. '폭설'의 "하얀색"은 주체를 온전히 덮는 동시에 지운다. 그것은 주체의 윤리적 심층에 가닿는다. 자기로부터 벗어나고 자기를 지움으로써 새로운 주체로 거듭나는 것이야말로 시적 주체의 윤리라고 할 수 있다. '폭설'의 "하얀색"은 주체의 내면과 세상이 만나는 상징적 표지이다. 그것은 자기를 드러내는 동시에 세상을 감추는 것이다. 혹은 세상과 섞이는 것이자 세상에 안기는 것이다. 내면의 폭설이 세상의 풍경이 되고 세상의 풍경이 곧 내면이 된다는 것은 시적 주체의 "완벽한 이중성"이자 주체와 타자의 온전한 변증이다. 그러나 이런 시도에도 불구하고 문제는 "얼굴은 바꾸었지만 도시를 바꾸지 않은 도시"에 있다. 세상에 말 걸기를 시작했을 때, 그 누구도 폭설의 언어를 알아듣지 못한다. 주체의 폐쇄적인 내면을 넘어 세계와 융합되고자 하는 언어가 거부당하고 있는 것이다.

나는 오래 흔들린 억새꽃
입술이 물고 있던 생각들을 조금씩 날려버린다
털이 빠져 버린 말을 어디에 적을까

공중은
하루가 다르게
푸르게 차오르고
나는 자꾸 허공을 뒤진다

가을은
볕을 거두고
숨소리를 거두고
그늘이
제 설 자리를 줄이는데
나는 맑은 물을 꾹꾹 찍어
편지를 쓴다

나는 흰빛을 빌려 너를 벗어났다
나는 몸을 숨기고 전진한다*

무수한 잔뼈를

바람 속에 묻고서

붙잡을 수 없는 것은 쓸 수 없는 것,

검은 눈물을 본 적 없는 너는

내 문장을 절대 읽지 못한다

*데카르트의 글 인용

— 「바람의 말, 바람의 편지」 전문, 『시와 미학』, 2011 겨울

"나는 오래 흔들린 억새꽃"으로 시작하는 이 시는 첫 행이 말해주듯이 과거의 상처 속에서 형성된 자기 주체를 다시 한 번 재확인한다. "입술이 물고 있던 생각들을 조금씩 날"림으로써 세상과의 소통을 탐색한다. "털이 빠져 버린 말"과 "하루가 다르게 / 푸르게 차오르"는 "허공"의 간극은 주체와 세계 사이에 존재하는 깊은 침묵을 드러낸다. 그 침묵의 공간을 떠도는 수많은 언어들은 붙잡을 수도 없고 쓸 수도 없는 것이다. 시인의 주체는 확장되어 주체 바깥의 세계를 찾아 떠돈다. 그러나 상처투성이의 과거의 기억이 지닌 섬세한 결을 벗어나 바깥 세계로 내민 언어의 촉수는 방향을 상실하고 있다. 하여 그것은 "하루가 다르게 / 푸르게 차오르"는 "허공"을 자꾸만 뒤질 수밖에 없다. "맑은 물을 꾹꾹 찍어" 쓴 언어들은 비장하다. "나는 흰빛을 빌려 너를 벗어났다".

흰빛을 빌려 벗어나다니, 무슨 말인가. 「목련방」에서 "하얗게 부풀어 있던 내부가 참혹하게 뒤집혔습니다"라고 진술했듯이, 그리고 「폭설」의 눈 이미지를 통해서 내면과 세계의 변증을 시도했듯이, 흰빛은 주체의 해방과 관련된 지표다.

뒤이어 인용된 데카르트의 경구, "나는 몸을 숨기고 전진한다*J'avance masqué*".(『개인적 생각들*cogitationes privatae*』) 이 문장은 이영옥의 시적 결기를 드러낸다. '가면을 가르키며 전진한다'로도 번역 가능할 이 경구는 결국 자기 가면을 의식하면서 존재할 수밖에 없는 주체의 상황을 지시한다. 내면의 폭설(「폭설」)과 내부의 참혹한 전복(「목련방」)은 스스로를 가면으로 의식하기 시작한 징조다. 그러나 역설적이게도 이영옥은 그 가면의 눈물이야말로 "검은 눈물"임을 자각한다. 과거의 상처에서 비롯된 "검은 눈물"이야말로 '실재'임을 항변한다. 이는 '오인'에 기반한 주체의 현실효과와 무관하지 않다. 주체가 '빈 공간'을 둘러싼 것일지라도 그것에서 촉발되는 눈물은 이 시적 주체에게서는 실재의 지위를 획득한다. 이는 결국 시적 주체의 최종심급을 부정하는 한 어떤 진리도 형성될 수 없다는 전언을 내포한다. 진리란 원래 없는 것인가. 원래 없는 것 혹은 허상에 불과한 것일지라도 주체는 진리를 구축한다. 그러나 이 구축은 구축驅逐인 동시에 구축構築이다. 허물고 내쫓는 동시에 세우기. 이것이야말로 허상에 기댄 주체가 도달할 수 있는 윤리의 최대치인 것이다.

3. 주체의 위기와 윤리

주체는 언제나 위기에 직면해 있다. 더구나 시적 주체는 파괴적 성찰을 지니기도 하므로 그 위기의 심각성이란 더할 수밖에 없다. 주체의 구축驅逐과 구축構築은 시적 주체의 운명이다. 이영옥은 가족사를 바탕으로 한 자기표현의 주술에 걸려든 시적 주체를 드러내고 있었지만, 최근의 시편들을 통해 확인했듯이, 자기 '가면'에 대한 자의식을 치열하게 보여줌으로써 새로운 시적 주체를 향한 탐색의 길을 열어놓고 있다. "초과된 기억"(「검은 버찌의 나날」)에 대한 의식은 '폭설'의 이미지(「폭설」)와 "하얗게 부풀어 있는 내부"(「목련방」)에 대한 성찰을 낳았던 것이다. 무엇보다 "기억을 지우기 위해 매일 허물을 벗는 바람"(「가을황사」)과 같은 진술은 현재 이영옥 시인의 주체 구축驅逐의 과정을 암시한다. 동시에 "초과된 기억"으로 인한 자기 연민과 애도를 벗어난 시적 주체는 마침내 "몸을 숨기고 전진하"는 주체 구축構築의 의지를 보여주고 있다. 그러나 시인의 주체 구축 과정은 여전히 조심스럽고 더디다. "종잡을 수 없는 바람의 손놀림 / 불가능한 이야기가 구체적으로 그려지고 / 쓸어내도 까끌거리는 당신은 내 몸 안에 가득 찬다"(「가을황사」)라고 했듯이, 이영옥의 시적 주체는 재구축 과정에서 발생하는 혼란과 불안 속에 머물고 있기 때문이다. 그러나 주체의 재구축 과정은 이영옥 시인이 반드시 관류해야 할 윤리의 세계다. 그리고 이러한 변화의 징후는 그의 첫 시집에서부터 이미 마련된 바 있다.

그대와 눈을 감고 입맞춤을 한다면 그것은 내 안에서 일어난 수 천 개의 바람소리를 들려주기 위해서다 빛나는 계절 뒤에 떼로 몰려오는 너의 허전한 바람을 마중해주는 일이며 빈 가지에 단 한 잎 남아 바르르 떠는 내 마른 울음에 그대가 귀를 대보는 일이다 서로의 늑골 사이에서 적막하게 웅성거리고 있던 외로움을 꼼꼼하게 만져주는 일이며 서로의 텅 빈 마음처럼 외골수로 남아 있던 뭉근한 붉은 살점 한 덩이를 기꺼이 내밀어 보는 일이고 혀 밑에 감춰둔 다른 서러움을 기꺼이 맛보는 일이다 맑은 눈물이 스민 내가 발뒤꿈치 들고 오래 흔들리고 있었던 그대 뜨거운 삶의 중심부를 가만히 들어 올려주는 일이다.

— 「입맞춤」 전문, 『사라진 입들』

이 시에서 '입맞춤'은 주체와 타자의 완전한 동일성을 의미하지 않는다. 다만 "내 안에서 일어난 수천 개의 바람소리를 들려주기 위"한 것이고, "너의 허전한 바람을 마중해주는 일"이고, "내 마른 울음에 그대가 귀를 대보는 일"이다. 주체와 타자의 완벽한 소통을 향한 입맞춤은 완전한 동일화를 지향하기보다는 주체와 타자의 차이를 확인하는 일로서 의미화된다. 일자一者가 아니라 이자二者임을 확인하는 데서 진정한 사랑이 출현하고, '일자'와 '이자'의 무한한 차이를 통해 주체와 세계의 진정한 이해에 가닿을 수 있다는 점에서 이영옥의 「입맞춤」은 주체의 경계를 벗어나 타자를 향한 걸음을 내딛고 있다고 할 수 있다. 시인은, 그러나 자기 내면을 전적으로 내려놓지 않는다. "내 안에 일어난 수 천 개의 바람소리"에 대한 시적 탐색 역시 시인에겐 여전히 중요한 의미를 지니기 때문이다. 따라서 주체와 세계, 내부와 외부의 '입맞춤'

은 어느 한쪽의 일방적인 폐기가 아니라 부드럽고 조심스러운 탐색을 통해서 이루어지고 있는 것이다.

이 '입맞춤'은 이영옥의 최근 시들에서 여러 형태로 변주된 바 있다. 예컨대, "사막은 공허한 마음이 사들이는 대지"(「가을황사」)는 '입맞춤'의 다른 형태인 것이다. 변화는 주체의 부분적 죽음 위에 이루어진다. 입맞춤은 나르시스의 강화가 아니라 나르시스에 스며든 죽음의 기미다. 이영옥의 시는 나르시스의 죽음 '이전'에서 '이후'를 향해 나아간다. 그러나 그것은 폭력적인 결절점이나 뚜렷한 경계를 만들지 않는다. 나르시스의 죽음 '이전'으로부터 그 '이후'를 향해 다만 나르시스의 그림자를 끌고 나아가고자 하는 것이다. 그림자의 실체는 이미 나르시스의 죽음을 암시한다. 죽음은 주체의 윤리적 변화를 초래한다. 이영옥은 나르시스의 죽음을 강렬하게 응축하고 있는 시인이다. 황량한 주체 바깥을 향한 시적 불안과 고독. 그러나 이미 이영옥의 주체 내부 역시 마찬가지 아니던가. 안팎의 불안과 고독, 그리고 주체의 죽음驅逐과 구축構築은 이영옥의 시적 미래를 주목해야 하는 까닭이다.

고통의 연대와 사랑의 심화

2008년 겨울 한국시의 풍경

1. 용산 참사와 고통의 감수성

용산 철거민들의 죽음은 한낱 시를 쓰고 시를 읽는 행위를 부끄럽게 한다. 용산 철거민들의 육체를 불태웠던 화염은 우리 사회를 휩쓸고 있는 권력과 자본의 폭력을 정확하게 드러낸다. 절차적 민주주의는 끝나고 경제적 민주주의만 남았다던 환상은 궤멸된 지 오래다. 육체가 분노를 점화하는 심지가 되곤 했던 지난 악몽의 시간이 다시 떠오르는 것이다. 공동체 사회의 지척에서 인간의 육체가 타오르고 있을 때, 시를 쓰고 시를 읽고 그 시에다 자족적인 해설을 다는 일이 과연 무슨 의미가 있을 것인가. 용산 철거민의 몸부림과 그 몸부림을 집어삼키던 뜨거운 화염 앞에서 쉽게 사그라지는 한낱 종잇장의 시는 다시 한 번 언어의 무력감을 뼛속 깊이 되새길 수밖에 없다. 하여, 지난 계절의 시를 읽는 일은 무력감을 확인하는 일이기도 하다. 그나마 고통의 어혈자국이 남아 있는 시는 연대와 공동체의 감수성을 확인시켜준다는 점에서 더없는 위로가 된다. 시란 고통을 마주한 언어의 어혈자국이므로 (이어야 하므로!) 우리는 시를 통해 자족을 즐기기보다는 미처 깨닫지 못한 고통을 확장하는 윤리적 쾌락을 즐길 일이다. 고통의 연대와 확장을 통해 우리는 타인의 고통을 내면화할 수 있고 타인에 대한 사랑과 윤리를 비로소 지니게 되는 것이다.

무엇보다 사랑을 동반한 윤리는 구체적인 실천과 행동을 예비케 한다. 윤리적인 시인은 타인의 고통에 본능적으로 예민하게 반응한다. 시인에게 고통의 윤리는 본능이자 본성이다. 고통의 감각이 사라졌을 때, 우리는 시인을 좌표로 삼을 수밖에 없다. 고통에 반응하지 않는 시인은 이미 죽은 시인이다. 고통이 사라지면 시인 또한 사라질 것이다. 그러나 언제 고통이 없는 시대가 있었던가. 하여, "시인이 먹는 밥, 비웃지 마라 // 병이 나으면 / 시인도 사라지리라"고 했던 진이정의 말은 옳다. 시와 시인이 현실적으로 무력한 존재일지라도 시와 시인의 명맥이 뚜렷이 이어질 수밖에 없는 까닭이다. 그러나 사회구성원들의 세계관이 다양하여 갈등의 소지가 항상 잠복해 있듯이, 시인들의 세계관 역시 천차만별일 수밖에 없다. 시의 다양성은 우리 시단을 풍성하게 하는 데 반드시 필요하겠지만 공감은 되어도 감동이 없는 시들이 즐비한 이유는 우리 사회가 안고 있는 고통의 중심을 관통하고 있는 시들이 드물기 때문이다. 특히 여러 가지 사회 현안문제들로 인한 갈등이 첨예화된 시기엔 더욱 그렇다. 개인과 사회에 덕지덕지 달라붙고 얽혀 있는 고통의 혈관을 잘라내는 언어의 힘이 내재된 시가 그리운 것이다. 시를 쓰는 일이 '나'와 타자의 고통을 관통하는 일이 될 수는 없는 것일까. '나'의 고통이 곧 타자의 것이며, 타자의 고통이 곧 나의 것이 되는 일이 완벽하게 실현되기란 사실상 불가능하다. 그러나 시의 언어는 그 '불가능성'을 추구한다. 시의 언어와 감수성은 순간적일지라도 '나'의 가슴 속에 타자의 고통이 안장되는 순간을 체험하게 하기 때문이다.

우동 집 담벼락에 붙어 서 있습니다

哲學도 모조리 무시당한 채

우동 한 그릇 먹지 못한 채

파리 빵집 쪽을 바라보고 서 있습니다

비 맞는 것이 운명인 양

그러나 바슐라르처럼 깊은 명상에 잠겨 있기도 합니다

무슨 말을 붙이겠습니까

그가 제 속에 든 것이 확 불붙는 가스인 줄을 알겠습니까

사흘에 한 번 말없이

그는 돼지새끼들처럼 가득 화물차에 실려 가고 실려 옵니다

　　　　　　— 김윤식, 「슬픈 가스통」 전문, 『황해문화』, 2008 겨울

　김윤식의 「슬픈 가스통」을 읽으면서 용산 참사가 저절로 떠오르는 까닭은 '가스통'을 통해 민중의 모습을 읽고 있는 시인의 감수성 때문이다. 위 시에서 가스통은 우동 집 담벼락에 붙어 있거나 허기진 몸으로 건너 편 빵집을 바라본다. 옥외에 있으므로 비를 맞는 것은 그의 운명이다. 사흘에 한 번씩 "돼지새끼들처럼 화물차에 실려 가고 실려 오"는 것 또한 그의 운명이다. 그럼에도 불구하고 그는 말이 없다. 침묵한다. 그러나 그 내부에는 '가스'로 가득하다. 더구나 그 가스는 "확 불붙는" 폭발성 물질이다. 가스통과 민중의 유사성은 피착취의 이미지에서 비롯된다. 피착취로 인한 울분이 가득한 민중은 제 속에 "확 불붙는" 가스를 채운 가스통의 모습과 다르지 않다. 그러나 가스통은 가스가 터질 날을 스스로 예감하지 못하며, 가스의 인화성조차도 깨닫지 못한다. 용산 철거민 역시 자신들의 망루 시위가 자신의 죽음으로 귀결될지 어떻게 예상했겠는가. "그가 제 속에 든 것이 확 불붙는 가스인 줄을 알겠습니까". 결국 용산 참사는 삶의 극한에 내몰린 민중의 죽음이며, 그리고 우리가 목격한 것은 울분이 터져 나오는 민중을 신속히 '위생처리'하는 친자본의 권력이 보여주는 무모함이다. 이제 우리 사회는 다시 민중의 울분이 제 살과 뼈를 태우게 되는 야만의 사회로 회귀하고 있는 것은 아닌가 하는 불길한 예감에 진저리쳐야 한다. 민중은 사회변혁의 주체가 아니라, 이제 다시 각자 소외된 가련한 존재로 전락하고 있는 것은 아닌가하는 의문을 김윤식의 「슬픈 가스통」과 용산 참사는 일깨워준다.

2. 구체적 감각과 실천적 확장

　허망하고도 고통스러운 죽음의 이미지는, 비록 사회적 의미망과 무관할지라도 그 자체만으로도 강력한 흡인력을 발휘하기도 한다. 사실 모든 시인들의 자의식 속에는 죽음에 대한 통각이 도사리고 있다. 치열한 민중적 감수성을 보여주었던 시인들마저 초월의 매혹에 쉽게 붙들리고 마는 것은 자의식에 달라붙어 있는 죽음의식 때문이다. 김기택은 화장장에서 죽음에 반응하는 여인의 모습을 적나라하게 보여준다.

　　불구덩이 속으로 들어가고 있는 관을
　　도로 꺼내려고
　　소복 입은 여자가 달려든다

　　막 닫히고 있는 불구덩이 철문 앞에서
　　바로 울음이 나오지 않자
　　한껏 입 벌린 허공이 가슴을 치며 펄쩍펄쩍 뛴다

　　몸뚱어리보다 큰 울음덩어리가
　　터져 나오려다 말고 좁은 목구멍에 콱 걸려
　　울음소리의 목을 조이자

　　목맨 사람의 팔다리처럼

온몸이 세차게 허공을 긁어대고 있다 가려움

긁어도 긁어도 긁히지 않는
겨드랑이 없는
손톱에서 피가 나지 않는 가려움

— 김기택, 「가려움」 전문, 『문학사상』, 2008.1

죽음에 대한 시인의 예민한 자의식은 사실 더 없이 피곤한 일이며,
독자로서도 읽기가 버겁다. 그러나 김기택은 죽음을 가려움과 연결시
킨다. 화장장에서 관을 향해 손을 휘저으며 통곡하는 여인의 모습에서
'가려움'을 떠올린다. 죽음의 이미지를 가려움이라는 가벼운 촉각으로
전환시키는 시적 발상은 충분히 새롭다. "펄쩍펄쩍 뛰"는 "소복 입은
여인"의 통곡행위는 시인의 의식 내부에서 균열을 일으키며 진동한다.
죽음을 가려움의 이미지로 살짝 전환시킨 이 시는 그러한 피곤함과 무
거움을 슬쩍 피하고 있는 것 같지만, 사실 그렇지는 않다. 1연에서 3연
에 이르기까지 화장장의 불구덩이라는 압도적인 이미지를 제시하고
있으며, 무엇보다 긁어도 긁어도 손톱에 피가 묻을 일도 없고 가려움
또한 절대 가시지 않는 가려움의 절대성을 형상화하고 있기 때문이다.
그 가려움은 처참할 정도의 역동성을 지닌다. "목맨 사람의 팔다리처
럼 / 온몸이 세차게 허공을 긁어대고 있다". 소복 입은 여인의 통곡 행
위를 "목맨 사람의 팔다리처럼" 허공을 긁어대는 처절함으로 치환시킨
가려움(죽음)의 이미지가 주는 충격은 쉽사리 사라지지 않는다. 그 충
격은 삶의 무상과 애상을 더 깊숙하게 만들어 놓고 만다.

그러나 이 시를 용산 철거민의 죽음과 연관시킨다면 문제는 달라진다. 물론 시인의 의도는 용산 철거민의 죽음과는 무관하다. 하지만 죽음 앞에서 통곡하는 여인의 모습은 전형적인 민중의 모습이다. 소복 입은 여인의 통곡은 단순히 죽음 자체에서 비롯되었다기보다는 그 죽음에 맞대어진 삶의 구체적 고통에서 비롯된 것이기 때문이다. 상류층의 세련된 완곡어법은 장례식의 애상 형식에서도 쉽사리 발견된다. 날것의 고통에 노출된 민중은 완곡어법을 쉽사리 체화하기 힘들다. 그러므로 소복 입은 여인이 보여주고 있는 통곡의 형식은 모든 민중의 것이라고 봐도 무방할 터이다. "긁어도 긁어도 긁히지 않는 / 겨드랑이 없는 / 손톱에서 피가 나지 않는 가려움"은 죽음에 대한 관념을 삶의 구체적 감각으로 변환시키는 이미지의 기능을 담당한다. 상실로 인한 깊은 우울에서 벗어나 촉각적 세계로 진입하고 있는 죽음의 감각은 보다 구체적 행위를 요구한다. 긁히지 않더라도 '가려움'은 체념하고 견디기만 할 고통은 아니기 때문이다. 이는 용산 철거민들이 "긁어도 긁어도 긁히지 않는" 사회에 대해 분노의 감정을 폭발할 수밖에 없었던 까닭이기도 하다. 우울은 침묵과 자살이라는 소멸의 형식이지만, '가려움'은 구체적 감각의 형식인 것이다. 가려움은 살갗 구석구석을 긁는 행위를 수반한다. 허공에다 긁는 행위일지라도 가려움의 감각은 구체적 행위를 요구한다. 그 결과 가려움의 감각은 삶의 구체적 세부에 대한 관심과 실천으로 확장될 수 있다.

　　톰카턱 씨는 근무한 첫 날
　　프레스에 오른팔목이 잘려

몇 달간 치료를 받고

한국에서 타이로 돌아왔다

결혼을 약속했던 애인에게

톰카텍 씨는 말했다

오른손이 없어도

너를 안을 수 있을 정도로

내 양팔은 길고

너와 손잡고 다닐 수 있을 정도로

내 왼손은 말짱하다

애인은 잠자코 오른손을 내밀어

이별의 악수를 청했다

타이에서 가난하게 살려 하지 않고

한국에 떼돈 벌려고 간 걸 후회하며

산재 보상금으로 빚을 갚은 톰카텍 씨는

왼손으로 할 수 있는 일을 찾아다녔다

— 하종오, 「악수」 전문, 『황해문화』, 2008 겨울

이주노동자에 대한 하종오의 관심은 매우 지속적이다. 지속적인 관심만큼 그의 시적 어조는 결코 흥분하지 않는다. 전 지구적 자본에 파괴되어 가는 인간적 가치와 삶의 양식 앞에서 그는 매우 침착해지고자 한다. 그런 노력이 없었더라면 그는 일찌감치 절필을 선언하거나 시가

아닌 다른 무엇을 향해 나아갔을지도 모른다. 미친 자본의 시대를 견뎌내기 위해서는 무엇보다도 동요되지 않는 냉철한 지성과 감성이 중요한 것이다. "감정을 억제하지 않는다면 전 지구적으로 자본이 휩쓰는 시대에 과연 사실事實에 시적 창조로 육박해나갈 수 있을지를 의문한다"(하종오, 「나의 사실주의 시편」, 『시에』, 2008 겨울)라고 한 시인의 고백처럼 말이다. 그는 차분하게 당대 현실을 있는 대로 드러낸다. 거기에는 물론 우리 현실에 대한 쓰라린 비판의식이 내재되어 있다. 그러나 그의 비판은 과잉으로 치닫지 않는다. 우리 스스로의 현실을 되돌아보게 함으로써 성찰의 기회를 충분히 제공한다. 그래서 그의 시는 시인의 감정을 최대한 배제한 '시적 다큐'라고 할 수 있다. 그의 시 속에 시인은 없고 남루한 우리의 현실만이 고스란히 남아 있을 뿐이다. 그 현실이 곧 시인의 시선이 도달한 곳이면서 시인의 정체성이 된다. 다시 말하자면 그는 리얼리스트이다.

하종오의 시는 한국이주노동자의 현실을 매우 간명하게 드러낸다는 점에서 각별한 의미가 있다. 그의 시는 일반 대중이 잘 알지 못하는 이주노동자의 삶을 응축해서 보여줌으로써 한국사회의 폭력성이 어느 정도인지를 가늠하게 하고 우리 또한 그 폭력의 공범자임을 뒤늦게 깨닫게 한다. 「악수」 역시 그런 성찰의 연장이다. '톰카틱' 씨라는 타이 사람이 한국에서 일하게 된 첫날 프레스에 오른팔목이 잘리고 타이로 돌아가지만 결혼을 약속한 애인에게 버림받고 왼손으로 할 수 있는 일을 찾아다닌다는 간단한 내용이다. 이야기의 간명함 속에서 드러나는 현실적 사태의 심각성은 시적 충격의 수준을 넘어선다. 무엇보다 하종오의 이 시가 제공하는 시적 성찰은 '악수'라는 제목이 지니고 있는 반어와 역설에 있다. 톰카틱 씨가 한국에 온 것은 일종의 '악수'이다. 국경을 넘어선 민중의 연대라는 거창한 말을 쓰지 않더라도 국적이 다른 노동자가 한국으로의 이주는 국가와 국가의 경계를 허무는 '악수'라 할 만하다. 그러나 악수할 때 느꼈던 악력의 촉감이 채 사라지기도 전에 팔목은 절단되고 마는 것이다. 시 속에서는 생략되어 있지만, 익히 우리가 들었던 바대로 최소한의 보상조차 있을 리가 만무하다. 타이로 돌아가 결혼을 약속한 애인에게 사랑의 진정성으로 구애를 해보지만 돌아온 건 이별의 악수뿐이다. 이별의 악수조차 할 수 없는 잘려버린 오른팔을 자연스럽게 떠올리게 하는 시인의 능청스러움은 왼손으로 할 수 있는 일을 그가 쉽사리 찾을 수 없을 것임을 비극적으로 암시한다. 이처럼 민중의 아시아적 연대가 한국의 자본에 의해서 절단되고 마는 현실을 하종오는 매우 간명하게 보여주고 있는 것이다.

3. 시원을 향한 동일성의 욕망과 허상

민중적 감수성에 충실할수록 세련된 완곡어법과 멀어지는 경향이 있다. 민중의 정서 자체가 직설적이고 생존의 고통을 내장한 화법이기 때문이다. 생계가 위급한 상황 속에서 완곡어법의 세련됨이 존재할 리 없지 않겠는가. 민중에 핍진하게 다가갈수록 고급스럽고 세련된 감수성은 멀어질 수밖에 없다. 황동규의 시는 죽음과 초월에 관한 드높고도 아름다운 감수성을 보여준다. 또한 그 울림의 깊이만큼 현실의 고통으로부터 멀어지는 경향을 보인다. 그럼에도 불구하고 아름다운 시적 울림을 주는 것은 죽음과 초월의 문제가 인류에게 시공간을 떠난 보편적 과제이기 때문이다.

그래, 젊음 뒤로 늙음이 오지 않고
밝은 낙엽들이 왔다.
샤워하고 욕조를 나오다
몸의 동체(胴體)를 일순 바닥에 내동댕이쳤다.
숨 한번 크게 쉬었다. 늙음을 제대로 맞으려면
착지법(着地法)을 제대로 익혔어야?

그래, 기(氣)부터 채우자!
가을바람 기차게 부는 날
용의 등뼈 능선 사자산을 찾아 나선 길
긴 굽이 하나 돌자 얇은 반달 하나 하늘에 박혀 있고
나무들이 빨강 노랑 갈색 깃들을 쏟아붓는 마른 개울가엔
누군가 돌부처로 새기려 드는 걸 온몸으로 막은 듯
목과 허리에 깊은 상처 받은 바위 하나 서서
품으로 날아드는 색깔들을 밝은 흐름으로 만들고 있다.
어떤 나무의 분신이면 어떤가,
착지, 착지, 땅이 재촉하는데?
밝음 하나를 공중에 낚아챈다. 바람결에 놓친다.

착지,착지,땅이 재촉하는데

밝은 몸 한 장

땅 어느 구석에 슬그머니 내려앉지 않고

뒤집혔다 바로잡혔다 아무렇지도 않게 나는구나.

　　　　　　― 황동규, 「밝은 낙엽」 전문, 『창작과 비평』, 2008 겨울

　구체적 생활감각을 통해, 진작부터 삶의 허무와 초월을 노래했던 황동규의 시는 이제 삶의 원숙한 진경으로 나아가고 있다. 역시 조락의 계절인 가을, 그는 낙엽을 노래한다. 그러나 낙엽은 허무의 정서를 자극하지 않는다. "젊은 뒤로 늙음이 오지 않고 / 밝은 낙엽들이 왔다"라는 구절부터 예사롭지 않다. "밝은 낙엽"이라니. 낙엽에 머무는 "밝은" 빛은 시인의 눈망울을 물들인다. 젊음에서 늙음으로 이어지는 생의 순차성을 부정해버리고 '늙음'의 자리에 "밝은 낙엽"을 끼워 넣는다. "늙음을 제대로 맞"기 위한 "착지법"은 과연 어떤 것인가? 시인은 사자산을 찾아 나선 길에 돌부처가 되려다 만듯 한 "목과 허리에 깊은 상처 받은 바위 하나"가 서 있음을 본다. 그 바위는 "품으로 날아드는 색깔들을 밝은 흐름으로 만들고 있다." 늙음의 허무를 밝은 빛으로 채색하는, 기(氣)로 충만한 바위는 시인 내면의 투사물로 기능한다. 착지를 요구하는 땅의 재촉함에도 불구하고 "밝은 몸 한 장"은 "땅 어느 구석에 슬그머니 내려앉지 않고 / 뒤집혔다 바로잡혔다 아무렇지도 않게 나"는 것이다. 늙었지만 "밝은" 낙엽 한 장으로 허무를 가볍게 부유하며 날아가는 경지에 시인은 비로소 다다르고 있다.

　근대 이후의 지난 세기는 청년의 시대였음은 굳이 말하지 않아도 알

터이다. 청년들이 삶을 주도해왔으며, 청춘이 근대적 이미지의 헤게모니를 쥐어 왔다고 할 수 있다. 도심의 옥외탑 광고를 보더라도 청춘의 이미지는 매혹적이다 못해 압도적이다. 그 아래를 걸어가는 중년 이상의 존재들은 노년에 대한 불안과 공포, 체념 혹은 허무를 질병처럼 견뎌야 한다. 노화가 삶의 자연스러운 한 과정이 아니라, 삶에 침투하는 불가항력적인 질병처럼 인식되고 있는 것이다. 견디기 힘들지라도 청년의 시간은 가버리고 말며 노년의 시간은 다가오기 마련이다. 그래서 우리는 늙음과 죽음을 받아들일 수 있는 사유를 벼릴 수밖에 없다. 늙음을 견디는 사유에는 늙음에 대한 새로운 인식이 전제되어 있다. 최금진은 할머니의 늙은 육체를 꽃의 이미지에 겹쳐 놓는다.

꽃들의 아랫도리는 위에 달려 있고
밤마다 먹구름 뒤집어 쓴 달이
얼마나 여물었나, 창가에 플래쉬를 들이댈 때
오므렸다 다무는 할머니 입은
즐겁게 숨쉰다

할머니를 떠났던 사내들은
날벌레처럼 아주 작은 날개를 달고
할머니 벌어진 꿈속으로 귀향하고
무엇이 우스운지 잠꼬대를 하신다
할머니 지팡이가 날마다 짚고 다니던 꿈의 그 밑바닥은
구멍 숭숭 뚫린 모래밭, 추억은 물빠짐이 좋다

구멍 달린 것들은

그 축축한 기공을 열어 자신의 모성을 공기에 섞는다

안에 감추고 있던 어둠을 밖으로 까뒤집으며

단내를 풍긴다

빨랫줄에 널린 텅 빈 할머니 속옷들도

비누 냄새를 풍긴다

내 옷도 그 빨랫줄에 걸려 있었다

도로변 화단에서 풀을 매는 여자들처럼

꽃들은 앉아서 오줌을 눈다

잘 여문 길들이 흘러간다

아버지가 꽃상여를 타고 그 길을 지나갔고

나는 화단에 심겨진 꽃을 몰래 뽑아 집에 가져온 적이 있다

할머니가 웃었었다

꽃들도 웃었다

할머니는 주무시면서

벌린 가랑이 사이로 땀냄새 나는 꽃들을 쏟아낸다

　　　　— 최금진, 「꽃들은 구멍을 가꾼다」 전문, 『문학동네』, 2008 겨울

최금진에게 할머니는 삶과 죽음의 교호交互가 이루어지는 존재이다. 꽃과 할머니의 절묘한 이미지 교합은 신비롭기까지 하다. "꽃들의 아랫도리"로 표현되는 암술이 얼마나 여물었는지 달이 그윽하게 지켜보

고 있고, "오므렸다 다무는 할머니 입은 / 즐겁게 숨쉰다". 점점 농익는 생명력으로 여물어가는 꽃의 성기와 할머니의 입이 내쉬는 숨은 생성과 죽음의 조화를 절묘하게 드러낸다. 예컨대 이 시의 할머니는 "구멍 달린" 존재로 그려진다. 구멍은 생성과 죽음이 동시에 작용하는 공간이다. "구멍 달린 것들"이 "그 축축한 기공을 열어 자신의 모성을 공기에 섞"듯이, 구멍은 생명의 순환작용이 이루어지는 처음이자 마지막인 공간이다. "꽃들은 앉아서 오줌을 누"고, 그 오줌을 받아들인 "잘 여문 길들이 흘러가"고, "아버지가 꽃상여를 타고 그 길을 지나갔"다는 진술은 구멍의 신비와 비의를 더 웅숭깊게 한다. 씨방이라는 구멍을 달고 있는 꽃과 할머니의 가랑이는 일종의 병치은유가 된다. 그래서 할머니가 웃는 동안 꽃도 웃으며, 급기야 "할머니는 주무시면서 / 벌린 가랑이 사이로 땀냄새 나는 꽃들을 쏟아낸다"는 진술은 시적 충격을 안겨주기에 충분하다. 사실 인간의 몸이 둘러싸고 있는 것은 구멍이다. 입에서 생식기까지 이어지는 구멍을 통해서 인간은 탄생하고 생명을 유지하고 거대한 구멍 속으로 되돌아가는 것이다. 구멍이 되어 돌아간다는 것은 우주가 곧 거대한 구멍이라는 시적 인식을 전제로 한다. 최금진은 할머니의 육체와 꽃을 통해서 구멍의 존재론적 상상력은 뿜어냄으로써 죽음의 허무를 생명의 신비로 돌려놓는다. 그것은 일종의 시원을 향한 동일성 욕망과도 무관하지 않다.

계곡을 돌아나온 바람 끝에 폭포 소리가 묻어 있다
예민해진 귀는 푸른 물빛을 느낀다

느지막한 휴일 오후에 걸려온 전화의 목소리는 울고 있었다
언제부터 외로웠냐고 묻자 이번 생부턴 아니었을 거라며
수화기를 일세기에 걸쳐 내려놓는다

물소리는 점점 커졌다
용케도 폭포가 메마를 철을 피해 찾아온 것이다
지난 가뭄에 다 말라붙었어도 물길은 지워지지 않아
사막의 와디 같은 山脊들이 여기저기서 합류하고 있었다

그들은 계류를 따라 세워진 돌무더기에
돌멩이를 쌓으며 소원을 빈다
자신들의 운명을 타고 난 별을 옮기는 중이다
사자자리 황소자리 처녀자리 물고기자리 물병자리가 지상에 그려지고
돌탑이 높아질수록 소원은 하도 간절하여
별을 얹는 동안 한 생애가 흘러간다

　그 후로 전화는 다시 오지 않았다 외로움과 고독의 차이는 알리는 것과 알
리지 않는다는 것에 있다 십 년을 헤어져 있다가도 한 번 보고 나면 다시 십
년을 견딜 수 있는 세속의 情理를 강요하고 싶지는 않다 아침마다 얼굴을
봐도 외롭기는 마찬가지니까 그럴 때가 있다 그런 날이면 나는 달을 주워
온다 달을 손바닥 위에 얹어 놓고 조금씩 사그라져 감쪽같이 사라질 때까지
바라보고 바라본다 가끔은 엄한 자리에 달을 놓아주기도 한다 미끄러져 달
아나는 눈썹달의 지느러미가 흐릿하다 달을 들고 나는 울고 있었던 것이다

폭포 아래 용소에 石魚가 산다는 소문은 내게 간신히 전해졌다

실은 물속에 시퍼런 돌덩이가 잠겨있을 뿐이지만

흐르는 물살을 거슬러 石魚는 상류로 상류로 헤엄치고 있었다

수 세기를 거슬로 기원전으로

다시 제 나이만큼의 세월 건너 저 자리로 돌아와 외로운 회항을 거듭하는

石魚

온통 푸른 눈물에 잠겨 있는

石魚

— 윤의섭, 「석어石魚」 전문, 『애지』, 2008 겨울

윤의섭은 사물에 내장된 고독의 깊이를 매우 민감하게 감지해내는 데 탁월한 능력을 보인다. 그것은 시간의 무늬이기도 하고 죽음의 그림자이기도 하다. 계곡에서 불어오는 바람자락 끝에 묻어있는 폭포소리는 시간의 시원始原을 거슬러 오른다. 쏟아지는 시간의 고독 속에서 외로움의 근원을 묻는 일은 한 생애가 다 흘러가도록 끝나지 못할 일이다. "언제부터 외로웠냐고 묻자 이번 생부턴 아니었을 거라며 / 수화기를 일세기에 걸쳐 내려놓는다". 어느새 시인은 순간을 통해 영원의 시간을 감지한다. 시적 자아의 확장은 외로움과 고독을 폭과 깊이를 더욱 웅숭깊게 한다. 느지막한 휴일 오후에 걸려온 울음 섞인 전화 목소리는 계곡을 따라 흘러내려오는 물살과 겹치면서 그 슬픔의 근원이 보다 깊고 먼 곳에 있음을 암시한다. '산객山客'처럼 내려온 물길들은 돌멩이를 쌓으며 소원을 빌기도 하지만 하나의 돌을 얹는 동안 한 생애가 흘러가는 것이다. 한 생애가 모두 흘러가도록 하나하나 쌓이는 돌

은 이제 돌이 아니라, 지상에 떨어진 별이 될 것이다("별을 얹는 동안 한 생애가 흘러간다"). 지상 위의 모든 돌들이 별의 숨결을 간직하고 있다면, 돌의 우주적 확장은 비로소 가능해진다. 돌의 역사는 곧 달의 역사이자 별의 역사이며 우주의 역사이다. 시인이 지닌 고독의 깊이와 폭은 우주의 그것과 일치한다. 하여 소원은 간절해지고 한 생애는 흘러간다. "달을 달고 나는 울고 있었던 것이다."

이 시의 묘미는 "石魚"에 있다. "石魚"가 등장하는 6연 이전까지 시인은 시적 에피파니 속에서 고독의 근원에 신들려 있었음이 분명했다. 그리하여 달을 들고 울고 있었던 시인은 고독의 시원^{始原}에 대하여 미적 거리를 확보하지 못했던 것이다. 그러나 6연에 이르면 시인의 울음과 고독은 놀랍게도 '석어^{石魚}'의 이미지로 응축된다. 그것은 미적 거리를 확보하는 객관적 상관물로 기능한다. 달을 손바닥에 올려놓았던 시인은 비로소 물속에 잠긴 '석어'를 '관조'한다. 상류로부터 떠밀려온 그것은 실은 한낱 돌덩이에 지나지 않지만, 그 시퍼런 빛깔은 제 깊고 오랜 나이를 감춘 고독의 어혈이며, "수세기를 거슬로 기원전으로" 되돌아가고자 하는 시퍼런 욕망을 상징한다. 그러나 시인은 석어가 결코 되돌아갈 수 없음을 알고 있다. "예민해진 귀"가 "푸른 물빛을 느끼"듯이 석어의 외로운 회향이 거듭될수록 온통 푸른 눈물이지 그득해지는 것은 바로 그 때문이다.

이상 세 편의 시는 삶의 근원적인 뿌리인 생명과 죽음, 그리고 초월 혹은 고독의 문제를 다루고 있다. 땅에 착지하지 않고 아무렇지도 않게 어디론가 날아가는 "밝은 낙엽", "꽃들을 쏟아내"는 할머니의 "가랑이", "흐르는 물살을 거슬러" "상류로 상류로 헤엄치"는 석어는 시원의 욕망이 향하고자 하는 동일성의 세계를 전제하고 있는 것이다. 그 세계는 정말 실재하는 것인가. 그것은 알 수 없다. 실재계의 지층으로 가라앉는 순간, 동일성의 세계는커녕 그 욕망조차 한낱 헛것에 지나지 않음을 우리는 수없이 목격하고 좌절하지 않았던가.

4. 동물의 도륙과 인간의 투쟁

이시영의 시는 얼핏 보기에 생명력으로 충만한 숲의 세계를 그려내는 것처럼 보인다. 오호츠크해에서 알래스카의 베링해협에 이르는 광대무변한 공간을 거쳐 모천을 향해 거슬러 오르는 연어는 인간이 가늠할 수 없는 생명의 신비로 퍼덕인다. 연어를 잡아먹는 곰들의 치열한 생존 또한 이 세계에 충만한 야생의 생명성을 충격적으로 환기시킨다. 그러나 그것뿐이라면 이 시는 일반적인 생태학적 감수성으로부터 크게 벗어나지 않는 평범한 시에 머물지도 모른다. 「숲은 자란다」는 제목이 환기하는 생태적 감수성을 이 시는 보기 좋게 배반한다.

저 멀리 오호츠크해를 거쳐 알래스카의 베링 해협까지 나가 성장한 연어들이 母川을 찾아 등에 검붉은 혼인색을 띠며 거슬러오르는 장면은 장관이다. 특히 거센 폭포를 만나 머리와 꼬리를 일자로 말아 세우고 솟구쳐 오르는 모습은 가히 필사적이라 할 만한데, 문제는 폭포 위에 뭉툭한 다리를 잡

그고 버티고 선 곰들이다. 겨울잠에 들기 전 무언가로 잔뜩 배를 채워야 하
는 곰들은 가까스로 폭포를 차고 오르는 연어들을 허공에서 덥석 물고 숲
속으로 사라지곤 하는데 이들이 이렇게 먹어치운 연어는 가을 한 달 동안
무려 5백 마리가 넘는다고 한다. 그래서 오늘도 숲속에선 먹고 먹히우는 도
륙의 비릿한 살 냄새가 그치질 않는데 그 "내음새"로 숲은 또한 자란다.

— 이시영, 「숲은 자란다」 전문, 『애지』, 2008 겨울

　이시영의 시는 생명력이 넘치는 숲의 생태를 그려낸다. 문제는 생명
력의 실체다. 모천을 찾아 강을 거슬러 오르는 연어들의 필사적인 몸부
림은 "오호츠크해를 거쳐 알래스카의 베링 해협까지 나간 성장한" 연어
들의 일생을 소급한다. 그러나 겨울잠에 들기 위해 연어를 잡아먹는 곰
들의 행위 또한 필사적이다. 이들이 가을 한 달 동안 잡아먹은 연어수가
무려 500마리가 넘는다는 사실에 이르면, 우리는 생명의 질서와 조화를
넘어선 끔찍한 비극적 실체와 마주할 수밖에 없다. 물론 그것을 통해 자
연의 엄정한 질서와 생태적 균형을 전혀 읽어낼 수 없는 것은 아니다.
그러나 이 시에서 주목해야 할 부분은 숲을 자라게 하는 것은 "도륙"의
비릿한 살 냄새"라는 사실이다. 숲을 자라게 하는 것은 아름다운 생명력
이라기보다는 "먹고 먹히는 도륙의 비릿한 살 냄새"이다. 우리가 익히
알고 있는 숲의 아름다움은 상상계적 허상에 기반하고 있으며, 숲의 실
체는 보다 끔찍한 "먹고 먹히우는 도륙"에 바탕하고 있음을 노정한다.
따라서 이 시는 일반적인 생태적 감수성에 내장된 관념성을 훌쩍 벗어
나 생명의 끔찍함이라는 비극적 실체를 폭로하고 있는 것이다.
　이 시가 주는 충격은 보다 발본적이다. 인간에게 대안적 삶의 모델

로 작용하는 숲의 실체가 그러하다면, 그것은 인간이 추구하는 생태적 윤리의 환상을 깨뜨리기에 충분하다. 인간사회가 숲의 생태적 균형을 최대한 회복한다 하더라도 숲의 본성인 도륙의 살 냄새는 사라지지 않을 것이기 때문이다. 생명간의 도륙이라는 자연의 비극적 실체가 인간 사회 속에서 더욱 심화되고 있다는 것이 숲과 인간에게 더없는 불행이 겠지만, 숲의 질서로 되돌아간다 하더라도 사라지지 않는 도륙의 끔찍함이야말로 생명의 실체적 진실이다. 문제는 이러한 환원론적 인식이 조장하는 근원적인 무력감이다. 다시 말해 도륙의 비릿한 살 냄새로 가득한 국제사회는 물론 한국사회의 모든 병폐는 도륙에 바탕한 생명의 본성에서 비롯될지도 모른다는 무력감 말이다. 인간이 생명이라는 형식으로 존재하는 한 타자가 지옥이 되는 상황을 결코 벗어날 수 없다는 근원적인 비극성은 약육강식의 경쟁논리가 지배하는 세상을 합리화하고 정당화하는 데 이바지 할 수 있는 것이다. 최종천의 시는 이에 대한 시적 성찰을 보여주고 있다.

자아란 무엇인지가 생물학적 유전자 이기주의에 의하여 입증된다.
사자, 원숭이, 펭귄, 갈매기도
자기의 유전자를 남기기 위해 서로 싸운다.
그렇다면 인간도 자기의 유전자를 남기기 위해 서로 죽이고
살리는 일은 그러니까, 옳은 일일까?
동물들의 투쟁은 이기적일 때 생물학적인 것이 된다.
자연은 생존경쟁을 통하여 풍요로워지기 때문이다.
자연 전체는 인간이 일용할 양식이다.

인간의 자아는 개인적인 것이다.

인간은 생존경쟁을 통하여 소멸해간다. 인간은

자연의 극히 일부에 불과한 것이다. 어느 개인적인 번성은

타인을 도태시킨다. 도킨스의

인간도 유전자를 운반하는 기계일 뿐이다! 는

생물학적인 선언이다. 인간이라는 종도 다른 종과 함께

살아남아야 한다. 만들어졌다고 그가 말하는 신이

이렇게 말하고 있다.

"생육하고 번성하여 땅에 충만하라!"

유전자를 영원히 남길 능력이 없는 나는

도킨스가 한 말보다

신이 한 말이 더 좋다. 앞으로

얼마나 많은 가난한 사람들이 도태될 것인가?

　　　— 최종천, 「이기적 유전자를 읽었다」 전문, 『녹색평론』, 2008.11~12

　리처드 도킨스의 『이기적 유전자』를 읽은 소회에서 이 시는 출발한
다. 리처드 도킨스는 생물학적 유전자란 근본적으로 이기적이며, 유전
자를 남기기 위한 쟁투가 생명의 본질임을 역설한다. 곧 생물학적인
것의 본질은 이기적이라는 것인데, 이에 따르면 "인간도 유전자를 운
반하는 기계일 뿐이다!" 인간 역시 자기의 유전자를 남기기 위해 서로
싸우는 사자, 원숭이, 펭귄, 갈매기와 다를 바 없는 것이다. 자연은 생
존경쟁을 통해 더 풍요로워진다는 인식은 인간 사회 역시 생존경쟁을
통해 더욱 풍요로워진다는 인식과 다를 바 없다. 그래서 시인은 묻는

다. "그렇다면 인간도 자기의 유전자를 남기기 위해 서로 죽이고 / 살리는 일은 그러니까, 옳은 일일까?" 그의 성찰은 여기서 멈추지 않고, "앞으로 얼마나 많은 사람들이 도태될 것인가?"로 심화된다. 시인은 도태해가는 우리 사회의 약자인 "가난한 사람들"에 대해 주목한다. 그 역시 생존경쟁의 사회 속에서 유전자를 영원히 남길 능력이 없기도 하지만, 그는 기본적으로 약자에 대한 감수성을 지닌 시인이기 때문이다.

다른 동물종과 구별되는 인간 사회의 성숙은 약자에 대한 배려에서 비롯된다는 주장은 누누이 반복되어 왔다. 한 사회의 성숙과 교양을 평가하는 척도는 약자에 대한 배려가 제도적으로 얼마나 구축되었느냐에 달려 있다는 믿음은 아름답고 소중한 것이다. 그러나 최종천의 시에 이르면 우리 사회가 어떤 사회를 지향하고 있는지 너무도 뚜렷이 드러난다. 인간은 생존을 위해 도륙을 자행할 수밖에 없는 동물의 상황에서 한 치도 벗어나지 못한 것인가. 인간의 행위에 어떠한 사상적·윤리적 윤색을 가한다 하더라도 인간은 도륙의 본성을 저버릴 수 없는 동물에 지나지 않는다고 생각하기엔, 동물 되기를 거부한 투쟁의 역사가 너무나도 선명하게 남아 있다. 절망하기에는 너무 이르며, 이제 겨우 시작인지도 모른다. 우리가 견뎌야 할 불행과 절망의 총량은 이제야 비로소 눈 뜨기 시작한 우리를 맞이할 준비를 하고 있을지도 모른다. 수십억 년의 생물의 역사, 아니 인간의 역사만을 두고 판단한다 하더라도 야만의 시대가 종식되기 시작한 것은 겨우 1세기 전부터의 일이 아닌가 말이다.

5. 마흐무드 다르위시와 보살의 사랑

그리고 여기 한 죽음이 있다. 마흐무드 다르위시, 혹은 팔레스타인 가자 지구. 보라. 이스라엘은 생존이 아니라 파괴의 쾌락을 위한 도륙을 즐긴다. 나치의 우생학적 우월감에 근거한 제노사이드genocide처럼, 그들의 도륙에는 인종적·종교적 우월감이 뿌리 깊게 작용하고 있다. 팔레스타인 인민들은 이스라엘의 윤리적 가치와 인류애적 양심의 '예외 상태'에 놓여 있을 뿐이다. 종교적·문화적·인종적 유전자를 굳건히 하고 확장하기 위한 이스라엘의 도륙은 이기적일 수밖에 없는 생명의 본성에 기반하고 있는 것인가.

마흐무드 다르위시가 죽었다. 팔월이었다.

나는 일기장을 펼치고 이렇게 썼다.

"하나의 유랑이 끝나고 또 다른 유랑이 시작되었다."

그는 다시 올 것이다. 그런데 어디로? 또다시 이스라엘 지배하의 팔레스타인으로?

오, 이런! 나는 다시 일기장을 펼치고 이렇게 썼다.

"팔월에 그는 돌아갔다. 유월에 다시 오기 위하여."

죽는 순간 아주 살짝,

키가 준다고 생각하는 부족이 있다

안녕히! 나는 찢어진 당신 그림자에 인사한다

심장에 흰 제비꽃 무덤이 돋은 나를

내 그림자는 알고 있고

풀 무덤의 무게만큼 가벼워진 그림자를 나는 사랑한다

그러니 안녕히! 당신 그림자의 키를 잰 최초의 여름이

풀꽃처럼 웃으며 지나가는 저녁이다

찢어진 그림자가 사뿐히 공중에 떠오른다

가벼워진 당신 그림자에 드리는 첫 입맞춤,

걱정 말아요 아주 살짝, 키가 주는 것일 뿐

당신은 잘 싸웠어요

잘 사랑했어요

쉼표처럼,

살짝 키가 주는 것

쉼표처럼,

살짝 쉬는 것

팔월에 그는 돌아갔다

유월에 다시 오기 위하여

시작에 지나지 않는다 끝은

최초에 지나지 않는 최후의 그림자가

떨어진 조그만 흰 꽃으로 정성들여 입술을 닦았다

이 시는 마흐무드 다르위시를 위한 헌시獻詩다. 마흐무드 다르위시는 작년 8월에 사망한 팔레스타인의 저항시인이다. 다르위시의 시적 주제는 팔레스타인 사람들의 고통을 일관되게 관통하고 있으며, 그 고통을 인류의 보편적 문제로까지 확대·심화했다는 평가를 받는다. 다시 말해, 팔레스타인의 고통과 민족적 저항을 팔레스타인만의 국지적 문제로 국한되는 것을 거부하고 전 인류의 문제로 확장시키고 있는 것이다. 자본과 권력의 압제 아래 파괴되고 도륙되는 팔레스타인을 문학으로써 평생 껴안아왔던 다르위시는 팔레스타인 인민들은 말할 것도 없고 전 세계 문학인들의 진정어린 추모 속에서 이 세계를 떠나갔다.

다르위시의 죽음 앞에서 김선우는 "심장에 흰 제비꽃 무덤이 돋"아남을 깨닫는다. 그리하여 다르위시의 "찢어진 그림자가 사뿐히 공중에 떠오르"고, "가벼워진 당신 그림자에 드리는 첫 입맞춤". 그러나 그의 죽음은 "아주 살짝, 키가 주는 것" 혹은 "쉼표처럼, / 살짝 쉬는 것"에 지나지 않는다. 끝은 "시작에 지나지 않"으며, "최초에 지나지 않는 최후의 그림자"에 지나지 않은 까닭에 그의 죽음을 슬퍼할 이유가 무엇 있으랴. 그래서 김선우는 다르위시의 죽음을 "또 다른 유랑"으로 규정한다. "그는 다시 올 것이다."

김선우의 시 속에서 다르위시는 보살과 겹쳐 있다. 세상에서 들려오는 중생의 고통어린 신음소리를 외면하지 못한 보살은 해탈의 문턱을 넘기 직전, 다시 중생의 세상으로 되돌아온다. 사바 세계에 단 하나의 중생이라도 남아 있다면, 해탈하지 않겠다는 지극히 '인간'적인 보살.

김선우는 다르위시가 다시 올 것임을 스스로 위로한다. "팔월에 그는 돌아갔다. 유월에 다시 오기 위하여." 다르위시의 생에 대해 김선우는 "잘 싸웠어요" "잘 사랑했어요"로 요약한다. 투쟁이 곧 사랑이다. 그 사랑은 권력과 자본의 압제 아래 도륙당하는 인민에 대한 사랑이며, 전 인류에 대한 사랑이다. 죽음의 세계로 가서도 이 세계를 향한 사랑은 식지 않을 것이라는 김선우의 확신은 '사랑'만이 이 세계의 유일한 구원이자 가능성임을 말해준다.

> 젖은 티슈 한 통 다 말아내도록
> 속수무책 가라앉는 몸을 번갈아 눌러대던
> 인턴들도 마침내 손들어
> 산소 호흡기를 떼어내려는 순간,
> 스무 살 막내 동생이 제 누나 식은 손 잡고
> 귀에다 속삭였다.
> "누나, 사랑해!"
> 사랑해라는 말,
> 메아리쳐 어디에 닿았던 것일까
> 식은 몸이 움찔,
> 믿기지 않아 한 번 더 속삭이니 계기판의 파란 눈금이 치솟는 것이다.
> 죽었는데,
> 시트를 끌어당겨 덮으려는데,
> 파란 눈금이 새파랗게 다시 치솟았던 것이다.
> ― 장옥관, 「귀」 전문, 『신생』, 2008 겨울

사랑해, 라는 말의 울림은 장옥관의 시에서 비로소 되살아난다. 그 울림은 차라리 떨림이다. '사랑해'라는 말이 관통하는 '귀'는 그래서 매우 신성한 공간이다. 이 시의 제목이기도 한 '귀'는 바로 이 신성한 언어가 지나가는 통로이다. 운명한 누나의 귀를 통해 전달되는 사랑해, 라는 말은 이미 죽어버린 누나의 육체를 슬픈 환희로 차오르게 하는 것이다. 주체와 타자를 연결시키는 데에는 사랑해, 라는 말 한 마디면 충분하다. 분열과 결핍으로 칭칭 감긴 주체는 사랑해, 라는 한 마디 말에 움찔거린다. 장옥관의 「귀」는 그래서 많은 말을 하지 않는다. 시적 수사도 없다. 운명殞命한 누나와 그 누나의 손을 잡은 막내 동생의 모습을 최소한으로 서술하고 있을 뿐이다. '사랑'의 말이 지닌 힘은 현실의 모든 논리와 한계를 훌쩍 뛰어넘어버린다. '사랑'은 누이의 죽음 앞에서 비로소 온 몸의 세포를 경유하여 떨리듯 발음됨으로써 완벽한 시적 언어로 구현된다. 장옥관은 시적 수식을 철저히 배제하는 방식으로 완벽에 가까운 '사랑'의 언어를 구현해내는 데 성공한다. 누나의 귓속으로 흘러들어간 그 말은 죽음마저 감염시키는 것이다. 삶과 죽음 사이를 순간적으로 관통하는 사랑해, 라는 말의 신성한 힘! 시인은 그 순간을 놓치지 않는다. 그것은 시인의 사명이다. 누나가 숨을 거두는 순간, 누나의 귓속에 흘려 넣는 막내 동생의 사랑해, 라는 말은 그 어떤 시보다도 아름답고도 슬픈 언어인 것이다.

다르위시는 사랑의 말을 팔레스타인 인민들에게, 고통 받는 인류에게 건넨다. 김선우는 그 사랑의 시인을 그리워한다. 그렇다면, 시인은 어떤 존재여야 하는가. 고통의 제국 속에 은폐된 진정한 사랑의 언어를 발견해야 하며 모든 존재를 사랑에 감염시키는 존재여야 한다. 그것이 죽음을 동반할지라도. 시인은 늘 죽음을 마주보는 존재가 아니었던가. 해탈의 문턱에서 되돌아와 고통스러운 세계 속에 영원히 '안장安葬'되는 삶의 형식 속에서 시인의 '사랑'이 완성되는 이유가 여기에 있다.

제3부
시인과 비문증 飛蚊症

공중 정원에서 흘리는 지상의 눈물

송찬호 · 김일영 · 박덕규 · 박철의 시세계

1. '공중 정원'으로서의 말의 사원寺院

─송찬호, 『고양이가 돌아오는 저녁』

송찬호의 『고양이가 돌아오는 저녁』은 근대가 아닌 새로운 시간을 빚어내고자 하는 치열한 욕망으로 가득하다. 새로운 시간이란 무엇을 뜻하는가. 우리가 살아가는 현실의 지층 깊숙이 은폐된 시간일 터인데, 근대의 인과율로는 설명할 수 없는 신비의 시간이다. 그 시간대代로 진입하는 순간 공간마저도 새롭게 조형됨은 물론이다. 송찬호는 근대이성으로 결코 파지할 수 없는 생명의 시공간을 그만의 독특한 환상적 언어로 형상화한다. 환상이되 건강하고 안정감을 준다. 이러한 건강성과 안정감은 상상의 원심력과 통합의 구심력이 작용함으로써 얻어진다. 그러므로 그의 시는 요즘 젊은 시인들처럼 현실을 균열시키는 효과로서의 '파괴적' 환상이 아니라, 현실을 폐기하고 새로운 세계를 구축하는 '창조적' 환상이다.

송찬호 시의 환상성은 시집해설에서 '동화적 상상력'(신범순)으로 명명되기도 한다. 근대이성에 오염되지 않은 아이들의 사유체계는 세계와의 원초적 통일성을 경험한다. 아이들의 성장과정은 분별지라는 칼날로 세계로부터 스스로를 잘라내는 과정과 다르지 않다. 아이들의 성장과정은 근대이성을 획득하는 과정이며, 분별지가 절대적으로 강화된 근대이성은 원초적 통일성을 파괴한다. 송찬호의 신비로운 환상은 세계의 심층에 숨어버린 조화로운 생명의 세계를 복원하는 데 바쳐진다. 시적 환상을 통한 세계의 복원은 쉽지가 않다. 현실의 언어와 이미지를 배반하는 일이란 '재현의 리얼리티' 바깥으로 뛰쳐나가는 일이다. 비가시적인 세계를 창조적 이미지로 그려내는 작업은 시적 사유의 근저에 어떤 의지와 신념이 존재하지 않고는 불가능한 일이다. 그 의지와 신념은 송찬호의 첫 시집에서부터 그 씨앗을 발견할 수 있다.

송찬호의 첫 시집 『흙은 사각형의 기억을 갖고 있다』는 죽음과 가난, 초월의 문제를 천착하는 문제작이다. 흙이 간직한 사각형의 기억이란 관棺의 기억이다. "죽음은 삶의 형식을 완성하는 것이다"와 같은 전언은 그의 시적 사유가 타나토스에 지배되고 있음을 말해준다. 죽음은 초월세계와의 간절한 교신(「바구니」)을 갈망케 한다. 그리고 그지없이 아름다운 구절, "나무의 법칙들, 스스로를 땅에 복무시키며 / 세계를 가볍게 공중에 들어올리는 것 / 고정불변의 / 공중 정원을 건설하는 것"(「공중정원 · 2」)에서 우리는 이 세계를 초월한 신비로운 공간을 예감할 수 있게 된다. 『10년 동안의 빈 의자』와 『붉은 눈, 동백』 역시 '공중 정원'을 건설하고자 하는 치열한 시적 사유의 과정이라고 볼 수 있다면, 우리는 『고양이가 돌아오는 저녁』을 도저히 허투루 읽을 수 없을 것이다.

송찬호의 시집을 동화적 환상으로 본다면, 그렇다, "이 책은 소인국 이야기이다"(「채송화」). 근대기계문명이라는 거대한 세계가 아니라 나비, 채송화, 칸나, 찔레꽃, 살구꽃, 백일홍, 산토끼 등과 같은 작은 '소인국'에 대한 이야기. 그래서 이 시집을 읽을 땐 "쪼그려 앉아야 한다". 다소 불편함이 있더라도 '소인국'의 세계에 젖어들기 위해선 우리는 한없이 작아져야 한다. 그러므로 이 무슨 말도 안 되는 시야, 라는 반응은 삼가야 한다. 이 시집에는 "채송화가 피어 있다"지 않은가. '소인국'의 채송화 향기를 맡기 위해선 송찬호의 동화적 환상에 익숙해져야 하는 것이다. '흙은 사각형의 기억을 갖고 있다'는 송찬호 역시 '소인국'의 세계를 제 맘대로 함부로 그려내고 있는 것은 아닐 테니 말이다.

> 대체 서기(書記)된 자의 책무란 얼마나 성가신 일인가 언젠가 나는 길을 잃고 헤매는 코끼리 떼를 흰 종이 위로 건너오게 한 적이 있었다
>
> ─「기록」 부분

송찬호는 생명의 신비공간을 기록하는 "서기書記"이다. "서기書記된 자의 책무란 얼마나 성가신 일인가". 그것은 "길을 잃고 헤매는 코끼리 떼를 흰 종이 위로 건너오게 하"는 작업이 아닌가 말이다. 근대문명이 이 세계로부터 박탈해버린 생명의 교감을, 그는 동화적 환상 속에서 겨우겨우 종이 위에다 '시詩'로써 불러 모으는 것이다. 시詩야말로 생명의 신비와 통하는 언어가 아닌가. 왜냐. "아이들 부르는 소리에 다시

경중경중 뛰어가는 저 우스꽝스런 기린"이야말로 "최후의 시詩의 족장"(「기린」)이기 때문이다. "길고 높다란 기린의 머리 위에는 그 옛날 산상 호수의 흔적이 있다". 게다가 "별 헤는 밤, 한때 우리는 저 기린의 긴 목을 별을 따는 장대로 사용"하였고, "기린의 머리에 긁힌 별들이 아아 아아— 노래하며 유성처럼 흘러가던 시절이 있었"으니, 어떻게 '기린'을 "최후의 시詩의 족장"으로 부르지 않을 수 있겠는가. 시詩란 닿을 수 없는 신비로운 초월 세계와 교신하는 언어이므로, "길을 잃고 헤매는 코끼리 떼"를 '말의 사원寺' 속으로 불러 모으는 것이다.

생명들은 이 세계 속에서 어떻게 지내는가. "사라져갈 운명이니 그 가슴의 반달이나 떼어 보호하는 게 어떤가"라고 권유받는 '반달곰'(「반달곰이 사는 법」), 무소가죽 가방으로 이 세상을 활보하고 다니는 '무소'(「가방」), "머리에 고깔모자 쓰고 주렁주렁 목에 풍선 달고 어린이날 재롱잔치에 정신없이 바"쁜 동물원의 '기린'(「기린」), "오래전 사냥꾼들에게 그림자를 빼앗기"고 "삼만 년째 석상石像이 되어"감에 따라 "거대하게 사라져가"는 '코끼리'(「코끼리」) 등 세계의 생명들은 생명체로서의 존엄을 잃어버린 채 기형적으로 살아간다. 그러므로 시인은 '고양이 철학 시간'을 귀하게 여길 수밖에.

> 쉬잇, 지금은 고양이 철학 시간이에요 앞발을
> 가지런히 모으고 앉아 모서리 구멍을 응시하고 있네요
> 아마 지금은 사라져버린 사냥 시대를 생각하고 있겠지요
> 우리는 모두 어둠과 추위로부터 쫓겨온 무리랍니다
>
> —「고양이」 부분

'고양이'는 보들레르의 시(「고양이들」)와 무관하지 않다. 보들레르의 시에서 고양이는 '신비로운 눈동자에 별이 반짝이는' 우주적 존재로서의 상징성을 지닌다. 고양이의 상징성은 송찬호의 시에서도 그대로 전유된다. '고양이 철학'이란 우주와의 유기적인 통일성을 회복하고자 하는 근대극복의 사유를 지칭한다. '고양이 철학'이 시작되는 시간은 저녁이다. 저녁은 낮이 끝나고 밤으로 진입하는 시간이다. 밤은 찬란한 우주의 심연을 들여다보는 동시에 우주의 유기적인 전체상을 직관하는 시간이다. 우주적 리듬이 진동하고 그것이 우리의 마음속으로 흘러들어옴으로써 신비한 생명의 율동을 감각하는 시간. 그리하여 '낮'의 근대문명을 벗어나 생명의 심층을 깊숙이 탐구할 수 있는 밤의 도래를 알리는 시간은 송찬호에게 '고양이가 돌아오는 저녁'으로 형상된다.

고양이가 돌아오는 저녁,

입안의 비린내를 헹궈내고
달이 솟아오르는 창가
그의 옆에 앉는다

이미 궁기는 감춰두었건만
손을 핥고
연신 등을 부벼대는
이 마음의 비린내를 어쩐다?

나는 처마 끝 달의 찬장을 열고

맑게 씻은

접시 하나를 꺼낸다

오늘 저녁엔 내어줄 게

아무것도 없구나

여기 이 희고 둥근 것이나 핥아보렴

— 「고양이가 돌아오는 저녁」 전문

저녁이 되자 고양이는 돌아오고 "입안의 비린내"를 헹궈낸다. '비린
내'는 물론 낮이라는 근대문명 속에서 배인 냄새일 터. "입안의 비린내"
는 헹궈냈지만, 미처 씻어내지 못한 "마음의 비린내"는 씻겨지지 않고
"손을 핥고 / 연신 등을 부벼"댄다. 하지만 저녁이다. 낮의 시간이 가버
리고 밤의 시간이 도래하는 것이다. 창가에는 달이 솟아오른다. 달은
밤하늘의 신비를 아늑하게 하고 밤하늘 아래 내버려진 우리를 진정시
켜주는 영성체다. 고양이가 돌아온 저녁, 고양이에게 아무것도 내어줄
게 없지만, '나'는 "처마 끝 달의 찬장" 속에서 "맑게 씻은 / 접시 하나를
꺼낸다". 이 아름다운 상상 속에서 우주와의 거리는 소멸되고 원초적
통일성은 회복된다. 고양이 역시 "이 희고 둥근 것"(우주적 생명 혹은 영성
체)을 핥으면서 낮의 시간을 극복하고 밤의 시간 속에 스며들게 된다.

송찬호의 시는 우주의 영성체를 회복함으로써 근대로부터 비롯된
죽음의식을 극복한다. 첫 시집부터 드러내었던 '공중 정원'을 향한 초
월의 욕망이 영성체적 환상을 통해 구체화됨으로써 생명의 비의를 회

복하는 데 성공하고 있다. 그러나 그의 시가 '공중 정원'이라는 환상 공간을 현실로부터 멀찍이 만들어낼수록 그의 시는 작위적인 냄새를 짙게 풍길 우려가 내재한다. 작품마다 편차가 있긴 하지만, 환상적 직물로서의 그의 시가 쉽게 읽히지 않는다는 '불편함'(박혜경)은 의미맥락을 깨뜨리는 이미지의 결합이 다소 폭력적인 데서 비롯되는 바다. 낮이라는 근대문명과 분명히 선을 그음으로써 아름다운 영성체를 직조해내는 시가 더러 지극한 아름다움을 선사하기도 하지만, 그렇지 못한 경우 송찬호의 시는 소통불능의 시로 전락할 위험에 처한다.

그러나 이러한 위험은 송찬호가 기존의 서정과 차별화된 시적 전략을 구사하기 때문에 발생한다. 그의 표현을 빌려 말하자면 "새로운 서정의 집"(「종달새」)을 건축하기 위한 시적 전략이다. "말과 사물 사이에 인간이 있다"(「공중 정원·1」,『흙은 사각형의 기억을 갖고 있다』)라는 문장에서 알 수 있듯이 송찬호는 세계인식의 틀로서 언어의 기능을 매우 깊이 천착해왔던 시인이기 때문이다. 새로운 언어로 축조된 시만이 강고한 '낮'의 근대를 분쇄할 수 있다는 믿음. "흰 종이 위"에 신비로운 영성체의 세계를 건설할 수 있다는 결연한 신념. 그 결과가 그가 건축한 '공중 정원'으로서의 '말의 사원詩'이다. 지상의 나는 그의 공중정원을 경이롭게 올려다보느라 '저녁'이 오는 줄도 모르겠다.

2. '착한 죽음'을 향한 '사내' 개의 울음소리

— 김일영, 『삐비꽃이 아주 피기 전에』

『삐비꽃이 아주 피기 전에』는 김일영의 첫 시집이다. 그의 친구이기도 한 이명원의 시집해설에 따르면, 김일영의 고향은 전라남도 완도의 생일도라는 섬이다. 그의 고향이 '섬'이라는 사실이 중요한 것은 이 시집 전체를 관류하고 있는 이미지인 별빛과 울음의 근원이 되는 공간이 섬이기 때문이다. 고향 섬을 근원으로 한 그의 시세계는 천상과 지상의 이미지를 수혈 받는다. 그래서 섬에서 흘러나온 삶의 지류는 섬이라는 근원을 향한 회귀욕망에서 자유롭지 못하다. '별빛—섬—도시'라는 공간적 분할은 김일영의 시세계를 쉽게 이해할 수 있는 마음의 척도이다. 별빛과 섬은 '기억'의 형태로 남아 있다. '기억'의 형태로 남아 있는 근원은 그리움의 정서를 샘물처럼 솟게 하고 그의 시세계를 내내 적신다.

그에게 섬은 어떤 형상으로 존재하는가. "밥 묵어라"고 아들을 부르는 어머니고 있고 텔레비전을 쪽배에 싣고 오는 아버지가 있는, "슬쩍 따라온 별이 / 가장 넓은 밤하늘을 배불리 빛내던", "파도 소리에 안겨 젖을 빨던" 작은 섬이다(「삐비꽃이 아주 피기 전에」). "젖을 빨던" 원초적 기억을 간직한 아름다운 섬은 시인에게 근원적인 회귀본능을 자극한다. 게다가 섬은 천상의 별들과 조화를 이루던 공간이 아닌가. "어깨가 닿을 듯 소란한 별들", "어깨를 부딪친 별들의 웃음소리"(「웃음소리」)가 가득한 섬은 천상의 성스러움을 간직한 근원의 공간으로 격상되는 것이다. 그러나 짐작하겠지만 별과 섬의 성스러운 조화는 과거의 기억에 지나지 않으며, 그것 또한 이상적 순간을 전제했을 때에만 잠시 '현현' 顯現하는 아름다움이다. 그리고 별과 지상의 거리를 깨닫는 순간, 삶의 슬픈 모습은 드러나기 마련이다.

섬을 관장하는 지배적 이미지는 울음과 눈물이다. "이제 한 방울의 눈물에도 / 넘쳐버릴 것처럼 수평선이 보여요"(「수평선」)라는 구절에서 알 수 있듯이 섬을 둘러싸고 있는 것은 눈물처럼 찰랑이는 바다다. "소 년의 마음에선 고름이 흘러나오고"(「함께 우는 섬」), "바람 비린내"를 풍 기는 "어머니"가 "폐선 같은 얼굴을 깜빡거리"(「숨비 소리 1」)는 섬은 어 머니의 '숨비 소리'로 가득하다. '해녀들이 잠수 후 가쁜 숨을 고르며 내 는 휘파람 소리'인 '숨비 소리'는 이 섬을 관장하는 "목숨의 깊이"이다. 그래서인가. 섬에는 '착한 죽음'들이 많다.

　　죽은 것들은 왜 착한 것일까
　　그리운 것들은 왜 대부분 죽어 있을까
　　혀는 어떤 말도 뱉지 않았다

　　오늘은 오래된 솜이불 냄새 속에
　　아무 기억도 들어 있지 않았으면 좋겠어
　　불을 끄고 귀를 닫았지만
　　절룩거리며 둥지로 날아간 새가
　　구멍 뚫린 날개를 덮어주며 아무 일 아니라고 지저귀고

안으로 삼키던 숨소리 창틈에 떨어져 울고 있었다

무엇하러 불러왔을까 휘파람 한 봉지

어머니 베개 위에 포개 눕던 달빛

—「숨비 소리 2」 부분

날것의 삶이 드러나는 순간 별은 '저 멀리' 존재한다. "어깨를 부딪친 별들의 웃음소리"(「웃음소리」)는 사라지고 없다. "아무도 불러주지 않는 별이 바람에 떨고 있"(「숨비 소리 3」)을 뿐. '숨비 소리'와 함께, "하얗고 마른 손으로" "내 입에 한 조각 한 조각 넣어주시던" 아버지의 죽음(「황도」)이 존재하는 섬. 별은 더 이상 섬 가까이로 내려앉지 않는다. "누군가 어둠 속에서 물끄러미 밤하늘을 보"(「황도」)기만 할 뿐, 별은 섬과의 영원한 결별을 통해 기억 속에 감금되고 만다. 이제는 시詩로써만 기억의 잔영을 떠올릴 수 있을 뿐이다. 그러니 그의 시가 상실과 결핍의 정서로 가득할 수밖에. 그리고 아득한 별빛 아래 뒤척이던 섬의 기억만이 "썩지 않는 추억"과 "들리지 않는 목소리"(「옹이는 썩지 않는다」)로 그의 가슴에 박혀 오는 것이다.

도시를 어슬렁거리는 "나의 도로 위에는 더럽혀진 경전만이 나뒹굴고 있"다(「오후의 아스팔트」). 도시는 신성성을 상실한 공간이다. 하늘의 별조차 '벙어리별'이다. 얼어버린 강에 떨어져 깨지거나(「벙어리별」), 가로등빛에 지워진다(「남아있는 불빛들」). 도시의 시인은 "반쪽"으로 쪼개진 '반쪽 몸'으로 문을 닫아건다(「소리의 방」). 섬을 휘돌았던 어머니의 '숨비 소리'와 찰랑거리는 바다의 눈물 대신, 도시에는 "내 것이 될 수 없는 먼 방의 울음"(「조약돌」)만이 들린다. 도시의 시인은 귀로서만 존

재할 뿐이다(「소리의 방 2」). 방 안에 갇혀 있는 시인에게 시각視覺은 무의
미하다. 오직 소리로써만 타인의 삶을 감각한다. 하여, 팍팍한 도시의
삶은 시인에게 기이한 울음을 선물한다.

요강에 늙은 어미 오줌 누는 소리
살얼음 되어 깔리고
근처에서 사육되는 식용(食用) 개가 운다

사내는 마리아 닮은 탤런트를 눕히고
묵은내 나는 이불에 담겨 자위를 한다

두 발로 걷게 하시고
손과 손가락도 주시어
스스로를 위로하도록 하셨음일까

홀로 뭉친 눈덩이 아무도 몰래 버려지고
저 많은 밤하늘의 구멍을
울음소리로 하나씩 메우며
개가 운다
먼 - 먼 - 하며 운다

―「성탄절」 전문

근원의 공간에서 찢겨져 나온 사내는 마리아를 닮은 탤런트를 위안

삼아 자위를 한다. "저 많은 밤하늘의 구멍"은 별을 일컫는다. 그런데 별은 더 이상 이 지상을 충만케 하는 천상의 별'빛'이 아니다. 개의 울음소리로 하나씩 메워 줘야 하는 '구멍'에 지나지 않는다. 성녀聖女 '마리아'가 사라진 지상의 허전함과 결핍. 외롭고 고단한 자위로 신성과의 교감을 회복하고자 하지만, 시인 이상李箱과 흡사한 단성생식의 사내는 이미 울고 있다. 개의 울음소리는 사내의 흉부로 스며들어와 "먼 – 먼–" 하는 울음소리로 공명共鳴한다. "멍, 멍"은 개의 울음소리다. 근데 "먼– 먼–"은 개처럼 전락顚落해버린 인간의 울음소리가 아닌가. 개라는 형상은 인간의 위기와 절망을 깊이 각인시킨다. "먼– 먼–"(멀고도 먼) 별이 "어깨가 닿을 듯 소란"을 떨다 마침내 "어깨를 부딪치"며 "웃음소리"를 들려주던 날들은 이제 어디로 사라졌는가.

'기억'은 흐릿하게 지워진 근원을 뒤적이게 한다. 김일영의 시는 자기 근원을 향한 회귀욕망의 언어다. 그것은 '초월성의 추구'(이명원)이기도 하거니와, 초월의 세계는 "슬쩍 따라온 별이" "밤하늘을 배불리 빛내"고 "파도 소리에 안겨 젖을 빨던 / 그 작은 섬" 위로 짙은 그림자를 남긴다. 천상과 지상의 빛이 조화롭게 일렁이던 섬. 초월성이 이처럼 맑고 아름다운 언어의 몸을 얻기란 쉬운 일이 아닌 까닭에, 김일영은 현실과 초월의 변증을 시도하는 시인으로서 내 감성의 근원 깊숙이 가 닿아야 한다.

3. 따뜻한 밥에 뿌리내린 민중의 꿈

— 박덕규, 『밥그릇 경전』

박덕규의 두 번째 시집 『밥그릇 경전』은 '밥'과 '눈'의 이미지로 '충만한 결핍'을 이룬다. '충만한 결핍'이라니! 기쁨의 충만 속에 내재한 거대한 결핍이야말로 이 시집에 내장된 정서적 특질이라 할 수 있을 것인데, 이는 그의 시집이 민중의 삶 깊은 곳에서 채취한 언어로 이루어졌다는 사실을 말해준다.

그의 시집은 '밥'의 이미지가 제공하는 충족감과 함께 '밥'의 부재로 빚어지는 '허기'가 절묘한 대비를 이루면서 전개된다. 예컨대 논두렁을 물에 밥 말아 마시는 듯한 서정적 포만감(「논두렁」)은 이 시집에서 가장 아름답고 풍요로운 세계의 표정이다. 그리고 밥의 포근한 이미지는 민중의 쓸쓸하고도 처참한 죽음과 충돌함으로써 '허기'의 감각을 증폭해낸다. 박덕규의 시는 민중적 삶의 가장 이상적 순간을 '밥'의 따뜻한 이미지로 풀어내는 동시에, '눈'의 이미지를 빌려 '밥'이 부재하는 민중의 차가운 현실을 직조해 낸다.

『밥그릇 경전』은 '밥'과 '눈'의 이미지의 차이만큼이나 감수성의 외연이 매우 넓고 다채롭다. 그의 시는 민중의 소박하고도 이상적인 삶을 밥 짓는 연기와 같은 푸근한 서정으로 풀어내는가 하면, 노동하는 민중, 특히 농촌을 배경으로 한 핍절한 농민의 삶을 매우 간명하게 서술한다. 삶의 깊은 애환을 때로는 비감하게, 때로는 해학적으로 콕콕 집어낸다. 자본주의 체제의 "몸부림칠수록 자꾸 옥죄어 오는 구조"(「수

갑」)에 대한 문제의식을 드러내기도 하는 박덕규의 시는 삶의 구체성을 확보하고 민중의 삶 전체를 아우름으로써 폭넓은 민중의 정서를 보여주는 데 성공한다. 그의 시는 땅 속 깊이 박힌 민중의 뿌리에 대한 변치 않은 믿음과 신념, 거기서 비롯되는 민중의 건강한 생명력, 그리고 자본주의라는 마성魔性의 이빨에 고통 받는 민중의 삶이라는 세 꼭짓점을 아우르고 있다.

어쩌면 이렇게도
불경스런 잡념들을 싹싹 핥아서
깨끗이 비워놨을까요
볕 좋은 절집 뜨락에
가부좌 튼 개밥그릇 하나
고요히 반짝입니다

단단하게 박힌
금강(金剛) 말뚝에 묶여 무심히
먼 산을 바라보다가 어슬렁 일어나
앞발로 굴리고 밟고
으르렁그르렁 물어뜯다가
끌어안고 뒹굴다 찌그러진

어느 경지에 이르면
저렇게 마음대로 제 밥그릇을

가지고 놀 수 있을까요

테두리에

잘근잘근 씹어 외운

이빨 경전이 시리게 촘촘히

박혀 있는, 그 경전

꼼꼼히 읽어 내려가다 보면

어느 대목에선가

할 일 없으면

가서 '밥그릇이나 씻어라' 그러는

　　　　　　　　　　　　　　　—「밥그릇 경전」 전문

　인용시는 이 시집의 표제작이다. '밥'은 이 시집의 전반부에서 지배적 이미지로 기능한다. 그는 '밥그릇'에 대한 명상을 통해 삶을 궁구하고자 한다. 인간의 생존경쟁과 계급갈등을 '밥그릇'을 통해 간명하게 제시한다. 시는 때로 이렇게 쉬운 이미지를 통해 인간 세계의 치부를 드러낸다. 결국 밥그릇을 어떻게 욕망하고 사용하는가에 따라 삶의 모습이 달라지기 마련이다. 밥그릇을 "물어뜯다가 / 끌어안고 뒹굴다 찌그러지"다 이르게 된 "어느 경지"에서 그가 궁구하는 세계란 '밥그릇'에 무욕과 평정이 깃든 세계임에 틀림없다. "할 일 없으면 가서 '밥그릇이나 씻어라'"와 같은 심상하고 별 것 아닌 무욕의 삶 말이다. 이처럼 박덕규의 시적 정향점은 '밥그릇' 싸움이 발생하는 세계가 아니라 '밥그릇'처럼 둥근 원형의 세계이다. 그러나 세상은 '밥그릇' 싸움을 강제한다. 사회적 약자인 민중은 강요된 밥그릇 싸움으로 인해 치명적인 상처를 수시로 입는다.

풀을 베다가 낫 끝에 손등을 찍었다
순간, 허옇게 눈뜨는 상처를
와락 감싸 쥐고
팽개친 낫 앞에 두 무릎 꿇은 채
엎드려 여러 번 머리 조아렸다

참으려 해도 손가락 사이를 비집고
붉은 눈물이 흘러내린다

상처가 아문다는 것은 실명(失明)이거나
곧 죽음이니, 맘 놓고 오래 울어라
눈 감을 때까지 아픈, 핏빛 풍경이여!

— 「낫께서 나를 사랑하사」 전문

낫의 함축적 의미는 매우 강렬하다. 낫은 민중에 양식을 제공하는 농기구이자, 분노의 상징이며, 피와 땀으로 얼룩진 민중의 힘든 노동이 배인 사물이다. 이 시에서 낫은 민중의 손등을 찍는다. 낫이 손등을 찍을 때 "허옇게 눈뜨는 상처"는 농민의 삶에 가해지는 섬뜩한 위협과 충격이 무엇인지를 짐작케 한다. 그리고 놀랍게도 시인은 "상처가 아문다는 것은 실명^{失明}이거나 / 곧 죽음"임을 깨닫는다. 상처야말로 체념적이고 순응적인 삶의 형틀에서 벗어날 수 있는 민중의 자각이 발생하는 자리이다. 상처를 껴안은 오랜 삶이야말로 성스러운 마음의 '경전'을 우리의 삶 속에 들여놓을 수 있기 때문이다. 하여 낫을 사랑하는 시인은 그 자체로 건강한 민중이다. 그리고 낫의 사랑(손등을 찍는)을 고통스럽게 받아들임으로써 상처의 깊이만큼 깨어있는 민중의 주체가 된다.

민중적 주체는 돌처럼 단단한 이미지를 지닌다. "깎아지른 절벽 꼭대기에서" "물속으로 투신하는" "예각의 날 선 돌멩이"의 이미지. 이 시집의 가파른 절벽 맨 앞에 수록된 「머나먼 돌멩이」라는 시다. 세상을 "만신창이로 구르고 구르다가" "닳고 닳은 몽돌"이 될 때까지 세상을 사랑하겠다는 의지는 시인의 윤리를 내함한다. 시인의 윤리는 민중에 대한 사랑이다. 시인 스스로가 민중의 삶을 척박하게 살아가고 있으므로 민중에 대한 사랑은 당연한 시적 귀결이다. 그래서 그의 시는 민중이 겪는 삶의 불행과 근친관계를 이룸으로써 풍요로운 서정으로 자칫 이완되기 쉬운 시집에 페이소스^{pathos}적 긴장감을 부여한다. 예컨대 「간발의 차이」는 노동현장에서 발목을 잘린 노동자의 비극에 관한 시이다. "간발의 차이로 싹둑 잘린 발목 하나가 / 깨금발로 총총 다음 생을 준비하러 갔으니 그는 졸지에 / 첨단을 넘어 가장 앞서가는 사람이 되었다". 발목 잘린 노동자가 처한 현실은 이제 "외발로만 설 수 있는 칼날 정상"으로 비유된다. "사람이 무너져봤댔자 겨우 이 미터도 안 된다 제 키만큼만 무너지면 죽음이다"는 진술은 노동자의 삶이 얼마나 허약한 물질적 기반 위에 있는지를 폭로한다.

박덕규는 탁월한 서정성을 지닌 시인이지만, 근본적으로 비극보다 희극에 가까운 시인이다. 간간이 섞인 해학은 그의 시가 극단적인 비애로 흐르지 않게 하는 기능을 한다. 해학성은 민중적 생명력과 무관하지 않다. 이 생명력은 때로는 민중적 에로티즘으로 구체화되기도 한다. 그는 민중의 삶을 "씹는 대로 씹혀주면서 황홀한 자본의 / 오르가슴을 향해 치닫는 / 단물 빠진 질기디질긴 창녀"(「자일리톨껌」)의 삶으로 거칠게 인식하지만, 그것을 타개할 만한 민중의 건강한 에너지를 지니고 있다. 이는 무엇보다 민중의 힘에 대한 확신과 신념에서 비롯되는 건강성이다. 한 노동자의 기구한 삶을 '지르박' 춤에 빗대 해학적으로 그려낸 「지르박 권」이 보여주듯이 절망을 웃음으로 삭혀내는 그의 시는 우리 문단의 매우 중요한 시적 자산이 되고도 남음이 있다.

4. 근대시의 종언과 텍스트의 역설

—박철, 『불을 지펴야겠다』

박철의 『불을 지펴야겠다』는 소진된 주체의 쓸쓸함이 가득 배어나는 시집이다. 이 시집의 해설 제목이 '허전한 것의 치열함'(황현산)인 것처럼, 그의 시는 탈진한 주체를 여과 없이 보여주는 특이지대를 형성한다. 어디서 비롯된 것일까. 그의 첫 시집 『김포행 막차』를 들춰본다. 몇 장 넘기지 않아서 첫 시집 속에 씨앗처럼 숨어 있는 '현재'의 시를 발견한다. "지금은 어둠을 어둠이라 말하지만 / 그 어둠 속에 길을 잃고 헤매이는 / 아직도 나는 구경꾼이 아닌지 / 빛과 화살의 아침을 찾지 못하고 / 떨쳐야 할 온갖 것 어둠에 묻어버리는 / 나는 아직도 구경꾼이 아닌지.”(「아직도 나는 구경꾼이 아닌가」 부분, 『김포행 막차』) 젊은 날 병마에 시달린 사람들이 흔히 그렇듯이, 심각한 불면증에 시달린 그 또한 구체적 삶의 현장으로부터 한 걸음 물러나 있다. 치열한 현실개조의 삶이 불가능했던 불편한 몸의 그에게 이런 자의식은 뿌리 깊을 수밖에 없다.

> 내 선배들은 이 나이에도
> 징역살이를 했다 지금도
> 옳은 일을 하다가 감옥에 갈 일은 많다
> 그러나 나는 방 안에 처박혀
> 몇 편의 시를 쓴다 그때 내 나이에 선배들은
> 얼마나 나의 이 외로운 밤을 그리워했을까
>
> ─「기러기」 부분

이 시에서도 시인은 동일한 자의식에 시달린다. 옛 선배들은 현재 시인의 나이에 징역살이를 했고 “지금도 / 옳은 일을 하다가 감옥에 갈 일은 많다”. 그러나 시인은 그렇게 하지 못하고 겨우, “방 안에 처박혀 / 몇 편의 시를 쓰”고 있을 뿐이다. 시작詩作이 삶을 개조하는 직접적 행위가 되지 못한다는 사실을 시인은 너무도 잘 알고 있다. 시적 저항이 곧 실천이고 징역살이로 귀착되던 때도 있었지만, 오늘날의 현실 속에서 더 이상 시는 현실에 묵직한 충격을 주지 못한다. 시를 쓴다는 것은 이제 부끄러운 일이다. 시인의 나이에 징역을 살았던 옛 선배들의 고통을 생각한다면 더욱 그렇다. 그러나 시인은 시 쓰는 일에 적극적인 의미를 부여하고자 한다. 그에게 있어 현실을 개조하는(그러나 불가능한) 유일한 방편은 시 쓰기인 까닭이다. 시인에게 시작詩作은 세상과 소통하고 현실에 참여할 수 있는 유일한 통로였음에 틀림없다. 그러니 이 시집의 표제인 '불을 지펴야겠다'는 '시를 써야겠다'는 말로 바꾸어도 무방할 것이다.

> 나는 외롭게 긴 글을 한 편 써야겠다
>
> 세상의 그늘에 기름을 부어야겠다
>
> 불을 지펴야겠다
>
> 아름다운 가을날 나는 새로운 안식처에서 그렇게
>
> 의미 있는 일을 한번 해야겠다 가난한 이들을 위해
>
> 서설이 내리기 전 하나의 방을 마련해야겠다
>
> ─「불을 지펴야겠다」 부분

시인에게 긴 글을 한 편 쓰는 일이란 "세상의 그늘에 기름을 붓"고 "불을 지피"는 일이다. 오직 시작詩作만이, 깊은 가을날 새로운 안식처에서 하고 싶은 일이다. 그의 시는 반드시 "가난한 이들을 위"한 것이어야 한다. 시를 쓰는 방 역시 세상의 낮은 곳에 위치해야 한다. 그리하여 시 쓰는 그의 "작은 책상"이 가난한 이들의 호흡 깊숙이 위치하기를 시인은 바란다. 여기서 우리는 깨닫는다. 시인에게 시 쓰기란 치열한 존재증명이자 삶의 형식임을. 그래서 그의 시작詩作은 현실개조에서 한 걸음 물러난 소극적인 행위가 아니라, 그의 삶이 할 수 있는 현실개조의 최대치라는 의미를 지닌다.

그렇다면 박철 시인에게 시작詩作이란 삶의 과정 그 자체라고 볼 수 있다. 그의 시에서 유독 개인사적인 제재가 많이 등장하는 이유 역시 시와 삶이 매우 긴밀하게 밀착되어 있기 때문이다. 그렇다고 해서 그의 시가 시대적 보편성을 잃고 있다는 뜻은 아니다. 그의 시는 그의 삶을 매개로 하여 사회적 의미망 아래로 가라앉은 비루한 삶의 단면들을 투시한다. 그런데 그 삶의 단면들이란 탈진한 주체의 무기력한 내면으로 얼룩져 있다. 그러나 어떤 의미에서 이 무기력한 세계야말로 현재 한국사회를 지배하고 있는 구체적 현실태라는 점에서 그의 시는 문제적이다.

믿음이란 순간에 지나지 않는다는 것을 알았다

진리는 없고 시간만이 있을 뿐이다

잠시 이렇게 창가에 서 있는 동안에도

햇살이 방 안 가득 들어오면 나는

사람들이 기쁨으로 충만되는 따뜻한 꿈의 이야기를 상상한다

그러나 짙은 구름으로 다시 방 안이 어두워졌을 때

저들도 눈앞이 답답하리란 생각에 가슴이 조여온다

모든 것은 내가 작은 서랍 안에 갇혀 있기 때문

세상은 구름 밖에 있고 햇살은 어딘가로 흘러간다

이런 깨달음에 잠시 감격해하다가도

다시 쓸쓸함에 젖곤 하니

이게 인생인가 보다

— 「That's life」 부분

일종의 자기풍자에 가까운 이 시는 오늘날 대부분의 시인이 처한 현실을 선명하게 환기시킨다. "진리는 없고 시간만이 있을 뿐이다"라는 진술에서 시인의 의식을 장악한 허무를 짐작할 수 있다. 이제 "믿음이란 순간에 지나지 않는다". '믿음'이 오히려 날카로운 칼날이 되어 시인의 심장을 도려내는 배반의 세상이므로 인생은 갑자기 쓸쓸해지는 것이다. "따뜻한 꿈의 이야기"는 상상 속에서만 존재하거나 "작은 서랍"에 갇힌 채 죽어갈 뿐이다. 시인이 꿈꾸는 세상은 "구름 밖에 있고 햇살은 어딘가로 흘러간다". 시대정신의 막연한 '추상성'은 더 이상 시인의 마음을 감격시키지 못한다. 하여 "이게 인생"이라는 절망과 체념은 1980년대의 시적 낙인烙印이 뚜렷하게 남아있는 시인을 쉽게 장악하고 만다.

그러나 보다 큰 문제는 무기력한 현실을 극복할 수 있는 대안이 시인에게 더 이상 존재하지 않는다는 점이다. 시인은 시대적 에너지를 탈진한 상태다. 이는 오늘날 대부분 시인들의 실제 모습이기에 그의 고백은 오히려 차분하고 진솔하게 다가온다. 그의 운명은 시의 운명에 겹쳐 있는 것이다. "빛과 어둠이 뚜렷하게 충혈된 세상에서 살아야겠다 나는 나이고 우리끼리 살고 싶다 눈물 머금던 때도 있었다 그러나 오늘 나는 다만 지쳐서 걷는다"(「개미와 소나무」)에서처럼 시인은 유독 무기력에 깊이 침윤당해 있다. 미래를 기획하자마자 밀려오는 피로와 무기력은 "지친 하루"(「가난한 날의 행복」)와 "쇠잔한 자전거"(「은행나무」)에서도 감지되는데, 이는 그의 시에 잠의 이미지(「모래 위의 집」과 「빈 자전거」)가 더러 발견되는 이유이기도 하다.

"내 문학의 시작은 죽음"(「시인의 말」)이라는 시인의 고백처럼 박철의 시는 근원적 결핍 속에서 발아한다. 그러나 그는 결핍이 빚어내는 강렬한 욕망을 지니고 있지 않다. 아니, 그는 욕망을 지니고 있다.

> 나처럼 세월을 일업이 소일하되 늘 근심이 많고 우울하고 조바심이 강한
> 사람은 게으른 사람이 못 된다 게으른 사람은 욕망이 없다 나는 반대로 세
> 상에 대해 더 알고 싶고 많은 것을 경험하고 싶으며 가능하다면 남을 위해
> 좋은 일도 해보고 싶은 사람이다 그러나 그 중 단 한 가지도 못 이루고 있다
> 나는 게으른 사람이 못 된다 나의 슬픔은 그런 나를 세상이 게으르거나 나
> 태한 사람으로 잘못 알고 있다는 사실이다 나는 다만 가난한 사람이다
>
> ─「게으름에 대하여」 부분

　여기서 시인의 '가난'은 경제력의 결핍이 아니라 시적 역능의 상실에
서 비롯된다. 시(시인)의 욕망은 '가난'의 옷을 입었다. '가난'한 욕망은
쉽사리 얼굴을 내지 못하고 침울한 표정이다. 그러니 시를 게으르다 하
지 말 일이다. 시는 욕망이 많으나 다만 가난할 뿐. "너 태어나 세상 향
해 함박 울었지 않니"(「울음소리」)가 암시하듯, 그의 시는 울음의 시인 동
시에 울음으로 탈진한 시이다. 미래의 전망을 구체적으로 실현할 힘을
상실한 그는 30여 년 전 김포행 막차의 차장 소녀를 그리워하거나(「기
록」), 누군가의 꿈에서 한 마리 낙타가 되어 사막을 건너는 상상을 한다
(「한 마리 낙타가 되어」). 하지만 그것은 무망한 일이다. 그 무망함은 시의
깊은 무의식으로 스며든다.
　우리는 박철의 시에서 근대시의 무의식을 마주한다. 그 무의식이란
시의 끝자락에 대한 억압된 예감이다. 그것은 근대시의 운명이다. 근
대시의 기원은 어처구니없게도 시의 끝자락이다. '근대문학의 종언'에

서 종언의 대상은 소설이지만, 시는 처음부터 종언의 운명을 짊어지고 있었는지도 모른다. 그럼에도 불구하고 시인들은 시적 무기력이라는 동굴 속에서 희미한 등불을 들고 시의 길을 개척해왔다. 그러나 박철 시인은 시의 '종언'에서 비롯된 무기력을 온몸으로 드러낸다. 그러므로 시의 진정한 '미래'는 박철의 시를 영도零度의 지점으로 삼아 다시 '불을 지필' 일이다. 이는 박철 시인의 텍스트적 역설이다.

　시의 종언이 선고되는 순간 '시와 시인'의 슬프고도 오랜 연애는 아래 시처럼 아름답고 애잔한 모습이다. 그리고 다시 '눈시울을 훔친 후', 어떤 표정의 시가 도래할 것인지 자못 궁금하지 않을 수 없다. 이에 대한 대답은 온전히 시인의 몫이리라. "모진 것이 사람 목숨"이듯이, 시의 운명 또한 마찬가지일 테니 말이다.

　　　　모진 것이 사람 목숨이라 하지만

　　　　뒷산 오르다 비탈에서 움켜쥔 팔목만한 측백나무

　　　　순간 떠오르는 것이 이것도 나보다는 오래 살겠구나

　　　　그렇게 생각하니 쉽게 팔이 떨어지지 않고

　　　　이때쯤이면 뭘 할까 저때쯤이면 어떤 모습일까

　　　　자꾸 이런저런 호기심에

　　　　나무 곁을 떠나지 못하는데

　　　　동행은 벌써 언덕에서 저승사자처럼 자꾸 나를 부른다

　　　　끝내 내가 이유 없이 눈시울을 훔치며 돌아서자니

　　　　나무가 고개를 숙여 아침햇살을 먹여주었다

　　　　　　　　　　　　　　　　　　　　　　—「나무의 선물」 전문

시인의 이륙과 윤곽의 소멸

허만하 『시의 계절은 겨울이다』

허만하. 그처럼 그윽하고 낯선 풍경이 있을까. 30여 년의 침묵을 뒤로 하고 돌아온 그의 시는 1960년대 언어와 내면의 체취가 남아 있다. 1960년대 그의 시는 실존적 허무주의로 가득했었다. 그의 허무주의는 어떤 것이었던가. "一九六九年 一月 一九日 午後 二時 四〇분, 나는 해운대 모래사장에서 조개껍질을 줍고 있었다. 즉 나는 먼 훗날의 내 두개골의 파편을 줍고 있었을 따름이다."(『해변海邊에서』, 『해조』) 자신의 부재를 미리 끌어안는 실존주의 감성은 시의 지층을 깊숙이 물들인 채였다. 그러나 이제 그의 시는 "저물어가는 始原의 斷崖에서 / 咆哮했던 끝없는 니힐"(『지층地層』, 『해조』)에서 벗어나 세계의 이면을 낯선 풍경으로 보여준다. 긴 침묵으로 인해 모두가 그를 잊었을 무렵, 그의 시는, 아니 내면의 광맥은 "침묵의 두께"(『간절곶 등대』)를 뚫고 나와 "한 여름 정오의 자명성"(『기다림은 언제나 길다』)처럼 눈부시게 떠오른 것이다.

우뚝 솟은 거대한 광물처럼, 허만하는 시간의 단절을 아랑곳하지 않고 융기해 있다. "시의 한 줄이 / 위기의 벼랑처럼 서려면 / 세계를 바라보는 시선이 / 영하의 어둠 속에서 얼어붙는 / 순결한 별의 눈빛이 되어야 한다"(「외로운 벼랑」) 그는 "외로운 벼랑"처럼 우리 앞에 서 있는 것이다. 기실 그는 "호모 에렉투스"처럼 "미래의 이름을 꿈꾸며, 나무 뿌리처럼 땅 밑에서 어둠의 허리를 끌어안고 잠들어 있었"(「Homo erec-tus」)던 것이다. 그리고 마침내 첫 시집 『해조』에서부터 시작된 시의 광맥은 가늠할 수 없는 침묵의 깊이를 우리 앞에 펼쳐놓고 있다. 하여, 강렬하게 응축되어 있었던 그의 시는 "세계의 극한을 찾는 여린 언어"이자 "우주를 횡단하며 휘어질 줄 모르는 별빛의 직선"이며, "불멸을 허용하지 않는 시간의 물보라에 젖었던 광물의 침묵"이기도 하다(「시의 계절은 겨울이다」). 깊은 광맥으로부터 분출된 그의 언어는 어디를 향해 질주하는가.

> 말은 가슴 안에서 다져진 뜨거운 언어가 폭발적으로 뛰쳐나온 순결한 질주다. 달리던 한 마리 말이 갑자기 걸음을 멈추었다. 어둠의 극한에서 세계의 기원을 생각해내려 수직으로 목을 치켜들고 멀리를 살피고 있는 한 마리 말. 목덜미 이하는 태초의 어둠이다. 처음으로 별빛을 만들어내는 어둠.
> ―「말머리성운」 부분

그의 언어는 말馬의 전신轉身이다. "어둠의 극한에서 세계의 기원을 생각해내려 수직으로 목을 치켜들고 멀리를 살피고 있는 한 마리 말". 그것은 오랜 침묵을 깨고 세상에 나온 시인을 표상한다. "목덜미 이하는 태초의 어둠" 혹은 "처음으로 별빛을 만들어내는 어둠". 그 어둠의 에너지로써 그의 언어는 "세계의 기원"에 가닿고자 하는 것이다.

세계의 기원은 언어의 포착을 허락하는가. 이 물음 앞에 그의 시는 "위기의 벼랑처럼 수직으로"(「외로운 벼랑」) 설 수밖에 없다. 벼랑은 무한에 대한 열망과 좌절을 함축한다. 시의 언어는 무한을 열망하되 좌절의 형식을 궁극으로 삼는다. "무한대의 세계에서는 날아오르는 일이 추락의 한 방식에 지나지 않는다."(「추락」) "벼랑"은 비상과 추락이 응축된 이미지라 할 것이다. 이것이 그의 시다. 깊은 침묵의 어둠을 딛고 선 그의 시는 닿을 수 없는 최초의 별빛을 향한다. 그 별빛은 무한의 세계에 머문다. 그곳은 "지구의 바깥, 다시 그 먼 바깥"의 세계이며, 세계와 시인의 사이 공간에는 "끝없는 침묵"만이 존재할 뿐이다(「간절곶 등대」).

시간의 무한에 대한 사유는 그에게 있어 시의 척추가 된다. 무한과 유한은 한 짝이다. 시간의 무한성에 대한 감각은 인간의 유한성에 대한 비극적 페이소스에서 비롯된다. 사물의 이면을 들여다보는 언어는 사물의 세계를 해체하고 새로운 풍경을 직조한다. 그 풍경 속에 시간의 무한성과 유한성이 각인된다. 무한성은 이름 지을 수 없는 신神의 것이고 유한성은 이 세계의 것이다. 무한과 유한의 대립은 그의 시세계를 이루는 본질이다. 그러나 그의 시는 이제 허무나 비극을 말하지 않는다. 무한과 유한의 틈새에서 빚어지는 낯선 풍경을 고스란히 담아낼 뿐이다. 세계의 껍질을 벗어나 "나를 거절하는 낯선 풍경"(「모래사장에 남는 물결무늬처럼」)을 향한 도취를 그의 시는 보여준다. 하지만 그러한 도취는 마른 모래알처럼 서걱대고 건조하다. 그의 시는 항용 어떤 "윤곽"을 의식하기 때문이다. 그 "윤곽"이란 어떤 것인가.

잔잔하게 불타오르는 모래를 밟던 최초의 낙타가 무릎을 꿇고 쓰러진 지점에서 사막은 사방으로 확산하기 시작했다. 유순한 낙타의 걸음에게 넓이란 죽음으로부터의 끊임없는 탈출이다. 쓰러진 낙타가 눈감고 뜨거운 그 자리에서 움직이지 않는 것은 마지막 숨을 들이마시며 바라본 하늘에 떠 있던 한 송이 구름의 아름다움을 잊지 않겠다는 결의의 표현이다. 구름에 윤곽이 없듯 슬픔에도 윤곽이 없다.

—「확산」 전문

따지고 보면 사람도 사물도 외로움으로 자신의 윤곽을 간신히 견디고 있다.

—「윤곽」 부분

"윤곽"은 사물과 주체의 유한성을 지시하는 흔적이다. "죽음으로부터의 탈출"은 "윤곽"을 벗어나는 일과 다르지 않다. 그러나 사물과 주체의 윤곽은 원래 없는 것이기도 하다. 무한의 시간대에서 보면 "윤곽"은 서서히 사라지고 마는 것이기 때문에 다음과 같은 문장 또한 적실해지는 것이다. "구름에 윤곽이 없듯 슬픔에도 윤곽이 없다." 그럼에도 불구하고 사물과 주체의 윤곽은 현실 효과를 지닌다. 아니, 그것은 "간신히 견디는 것"이다. "사람도 사물도 외로움으로 자신의 윤곽을 간신히 견디고 있다." "윤곽" 내부와 외부의 간극은 곧 유한과 무한의 간극이다. 그렇다면 그의 시는 유한을 견디며 무한을 사유한다고 말할 수 있으리라. 유한의 지층에서 무한을 사유하기. 무한을 사유하되 유한한 주체의 자리를 지속적으로 서걱대는 것. 이 서걱댐의 언어야말로 그가 말한 바 있는 "바깥과 안의 계면에 태어나는 시"(「바다 물빛에 대한 몇 가지 질문」)의 형상이다.

"계면界面"은 통합과 분열의 자리다. 계면에서 태어나는 시적 주체의 윤곽은 "통합"과 "분열" 그 자체이다. 그러나 허만하는 통합보다는 분열을 향해 간다. 통합이 보다 큰 윤곽을 그리는 행위라면, 분열은 윤곽을 벗어나는 행위이다. 이 "계면"의 자리에서 시적 주체는 마른 입술을 힘겹게 움직인다.

> 나를 보고 있는 나를 나는 보고 있지만, 나의 시선 끝에는 내가 한 번도 본
> 적이 없는 풍경의 빛과 그늘이 있다.
>
> ─「눈동자 거울」 부분

주체의 실상은 "나를 보고 있는 나를 보는 나"에 지나지 않는다. 이른바 의식의 지향성. 선험적 주체의 자리를 찾아가는 과정은 지난하다. 그럼에도 불구하고 이 힘든 과정을 그의 시가 밟는 까닭은 새로운 풍경에 대한 열망 때문이다. 주체의 윤곽을 연쇄적으로 벗어난 끝에 도달하게 되는 풍경은 "내가 한 번도 본적이 없는 풍경"이다. 이처럼 그의 시는 본질적으로 현상학에 맞닿아 있으며 실존주의의 뿌리를 갖는다. '나'의 연쇄적 분열, 혹은 탈구는 어떤 심연에 도달하기 위한 과정이다. 그의 시는 본질적으로 어떤 근원을 상정한다. 근원을 향한 욕망에 처단된 그의 시는 사물과 그 사물을 바라보는 주체의 윤곽을 지울 수밖에 없는 것이다. 즉, "나의 국경"을 폐기하고 "나의 피부 바깥"(「인체해부도」)을 탐색하는 것이야말로 주체의 윤곽을 지우는 행위라고 할 수 있다. 윤곽을 벗어나는 실존의 형상은 주로 "새"로 표상된다. "심연을 포용한 첫 경험 이후 / 새는 지금까지 날개를 접지 못한다". 심연에 다시 도달하고자 하

는 그의 욕망은 "날개의 사상"으로 전신한다. "날개는 갇힌 공간에서 태어나는 사상이다"(「날개에 대하여」). 이 날개는 단언컨대 죽음과 허무의 "지층"에서 비롯된 것이다. 지층에서 솟아오른 날개는 사물과 주체의 윤곽을 지우고 비상한다. 하지만 어디를 향한 비상인가.

　　　내가 조용히 바라보았던 것은 잎 진 실가지 그물 틈새로 나무의자 위에 떨어지는 여윈 햇살 부스러기가 아니라, 비어 있는 나무의자보다 철저한 나의 기다림이었다. 기다림은 언제나 길다. 녹슨 가시철조망 안에서 바라보는 또 하나의 눈물겨운 노을. 아, 바깥!

　　　　　　　　　　　　　　　　　　　　　　　　　—「기다림은 언제나 길다」 부분

　그의 시는 철저하게 바깥을 향해 있다. 바깥은 세계의 윤곽을 벗어난 곳에 있다. 윤곽을 벗어난 주체의 비상은 세계의 윤곽 바깥, 즉 세계의 근원에 닿고자 하는 그의 욕망과 무관하지 않다. 그것은 매우 지난한 과정이기에 "철저한" 기다림을 요구한다. 첫 시집 이후 지속되었던 기다림의 과정에서 그의 시는 세계의 근원뿐만 아니라 주체의 근원에 대한 성찰마저 점점 깊어진 바 있었다. "나를 나이게 하는 모든 것을 부정하며 겨울 음악처럼 세차게 눈이 내리고 있는 해안도로에서 뿌연 가로등처럼 서 있는 나는 누군가."(「겨울에 대하여」) 그는 주체에 대한 심각한 의문에 도달한다. 지금껏 간신히 견뎌왔던 사물과 주체의 윤곽들. 그 윤곽들로부터 그는 조심스럽게 해방되고 있는 것이다. 하여, 그는 해변의 마른 조개로부터 "먼 훗날 내 두개골의 파편"(「해변에서」, 『해조』)을 떠올리던 주체와의 결별을 암묵적으로 승인한다.

죽음으로부터의 해방. 다시 말해 "죽음을 의식하는 나"로부터의 해방이다. 1960년대의 그가 마른 조개로부터 먼 훗날의 자신의 죽음을 떠올렸다면, 이제는 "이곳에 있는 나는 벌써 / 이곳에 없다"(「절개지」)라고 선언하고 있는 셈이다. 죽음이라는 "허무의 계곡"(「동백」, 『해조』)을 벗어나 "세계가 처음 시작할 때의 / 해맑은 푸름 / 하늘이란 말이 사라지고 난 뒤에 태어나는 / 비어 있는 푸른 깊이"(「부재의 거울」)를 들여다보는 것이다. 주체의 윤곽과 세계의 윤곽이 사라짐으로써 세계와 주체는 온전히 하나가 된다. 그러나 이 "하나"는 다양성을 품는다. "나는 다양성이다. 다양성이 악이라면 나는 악이다."(「나는 피와 흙이다」) 하여, '허만하'라는 시적 주체는 비로소 만상萬象으로의 전신을 이행한다.

모래사장에 집어 든 흰 조개껍질은 한때 나의 뼈였다. 나는 또 길섶에 피어나 바람을 기다리던 한 송이 패랭이꽃이었다. 나는 한때 물길 밑바닥에 출몰하는 한 마리 연어였다. 흐름 위에 떨어진 그늘이었다. 다시 나는 썰렁한 겨울 들판 한가운데 태어나는 격렬한 바람이었다. 나는 끝내 기슭에 이르지 못한 채 사라지는 물결이었다. 사라진 자리에 눈송이처럼 조용히 쌓이는 싱싱한 시간이었다.

—「눈송이 지층」 전문

이 시는 허만하의 시적 진화를 온전히 응축하고 있다. 허무와 주체의 윤곽에서 벗어난 해방감이 충만하다. 허무와 죽음이 짓눌렀던 실존의 지층은 이 시를 통해 한결 가볍고 자유로운 생성의 지층으로 바뀐다. 죽음으로 압착된 무거운 광물의 세계를 비로소 벗어난 것이다. 광물의 이미지를 가득 머금은 지층과 대비되는 "눈송이 지층"이란 바로 이런 의미를 함축한다. "눈송이"처럼 쉽사리 흘러내리는 무형의 존재로, 혹은 무엇으로든 전신할 수 있는 눈의 결정체로 이루어진 지층. 이는 정확히 알랭 바디우의 윤리학에 맞닿아 있다. 절대적 선, 혹은 진리는 곧 악이라는 바디우의 윤리학은 남근^{phallus}과도 같은 일자^{一者}의 세계를 부정한다. 허만하는 광물의 지층에서 눈송이의 지층으로 이동함으로써 현대성의 윤리에 이르고 있는 것이다.

'윤리'는 결코 완결될 수 없다. '윤리'는 결핍 그 자체이며, 그런 까닭에 윤리는 지속적인 부정과 생성을 반복한다. 이것이 오늘날의 시가 도달한 새로운 '현대성'의 국면이다. 마찬가지로 시의 언어가 가닿은 자리 역시 즉시 부정되고 무화됨으로써 새로운 생성의 자리를 마련해야 한다. 시야말로 결핍 그 자체라는 점에서 윤리와 같은 운명에 처해 있다고 할 수 있다. 이로써 시는 날개이되 "하루살이의 날개"에 지나지 않는다는 시인의 전언을 어렵사리 이해할 수 있게 된다.

> 지상에 흔적을 남기지 않고 정갈하게 사라지는 하루살이의 날개. 바위 벼랑을 차고 날아오르는 거대한 독수리 날개보다 순수한 하루살이의 날개. 시는 하루살이의 날개다. 여리고 여린 하루살이의 날개.
>
> ─「하루살이의 날개」부분

독수리와 같은 남근에서 해방된 "순수한 하루살이의 날개"야말로 딱딱하게 굳어버린 그 어떤 윤곽도 만들지 않는 현대성의 윤리를 구현한다고 볼 수 있다. 시의 언어 또한 다르지 않다. 허만하의 언어는 궁극적으로 의미를 부정한다. 그가 열망하는 언어란 다음과 같은 문장으로 제시된다. "언어는 벌써 의미를 넘어 / 언어 이전의 침묵에 가까워지고 있다", "세계를 이름 없는 그대로 두라."(「오백 광년의 노을」) 그의 언어는 남근적 의미로부터 해방되어 사물 그 자체에 밀착되고자 한다. 혹은 언어 그 자체로 물질이 되고자 한다. 그럼으로써 그는 사물 이면의 새로운 풍경을 창조해내는 것이다. 프랑시스 퐁주를 떠올리게 하는 "물질은 이유를 초월한다"는 문장 역시 그의 언어가 닿고자 하는 물자체를 향한 열망을 응축한다. 언어는 언어 이전의 침묵에 완전히 닿을 수 없다. 그래서 "물질이 되지 못한 언어와 언어가 되지 못한 물질 틈새에서 언어는 한정 없이 쓸쓸"(「물질은 이유를 초월한다」)한 것이다.

이 쓸쓸함은 그리움 때문이다. 허만하는 그리움을 "목마름"으로 표현한다. "물에는 목마름이 녹아 있다", "어떤 사막도 물처럼 목마를 수 없다."(「섬진강 물방울」) 흐르는 물은 시인의 언어와 주체를 표상한다. "물은 목마름 쪽으로 흐른다". 제3시집 제목이기도 했던 이 문장은 시인의 운명을 말해준다.

> 분명히 내 안에 깃들어 있으면서, 나와 무관히 독립적으로 작동하는 언어. 나를 앞서 정신의 지도를 만들고 나를 앞서 영혼의 풍경을 빚어내는 누구의 것도 아닌 투명한 언어.
>
> —「나는 시의 현장이다」 부분

언어는 윤곽을 벗어버리지 못한 주체와 사물의 계면에서 낯선 풍경을 만들어 낸다. 계면의 풍경은 한 곳에 머물지 않는 "길의 풍경"이다.

시인의 언어는 목마름 쪽으로 흐른다. 시인의 언어에는 목마름이 녹아 있으며, 어떤 사막도 시인의 언어처럼 목마를 수 없다. 목마름 속에서 시인은 날갯짓을 한다. 정신과 육체의 윤곽이 사라질 때까지 멈추지 않는 목마름이야말로 시인의 운명인 것이다. 하여, 이 지상地上은 "시의 계절"을 살았을 한 시인을, 목마름의 이륙을 오래오래 기억해야 하리라.

　요절한 나비의 영혼은 불타는 흰 눈송이의 날개를 펼치고 물보라를 헤치는 뱃머리 방향으로 푸른 무한을 날아오르고 있다. 자욱이 흩날리는 벚꽃 꽃잎보다 가벼운 날개 흔들며 날아오르고 있다. 나비는 숨진 지점에서 벌써 하늘을 날아오른다.

　　　　　　　　　　　　　　　　　　　　　　　　　—「나비의 이륙」 부분

환상과 환유의 시적 기원

김참의 시세계

1. 환유성과 환상성, 미래파의 기원

야콥슨은 언어의 선택과 배열을 환유와 은유로 설명한 바 있다. 야콥슨의 이론에 힘입어 유사성 원리의 은유 양식이 낭만주의와 상징주의에서 압도적인 반면 인접성 원리의 환유 양식은 사실주의 문학이나 산문에서 압도적이라는 사실은 이미 상식이다. 은유가 수직적 세계관의 산물이라면 환유는 수평적 세계관의 산물인 것이다. 은유와 환유가 단순한 언어 구조와 체계의 차원이 아니라 세계관의 차원에서 운용된다는 점에서 은유와 환유의 활용도는 시인의 세계관을 반영해준다. 최근의 환유시가 인접성의 원리를 벗어나 '인접성의 혼란'(김준오)에 기초하고 있다는 사실은 수평적 세계관을 넘어선 새로운 세계관의 탄생을 암시한다. 김준오의 지적을 빌리자면, 오늘날의 환유시는 비유기적 결합의 개방형식으로서의 환유 양식을 지닌다. '비유기적 결합'은 바로 인접성의 원리가 아닌 '인접성의 혼란'에서 비롯된 것으로 이미지와 이미지의 비유기적 결합의 틈새로 의미의 공백이 들어설 수 있음을 말해준다. 다시 말해 비유기적인 개방형식은 사실주의적 문맥을 일탈함으로써 정체불명의 환상적 이미지를 만들어내는 데 일조한다. 이것은 1990년대 이후의 환상시를 해석하는 데 중요한 참조점이 된다. 환유시가 사실주의시가 아니라 '환상시'가 되는 배경에는 '인접성의 혼란'이 자리하고 있기 때문이다.

비유기적 환유 양식의 환상시가 의미의 일탈에만 맹목적인 것은 아니다. 유기적 환유 양식이 이 세계를 사실적으로 드러내는 데 기여한다면, 비유기적 환유체계는 의미의 일탈을 넘어 어떤 '실재'를 소환하기 때문이다. 사실 이런 종류의 환유시가 1990년대 이후 환상시의 중핵을 이루고 있으며, 뚜렷한 세계관적 충격을 남기고 있다는 사실을 주목할 필요가 있다. 시적 언어의 운용이 전적으로 은유 혹은 환유 양식에 의해서만 이루어질 수 없듯이, 비유기적 결합의 환유체계 자체가 은유 혹은 상징을 형성하기도 한다. 환유원리에 구조적으로 맞닿은 몽타주에 은유적 몽타주와 상징적 몽타주가 존재하듯이[1] 환유체계 역시 최종적으로 은유와 상징 기능을 수행할 가능성이 존재한다. 이는 비유기적 결합에 의한 환유시가 의미 일탈의 기능뿐만이 아니라 보다 포괄

---

1   야콥슨이 환유를 설명하면서 영화의 쇼트를 인용하기도 했는데, 사실 환유는 운영체계 면에서 몽타주와 유사하다. 실제로 몽타주의 쇼트 결합 양상에 따라 몽타주의 기능은 확연히 달라진다. 쿠헨부흐Kuchenbuch는 몽타주의 종류를 쇼트 결합 방식에 따라, 장면적·서술적·묘사적·환유적·은유적·상징적·연상적 몽타주로 분류한 바 있다. 이들 몽타주는 모두 쇼트와 쇼트의 결합 관계의 유기성 혹은 비유기성에 따라 그 기능이 달라진다. 볼프강 가스트, 조길예 역, 『영화』, 문학과지성사, 1999, 116~125면 참조.

적이고 높은 차원의 의미 형성 기능을 수행함을 뜻한다. 다시 말해, 환상성을 띤 환유시라 할지라도 의미의 일탈과 형성 양상이 단순하지 않다는 점을 주목할 필요가 있는 것이다.

2000년대 중반에 불거진 젊은 시인들에 대한 논란은 이들의 시가 지닌 극단적인 환상성과 환유성에서 기인한 바가 크다. 한 평자에 의해 '미래파'라는 과도한 명칭을 부여받은 일군의 시인들이 논쟁의 중심에 서게 된 것이다. 젊은 시인들의 환상성과 환유성이 실은 1990년대부터 형성되기 시작했다는 점을 상기하면 2000년대 중반에야 비평가들의 논쟁이 치열해진 것은 '미래파'라고 불리는 시인들의 시단 점령에 대한 기대와 우려가 극단적으로 교차된 결과일 것이다. 그러나 이들의 시가 지닌 환상성은 사실이 '인접성의 혼란'에 기초한 환상성이라는 점을 상기한다면 이들의 시는 새롭게 부상한 세계관의 반영이라기보다는 90년대의 시적 흐름이 2000년대 들어 극단화된 것에 지나지 않는다. 그러나 당시의 비평적 태도를 상기해볼 때, 이들에 대한 지나친 상찬과 억압에 기초한 비평들이 난무했다는 느낌을 지울 수 없다. 그리고 2000년대 중반의 논쟁에 의해서 그 존재감이 다소 반감된 듯한 시인이 존재한다는 사실 역시 기억해야 한다. 시인 김참이야말로 2000년대 논쟁의 대상이었던 미래파의 세계관적 기원이 될 만한 시인이기 때문이다.

2. 비유기적 환유 양식의 자유와 해방

시인 김참[2]은 1990년대 한국시단의 총아寵兒였다. 20대 중반 즈음에 등단하여 환상시의 영역을 가장 경쾌하고 발랄하게 개척한 이가 바로 김참이다. 1980년대와는 전혀 다른 90년대의 시단 환경 속에서 김참은 속도감 있는 환유와 시공간의 해체를 통해서 환상시에 새로운 개성을 불어넣었다. 보다 의미를 부여한다면, 김참은 2000년대 환상시의 도래를 알리는 화려한 전조였다고 할 수 있다. 우선, 김참이 시작 방법으로 채택하는 언어의 환유체계는 2000년대 환상시의 계보를 형성하는 기원에 있다. 이른바 '비유기적 개방형식'(김준오)으로서의 환유 양식을 능수능란하게 사용함으로써 대부분 환유체계를 사용했던 2000년대 환상시들의 전범이 되었던 것이다. 물론, 2000년대 이후의 한 평자에 의해 '미래파'라고 지칭되던 일군의 시인들이 등장함으로써 김참의 시가 주었던 충격이 반감되긴 했지만, 김참은 여전히 90년대 이후 한국시의 변화를 이끈 중추적인 시인으로서의 시사적 의미를 지닌다.

1990년대의 김참이 주었던 시적 충격은 이전에 볼 수 없었던 자유로운 상상력에서 비롯되었다. 극단적 환유 양식의 이미지들은 기존의 시적 상상체계를 파괴하는 데 일조했다. 90년대 시단이 80년대와 차별화된 신서정시와 정신주의 시를 뚜렷한 시적 자산으로 삼으려 할 때, 그가 들고 나온 시적 상상력은 신선한 충격으로 다가왔던 것이다. 그가

---

2   김참의 시집은 세 권이다. 『시간이 멈추자 나는 날았다』(1999), 『미로여행』(2002), 『그림자들』(2006).

구사하는 이미지의 환유 양식은 매우 극단적인 데가 있었다. 시간과 공간을 해체하고 재결합하는 데 그 어떤 자기검열도 없어 보였다. 80년대의 정치적 억압 속에서의 시적 경향과 90년대 신서정 운동과 정신주의 시와는 전혀 다른 시적 개성을 내보였던 김참의 시는 그 어떤 구속도 거부하는 데서 출발했던 것이다. 이미 많은 주목의 대상이 된 바 있지만, 다시 그의 초기시 한 편을 보도록 하자.

> 시간이 멈추자 나는 날았다. 건물들은 허물어지고 길들이 지워졌다. 시간이 멈추자 공중에 비탈길이 생겼다. 나는 그 길을 따라 시간의 반대편으로 걸어 들어갔다. 시간의 반대편에는 달이 있었고 별이 있었고 둥근 기둥이 있었다. 두 마리 새가 기둥 위에 앉아 있었다. 기둥 밑에는 장작이 타고 있었다. 검은 치마를 입은 처녀들이 기둥을 향해 걸어왔다. 그녀들의 얼굴에는 눈이 없었다. 코도 없고 입도 없었다. 그녀들은 기둥을 지나 나무 밑을 걸어갔다. 사람들의 머리통이 주렁주렁 매달려 붉은 열매로 익어가고 있는 나무 밑을 지나갔다. 나는 나무 뒤에서 휘파람을 불었다. 어디선가 두 마리 개가 달려왔다. 여자들이 기둥을 향해 재빨리 달렸다. 시간의 반대편에는 달이 있었고 별이 있었고 두 마리 새가 기둥 위에 앉아 있었다.
>
> ─「시간이 멈추자」 전문, 『시간이 멈추자 나는 날았다』

"시간이 멈추자 나는 날았다"로 시작하는 이 시는 타자의 구속에서 해방되는 순간을 절묘하게 묘사함으로써 1990년대 시단에 신선하고도 긴 파장의 충격을 남긴다. 이 시는 첫 문장만으로도 모든 것을 말해준다. 나머지 문장들은 첫 문장의 해방감을 구체적으로 이미지화하는 역할을 수행할 뿐, 모든 시적 충격은 첫 문장에서 발산된다. 이 시에서 '시간'은 절대적인 '구속'과 '감금'의 의미를 지닌다. 시간의 선조성에 따라 작동되는 근대의 규율 체계와 물적 욕망들 속에서 시적 주체인 '나'는 자유와 해방을 희구하는 것이다. '시간'과 '나', 그리고 '날았다'는 행위의 결합은 '시간'과 '나'의 대립 속에서 터져 나오는 자유와 해방의 이미지를 강렬하게 드러낸다. 그런데 신기한 것은 해방과 자유의 분출 태도에서 주저함이 전혀 발견되지 않는다는 사실이다. 시의 첫 문장부터 "날았다"는 행위를 간결하게 서술하는 시적 주체 '나'의 탄생은 2000년대를 앞에 두고 드디어 시작될 새로운 시적 흐름과 무관하지 않다. 그러니까 이 시는 의미를 형성하는 시가 아니라, 이미지의 환유 양식에 의해서 의미를 균열내고 의미로부터 달아나는 시이다. 시적 주체는 시간(의미)이 멈추는 순간 마음껏 물속을 유영하듯이 부드럽게 날아다니면서 시간(의미)의 반대편을 목도한다. 시간의 반대편에는 눈도, 코도, 입도 없는 처녀들을 비롯한 여러 형상들이 제시되지만, 의미를 부여할 만한 이미지는 존재하지 않는다. 오히려 의미를 부여하려는 순간, 이 시가 지닌 매력과 충격은 반감되고 만다. 다시 말하지만, 이 시가 주는 해방감은 어떤 의미도 휘발해버리고 없는 이미지의 환유 양식에 대한 인지적 충격에서 비롯되는 것이다. 그렇다면 아래 시는 또 어떤가?

 너의 눈에는 집과 유리창과 나무가 있고 커다란 염소의 젖을 짜는 여자가 있고 검은 하늘에 담긴 흰 구름이 있다 새들이 날아가고 자동차가 지나가는 너의 눈을 나는 오래도록 바라본다 너의 눈에는 어둠을 달리는 고양이가 있고 어둠을 밝히는 불빛들이 있고 피 흘리며 쓰러지는 영화의 주인

공들이 있고 그들을 버리고 떠나는 검은 기차가 있다 기차가 지나가자 흔들리는 나무와 풀들이 있다 너의 눈에는 세계가 담겨 있다 너의 눈 속엔 눈의 눈을 통해 세계를 바라보는 눈이 있다 나는 너의 눈을 통해 내 눈을 오래도록 바라본다

— 「너의 눈」 전문, 『미로여행』

이 시에서 지배적 이미지는 눈이다. 눈에 비친 세계는 인접성이 없는 장면들의 비유기적 결합을 통해 이루어진다. 그런데 이 눈은 '너'의 눈이다. 그러니까 '너'의 눈에 비친 세계를 '나'는 바라보고 있다. 세계는 '너'의 눈을 통해 간접화된다. 의미를 도통 알 수 없는 풍경이 너의 눈을 통해 가시화된다. 게다가 '너'의 눈에는 '너'의 눈에 비친 세계를 바라보는 '나'의 눈이 있으며, 그 눈을 '나'는 오래도록 바라보는 것이다. 결국 '너'의 눈에 비친 세계를 바라보는 '나'의 눈조차도 '너'의 눈을 통해 확인하는 과정은 의미의 준거가 고정되어 있지 않고 미끄러지는 사태를 드러낸다. 그러므로 이 세계는 하나의 거대한 미로다. 풍경을 해석할 수 있는 의미의 축과 좌표들이 무너짐으로써 세계의 풍경은 인접성의 혼란을 겪는 장면들의 연속이다. 김참의 시에서 '미로'의 이미지가 자주 등장하는 것은 바로 이 때문이다. 「미로별장의 모험」, 「미로」, 「미로·자전거·굴뚝」, 「마을을 찾아 나서다」(『시간이 멈추자 나는 날았다』), 「미로여행」, 「계단으로 이어진 복도들」(『미로여행』), 「미로로 얽힌 마을」, 「사라진 집」, 「포도밭 가는 길」, 「나선형 계단들로 끝없이 이어진 골목」(『그림자들』), 그리고 최근에 발표된 「나선의 마을」(『문학사상』, 2011.5) 등 '미로' 이미지와 관련된 시들이 다양하게 변주된다. 김참의

시가 주로 어떤 대상을 찾아 한없이 떠돌고 미끄러지고 길을 잃는 상황을 연출하는 것도 이와 무관하지 않다. 이미지의 유기적 결합과 상징계적 의미로부터의 자유와 해방이 김참의 시적 출발이었다면, 의미의 미끄러짐 속에서 끝없이 이어지는 미로는 김참의 시세계를 압축하는 이미지이다. 자유와 해방 이후 도래하는 미지에의 불안과 혼란은 김참 시의 필연적인 결과로서 작동하고 있는 것이다.

3. 미로의 '내부'와 '외부', 환상의 두 층위

김참 시를 특징짓는 다른 이미지가 있다면 바로 '죽음'의 이미지다. "시간이 멈추자 나는 날았다"가 상징계로부터의 해방을 함축한다면, 죽음은 균열된 상징계로 반드시 스밀 수밖에 없는 시적 이미지이다. 실재를 소환하는 가장 전복적인 이미지가 죽음이듯이, 상징계를 이탈한 상상력은 필연적으로 죽음을 껴안을 수밖에 없다. 그러나 김참의 시에서 죽음은 거부해야할 대상이 아니라 자연스럽게 섞이고 융화되어야 할 대상이다. 김참의 죽음 이미지를 두고 묵시록적이라거나 세기말적이라는 지적은 김참의 시를 세기말의 것으로 한정함으로써 시의 현재성을 저해하고 이해의 혼란을 초래할 뿐이다. 죽음과 관련한 김참의 시는 두 유형으로 구분된다. 한 가지는 어떤 대상이 사라지는 과정을 서술하는 것이고 다른 하나는 죽은 존재들과 융화된 모습을 서술하는 것이다. 이 둘은 정확히 한 짝을 이룬다. 상징계에서 사라진 존재들을 상징계 너머의 세계에서 만나게 되는 것이기 때문이다. 그러니까 미로의 '끝'이 실재계의 입구를 의미한다고 볼 때, 김참의 시는 '미로' 내부의 시와 미로 '외부'의 시로 구분 가능할 것이다.

> 내가 어렸을 때 논과 논 사이 물길엔 녹색 뱀들이 가득했지 길고 가느다란 녹색 뱀들은 징그럽지도 않았고 혀를 날름거리지도 않았고 물속에서 얌전히 놀고 있었지 논에서 출렁대던 물이 마르는 동안 녹색 뱀 한 마리 사라지고 돌담 아래 웅덩이가 마르는 오후에도 녹색 뱀 한 마리 사라졌지 나락이 자라는 논을 따라 내가 심부름을 갈 때도 녹색 뱀 한 마리 사라지고 누나가 피아노 건반을 하나씩 누를 때마다 녹색 뱀들은 한 마리씩 사라져갔지 마침 내 녹색 뱀들은 마치 처음부터 없었던 것처럼 모두 사라져버리고 말았지
>
> ―「녹색 뱀」 전문

위 시에서 "있었지"와 "사라졌지"의 대비는 모든 존재의 무화를 암시하지만, 위 시의 핵심적 의문, 즉 수수께끼는 녹색 뱀이 '왜' 사라졌는가가 아니라 녹색 뱀이 '어디'로 사라졌는가다. 사라지는 것들이 결국 당도하는 곳이 어디인지 이 시에서는 전혀 드러나지 않는다. 녹색 뱀들이 사라진 곳에 대한 의문은 결국 일종의 '미로 찾기'로 이어진다. 미로를 찾아 헤맨 끝에 당도해야 할 곳이 바로 '실재'의 소환 지점이지만 김참의 시에서 그것은 끝없이 유예된다. 어떤 존재가 미로 속으로 사라지거나 어떤 대상을 결국 찾지 못하는 상황은 죽음을 암시한다. 따라서 위 시는 말할 것도 없이 미로 '내부'의 시이다. 미로 내부에서 출

구를 찾고자 하는 '실재'의 탐색은 김참의 시에서 지배적인 이미지다. 예컨대, 「미로로 얽힌 마을」을 보도록 하자. 마을 입구의 낡은 지도에 있는 동사무소 옆 저수지를 찾아 헤매는 '나'는 저수지는 못 찾고 결국 마을 전체를 둘러본다. 그리고 다시 마을 입구로 돌아와 다시 지도를 확인하고 동사무소로 가는 전철을 기다린다. '저수지'는 물론 이 마을 속에 숨어 있는 '실재'의 입구를 의미한다. 마을이 상징계라면 저수지는 누빔점이다. 누빔점은 일종의 맹점盲點이다. 우리 눈이 맹점을 인지할 수 없듯이, 상징계적 주체는 누빔점을 인지할 수 없다. 결국 저수지(누빔점)를 찾아 헤매는 작업은 '의미화 연쇄'의 반복적 악순환이다. 미로 '내부'의 '의미화 연쇄'는 김참의 시가 지닌 환상의 본질인 것이다.

그러나 앞서 말했듯이 김참의 환상은 미로 '내부'와 '외부'의 환상으로 나뉜다는 점을 상기할 필요가 있다. 미로 내부의 '환상'은 상징계적 욕망과 관계한다. '욕망은 환유다'라는 라캉의 말처럼 환상은 상징계의 '결핍'을 메우고자 하는 욕망에 의한 대체물들의 지속적인 미끄러짐, 다시 말해 의미화 연쇄에 의해 발생한다. 김참의 시는 우리가 망각한 환상을 '환상' 그 자체로 되돌려줌으로써 우리의 세계를 출구 찾기가 끝없이 지연되는 미로로 만들어버리는 것이다. 반면에 미로 '외부'의 환상은 '실재'를 소환하는 자리다. 미로 찾기가 상징계의 영역이므로 '실재'를 소환한 환상은 미로 찾기를 폐기한다. 이미 상징계의 입구를 통해 실재가 침입하였으므로 미로 찾기가 무의미해져 버리는 것이다. 그리고 실재의 이미지는 상징계 내의 환상을 무두질함으로써 죽음의 그림자를 입힌다. 김참의 시에 등장하는 갖가지 죽음 이미지는 미로 '내부'와 '외부'의 경계를 지우게 되는 것이다.

우리가 나무를 잘라 집을 짓는 동안 그들은 철판을 두드려 거대한 배를 만든다. 우리가 흙으로 그릇을 빚고 옥수수와 감자를 기르는 동안 우리가 마당 가득 붉은 꽃을 심고 나무 그늘 아래서 노래를 부르는 동안 그들은 검은 깃발을 만든다. 우리가 물고기를 잡고 세간을 마련하고 아이를 낳아 자장가를 불러줄 때, 그들은 온다. 검은 깃발을 펄럭이며 흰 구름 떠다니는 푸른 하늘을 가로질러 바람처럼 달려온다. 검은 배를 타고 그들은 소리도 없이 온다. 그들이 탄 거대한 배는 우리 마을 옥수수밭을 깔아뭉개고 우물과 느티나무가 있는 넓은 길을 엉망으로 만들어 놓는다. 그들은 옹기점의 갈색 그릇들을 부수고 우리가 일군 논과 밭을 쑥대밭으로 만들어 놓고 우리 아이들을 어둡고 커다란 배에 잡아 가둔다. 그들은 우리들의 나무집에 불을 놓고 떠난다. 검은 깃발을 펄럭이며, 천천히 떠난다

— 「검은 깃발」 전문, 『시간이 멈추자 나는 날았다』

검은 빛은 김참의 시에서 지속적으로 반복되는 이미지이다. 때문에 그의 시를 이해할 때 검은 색은 간과할 수 없는 요소다. 김참의 시에서 검은 색은 상징계로 침투한 실재의 얼룩이다. 위 시의 "검은 깃발" 역시 다르지 않다. "검은 깃발"의 도래에 따라 상징계는 파국을 맞이하는데, 검은 깃발은 상징계 너머 실재계가 죽음처럼 존재한다는 전언^{轉言}의 기호이다. 하여, 김참의 시는 일상생활 공간 속에 부유하는 죽은 자의 유령을 보여준다. 마루, 마당, 천장, 바닥 등 모든 삶의 공간에 죽은 사람이 서 있거나 매달려 있고 앉아 있고 서로 이야기를 나눈다. 죽은 사람들 사이로 배추흰나비들도 날아다니고, 급기야 '나'는 죽은 사람들과 함께 산책을 나선다(「사월」, 『그림자들』). 혹은 육체로 스미는 죽음의

기운을 묘사하기도 한다.

> 어제는 밥도 먹지 않고 잠도 자지 않았네 하루 종일 멍하니 누워 있었네 어제는 내 머릿속에 검은 생각들이 가득했네 검은 집 밖에 누워 있던 검은 고양이와 검은 개들 옆에서 검은 트럭에 검은 관을 싣던 사람들 아카시아 꽃 핀 검은 숲 지나 하늘을 날아다니던 검은 새들 어제는 내 머릿속에 온통 검은 것들이 가득했네 어둠 속에 가만히 서 있던 검은 옷의 사람들과 검은 그림자들 내가 누워있는 방 밖의 어두운 골목 반대편에서 누군가 부르던 검은 노랫소리들 검은 건반을 누를 때마다 울려 퍼지던 검은 피아노 소리들 피아노 소리에 맞춰 내 핏줄을 타고 퍼지던 검은 노랫소리들 어제는 하루 종일 멍하니 누워 있었네 창밖에선 가끔 새들이 울었네 귓속으로 검은 음악이 흘러들어왔네
>
> ―「검은 날의 몽상」 전문, 『그림자들』

위 시가 "귓속으로 검은 음악이 흘러들어왔네"로 종결되는 데서 알 수 있듯이, 육체로 스미는 죽음의 기운 역시 검은 색이다. 이 시는 검은 색이 지배한다. "검은 생각들", "검은 집", "검은 고양이", "검은 개", "검은 트럭", "검은 관", "검은 숲", "검은 새", "검은 옷", "검은 그림자" 등에서 알 수 있듯 '검은'이라는 수식은 이 시뿐만 아니라 김참의 시에서 지배적인 이미지다. 김참의 시에서 '검은 빛'은 미로의 '내부'로 침입한 불길한 실재의 기운들을 명징하게 드러낸다. 검은 빛은 곧 죽음을 의미한다. 죽음은 상징계를 전복시킨다. 죽음은 실재계로 가는 입구이자 실재계 그 자체이다. 김참의 시에서 '검은'이라는 수식의 빈번한 사용

은 미로 외부의 실재를 내부로 끌어들이기 위한 전략이다. "검은 것들"을 통해서 미로 내부와 외부의 경계는 흐려지게 되며, 실재계의 불길한 기운이 미로의 공간을 장악하게 된다. 미로 내부만을 맴돌았던 김참의 시적 환상은 실재의 얼룩까지도 포괄하게 된다. 따라서 김참 시의 환상은 상징계 내부의 환유적 욕망을 넘어 실재의 얼룩을 껴안고 있는 것이다.

그러나 실재의 얼룩이 늘 '검은'이라는 수식어로 진술된다는 점에서 실재의 얼룩이 지닌 치명적 전복성은 사실상 그 강도가 약해지고 만다. 위 시에서 확인했듯이, '검은'이라는 수식의 빈번한 사용은 '검은'의 전복적 이미지를 둔화시키고 단순성의 질곡에 빠뜨린다. '검은 색'은 수많은 물상들의 색채를 감춘다. 어둠 속에서 수많은 사물이 은폐되어 있듯이 검은 색은 깊고도 광활한 색채이다. "검은 것들"을 분색分色함으로써 미로 속에 침투한 실재의 얼룩을 다채롭게 드러낼 필요가 있는 것이다. 물론 이를 위해선 '미로'의 삶에 대한 인식의 구체성이 필요하다. 그러나 김참의 시적 공간은 항용 어두운 방이나 지하실로 회귀하는 습성을 보인다. 예컨대, 김참의 시에서 '눈'은 매우 중요한 시적 의미를 지니는데, 「천장에 붙어 있는 커다란 눈」(『미로여행』)에서 '눈'은 균열된 상징계의 틈새로 침입한 '실재'의 눈이다. 그러나 그 눈이 '천장'에 달려 있다는 점에서 시적 공간이 '방'이라는 사실을 알 수 있다. 인식의 확장과 심화가 유폐와 고립의 그물에 걸려 좌초되고 마는 것이다.

4. 실재계의 응시gaze와 주체의 전도顚倒

　실재의 얼룩이 상징계를 전복하는 힘을 보다 극대화하기 위해선 상
징계에 대한 시인의 예각적인 인식과 통찰이 더욱 요구된다. 인식과
통찰의 예각성은 세계를 명쾌하게 파악케 한다. 그 순간 그의 시는 해
석의 가능성을 박탈한 미로의 구조를 벗어난다. 이를 테면 「언덕 위의
작은 집」(『미로여행』)이 바로 그런 시다. 언덕 위의 작은 집에 사는 '나'와
언덕 아래의 공장 굴뚝의 대비부터 매우 선명하다. 굴뚝 연기로 인해
가뭄이 들고 식물이 말라가는 상황을 견디지 못한 '나'는 창고에서 녹
슨 대포를 가져와 굴뚝을 파괴하고 호탕하게 웃는다는 내용이다. 김참
은 이런 종류의 선명한 대비를 자주는 아니지만 가끔씩 즐긴다. 그리
고 인간의 삶에 대한 놀라운 인식과 통찰에 근거한 날카로운 풍자가
돋보일 때도 있는데 '아파트'를 소재로 한 아래 시가 그렇다.

　25층에 있는 어떤 방에서 사탕을 빠는 C는 4층 아파트를 내려다보며 4층
아파트가 살아 있다고 생각한다 저 큰 괴물의 몸 속에는 100명이 넘는 사람
이 살고 있고 몇 마리의 쥐와 몇 마리의 바퀴벌레가 숨어 있어 붕어나 청거
북이 있을 수도 있겠지 저 놈은 핏줄 대신 가스파이프와 수도관을 통해 피
를 실어나르는구나 저 놈은 동물일까 식물일까 저 놈의 구조는 꽤 복잡하
군 그런데 저 괴물 몸 속에 살고 있는 놈들은 자신이 괴물의 애완동물인 줄
도 모르고 자신이 괴물의 주인인 줄 알고 있다지 아마

　　　　　　　　　　　　　　　—「3월 14일」 부분, 『시간이 멈추자 나는 날았다』

아파트를 괴물로 묘사하고 스스로 괴물의 주인으로 착각하는 인간의 어리석은 치부를 드러내는 이 시는 아파트라는 상징계를 균열시키는 놀라운 '눈'을 지니고 있다. 시적 주체 스스로 '천장에 붙어 있는 커다란 눈'이 되어 방바닥이 아니라 문명의 인간 세계를 응시gaze하는 것이다. 아파트 주민들을 바라보는 이토록 독특한 '눈'은 실재의 얼룩에 감염된 것으로 매우 전복적인 힘을 지닌다. 이렇듯 김참의 시적 주체는 스스로 '응시'가 되는 순간 가장 큰 파괴력을 지닌다. '응시'에 노출된 시적 주체가 타자의 '눈'에 구속당하고 유폐적인 자의식에 시달리는 주체라면, 스스로 '응시'의 위치에 서 있는 시적 주체는 상징계를 파괴하고 의미의 확산과 심화를 가져오는 파괴력을 지닌 주체다. 때문에 '본다'라는 행위, 그의 시에서 행위의 중추가 되는 '본다'라는 행위는 주체와 객체의 전도가 필요한 셈이다. "잠자리들이 죽음의 사자처럼 몰려오는 것을 멍하니 쳐다본다"(「그림벽지로 도배된 방」)는 행위는 다만 실재의 침입이라는 사태에 무기력한 태도에 지나지 않는다. 따라서 주체의 눈을 실재의 눈으로 바꾸는 것, 즉 '잠자리'의 '눈' 그 자체가 되는 주체의 전도顚倒가 필요한 것이다. 실재의 눈, 즉 '응시'에 노출된 불안한 주체의 실존적 내면을 환상의 이미지로서 풀어내는 동시에 시적 주체의 삶의 근간이 되는 상징계의 전복을 시도하기 위한 '응시'가 보다 필요하다는 뜻이다. 그 '응시'와 전복의 대상을 보다 폭넓게 확장한다면 김참의 시는 보다 큰 파괴력을 지니는 동시에, 상징계의 전복 후 생성되고 약동하는 생명성의 새로운 시적 공간을 만나게 될 것이다. 아마도 다음과 같은 시는 김참이 근자에 이르러 만나게 된 전복된 세계 이후의 새로운 징후이자 어떤 미래일지도 모른다.

노란나비 날아다니는 하늘은 코발트블루. 그 위에 녹색 양떼구름 둥둥 떠가고 철도 레일 같은 검은 전선들이 코발트블루의 하늘을 양분한다. 하루에 한 번만 오는 기차는 전선이 늘어진 해변 마을을 향해 달리며 길게 기적을 울린다. 건물들 위엔 회색 지붕들 배처럼 떠 있고 지붕에 늘어선 화분에서 선인장들은 노랗게 꽃을 피운다. 벽돌과 벽돌 사이에서 창문들은 오후의 바다처럼 반짝이고 창문과 벽돌을 가르며 늘어선 검은 전선을 타고 기차는 느릿느릿 지나간다. 아이들은 나비처럼 들떠서 파란 물결 넘실대는 해변의 해당화 꽃밭 위를 팔랑팔랑 뛰어다닌다.

—「간이역」 전문, 『시안』, 2011 여름

신음呻吟과 무음無音의 시

송승환 · 김종미의 시세계

1. 시의 은둔과 고독

2009년 막바지다. 한국시는 여전히 생동하고 문예지는 계절마다 어김없이 출간된다. 간혹 폐간의 위기를 맞는 문예지가 있고 소리 없이 사라지는 시인들도 있긴 하지만, 시는 계속 씌어지고 앞으로도 그럴 것이다. 시란 무엇인가에 대한 해묵은 정의조차 힘겨웠던 2009년, 한국시에 대한 현장비평 역시 힘겹긴 마찬가지다. 이 힘겨움이 발아하는 지점은 어디인가. 아마도 시적 성찰이 시로서만 머무는 현실일 것이다. 그러나 역설적으로 이 힘겨움이 오히려 시적 동력이 되었던 한 해라 하지 않을 수 없는 것이 2009년 한국시단은 시의 죽음을, 미학의 한계를 뚜렷이 절감한 한 해였기 때문이다. 시가 곧바로 실천이 되지 못하는 현실에 대한 잠재적 절망이 한국의 퇴행적인 정치상황 속에서 폭발함으로써 시의 정치성에 대한 성찰이 심화되었던 것이다.

그럼에도 불구하고 시에 너무 무거운 짐을 지울 수는 없는 노릇이다. 시의 미학적 효력이 일으키는 현실의 변화는 언제나 잠재적인 상태로 머물러 있기 때문이다. 그것은 가시적으로 드러날 수 없고 측정될 수도 없다. 더구나 보편적 항존성을 지닌 시적 성찰은 당면한 현실의 위기와는 무관한 경우가 대부분이다. 시와 행동이 일치하는 시야말로 가장 완전한 시가 되겠지만, 그러한 경우는 투사들의 투쟁시 혹은 선승禪僧들의 선시禪詩가 대부분일 터이다. 내성內省의 시들은 미적 가상 속에서 세계를 비판하거나 오롯한 세계를 꿈꾼다. 행동이 아니라 시의 언어로 빚어진 사유는 그런 점에서 은둔적이고 고독하다.

그러나 이러한 시의 은둔과 고독은 삶의 내밀하고 깊은 곳에서 번득이는 눈매를 지닌다. 이 눈매는 세계의 은폐된 지층을 날카롭게 투시하며, 우리의 삶에 깊은 자상刺傷을 남긴다. 이 자상을 통해 우리는 피흘리는 세계를, 피 흘릴 수밖에 없는 삶의 새로운 지층을 마주하게 된다. 험난했던 2009년에 부각된 고통의 주류에서 벗어난 시적 사유들이 소중한 이유가 여기에 있다. 많은 시인들이 한 곳에 몰려서 정치구호를 외치거나 현실을 즉각적으로 비판하는 성명서를 낭독하는 동안(오해 없기를! 이들의 행동 역시 스스로의 소명을 따른 고귀함을 지닌다), 각자가 점유한 영역 속에서 분투하는 시인들의 작업 역시 치열하게 전개되어야 하는 것이다.

'언어'와 '여성성' 역시 현대시에 항존하는 시적 주제라고 할 수 있다. 언어와 사물의 관계에 대한 천착은 지금도 유효한 모더니스트들의 오랜 과제이며, 여성성에 대한 천착 역시 타자로서의 여성이 존재하는 한 지속되어야 할 시적 사유이다. 언어는 시인이 존재하는 한 시인의 자의식적 탐구 대상이 될 수밖에 없으며, 여성성 역시 여성이 타자화된 현실 속에서 포기할 수 없는 시적 사유의 대상이다. 김종미와 송승환은 여성과 언어라는 각자의 주제항에서 특이한 지점을 사유하고 있는 시인들이다. 2009년 정치적 충격의 여파 속에서도 언어와 여성이라는 주제를 내밀하게 탐색했던 이들은 한국시의 심층과 세부에서 고단한 작업을 지속적으로 해왔던 것이다.

2. 신음呻吟의 시 – 여성(고통)을 고통(여성)으로 마주하는 시

김종미 시인은 여성 주체의 균열을 탐구하는 시인이다. 그의 첫 시집 『새로운 취미』를 관류하고 있는 것은 여성을 억압하는 일상의 현실을 전복하고자 하는 욕망의 떨림, 분노의 표출이다. 예컨대 그의 시에 자주 등장하는 '애인'은 피억압의 자리로부터 해방되고자 하는 시인의 환상적 직조물이라 할 수 있다. 그러나 절대로 늙지 않을 환상의 '애인'마저도 낡아버릴 정도로("낡았지만 늙지 않는 애인", 「시선, 매너리즘」, 『새로운 취미』) 현실의 전복은 그다지 녹록치 않다. 김종미는 낡아가는 애인을 곁에 두고 오랜 시간 동안 여성의 삶을 견디는 방식을 선택한다. 그러니 미칠 수밖에. 김종미의 시는 "그녀는 미쳤다"고 사람들이 말하는 순간, "그녀는 불탄다"고 말하는 방식(「불타는 여자」, 『새로운 취미』)으로의 시적 전환을 욕망한다. "불타는 여자"로서, 하지만 "재가 될 수도 없는"

여성적 존재를 꿈꾸는 것이다.

실제로 시인의 첫 시집에는 부성을 포함한 남성과의 기이한 긴장이 흐르고 있다. 「거짓말 놀이」에서 발견되는, '아버지'라는 법의 울타리에 감금당하는 순간의 두려움과 공포는 시인의 시세계를 내내 지배하는 억압기제가 된다.

> 어렸을 때, 나는 거짓말을 했다. 아버지는 천장에 작은 칼 하나를 매달아놓고 내게 그 아래를 지나가라 했다. 내가 거짓말을 했다면 칼이 정수리로 떨어질 거라 했다. 그날이었을 거다. 내 머리가 수박처럼 둘로 쪼개지는 꿈을 꾼 날이. 아버지가 내 머리 속을 파먹는 꿈을 꾼 날이.
>
> ─「거짓말 놀이」 부분, 『새로운 취미』

아버지가 구축한 세계 속에서 시인은 공포를 경험한다. 아버지의 법이 강제하는 처벌 방식은 가혹하다. 아버지의 상징계 속에서 딸은 칼이 정수리로 떨어질 거라는 공포를 경험한다. 아버지와의 최초 대결은 부친살해본능을 일깨우는 동시에 그에 따른 깊은 죄의식을 심어놓기에 충분하다. 따라서 김종미의 시는 아버지라는 '법'의 전복과 화해 사이에서 부유하는 언어로서 존재한다. 전복을 향한 시인의 욕망 속에 이미 이 세계에 터 잡고 사는 존재론적 상황에 대한 최소한의 긍정이 스며있기 때문이다. 그건 뭐라고 해야 할까. 시인 스스로가 이 세계에 대해 가지고 있는 정박자碇泊者로서의 애증愛憎이라고 할 수 있을지 모르겠다. 시인은 분명히 말하고 있기 때문이다. "나는 꽃잎을 임신했다 / 아무것도 아닌 내 남자가 아무것도 아닌 내게 흐르다가 남긴 흔적"(「흔적」, 『새로운 취미』)이라고. 그리고 "내가 낳은 꽃잎은 바퀴를 달고 도시의 도로를 달리"고 "달리고 싶어 안달"이라는 것.

　이것이 불구의 세계에 대한 시인의 사랑이다. 환상의 애인을 내밀히 생각하듯이, 전복은 상상 속에서나 가능한 것. 시인은 "도시에 고여 있는, 썩어가는 골목들"(「흔적」)의 세계를 빠져나가지 못한다. 이 세계는 시인에게 기억의 근원이자 주체형성의 자리이기 때문이다. 그래서 "날개를 털고 바다로 나가는 나비 떼들"을 상상할지라도, "기미처럼 늘어나는, 사람에 대한 기억을 꼼꼼하게 지"울지라도, "나는 기억의 거대한 엄마"(「망각」, 『새로운 취미』)가 되는 것은 필연적이다. "기억의 엄마"로서의 시인은 전복을 시도하는 동시에 이 세계에 대한 위무를 단행한다. 이 세계를 전복하고 해체하는 것은 결국 세계를 구성하는 거대한 기억을 해체하는 것. 이는 필연적으로 자기해체와 맞물린다. 그러나 '엄마'는 이 세계를 돌보아야 하는 운명성을 지닌다. 김종미의 시는 바로 이 모순된 경계에 서린 긴장이라 할 수 있다.

> 세차게 비가 내린다
> 저 엄숙하게 내리꽂힌 건물들 저 멀리
> 과수원에서도
> 배나무에 사과 열리지 말라고
> 촘촘히 도장을 찍어댈 것이다 아무렴
> 갖가지 과일이 한꺼번에 주렁주렁 열리는 나무가
> 있다면 얼마나 좋을까
>
> ── 「도장」 부분, 『시와사상』, 2009 겨울

시인은 꿈꾼다, 나무에 갖가지 열매가 주렁주렁 열리기를. 그 열매란 무엇인가. 도장의 흔적이 전혀 배어있지 않은 열매이다. 이 세계는 "배나무에 사과 열리지 말라고 / 촘촘히 도장을 찍어대"는 곳이 아닌가. 도장을 찍음으로써 발생하는 갖가지 규약, 훈육, 통제는 여성의 창발적인 세계를 옥죄기 마련이다. "갖가지 과일이 한꺼번에 주렁주렁 열리는 나무"란 여성의 본래성을 함의한다. 여성성은 구획하고 분할하는 남성성과는 달리 유전적 차이를 불문하고 모든 열매를 맺게 하는 포용성을 지닌 까닭이다. 그러나 여성성은 '도장'에서 발생하는 규약과 규제가 이입되는 순간 그 포용성이 소거되고 만다. 배나무에는 배나무만 열릴 것. 여성은 여성다울 것. 도장을 통한 모든 사회적 규약은 여성성의 생동감을 삭제한다. 그러니 젊은 엄마와 어린 딸아이의 손도장 찍는 모습을 향해 "오 아가야 믿지 마 / 약속 같은 것 하지 마 / 도장 같은 것 찍지 마"라고 말하는 것이다. 「미야」는 바로 이 '도장'이 강요하는 여성의 삶에 대한 비판적 성찰을 드러낸다.

진주 남강 다리를 건너는 데 남학생들 몇 명이 휘파람을 불었다 숙아 정아 희야 경아 무작위로 이름을 불러대는데 미야가 없다 섭섭했을까 미야라고 불렀으면 뒤돌아보며 흥하고 콧방귀라도 껴줬을 텐데 일별도 안하고 지나친 그 머시매들, 빠딱하게 모자를 쓰고 다리를 마구 흔들었지 검은 스커트를 살짝 날렸지 낭떠러지처럼 꼿꼿하게 걸었지 그 다리 사이로 한없이 투명에 가까운 블루가 흐른다 가만히 손을 갖다 대니 손가락이 쩍 들러붙는다 드라이아이스의 피부를 가졌지 당신의 청춘은?

지금은 고속도로에 진입한지 오래다 졸음 운전하기 좋은 길, 껌을 씹어

주는 입과 볼륨을 높인 음악을 들어주는 귀가 동행한다 그러고 보니

아이 둘 놓고 성경처럼 살았다

—「미야」 전문, 『시와사상』, 2009 겨울

시인은 남학생들의 호명 대상에 포함되지 않는 상황에서 비롯된 일말의 상실감을 느낀다. 그것은 잃어버린 청춘에 대한 감각이다. "검은 스커트를 살짝 날리"는 설레임 속, 진주 남강 다리 아래로 "한없이 투명에 가까운 블루"가 흐른다. 그러나 그 청춘의 감각은 이미 손가락이 쩍 들러붙을 만큼 말라버렸다. 이때 드라이아이스의 피부처럼 건조하고 차가운 시인의 삶은 서늘한 성찰의 대상이 되고 만다. "아이 둘 놓고 성경처럼 살았다". 성경은 곳곳에 계율과 규약이 작용하는 '도장'의 세계다. 한 치의 창발적인 상상과 자유로운 꿈을 허용하지 않는 이 세계는 남성 '신'과의 계약으로 말미암아 여성에겐 감옥이나 다름없다. 남성 '신'이 관장하는 세계 속에서 여성은 남성의 욕망 속으로 흡수될 운명에서 벗어나지 못한다. 시인의 이름인 '미'의 호명은 세계 속에서 불가능한 일이다. '미야'라는 불림 속에서 여성의 오롯한 주체성이 돋아날 터이지만, 이름을 불러줄 주체는 세계 어디에도 존재하지 않는다. 스스로의 내면으로부터 찾지 않으면 안 되는 것이다. 이때 내면은 균열되어야만 한다.

뜨거운 찌개에 같이 숟가락을 들이대는 우리는 공범자다

말하자면 공범자란 생각조차 해본 적이 없다

숟가락에 묻은 너의 침도

반쯤 빨아먹은 밥풀도 의심해 본 적이 없다

국물 맛에만 집중할 동안

오직 뜨거운 찌개가 있을 뿐이다

짜거나 싱거울 때도

우리는 숟가락을 잘 저어

이견 없이 간을 잘 맞추었다

어느 날 너의 숟가락이 보이기 시작할 때

식은 찌개에서 비린내가 훅 풍겼다

—「키스」 전문, 『시와사상』, 2009 겨울

이 시는 키스의 황홀이 사라지고 난 후 찾아오는 환멸을 진술한다. "식은 찌개에서 비린내가 훅 풍겼다"라는 문장은 키스에 대한 환멸을 지시한다. 키스하는 순간 주체와 객체는 완벽한 혼융일체를 이루지만, 일체감이 사라지고 상대의 혀가 보이기 시작할 때("너의 숟가락이 보이기 시작할 때"), 입 "비린내가 훅 풍겨"오는 것이다. 세계와 주체의 균열은 환멸을 초래한다. 황홀한 통일성의 감각이 사라진 후 드러나는 비근한 일상의 치부들은 시인을 환멸로 이끌고 간다. 환멸은 세계와 주체를 향해 동시에 온다. 이 환멸로 인해 주체는 세계와의 계약을 파기해야만 하며, 즉자 상태로 종속된 세계로부터 벗어나야만 한다. 이 과정에서는 필연적으로 세계와 자기에 대한 부정이 뒤따라야 하며, 이때 참기 힘든 고통과 탄식이 발생하게 되는 것이다.

 "가장 이기적인 얼굴이 / 짓는 탄식의 표정"(「노을」, 『시와사상』, 2009 겨울)이란 억압된 여성의 자리를 폐기하는 과정에서 빚어지는 해방의 고통을 지시한다. 해방이 고통스러운 까닭은 세계를 폐기처분하기에 앞서 자기부정이 우선 전제되어야 하기 때문이다. 해방되고자 하는 여성 주체가 모든 세계를 파괴하고자 욕망할 때, 여성 주체는 '이기적'이라는 오명을 뒤집어쓸 수밖에 없다. 이때 여성 주체는 이 세계 속에서 가장 외로운 투쟁을 전개하는 타자로서의 위상을 획득한다. 세계와 자기로부터의 소외 속에서 새로운 주체를 찾고자 하는 욕망의 표정은 고통으로 일그러진다. 그러므로 "가장 이기적인" 여성의 얼굴은 "탄식의 표정"을 지닐 수밖에 없다. '탄식'이란 앞서 말했듯이 자명해보였던 세계에 대한 환멸에서 비롯된다. 부정과 파괴의 대상 속에는 시인의 생애 또한 포함되어 있는 까닭에 세계 부정이 자기 부정으로 이어지는 순간 모든 주체는 '탄식'할 수밖에 없는 것이다.

정오
대나무 닭장을 그늘에 두고
주인은 간데없다
닭장 속에는 투계 한 마리
그 앞에 쪼그리고 앉아 넌지시 유혹을 해 본다

일렁이는 불꽃같은 스텝으로 좁은 닭장 안을 돌며
나 따위에겐 관심도 없는

너의 적의가 무섭도록 아름답다

온 몸에서 꺾여서 튕겨 나오는 분노의 리듬

이런 리듬도 있나 정오의 햇살이 내 목을 칭칭 감고

나도 아름답고 싶어

너에 대해 품는 나의 강렬한 적의만이

너를 유혹할 수 있다니, 사랑해

깃털을 곤추세우고 사납게 네게 달려들면

우리의 체온은

팔월에 눈이 내리고 일월에 모란이 피는 체온

비로소 격렬한 포옹을 나눌 때

너와 나 둘 중 하나는 이미 급소가 찔린 것이다

지도도 없이 더운 나라

태국 한 민가의 마당에서 벌어진 한판의 사랑

피 흘리며 쓰러진 나를 놔둔 채

나는 돌아왔다

— 「투계」 부분, 『시와사상』, 2009 겨울

    이 시는 시인의 내면을 '투계鬪鷄'에 투사하고 있다. "온 몸에서 꺾여서 튕겨 나오는 분노의 리듬"이 투계를 통해서 비로소 발견된다. 전혀 낯선 "분노의 리듬" 속에서 시인은 아름답고도 강력한 적의를 발견한다. 투계의 모습을 통해 "팔월에 눈이 내리고 일월에 모란이 피는 체온"을 감각함으로써 획득하고자 하는 주체의 형질전환은, 그러나 실현 불가능한 욕망이다. 시인의 싸움은 상상 속의 것이며, 싸움이 벌어지는 곳 역시 "지도도 없이 더운 나라"이기 때문이다. 그러므로 투계와 벌였던 이 "한판의 사랑"은 세상 어디에도 존재하지 않는다. "피 흘리며 쓰러진" 상상의 "나를 놔둔 채" 시인은 현실로 다만 돌아올 뿐이다. 되돌아온 지점부터 시인이 다시 환멸의 세계로 진입하게 됨은 물론이다.

시인의 시는 세계의 해체 혹은 주체의 폐기, 그리고 "기억의 거대한 엄마"로의 회귀 사이에서 시인의 시는 균열하고 방황한다. 이 순환적인 폐쇄회로의 환멸 속에서 시인은 결국 말한다. "난 또 추억에게 당하고 만다"(「단팥죽이 흐르는, 카페」, 『새로운 취미』). 이 거대한 추억(기억)으로부터 시인은 벗어날 수 없다. 애인은 환상의 직조물일 수밖에 없고 옷장에 애인을 걸어두면서 "구겨진 채 걸려 있는 남편"(「시선, 매너리즘」, 『새로운 취미』)을 수거하지만, 그 세계 역시 사물화되거나 죽은 세계에 지나지 않는다. 애인 혹은 남편이 기껏해야 걸어두거나 수거할 뿐인 사물에 지나지 않는 것이라면 시인은 여전히 사물화된 비생명의 세계에 놓여 있을 뿐이기 때문이다. 그것은 운명인가. 시인은 일찍이 '나쁜 피'에 대해 말한 바 있다. 그것은 여성으로서의 운명에 대한 존재론적 비명으로 들려온다.

> 그래도 피 흘리는 날이 있다
> 칼끝이 내 손가락으로 스며드는 날
> 내가 나를 배신하던 날

내가 나를 사냥하던 날

오늘 신은 나를 맛보시는가

그동안 내가 먹어 버린 짐승의 피가 골고루 섞여 달디단

내 피를 맛보시려

오늘 내가 나를 배신하게 하시는가

몇 방울의 피로 제단을 차린다

아버지, 어머니를 부르고 알타미라 동굴의 들소를 부르고

전쟁을 부르고 기도를 부르고 …… 그리고

남편과 피 속의 피 같은 두 아들이 나를 불러 나를 먹는다

피 한 방울 흘리지 않고 피가 피를 부른다

—「나쁜 피」 부분, 『새로운 취미』

이 시는 '여성 / 남성'의 관계를 '즉자 / 대자' 혹은 '타자 / 주체'의 관계로 일반론적으로 확대하여 사유한다. '여성 / 남성'이라는 피억압 / 억압의 관계는 인간의 이성이 지닌 근본적인 한계에서 비롯된 까닭에 인간의 몸에 이미 '나쁜 피'가 흐르고 있다는 전언을 내함한다. 억압받던 여성이기 이전에 인간 바깥의 타자를 억압하고 살육했던 자리에 서 있던 시인은 "내가 먹어버린 짐승의 피"를 생각지 않을 수 없고, "내가 나를 배신"하고 "내가 나를 사냥하"는 날들을 떠올리지 않을 수 없다. 억압과 피억압이 중첩된 자리는 "내가 나를 배신하"는 자리일 수밖에 없는 것이다. 하여 시인은 여성 주체로서 세계의 전복을 꿈꾸기 이전에 존재 자체가 가지는 배타성과 폭력성을 생각한다. 결국 시인은 존재론적 상황이 빚어내는 근원적이고 환원론적인 질곡 속에 빠지고 만다.

김종미 시인은 여성 주체에 대한 치열한 시적 사유를 보이고 있다. 그러나 거대한 세계 앞에 왜소화된 그의 시는 균열하고 앓고 있을 뿐, 전격적인 전복을 시도하지 못한다. 이는 그가 아직 "거대한 기억의 엄마"로서의 정체성을 벗지 못했다는 사실을 증명한다. 그러나 다른 관점에서 봤을 때 그의 시는 섣부른 시적 전복을 통해 가상적(미학적) 자유와 해방을 쟁취하기보다 현실의 고통을 마주하고 견디고자 하는 의지를 보여준다고 할 수 있다. 가상(미학) 안에서의 전복과 자유는 시적인 해방감만을 조장할 뿐, 현실에 대한 구체적인 천착을 도외시하는 결과를 낳는 경우를 우리는 흔히 목격한다. 물론 그것이 강렬한 현실비판의 환기력을 전혀 지니지 않는 바는 아니지만, 미적 쾌감과 해방감 외에는 아무런 대안이 없다는 점에서 시적 허무와 현실방기로 회귀할 우려가 매우 크다. 김종미 시인은 구체적 현실 속에서 균열하는 여성적 주체를 형상화하고 있는 까닭에 그에게 더욱 요구되어야 하는 것은 미래의 전망이다. 균열과 고통 속에서 미래의 전망에 대한 탐색만이 그의 시를 지속가능케 할 가장 근원적인 동력이 될 것이기 때문이다.

3. 무음無音의 시 – 언어와 사물의 관계에 대한 천착

송승환은 현대문명이라는 '사태'를 차갑게 사물화하는 데 탁월한 재능을 지닌 시인이다. 그의 시는 많은 언어를 필요로 하지 않는다. 단

몇 개의 문장만으로 현대문명의 무미건조한 기계성을 드러낸다. 첫 시집 『드라이아이스』의 자서^{自序} 내용이 '바라본다'가 전부였을 만큼, 그의 시는 세계를 바라보는 데 바쳐진다. 그는 세계의 참상에 대한 정서적 반응을 최대한 배제하고 응축된 이미지로 드러내기를 즐겨하는데, 이때 쓰이는 방식이 '유비'(황현산)이다. 이를테면 시멘트, 나프탈렌, 드라이버, 스티로폼, 휘발유, 벽돌, 콘크리트 못, 엔진, 나사, 압정, 클립, 전선, 지퍼, 오프너, 캔 …… 등을 통해 문명의 설계도면을 환기해내는 방식이다. 그의 '유비'는 이질적인 대상의 의미연결이 매우 폭력적인 만큼 그 충격 또한 매우 클 수밖에 없다.

> 사람들이 인파 속을 걷고 있었다
>
> 마지막으로 잡은 그녀의 손은
>
> 바닷가에서 주운 돌이었는지도 모른다
>
> 공사중인 빌딩 안으로 그녀는 들어갔다
>
> 반죽은 굳어지기 마련이다
>
> 햇빛이 찬란하게 빛나고 있었다
>
> ─「시멘트」 전문, 『드라이아이스』

인파들로 들끓는 회색도시의 풍경을 시멘트 반죽으로 간단히 치환시켜버리는 시적 태도는 시인의 냉철한 시선에서 비롯된다. 그는 세계와의 미적 거리를 최대한 확보한다. 그것은 뭘까. 세계를 살아가는 동시에 멀찍이 떨어져서 그 치부를 겨누는 저격수와도 같은 태도라 할 수 있다. 그는 문명의 필수자재를 표적 삼아 저격함으로써 그것을 문명의 치부로 만들어놓고 마는 것이다. 그의 시선은 매우 간결하지만 또한 치밀해서 문명의 치부를 깊숙이 절개하는 효과를 지닌다. 하지만 그의 시가 남긴 깊은 자상自傷 앞에서 그는 어떤 지적·정서적 반응도 배제한다.

이른바 인간적 시점의 배제라고 할 수 있을 것인데, 김춘수의 무의미시가 그러했듯 인간에 대한 혐오가 시의 근저에 깔린 결과라고 할 수 있을 듯하다. 김춘수가 인간의 시점을 철저히 배제함으로써 현실의 맥락을 떠난 무의미의 세계를 탐구했다면, 송승환의 시는 '문명화된 인간'의 시점을 배제함으로써 문명의 실체를 압축적으로 드러낸다. 인간적 시점의 배제는 시의 '사물화'를 불러온다. 송승환은 사물화된 현대문명의 한 단면을 압축적으로 제시한다. 하여 일말의 '비극성'마저 축출된 물질성의 차가움은 독자들이 받아들이기에 '비수'와도 같이 섬뜩한 것이다.

그의 시적 기획은 "災"라는 문명의 글자마저도 분쇄하고, "숯이 된 장작으로 바닥에 그림을 그리"는 행위를 목적으로 한다. 그 그림은 한 번도 본 적 없는 것이어야 한다. 그리고 "아무도 가지 않은 눈길로 아이가 걸어나가"(「함咸」, 『드라이아이스』)도록 하는 것. 그는 생래적으로 문명의 세계를 거부한다. 신뢰하지 않는다. 그러니 그의 시는 자주 인간과 세계의 가교 역할을 하는 언어 자체에 의문을 제기할 수밖에 없다. 「A」, 「G」, 「H」, 「U」 등과 같이 문명의 일상을 알파벳 문자 하나로 환원시키고자 하는 시적 노력 역시 그의 시적 사유가 세계에 서 문자로 좌표이동을 하고 있음을 보여준다. '현상現象'과 '언어'라는 이중적 가상체계가 세계의 본질을 은폐하고 있음을 깨달은 상징주의자들에게 언어에 대한 천착이 필연적이었듯이, 문명화된 인간의 시점을 거부하는 송승환의 시 역시 문명에 오염된 언어를 탈색 · 탈취시키고자 한다.

① 희여언 희여언 희어 희어 혀 혀 희어 희어 흰 흰 잎 잎 이파리 이파리 파르라니 파르르 흰 잎 파리 파르르

여언 여언 연푸른 연푸른 푸르르 연푸른 푸르스름 여언 푸르르 푸르르 푸르스름 희어 흰 푸르스름 푸름

푸름 묽음 묽음 묽은 푸름 묽은 푸름 희묽은 희묽은 흰 희묽은 희묽은 흰 붉음 희게 붉음 희게 붉음 희붉음 희붉음

희꺼면 희꺼면 붉음 희꺼면 희꺼면 붉음 검으래 희꺼면 붉음 검으래 붉음 검으래 붉음 검붉음 검붉음 검붉음 검은 검은 검은 검어 검어 검어 검어

흰 종이 울리며 피어나는 공기의 떨림
　　　　　　　　　— 송승환, 「마르시아」 전문, 『시와사상』, 2009 겨울
② 종이가 있다

노랑
붉음과 초록 사이

주홍

붉음과 푸름 사이

청록

푸름과 초록 사이

빛의 얼룩

검정

그 모든 빛이 동시에 씌어지면서 사라지는

흰 빛

종이가 있다

— 「마크 리더」 전문, 『시와사상』, 2009 겨울

③ 흡수되는 모든 빛의 量

반사되는 모든 빛의 세기

내 입술에 감도는

완성되지 못한 하나의 문장

— 송승환, 「마크 리더」 부분, 『시와사상』, 2009 겨울

④ 태양

태양

푸르다 붉다 푸르다 붉다 푸르다 붉다 푸르다 검다 푸르다 검다 푸르다 붉다 검다

푸르다 붉다 푸르다 검다 푸르다 검다 푸르다 검다 붉다 검다 검다 검다

푸르다 붉다 푸르다 붉다 푸르다 검다 검다 검다 희다 희다 희다 검다

푸르다 검다 희다 푸르다 검다 희다 푸르다 붉다 희다 푸르다 붉다 희다 검다

붉다 희다 붉다 희다 붉다 희다 붉다 희다 붉다 붉다 붉다 검다

붉다 희다 붉다 희다 붉다 검다 붉다 검다 검붉다 검붉다 검붉다 검다 검다 검다

파도

파도

— 송승환, 「마크 리더」 전문, 『시와사상』, 2009 겨울

'마르시아'는 시인의 설명대로 장미과에 속하는 꽃이다. 꽃에 대한 이 시의 묘사는 파격을 넘어 '말장난'에 가깝다. 그러나 중요한 것은 언어의 실상이 실은 '말장난'이라는 데 있다. 언어를 통해 세계의 실체가 드러날 수 있다는 믿음은 사실 가소로운 것이다. 언어에 대한 비관적 회의는 대상에 대한 묘사를 포기할 것을 강요한다. 송승환은 이러한 내면의 지령을 그대로 따른다. 흼, 푸름, 붉음, 검음 사이를 오가는 꽃

의 색채를 언어는 결코 잡아낼 수 없다. 언어와 사물의 관계는 인간의 인지적 폭력으로 말미암아 형성될 뿐, 사물 그 자체로부터 형성되지 않는다. '일물일어一物一語'와 같은 사물과 언어의 이상적 관계는 불가능하다. 바로 이러한 회의와 절망의 지점에서 이 시가 발생한다.

그렇다면 1연에서 무질서하게 나열되고 있는 색채어는 하나의 언어로 규정될 수 없는 마르시아의 색에 대한 탐색이다. 그러나 보다 중요한 것은 2연이다. "흰 종이 울리며 피어나는 공기의 떨림". 시인은 결국 흰 종이 위로 안착할 수 없는 '마르시아'의 색色을 힘겹게 감지한다. 색은 "공기의 떨림"으로 흰 종이 위에 피어날 뿐이다. 「마르시아」는 부재를 통해 존재의 자취를 드러내는 시라 할 수 있다. 이처럼 사물과 언어 사이의 긴장은 흰 종이 위에 고스란히 드러난다. 이 긴장은 다른 시에서도 확인할 수 있는데, 예컨대 ②의 「마크리더」가 그렇다. "그 모든 빛이 동시에 씌어지면서 사라지는 / 흰 빛 // 종이가 있다"가 암시하듯이, 이 시 역시 흰 종이 위로 안착하지 못하는 사물의 색을, 떨림을, 흔적을 형상화한다. 송승환의 시는 이제 "완성되지 못한 하나의 문장"(③의 「마크리더」)으로만 존재할 뿐이다.

언어에 대한 비관적 회의는 사물의 새로운 풍경을 그려내기도 한다. ④의 「마크리더」는 태양과 파도 사이에 일렁이는 사물의 빛을 형상화한다. 푸름, 붉음, 검음, 흼이라는 네 가지 색채의 변주로 일렁이는 바다라는 사물의 색채는 끊임없이 유동함으로써 하나의 단어로 정착하지 않는다. 하나의 색채어로 고정되지 못하고 유동하는 빛의 변주를 통해서 이 시는 사물의 빛이라는 실체에 다가서고자 하는 언어적 실험을 보여준다. 뜻밖에도 이러한 시도는 바다의 무한한 아름다움을 형상화한다. 언어적 비유와 상징으로 모두 표현할 수 없는 바다의 찬란한 빛은, 시적인 묘사가 포기될 때, 오히려 사물의 실체에 가깝게 드러날 수 있음을 이 시는 보여준다. 태양과 파도 사이의 빛들이 흰 종이 위에 떠다니는 언어의 역동성이야말로 시인이 도달하고 있는 언어의 가능태이다.

돌들이 구른다

하늘과 바다 사이 검은 선이 그어진다 수평선 무너질 때마다 일어서는 시커먼 파도 갈기를 세우고 해안으로 치닫는다 떼지은 물살의 흐름 솟구치는 물보라 수면 위로 튀어오르는 큰 돌 작은 돌
거품을 일으키며 해변에 부서진다 돌들이 구른다 밀려나갔다 밀려온다 바위에 부딪친다 끝없는 파도의 긴 행렬

나는 모래를 움켜쥔다
나는 손가락 사이로 새어나가는 모래를 바라본다 모래는 해변에 떨어진다

흰 모래톱
검은 조약돌

태양

돌들이 구르는 소리를 낸다 파도는 해변에 부서진다
— 송승환, 「마크 리더」 전문, 『시와사상』, 2009 겨울

'마크 리더'는 시인이 곁들인 설명대로 스캐너에 쓰이는 광학판독장치이다. 이는 시가 세계를 판독하는 언어적 판독장치이기도 하다는 사실을 암시한다. 시인은 언어를 통해 세계를 판독하고자 하는 것이다. 물론 이 때 세계는 문명화된 인간의 시점을 최대한 배제한 물적 대상이다. 그러고 보면, 연작 「마크 리더」에 통상적인 일련번호를 붙이지 않은 것도 '시'라는 사물에 인간의 질서와 위계를 부여하지 않겠다는 시적 사유의 반영이다. 이 시의 내용은 매우 간단하다. '나'(시인)는 해변가에 서 있다. 파도가 끝없이 밀려와서 밀려가고, '나'는 모래를 움켜쥐고는 손가락 사이로 빠져나가는 모래를 바라본다. 태양은 떠 있고 돌들이 구르는 소리를 내고 여전히 파도는 부서지는 소리를 낸다. 그의 시에 일인칭 시점 '나'가 등장한다는 점도 이채롭지만, 이 이채로움 속에서 이 시의 독특함이 발생한다. 시인은 세계를 향해 온 몸의 감관을 열어둔다. 그것은 일종의 '심각한' 대화다. 어떤 언어도 사물과 폭력적으로 결합시키지 않고, 사물을 있는 그대로 감각하고자 하는 것. 이 때 시인이 할 수 있는 최선이란 시적 수사를 철저히 배제하고 있는 그대로 서술하는 일이다. 사물의 유현幽玄을 해치지 않는 일이란 세계에 대한 언어의 개입을 최소화하는 일이다. 시인은 시적인 수사학을 철저히 배제하고 있는 것이다. 그래서 시란 말 그대로 광학판독장치(마크 리더)가 되어야 한다는 것.

송승환의 시는 인간적 시점을 최대한 배제함으로써 현실 세계를 탈각시킨다는 점에서 김춘수, 허만하, 이승훈의 시적 계보를 잇는다. 하지만 문명을 향한 도저한 비판을 시를 통해 드러내고 있다는 점, 인간적 시점을 보다 철저히 배제하고 있다는 점, 탈주체의 허무주의에 빠지고 있지 않다는 점에서 이들 시인들과 차별화된다. 구체적으로 말해, 송승환의 시는 철저히 '무의미'의 극단을 지향했던 김춘수의 '사물시'와 다르고, 프랑시스 퐁주의 영향으로 사물 그 자체가 말하게 하는 시적 사유를 펼치지만 초월이라는 인간적 욕망으로부터 자유롭지 않은 허만하의 시와도 다르며, 주체는 허상에 지나지 않는다는 허무주의적 탈주체론이 지배하는 이승훈의 '비대상시'와도 거리가 있다. 요컨대 송승환은 김춘수보다는 선명한 문명비판적 성찰을 내함하고 있고, 허만하보다는 인간적 시점을 더 배제하되 현실과의 지근거리를 보다 밀접히 유지하고 있으며, 이승훈이 빠져있는 허무주의적 탈주체론에서 훌쩍 벗어나 있다.

송승환의 시적 작업은 사물과 언어의 관계에 대한 천착에서 비롯된다. 그러나 이러한 천착은 첫 시집에서 보여주었던 현대문명에 대한 선명하고도 날카로운 비판의 연장선상에 있다. 그것은 현실과 주체의 탄탄한 긴장 속에서 발생하는, 사물과 언어의 관계에 대한 치열한 탐구와 다르지 않다. 송승환의 시에는 현실의 무겁고도 가쁜 호흡이 '유비'의 단단한 사물 속에 '소리 없이' 내장되어 있는 것이다. 이 무음無音의 시들은, 그럼에도 불구하고 무색무취하고 냉정한 언어로 현실의 표적(사물)들을 조준하고 그 실체를 드러내는 까닭에, 이 세계에 대한 그의 언어적 실험을 승인하지 않을 수 없도록 만든다. 여느 시인들에게서 그랬던 것처럼, 세계에 대한 날카롭고도 냉철한 시선은 세계의 단단한 벽을 튕겨 나와 언어 그 자체로 향할 수밖에 없는 필연적 운명을 안고 있기 때문이다.

4. 신음呻吟과 무음無音 사이

　김종미의 시를 억압된 여성 주체의 균열 속에서 발생하는 존재론적 비명으로 읽어내고, 송승환의 시를 언어와 사물의 관계를 탐색함으로써 세계를 비판적으로 사유하는 시로 읽어낸다면, 이들의 시는 각각 신음呻吟과 무음無音의 시로 정의할 수 있겠다.

　김종미 시에 가득한 균열과 전복의 기운, 그리고 전복의 좌절에서 비롯되는 자기파괴적 소란은 확실히 '신음'의 세계를 구축한다. 그만큼 내적 파열음을 깊게 남기게 되는 것이다. 파열음은 우리의 고막에 깊고 긴 떨림의 잔상을 남긴다. 그 떨림은 여성으로서의 주체를 이 세계에 각인시키고자 하는 열망의 소산이며, 여성 존재의 회복을 위한 시적 투쟁의 강렬한 여운이다. 그것은 김종미 시인이 여성의 고통에 정면으로 마주함으로써 획득할 수 있는 현실 환기력을 의미한다. 따라서 김종미 시인은 현실의 환부 속에서 시의 언어를 분출하고 있으며, 시인의 내면이 곧 현실의 상처로 전화하는 순간을 시로 점화되게 한다.

　송승환의 시는 사물에 현실을 유비시킴으로써 현실(문명)의 비극을 간명하게 드러낸다. '유비의 감옥'(황현산)에 갇혀버린 현실의 비명은 잘 들리지 않는다. 다만 비명에 일그러진 표정을 통해 짐작할 수 있을 뿐이다. 그러나 무음 처리된 통곡 장면이 얼마나 비극적인지는 굳이 덧붙이지 않아도 알고 있으리라. 무음의 세계 속에서 미적 거리를 확보한 송승환은 세계와 언어에 대한 천착을 단행한다. 그것은 세계와 언어에 관한 도저한 시적 사유로 귀결될 것이 분명하며, 결국 인간의 존재론적 탐구와 미래적 전망을 탐색하는 데로까지 나아갈 가능성을 보여준다. 무음의 세계는 냉철한 사유와 깊은 천착의 공간인 것이다.

신음呻吟과 무음無音의 시는 달리 말해서 발신자(화자) 지향과 텍스트(사물) 지향의 시로 바꾸어 부를 수 있겠다. 내적인 고통의 발화(신음)와 세계에 대한 사유(무음)는 사실 별개가 아니다. 고통의 원인을 단순화해서 말하기는 어렵지만, 고통의 원인은 결국 내면과 외부세계에 동시에 존재하면서 긴밀히 결합되어 있기 때문이다. 그렇다면 김종미와 송승환의 시는 우리 시단의 한 참조점이 될 만하다. 현실과 주체의 파열음을 견디는 동시에 전복을 꿈꾸는 시인의 절망은 억압받는 여성 주체들을 충격할 것이며, 사물과 언어의 관계에 대한 실험 역시 우리 시의 사유를 더욱 깊게 할 것이기 때문이다.

다만 고통呻吟과 사유無音의 시적 작업이 분리될 수 없다는 점을 지적하는 것으로 이 글을 마치도록 하자. 인간은 고통을 통해 세계에 대한 사유를 단행하고자 한다. 고통은 인간에게 세계에 대한 재해득을 요구하며, 고통 그 자체에도 의미를 부여할 것을 요구하기 때문이다. 고통에 대한 인류의 보편적 반응인 '고통의 당연성'(엘리아데)은 고통이 인간적으로 의미화된 적절한 예에 해당할 것이다. 따라서 인간의 정신은 고통의 의미를 획득함으로써 세계에 대한 깊은 사유로 진화해나가야 한다. 그리고 세계에 대한 사유는 고통의 새로운 감각을 통해 끊임없는 자기갱신을 수행해야 한다. 그런 점에서 고통과 사유, 달리 말해 신음呻吟과 무음無音의 세계는 시의 기저에서 끊임없는 변증을 이루어내야 하는 것이다.

'소문들'의 곤경들
권혁웅의『소문들』

1. 신화의 곤경

　권혁웅의 시집을 일별하면 신화적 이미지가 도처에 꿈틀거리고 있음을 알 수 있다. "시를 읽고 쓰다가 시에서의 비약이 바로 신화의 초현실이라는 걸 알게 되었다"(『태초에 사랑이 있었다』, 8면)는 고백을 환기하자. 그의 시는 신화적 세계관을 빼놓고 설명할 수 없다. 신화적 세계관은 인류의 원형을 상정하며 신화적 이미지들을 통해 삶의 '원형'을 반복적으로 재생한다. '원형'에 가닿고자 하는 욕망이야말로 신화적 이미지를 구축하는 근원적인 동력이다. 다시 말해, 경험 지평 너머의 것에 가닿고자 하는 불가능한 욕망의 언어가 바로 신화이다. 인류가 반복 재생되는 신화적 원형에서 이탈하여 직선적인 시간관의 근대문명으로 진입할수록 인류의 죄의식이 강화된다는 엘리아데의 진단에서 알 수 있듯이, 신화는 인간이 지니고 있는 근원적인 회귀욕망을 수혈

함으로써 유지된다. 더구나 원형을 재생하고 향유하고자 하는 욕망은 근본적으로 동일성을 추구하고자 하는 시적 세계관과 맞닿아 있다는 점에서 시와 신화의 유사성에 대한 그의 고백은 매우 적실한 것이다.

그러나 권혁웅의 시는 인간의 근원적인 회귀욕망을 비트는 방향으로 나아가는 데서 그 독특함을 찾을 수 있다. 권혁웅의 시가 "'신화적 원형' 또는 '신화'라는 기원"의 부정에 기반한다는 서동욱의 지적처럼, 권혁웅의 시는 반복하고 재생해야 할 인류의 원형을 부재의 공간으로 남겨둔다. 그리고 그 빈 공간을 먼저 채운 것은 놀랍게도 키취 문화였다. 성장기의 피폭력에 대한 증언이라고 할 수 있는 『마징가 계보학』(2005)은 키취적인 소재에 근거한다. '마징가', '안소영', '미키마우스', '선데이서울' 등을 통해 1980년대의 성장기를 어둡고도 경쾌하게 그려내고 있지만, 사실 그것은 일종의 결별 선언이자 그의 고백대로 "탈출기"(「시인의 말」)이다. 80년대는 정치적 폭력과 가족사적 폭력이라는 저주로 오염된 시대이다. 저주의 80년대를 견디게 했던 것이 시와 신화, 그리고 키취였다. 억압되고 우울한 욕망의 '마징가 계보학'은 사실 폭력과 견딤의 계보학인 것이다. 이때 키취는 시와 신화와 마찬가지로 초현실의 공간성을 창출한다.

여기서 주목해야 할 것은 1980년대는 폐기의 대상인 동시에 회귀의 대상이라는 사실이다. 성장기는 인생의 원형을 함축한다는 점에서 80년대는 다만 폐기의 대상으로만 전락할 수는 없다. 부정의 욕망과 회귀의 욕망이 맞부딪치는 곳이 바로 80년대라는 저주의 원형적 공간이라면, 원형의 부정이라는 시인의 생래적 특징이 어디서 연유하는가를 짐작할 수 있다. 또한 80년대를 폐기한 회귀욕망이 시의 몸을 얻어 신화와 키취를 향해 있는 것 역시 이해할 수 있다. 신화가 80년대를 폐기한 초현실을 지향하는 형식이라면, 키취는 80년대를 경유할 수 있게 하는 '현실 속의 초현실'이라는 역설의 공간인 것이다. 그의 실존이 기거했던 80년대의 폐기는 원형의 폐기와 맞물린다. 폐기 욕망과 회귀욕망이 맞부딪치는 곳인 80년대는 그의 신화적 세계관이 왜 원형을 부정하면서 동시에 욕망하는가를 암시한다. 원형을 부정하면서 욕망하는 신화적 세계관은 바로 여기서 발아한다.

신화적 세계관은 『그 얼굴에 입술을 대다』(2007)와 『소문들』(2010)에 이르기까지 여전히 지배적으로 작용한다. "그녀가 팔을 들어 나를 부를 때 나는 회고주의자가 된다"(「손짓」)는 진술은 신화적 세계관과 무관하지 않은 그의 "회고주의"적 면모를 드러낸다. 이 시집은 회귀욕망과 그것의 부정 사이에 존재한다. 회귀욕망의 대상인 원형(근원)은 이미 파쇄되고 없다. "내가 너를 가게 했다 관절이란 관절은 모두 꺾었고 목은 비틀어 몸 안에 우겨 넣었다 너는 형신形身을 놓아 버린 인형이었다 흐느적거리며 너는 무너졌다 내가 너를 가게 했다"(「목측기目測記—눈 1」)는 고백이 말해주듯이, 원형은 사라지고 없으며 비어있는 대상을 향한 욕망만이 남아 있다. 이를 라캉의 용어 '대상a'라고 명명할 수 있을지도 모르겠다.

그리고 그의 시적 작업은 『소문들』에 다다른다. 『소문들』은 그 제목부터 주목할 필요가 있다. '소문들'. "소문이란 숨기면서 풀이하는 것인데 그러려면 숨은그림찾기 식의 글쓰기가 필요했다"는 그의 고백에도 불구하고, 이 시집이 왜 '소문'의 형식을 취하고 있는가에 대한 이해가 필요하기 때문이다. 시집 『소문들』은 중국 신화집 『산해경』의 형식을 따르고 있다. 이를테면 이런 식이다. "창피猖披란 짐승이 있어, 무안無顔과 적면赤面 사이의 좁은 골짜기에 산다". 산해경식 풀이가 시집 『소문들』의 주된 화법으로 쓰이고 있는 셈인데, 문제는 이 시집에서 다루고 있는 대상들이 전혀 신화적 존재들이 아니라는 사실이다. 신화적 화법을 취하고 있되, 이 시집이 다루고 있는 대상들은 철저히 현실(정치)적 맥락을 갖추고 있다. 그럼에도 불구하고 신화적 화법은 시적 대상을 현실로부터 이격시키는 효과를 유발하고 있는데, 여기서 우리는 시인의 신화적 세계관이 안고 있는 곤경을 마주하게 된다.

2. 현실의 곤경

권혁웅은 시집 후기에서 "'들을 귀 있는 자는 들을지어다'(누가8 : 8)와 '나는 이렇게 들었다如是我聞' 사이에서 내 시는 위태로웠다"라고 썼다. '나는 이렇게 들었다'의 권혁웅식 판본은 '감각의 논리'로 수렴된다. "실제로 시를 낳는 것은 몸의 논리를 따라가는 바로 그 감각이다"(『미래파』, 8면)와 같은 권혁웅의 시관詩觀은 의식의 선험적인 지평은 존재하지 않으며 오로지 몸의 감각만이 의식의 지평을 구축할 수 있다는 것에 바탕한다. 그러므로 누군가가로부터 강요된 선험적 지평보다 몸이 듣고 느낀 내용이야말로 실체에 가깝다는 것이 그의 시적 논리의 핵심이 된다. 이는 '미래파' 논쟁 과정에서 일관되게 주장해왔던 바이기도 하며 현실 정치와 윤리에 대한 '미래파'의 채무를 원천적으로 공제한 이론적 토대이기도 했다.

그가 열렬하게 옹호했던 '미래파'에 비해 그의 시는 의외로 '보수적'이라는 점을 주목할 필요가 있다. 서동욱의 표현을 빌리면, 미래파의 시가 의미와 감각의 일탈이라면 권혁웅의 시는 의미와 감각의 (재)배치이다. 이는 신화적 원형을 파괴하고 새로운 신화를 구축하고자 하는 기획이며, 신화적 질서의 파괴와 재편再編 중에서 '재편'에 더욱 집중하고 있음을 말해준다. 그 '재편'의 과정은 인류의 보편적 원형에 종속되기를 거부하고 철저히 권혁웅의 '감각'에 따른다. 이미 구축된 신화에 수렴되기보다 자신의 몸속에서 이글거리는 새로운 '감각'의 신화에 주목하고 있는 것이다. 눈, 젖가슴, 심장, 입술, 코, 얼굴, 엉덩이, 귀 등의 몸의 감각에 주목했던 『그 얼굴에 입술을 대다』에서 이미 감각의 절정을 보여준 바 있다.

그러나 이와 달리 『소문들』은 몸이 아닌 현실의 감각에 주목하고 있다. 시인의 관심은 세속적이고 무질서하며 비루한 삶에 닿아 있다. 이 시집의 근간을 이루는 「소문들」 연작은 비루한 삶을 언어유희를 통해 비튼다. 다양한 인간 군상을 비롯한 저열한 갈등과 행태들을 펀pun을 통해 의뭉스럽게 희화화한다. 의뭉스러운 태도는 산해경과 무협지의 중간쯤에 있을 법한 화법에서 비롯된다.

용산에서 발흥했으며 우면산의 검경(劍京), 발치산의 공산(恐汕)과 함께 3대 조폭이었으나 동이와 오환의 대살육 때에 ─ 이를 육이오(戮夷鳥)라 부른다 ─ 검경과 연합, 공산을 궤멸하여 장안을 장악했다 정직한 자를 잡

아가고 가난한 자를 태워 죽이며 속이는 자에게 쌀을 주고 부유한 자의 곳
간을 지켜, 그 악명이 자자하다 최루탄지공, 개발이익조, 아수라권, 물대포
신장, 소요진압진 등의 무공을 쓴다

——「소문들—유파流波」부분

「소문들—유파流波」는 공인중개사, 초등학생의 악플, 기독교, 오타
쿠, 파파라치, 아줌마, 보이스피싱, 공갈사기꾼, 달동네세입자 등을 각
각 공중恐衆, 초징楚澄, 기독氣毒, 덕후德候, 파파婆跛, 중마仲魔, 성어聲魚, 사군
思君, 고세高世 등의 한자조어로 한국 사회의 구조적 문제를 포함한 다양
한 일상들을 한 겹 감추는 동시에 낯설게 드러낸다. 인용 부분은 '용역'
龍男에 대한 것이다. 물론 용역龍男은 용역用役을 감춘 말이다. '龍男'의 한
자를 풀이하면 '용이 높이 솟다'일 텐데, 용산 참사 당시의 불기둥을 두
고 하는 말임에 분명하다. 용산 참사 당시 활동했던 깡패용역에 대한
풍자는 유쾌하다. 한자의 절묘한 배치를 통한 현실적 단면들의 풍자적
재해석은 『마징가 계보학』에서 일찍이 보였던 시적 프레임의 변형이
다. 『마징가 계보학』에서는 1980년대 성장기의 풍경을 키취의 틀로 담
아내었지만, 『소문들』은 2000년대의 풍경을 신화와 키취가 혼용된 틀
로써 담아낸다. 「소문들」 속에 재배치된 용산 참사는 무협소설의 형식
을 차용한다. 그리하여 용산 참사는 한 시대의 오래된 풍경으로 무협
지의 한 토막으로 자리 잡는다.

『소문들』을 지배하는 서술방식은 대개 동일하다. 「소문들」 연작의
'권법拳法', '진법陣法', '전술戰術' 등에 대한 골계적인 풀이는 일상적인 갈
등의 양상들을 꼬집는다. 특히 '성좌'星座에 대한 풀이는 우리 사회를 지

배하는 권력들(재벌, 군벌, 기독교, 공권력)에 대한 의뭉스런 풍자라 할 수 있다. 매우 첨예한 현실 문제조차도 현실감을 삭제한 채 다루는 권혁웅의 작업은 시인의 신화적 세계관과 무관하지 않다. 현실을 날것으로 직시하지 않고 현실감을 탈구시키는 방식으로 포착하는 방식은 시인의 응시가 현실 '이편'이 아닌 '저편'에서 이루어지기 때문이다. 예컨대 「야생동물 보호구역」 연작의 경우, 동물의 '학명'은 일상성의 의미를 소거함으로써 인간 존재를 비일상적인 우주의 '무한' 속에 정위시키고 인간의 삶을 야생동물의 생태로 치환시킴으로써 현실의 시공간을 유구한 지구의 시공간으로 대체한다. "슬로베니아의 동굴도롱뇽^{Proteus an-}^{guinus}은 오천만 년 전 대륙이 갈라질 때 북미에 사는 다른 도롱뇽과 헤어졌다 이제는 눈도 잃고 피부색도 잃고 차가운 물에서 아주 조금만 먹으며 산다 (…중략…) 다른 도롱뇽들은 오천만 년 전에 그와 헤어졌다는 것을 잊었고 이제는 그를 잊었다는 사실마저 잊었다"(「첫사랑—야생동물 보호구역 2」). '무한'은 그에게 익숙한 관념이다. 아니, 관념이라기보다 우주적 실재에 가깝다.

그리고 우리는 어떤 곤경에 마주하게 된다. 권혁웅의 신화적 세계관이 현실을 마주하게 될 때의 곤경. 신화적 세계관은 결과적으로 현실 '감'의 소거를 겨냥한다. 아니, 겨냥된 것이라기보다는 생래적으로 발생하는 효과이다. 이제 현실의 문제는 '소문'의 저편에 속한다. '미래파 논쟁' 이후에 벌어졌던 용산 참사를 비롯한 참극^{慘劇}에 가까운 현실들. 그 현실의 '소문들'은 권혁웅의 시적 세계관이 창조해낼 수 있는 한 개성이다. 그래서 이 '곤경'이란 새로운 '개성'이 뿜어대는 어떤 '낯섦'이다. 더 정확히는 이 '낯섦'에 대한 의미 부여의 강박이다. 다시 생각해

보자. 신화와 무협의 이질성에도 불구하고 그것이 시적 형식으로 혼용되는 이유는 그것이 '초현실'의 형식으로서 현실'감'을 소거하는 공통자질 때문이다. 시집『소문들』의 화법이 과연 산해경과 흡사한가, 무협지와 흡사한가는 전혀 중요한 문제가 아니다. 중요한 것은 산해경과 무협지적 화법으로 인해 현실의 문제들이 '소문'의 저편으로 사라지고 만다는 점이다. 요컨대, 권혁웅은 시적 주체를 현실이 아닌 현실 너머의 공간에 위치시키고 있다는 사실을 알 수 있다. 그것은 신화적 세계관이라는 그의 시적 뿌리와 관계한다.

3. 멜랑콜리의 곤경

세속과 신화가 결합되어 있는 권혁웅의 시는 다양한 시적 공간을 변주해낸다. 그것이 때로는 산해경과도 같은 신화의 공간일 수도 있고, 무협의 공간일 수도 있다. 그리고 사막과 심해와 같은 '무한'의 연대기적 공간일 수도 있으며, 드라마와 같은 키취적 공간일 수도 있다. 이처럼 시적 공간의 다양한 변주가 가능한 이유는 권혁웅의 신화적 사유가 이미 원형으로서의 공간을 폐기하였기 때문이다. '빈 공간'으로 남아 있는 신화적 원형은 다양한 삶의 공간이 스며든다. 원형에 대한 회귀감각은 폐기되었다기보다는 새로운 '원형'을 삶속에서 찾고자 하는 시적 작업 속에서 지속되고 있다고 하는 것이 보다 정확할 것이다. "남자의 파과지년破瓜之年은 홍적세를 향한다네"(「기록보관소―C구역」), "죽은 할아버지를 배웅하러 갔다가 / 할머니는 초승달에 온몸을 다 긁혀서 돌아왔다"(「기록보관소―B구역」) 같은 구절은 그의 시가 여전히 '시원' 혹은 '원형'을 향한 욕망에서 자유롭지 않음을 보여주는 단적인 예다. 따라서 권혁웅의 시는 원형의 폐기에서 비롯된 결핍의 공간을 채우고자 하는 작업이며 '비어 있는' 원형을 다양한 시적 공간으로 변주해내고자 하는 욕망의 결과물이다.

신화적 원형은 상징을 통해 삶에 대한 균형을 회복하는 기능을 가진다. 원형이란 개인의 상징이 아니라 인류의 상징으로 기능하기 때문에 균열된 삶은 그 원형을 반복・재생함으로써 치유될 수 있는 것이다. 신화적 사유는 권혁웅의 시적 근간이 되고 있지만, 그의 시는 이미 보편성을 획득한 신화의 원형으로부터 해방되고자 한다. 그에게 의미 있는 원형이 있다면, 지금 여기 내 몸 속에서 이글거리는 감각 그 자체다. "팔작지붕 위에서 이데아를 기다렸죠 도움닫기 하는 자세로 버림을 받았죠"(「필멸의 고릴라」)와 같은 원형의 탐구는 인류를 지배하는 신화적 원형으로부터 벗어나 스스로의 몸에서 발아하는 신화의 원형을 찾고자 하는 시적 작업의 전제다. 몸의 감각이란 그 어디로부터 소환되지 않는 자유를 지닌다. 몸에서 분출되는 감각만이 원형이 될 수 있는 가능태이자 현실태 그 자체이다.

『소문들』은 몸의 감각보다 현실의 감각에 더욱 주목한다. 현실의 많은 문제들을 다루고 있음에도 불구하고, 산해경과 무협의 공간은 기원과 종말을 알 수 없는 무국적의 연대기 속으로 현실을 소환한다. 『그 얼굴에 입술을 대다』가 시인의 몸의 감각을 통해 폐기된 원형이 발현되는 과정이라면, 『소문들』은 현실의 감각을 신화적 형식으로 변주해 내는 과정이다. 그리고 선혈을 뚝뚝 흘리는 현실의 문제를 신화적 연대기 속으로 위치시킨다. 이처럼 권혁웅의 신화적 사유는 그의 시에서 핵심적인 자리를 차지한다. 문제는 그의 시가 현실을 대면할 때 발생하는 시적 공간의 도착倒錯이다. 현실을 마주하는 그의 시선은 신화적 연대기에 위치해 있다. 따라서 그의 시에 드러나는 현실은 생생하게 살아 움직이는 '실존'이 아니라, 화석화된 연대기에 붙박임으로써 말 그대로 신화화된다. 사물을 바라보는 권혁웅의 시선은 화석화된 연대기 속에 존재한다. 현실은 무한에 가까운 신화적 연대기의 '시선'에 의해 해체되고 재구축된다.

이것은 흡사 엘리아데가 통찰한 바 있는, "하나의 사건이 신화로 변형되는 과정"과도 무관하지 않다. 인간은 일상의 사건에서도 어떤 '비의'를 적출하고자 하며, 그 비의란 어떤 사건이 신화적인 범주 안으로 통합되었을 때만 드러난다. 그러나 권혁웅은 신화적 원형을 몸의 감각 속으로 하강시키는 작업을 해왔으므로, '신화적 범주'라는 것을 스스로 창출해내지 않으면 안 된다. 회귀하고자 하되 회귀할 수 없는 몸과 현실의 감각들은 하나의 어떤 형식 속에서 존재하지 않을 수 없다. 그러나 그것은 곧잘 실패하고 만다. "나의 하루는 어머니가 켜놓은 치정극에서 시작된다"(「나는 전설이다―드라마 1」)와 같은 고백은 원형을 상실한 오늘날의 사태를 반영한다. 신화적 원형 속에 통합되어야 할 "사생활의 역사는 이면지에 기록되"거나 "언제든 구겨버릴 수 있는" 것에 지나지 않는다(「순수의 시대―드라마 2」). 몸의 감각 역시 원형에서 발견할 수 있는 비의秘儀는커녕 곧 휘발해버릴 가능성이 크다. 돌아가야 할 신화적 원형도, 원형의 새로운 생성이 불가능한 시대에 권혁웅의 신화적 사유는 힘겹게 존재한다. 신화의 원형이 사라진 시대에 주체 또한 파국에 돌입한다. 바로 그곳에 '멜랑콜리'가 존재한다.

그러므로 저 나무의 중구난방은 유일무이하다

새가 앉았다면 그건 지상에 흩뿌려진 편육 같은 것

징그러워서 저렇게 연초록 소름이 돋았다는 것

엇갈려 자라는 손가락처럼

슬픔에는 긴 슬픔도 있고 짧은 슬픔도 있다

천 개의 입이 거느린 말풍선들은 명도도 채도도 달라서

새는 그저 풍선 밖으로, 풍선을 떠뜨리며 날아날 뿐이다

어미를 찾아와 단짝의 무심함을 이르는

어린아이의 입처럼, 초경처럼, 나무는 실룩이며 잎을 내민다

걔가 날아가버렸어요, 이 피 주머니가 터졌어요

모든 발아(發芽)가 파국이므로, 유일무이한 종결이므로

잎은 겨우, 가까스로, 그렇게 독한 것이다

하나와 제 자신으로 나누어져서는

각자 흩어지는 것이다

— 「잎은 소수素數로도 돋는다―멜랑콜리아 3」 부분

잎을 돋우는 "나무의 중구난방"은 바로 몸의 감각이다. 어디론가부터 흘러온 몸의 욕망이 중구난방으로 돋는다. 그러나 그것은 신화의 질서를 상실한 채 몸의 감각 속에서 카오스로 태어난 것이기에 다시 파국에 직면할 운명이다. 다시 질베르 뒤랑의 용어를 빌린다면, 그것은 '의미의 물줄기'를 분리해내는 수많은 과정에 일부에 지나지 않는다. '의미의 물줄기'란 한 개인의 발아된 욕망이 사회의 제도화된 초자아 속에서 융합되고 소진되는 것으로서 신화의 원형이라는 인류의 상상계와 개인의 상상계가 만나 소통하는 변증법적 종합의 과정이다. 권혁웅은 신화의 원형에 수합될 개인의 상징보다는 탈락되고 말 수많은 몸의 욕망들에 말을 건넨다. 그것은 파국의 운명에 처한 것으로 "발아가 곧 파국"이자 "유일무이한 종결"이며, "하나와 제 자신으로 나누어져서는 / 각자 흩어지는 것"에서 발생하는 자기 상실의 멜랑콜리에 언어를 덧대는 일이다.

4. 욕망의 곤경

　권혁웅의 시는 엄밀하게 말하면 신화와 현실 사이에 존재한다. 원형으로의 회귀와 그것의 폐기 사이에서 시적 주체는 곤경에 처하고 만다. 그 곤경이란 신화적 원형을 버렸음에도 신화 속에 거주해야 하는 상황 그 자체다. 원형이 사라진 신화란 무엇인가? 그것은 아무것도 아니다. 그것은 이상도 아니고, 환상도 아니고, 현실도 아닌 무엇이다. 굳이 말하자면 그것은 가상^{simuliacr}이다. 그가 한 평문(「상사相似의 놀이들」)에서 푸코를 인용하여 '유사'와 '상사'의 차이에 주목했듯이, 권혁웅의 세계는 원형이라는 기원을 폐기한 상사들의 세계에 지나지 않는다. "상사 관계에 놓인 사물"(『미래파』, 127면)들의 세계란 원형을 상실한 신화의 세계와 다를 바 없다. 여기서 중요한 것은 권혁웅의 시가 상사관계에 놓인 사물들의 세계가 아니라, 상사관계에 놓인 신화들의 세계라는 사실이다. 수렴되어야 할 기원이 존재하지 않는 그의 시세계는 현실'감'마저 탈구시킨 채 가상의 세계 속에서 언어의 집을 짓는다. 가상 속에서는 현실의 일들이 마치 '소문'처럼 불확실하게 들릴 뿐이다.

　이때 소문을 듣는 주체는 원형을 상실한 신화적 주체다. 원형을 폐기한 신화적 주체, 그럼에도 자기 감각 속에서 원형을 찾고자 하는 주체는 우울하게도 신화도 아니고 현실도 아닌 공간을 떠돌 수밖에 없다. 떠돌면서 엿듣는 현실의 '소문들'은 가상의 공간 속에서 신화와 무협, 혹은 드라마의 미적 형식을 취한다. 그리하여 시적 주체들은 신화, 무협, 드라마를 오가고 때로는 초월적 지위를 점유한다. 이러한 주체가 곤경에 처할 수밖에 없는 것은 신화와 현실의 합일, 다시 말해 성속일체聖俗一體의 경지를 구현할 도리가 없기 때문이다. 여기서 빚어질 사태는 '성'과 '속'의 불협화음으로 인한 주체의 분열과 고통이다. '멜랑콜리아'의 연작은 '성'과 '속'의 간극을 떠도는 분열의 흔적일 테지만 깊은 내면의 주름을 예상만큼 충분히 펼쳐 보이지 않는다. 그럴 수밖에 없는 것이 권혁웅의 주체관에서 주체는 여러 층위로 분리되기 때문이다. 주체에 대한 천착은 권혁웅의 오랜 주제이기도 하다. '고백파'적 주체의 고통을 권혁웅의 시는 감내할 필요가 없는 것이다.

오히려 『소문들』은 하나의 시세계를 건설하고자 하는 욕망의 집결인 것처럼 보인다. 권혁웅은 여전히 폐기된 원형의 결핍을 그만의 방식으로 보충하고자 하며, 그가 버린 세계 이후의 풍경을 다른 방식으로 복원하고자 한다. 그 방식들은 「소문들」・「야생동물 보호구역」, 「드라마」 연작에서 충분히 실험되고 있으며 미적 형식의 면에서 매우 새롭고 인상적이다. 그만큼 그는 미적 영역의 확장을 시도하는 듯이 보인다. 신화와 현실 사이에서, 성속일체가 불가능한 균열 속에서, 기원과 종말을 알 수 없는 연대기적 벽화(혹은 브라운관)에 생생한 현실을 찍어대는(투사하는) 시적 욕망의 구현이 시집 『소문들』이다. 그러나 그 욕망의 정향점이 어딘지는 그 누구도 알 수 없다. 이것이야말로 진정한 곤경은 아닐까.

사막에 그린 생生의 지도

서규정 『참 잘 익은 무릎』

서규정의 시는 유랑의 이미지로 점철되어 있다. 다섯 번째 시집 『참 잘 익은 무릎』을 지배하고 있는 것은 정거장, 터미널, 기차역, 지하철, 버스 종점, 대합실 등과 같은 떠돎의 이미지이다. 어느 한 곳에 정착하지 못하는 삶의 감성은 시의 이미지로 고스란히 드러나고 있는 셈인데, 이는 민중의 가장 낮은 자리에 시인의 자취를 덧대 왔던 까닭이다. 이를테면 그의 시는 "낮은 추녀 밑에서 오들오들 떨며 바라보던 마당"에서 "끼니가 바늘"(「끼니」)이었던 삶의 기억에 근거한다. 그의 데뷔작이 「황야의 정거장」이었듯이, 떠돎은 그의 시적 숙명인지도 모른다. 실제로 그의 시는 낮고 가난한 이들의 삶의 한 가운데 있으며, 낮은 자리의 황량함과 목마름을 형상화한다.

그의 시에서 삶의 자리는 언제나 황야이거나 사막에 가깝다. 하여 그의 시는 황야와 사막을 헤매는 "구도의 길"(「참 잘 익은 무릎」)이다. "실패가, 곧 최고의 작전이듯이 / 스스로 판 묘혈"일지라도 시인은 "그 길"을 포기하지 않는 것이다. 그의 시집 제목인 '참 잘 익은 무릎'이란 떠돌 만큼 떠돌아 푹 삭은 상처투성이의 그의 시를 의미하는 것일지도 모른다. 강물처럼 길게 뻗은 길 위에서 고단하게 익어간 그의 무릎이야말로 그의 시를 이루는 정서적 근간이라면, 우리는 서규정의 시에서 지상의 낮은 풍경을 느끼지 않을 수 없을 것이다. 그러나 서규정의 시는 비근한 일상의 풍경을 포월匍越하여 드넓은 사막의 풍경이 펼쳐진 자리로 이동한다.

생을 한 바퀴 둘러본 자만이 도달할 수 있는 삶의 진경은 비근한 일상 속에 숨어있는 오래된 시간의 흔적이다. 그러므로 그의 시선이 닿은 곳마다 사막의 풍경이 숨어 있거나 사막 아닌 곳이 없게 된다. 강물의 이미지는 사막을 가로지르듯이 그의 시 곳곳에 스며들어 오래오래 흐른다. "이때 강이라는 말, 참 길지요"(「강물 단풍」)라는 진술은 격정의 삶을 살아낸 자만이 할 수 있는 탄식이다. 그러나 넓게 트인 시야 속으로 뿌옇게 들어오는 것은 한 줌 모래로 휘날리는 시간의 흔적. 사막의 강은 말라붙기 십상이다. 삶은 항용 시인을 배반하므로 때로 강물은 사라지고 강의 흔적만 남는다.

강물이 말라버린 건천乾川, '와디wādī'는 그의 시에서 매우 핵심적인 이미지이다. 와디는 시인의 "깊게 파인 등줄기"(「적벽」)처럼 그의 생애를 가로지른다. 사막의 생은 "혀끝이 쩍쩍 갈라지는 탈수, 한 방울 물에 타죽고 말" "운명"(「사막의 막사」)의 언어로 시를 이루는 것이다. 따라서 그의 시는 사막에 그린 생의 지도라 할 수 있다.

혀끝이 쩍쩍 갈라지는 탈수, 한 방울 물에 타죽고 말

그것이 운명이라면 가야만 한다

길가에 버려진 가시선인장도 먼 별빛을 먹고 자라듯
모래바람 속을 다 걸어, 듣고 또 들어 벌써 고막이 찢어진

사랑은 나를 먼저 버리는 게 전부이니라

사막 한가운데를 가로 지르는 국도에서
양떼를 먼저 싣고 떠나려 조각배처럼 낮게 내려오다
뒤집혀지는 낮달을 보았다
그리움도 쉬었다 가는 건널목이다

나를 버려야할 쓸쓸함

양떼는 단 한 줄을 넘어갔다
몇 개의 건널목을 이마에 굵은 주름살로 새겨 건너야
한 개비 성냥불빛에
풍덩 빠져 죽어도 좋을 내 영혼의 집 막사가 보일까, 할라스야

—「사막의 막사」 전문

시인은 사막에서 생을 발견한다. 사막에서 발견하는 '운명'은 단지 사막의 것만은 아니다. 사막은 인간 삶의 실존이다. 버려진 인간일지라도 "먼 별빛을 먹고 자라듯", 자기 운명을 버텨낸다. 그러나 결국 그가 마주하는 것은 "나를 버려야 할 쓸쓸함"이다. "사랑은 나를 먼저 버리는 게 전부". 이는 시인이 갈구하는 "영혼의 집"과 무관하지 않다. 사막을 떠

돈 자가 바라는 것은 자기 영혼을 해갈할 수 있는 안식처("영혼의 집")가 아니겠는가. 이는 지옥 같던 자기 욕망을 가로질러 온 지친 시인의 내면에서 비롯된다. 푸른 강물이 모조리 말라버린 '와디'가 등줄기에 깊이 패인 시인은 이제 영혼의 안식을 갈망한다. 그러나 시인의 언어는 영혼의 안식보다는 영혼의 갈증에 방점이 찍혀 있다. '사라지다'라는 뜻을 가진 거대한 모랫바람 '할라스'가 불어오는 사막에서 그는 부식되는 영혼을 힘겹게 견디고 있는 것이다. 시인이 우리가 살아가는 현실 속에서 끝내 마주하고 마는 것은 사막의 '할라스'가 아니고 무엇이겠는가.

실제로 '바람'은 삶을 압축하는 이미지로 자주 등장한다. "바람이 불면 금방 쓰러질 가느다란 기둥들"(「막춤」), "끈적끈적 바람이 부는 녹동항"(「소록도, 너」), "아리고 쓰린 칼바람들"(「안창마을」), "육신도 바람의 궁전만 같다"(「연화리 바닷가 바람봉분」), "온몸을 휘감아 도는 비린 바람"(「동백제단」) 등은 사막의 '할라스'로 수렴될 만한 바람의 이미지들이다. 시인은 바람에 섞이고자 하는 삶의 강건한 의지를 보여주기도 하는데, 그것은 '화살'의 이미지로 드러난다. "산다는 건 쓰레기나 덤터기로 내몰릴 모멸이 아니라 / 치욕까지를 고스란히 견디어는 내는 것"(「궤적」)임을 깨닫는 순간, 시인은 자기 삶의 아름다운 궤적을 꿈꾼다.

> 누가 한번만 시위를 힘껏 당겨다오
> 상처란 높은 것,
> 바닷새 나는 해안에 떠오른 널빤지에 박혀 죽어도
> 화살은 장난감 가게엔 눕지 않듯이
> 드세고 빠릿빠릿한 리듬을 타고

그렇지 나리, 위퍼, 태풍들과 이름 섞으며

일도 큰일로 저질러 놓은 바닷가로 가리

— 「궤적」 부분

태풍들과 이름 섞으며 날아가는 화살은 시인이 꿈꾸는 삶의 궤적이다. 시인은 태풍에 맞서 자기 삶의 궤적을 포기하지 않는다. 물론 시인은 그 화살이 "바닷새 나는 해안에 떠오른 널빤지에 박혀 죽"을 운명임을 안다. 시인이 「참 잘 익은 무릎」에서 말했듯이, 우리 삶의 "최고의 작전"은 "실패"이며, 우리가 걸어가는 길이란 곧 "스스로 판 묘혈"인 것이다. 그러나 이것이야말로 "구도의 길"이 아니겠는가. 죽음을 예감하며 불가능한 생生의 지도를 그려가는 것, 이것의 그의 시詩다. "그러니까 시여, / 남이 알아볼 수 없는 무릎의 상처며 / 늘 뒷전에서 서성거리던 그림자와 둘이서" 이 길 위에 오래오래 서 있기를, 그는 꿈꾸는 것이다. '화살'에 대한 그의 성찰은 다른 시에서도 계속된다.

팽팽하게 당겨져 살고, 팽팽하게 박혀서 죽을 저 과녁을

마지막 화살로 이해해 가야 한다

겨냥, 사는 게 구질구질해선 안 돼

명중, 파르르 꼬리 떨리는 미세한 울분이라도 참아야 돼

사수가 쏘아 맞추는 것은 발등뿐

발사의 사거리가 짧다

아니다 너무 길다

저 바람 한번 만져보려고 제 눈을 제가 찌르고 난 뒤의 사랑, 이거
—「저 바람 한 번 만져보려고」 전문

시인의 삶에 대한 성찰은 이 시 하나로 충분하다. 시인은 "팽팽"한 삶의 긴장을 꿈꾼다. 목표지점을 향해 날아가는 화살은 언제나 마지막 동선처럼 간결해야 한다. "파르르 꼬리 떨리는 미세한 울분"조차 없이 팽팽하고도 간결한 삶의 궤적과 그 종말이야말로 우리가 꿈꾸는 삶이다. 그 삶이란 앞서 말했듯이, "태풍들과 이름 섞으며" 태풍 한 가운데를 가로질러 가는 일이며, 이때 우리는 시인의 의지가 비단 시인만의 것이 아님을 절감한다. 태풍과 몸 섞는 화살의 궤적이야말로 우리가 겪는 모멸과 치욕을 씻게 할 숭고의 이미지이다. 하지만 삶의 실상이 그렇지 않음은 생활의 치욕을 조금이라도 맛본 이라면 익히 안다. 그래서 강인한 화살의 이미지는 무기력한 이미지로 추락하고 마는 것이다. 화살이 날아가는 곳은 결국 자기 발등이다. 활시위에서 발등까지의 거리, 그것은 바로 욕망과 치욕이 마주보는 거리다. "저 바람"에 대한 욕망은 결국 자기 발등을 쏘아 맞추는 비극으로 치닫는다. 그 삶은 너무 짧거나 길다. 등을 맞댄 욕망과 치욕의 팽팽한 활시위. 내 발등을

향해 날아오는 울분의 생애. "저 바람"은 저곳에 있는 것인가 아니면 내 눈 속에 있는 것인가? 제 안에서 시작된 욕망은 스스로를 파괴한다. 그러니 "제 눈을 제가 찌르고 난 뒤의 사랑"이다. 자기 눈을 찌르는 순간, "저 바람"은 가닿을 수 없는 대상으로 존재한다. "저 바람"에 대한 욕망 역시 허망한 것으로 전락한다. 그 순간 정체를 알 수 없는 '미美의 실재'가 탄생하고야 마는데, '끊어짐' 속에서 피어오르는 아름다움이 그것이다.

> 탱크도 지날 멀쩡한 교량보다, 오래 전에 무너진 다리가
> 녹슨 철골을 다 드러내놓고 폐허를 자랑하듯
>
> 끊어져야 아름답다
>
> 그대에게 가기 위해, 오늘도 나는 폭파된 다리만 찾아 헤맨다
> ——「백년 종점」 전문

"오래 전에 무너진 다리"는 폐허다. 모든 인간의 육신은 언젠가 폐허가 된다. 모든 다리 역시 언제가 끊어진다. 그것이 다리의 감추어진 실재(본성)이다. "녹슨 철골"을 드러내놓은 "폐허"는, 그래서 "자랑"처럼 쓸쓸하다. 시인이 닿고자 하는 '저 바람'에는 "멀쩡한 교량"으로 결코 갈 수 없다. 그곳은 허공 속에 있다. '그대'는 허공의 '그대'이다. '그대'에게 가는 길은 끊어진 다리를 통과해야 하고, 시인은 "폭파된 다리"만을 "찾아 헤맨다." "백 년 종점"은 결국 모멸로 가득찬 시인의 삶이 당도한 자

리이며, 시인은 그곳에서 끊어진 다리로만 갈 수 있는 '저 너머'를 꿈꾼다. '끊어진 다리'는, 그래서 아름답다고 비애스럽다. 그것은 인간의 꿈을 (불)완전하게 보전하는 허공의 다리이기 때문이다. 비극적 인식은 '미美'의 실재와 맞닿는다. 시詩는 다리 너머 '저 바람'에 결코 닿을 수 없는 자기균열 속에서 돋아난다. 균열은 '실재'의 '미美'가 솟아나는 공간이다. 줄곧 미끄러져 온 욕망은 지칠 대로 지쳤다. '욕망'은 '(죽음) 충동'으로 전신轉身한다. 끊어진 다리 앞에서 시인은 "뒤집혀지는 낮달"같은, "나를 버려야 할 쓸쓸함"(「사막의 막사」)에 물들고 마는 것이다.

가시가 가시를 알아보듯
상처는 상처를 먼저 알아보지
맨살을 처음 감싸던 붕대가 기저귀이듯
쓰러져 누운 폐선 한 척의 기저귀를 마저 갈아주겠다고
파도가 하얀 포말로 부서지는 그 바닷가엔
탱자나무로 둘러쳐진 여인숙이 있지
들고, 나는 손님을 요와 이불로 털어 말리던 빨랫줄보다
안주인이 더 외로워 보이기를
바다보다 더 넓게 널린 상처가 따로 있다는 듯이
빗자루와 쓰레받기를 손에 들고

탱자나무에 내려앉는 흰 눈
모래 위엔 발자국

손님도 사랑도 거짓말처럼 왔다, 정말로 가버린다

— 「탱자나무 여인숙」 전문

이제 시인은 상처를 쓸쓸한 풍경으로 그려낸다. 그의 시는 상처의 풍경이다. 어느 한 곳에 정박하지 않고 떠도는 자는 풍경의 깊이를 들여다보는 눈을 지녔다. 쓸쓸하고 퇴락한 여인숙은 기실 시인 자신의 내면을 불러들인 공간이다. 시인의 내면은 풍경으로 펼쳐졌다가 다시 접혀진다. 하얀 포말의 파도가 폐선을 적시듯 그의 언어는 우리의 내면을 부드럽게 쓸어내린다. "손님도 사랑도 거짓말처럼 왔다, 정말로 가버린" 그곳은 결국 모든 삶의 진리이자 궁극이다. 결핍으로 가득한 풍경은, 그러나 아무도 들여다보지 않는 삶의 풍경들이다. 시인의 시선은 그 누구의 시선도 닿지 않은 곳을 향한다. 상처가 상처를 먼저 알아보듯, 시인의 시선은 폐선, 여인숙, 안주인을 피사체로 하여 결핍의 풍경을 그려낸다. 그 무언가로 가득하면서도 텅 비어버린 풍경을, 어떤 흔적으로 가득한 텅 빈 공간을, 그리고 시간의 한 축을 따라 오랫동안 걸어온 삶 저편의 시간을, 시인은 살고 있는 것이다.

시인의 마음자리가 이러하다면, 그의 시를 읽는 일은 폐선이 바닷물에 젖는 것처럼 그의 시에 깊이 젖는 일일 터이다. 외진 풍경들의 점염漸染에서 비롯되는 그의 시들은 소외된 삶의 한 자락을 서서히 드러낸다. 그의 시 속에서 우리는 거대한 건물 뒤의 낡은 풍경들과 조우하게 되는 것이다. 그는 결코 떠도는 삶에서 벗어나지 못한다. 그의 시에 등장하는 경유지의 공간들이 이를 말해준다. 황야처럼 퇴락하고 쓸쓸한 사물의 풍경들이 시인의 내면 깊숙이 조응해 들어오는 것은 가장 낮은 곳만을 들여다보아 온 시인의 본성 때문이다. 그는 본능적으로 가장 낮은 자리에서 세상을 바라본다. 가장 낮은 자리에서 바라보는 세상이야말로 측은한 아름다움을 응축하고 있는데, "금모래로 반짝일 乾川"(「안동반점」)이야말로 그가 살아내는 삶의 강렬한 이미지이다. 그러니 바다는, 건천乾川이 기필코 가닿고자 하는 바다는 "짠물로 눈을 북북 문지르고 나야"(「대대포」) 겨우 보이는 전망일 것이다.

그러나 건천은 바다로 가는 흔적일 뿐 강이 될 수는 없다. 하여 시인의 시를 지배하는 것은 삶을 한 번 일주한 듯한 자의 허망함인데, "잘 가라 로맨스"(「잘 가라 로맨스」)에서 설핏 내비치는 자기 욕망과의 이별 선언은 진득한 사랑 후의 쓸쓸함과 무관하지 않다. 그것은 자기 욕망에서 비롯된 쓸쓸함이다.

열사의 중심에 선 듯 구릉 위에 첫발을 올린 낙타가
뒤돌아보는 것은 오로지 육봉이었네

지독한 몸 냄새와 함께 흘리는 침, 받아줄 구유는 멀어
그 큰 눈엔 한 방울 사막을 담고
앞발 따라 뒷발 떼며, 모래 속에 뼈를 묻을 운명이라도
풀 위에 코를 박고 죽진 않듯이

태양의 혈통을 받은 족속으로서, 해 지는 쪽으로 가다가다

목이 마르면 누군가 불끈 솟은 등을 수박처럼 쪼갤

물 혹, 그리하여

신이 지상에 맨 처음 내리어주신 것이 샘인 셈인데

중간휴게소 오아시스가 망친

길은 길 위에 나자빠져 고속도로를 부를 때에도

느긋하여라, 낙타가 흘린 침으로 한 올 한 올 짜낸 것은

하루치의 등 샘을 따듯하게 덮어줄 모래먼지 거적이었네

— 「레이스 뜨는 낙타」 전문

  시인은 낙타를 빌려 자기 욕망을 성찰한다. 욕망의 성찰은 회고의 형식으로 이루어진다. 이 회고의 형식이란, 낙타가 뒤돌아본 것이 결국 자신의 '육봉'이듯이, 시인의 육체에 스민 삶의 추억과 소통하는 것이 아닐 수 없다. "추억이 소통"(「우리 기쁜 첨병들의 귀환」)이라고 했듯이, 낙타는 자신이 살아온 삶의 궤적과 무수한 대화를 나눈다. 낙타가 뒤돌아보는 '육봉'이 자기 욕망의 집적集積이듯이, 시인의 욕망은 '잘 익은 무릎'의 통증으로 남아 있다. 그래서 이 시집의 허무와 통증은 시인이 지닌 욕망의 궤적과 정확히 일치한다. "지독한 몸 냄새"와 "흘리는 침"으로 스스로의 "등 샘"을 덮을 "모래먼지 거적"을 짜내는 낙타는 "태양의 혈통을 받은 족속"으로서, "해지는 쪽"으로 가야하는 운명이다. 서규정의 '떠돎'은 어느덧 '구도의 길'(「참 잘 익은 무릎」)이 되어간다. 그것은 허무를 이불 삼아 '느긋하게' 걸어가는 낙타의 '육봉'과 같은 것이다. 그 '느긋함' 속에서 '육봉'은 어느 덧 목마른 자를 위한 "샘"으로 전신할 수 있는 것이다.

  그렇다면 시인은 삶을 긍정하는 것일까? 시인은 인생을 덫으로 비

유하되, 그 덧의 고귀함을 잃지 않으려 한다. "얼마나 감사한가, 눈 깜박할 사이라는 이토록 고귀한, 덧"(「내 오랜 구기자나무」). 그러나 삶은 "쾌속"으로 지나간다. 인간의 욕망은 시인을 옥쥔다. 욕망이 많을수록 삶은 짧고 덧없다. 고귀한 덧이어야 할 삶은 인간의 문명 속에서는 고귀함이 사라진 '덧'에 불과하다. 사막의 허무를 비정한 도시 한가운데로 가져온 다음과 같은 시를 한 번 보라.

미라는 곧 미래라, 지하철은 다행히 앞뒤가 없어서 좋네
나는, 에스컬레이터를 타고 올라가고 내려오는 미라들을
느긋이 바라보며 가판대에 오래오래 앉아 있고 싶네
담배를 사러 오는 미라에겐
경제는 좀 나아진 게 있느냐고 건성으로 묻기도 하고
아는 사내에게 마누라 빼앗기고 출근을 하는 미라에겐
어떻게 견디긴 견딜만한가 눈으로 묻기도 하고
신문은 사지도 않고 대충 흘겨보고 마는 미라 시인에겐
지상의 붕대빛깔 무지개는 여전하냐고 묻는 둥 마는 둥
정작 묻고 싶은, 지하도 입구 어두컴컴한 곳에 엎드려
두 손 벌린 거지성자는 뚤레뚤레 쓱쓱
턱으로 수염보다 긴 햇살을 그릴 테지만
난, 그가 그려놓은 햇살은 어디까지 가느냐고 묻지 않으리
눈부셔 끝끝내 눈이 부신 햇빛이 지하철 불빛처럼
이 벽에서 저 벽까지 왔다갔다
미래도 역사도 없이 찬란하게 그려댈 마지막

세상은 벽이라, 그때 우린 하얀 붕대를 친친 감은 벽화들이네

— 「지하철 가판대에서 보낸 한 철」 전문

시인은 문명 한 가운데서 사막의 허무를 응시한다. '미라는 곧 미래라,' 와 같은 잠언은 인간이 본질적으로 안고 있는 허무를 끄집어낸다. 그러나 이 시는 단순히 인간의 허무에 초점을 두지 않는다. 이 시가 겨냥하고 있는 것은 생명을 상실한 문명의 끔찍한 비극성이다. 물기가 사라진 무생명의 공간을 부유하는 인간들은 미라에 지나지 않기 때문이다. 혹은 시인은 백 년 뒤의 시간을 미리 소급한 풍경을 들여다보고 있는지도 모를 일이다. 인간의 미래가 곧 미라, 라는 비극적인 전망 속에서 거대한 무덤으로 치환된 지하철은 도시인들이 살아가는 공간의 실재를 폭로한다. 시인의 허무는 도시문명의 허무로 전환되고 이는 현대문명에 대한 날카로운 인식에서 비롯되는 것이다. 요컨대 우울한 디스토피아의 풍경은 곧 사막의 그것과 다를 바 없다. 사막에서 읽어내었던 시인의 허무는 문명공간 속에서 보다 구체적이고 비판적 의미를 획득한다. 하여 사막의 구도자였던 시인은 지하의 도시문명 속에서는 "두 손 벌린 거지성자"로 전락하고 만다. 그렇다면 이 시집을 지배하는 사막의 이미지는 결국 타락한 자본의 욕망이 지배하는 도시문명을 겨냥한 것이라고 볼 수 있다. "바람의 궁전"같은 "육신"(「연화리 바닷가 바람봉분」) 속에 "엉덩이 살이 주르르 녹아내리듯 하염없는 육탈"(「소록도, 너」)이 일어나고 있듯이, 도시문명 또한 사막화되어가고 있음을 시인은 보여준다. 사막과 도시의 이미지 중첩은 도시문명인의 절망적인 미래를 증거한다. 삭막한 도시인들은 언젠가 실현될 사막의 미라에 불과한 존

재인 것이다. 이처럼 허무의 시선이 도시 내부를 깊숙이 가로지를 때, 우리는 비로소 시인의 시가 지닌 파괴력을 목격할 수 있다.

서규정은 '와디'에 가득 차오르는 강물을 꿈꾸는 시인이다. 사막화되어가는 도시 문명 속에서 그는 한 줄기 깊고 푸른 강물을 소망한다. 이는 그의 시에 사막 이미지와 더불어 강물 이미지가 많이 등장하는 까닭이다. 따라서 '건천乾川'만 겨우 남아있는 사막을 떠도는 그의 언어는 잃어버린 강물을 염원하는 시의 지도라고 할 수 있다. 혹은 사막의 유랑 끝에 만나게 되는 푸른 바다 역시 그의 시가 갈구하는 궁극적인 이미지인지도 모른다. 시인의 유랑은 "바늘이 끼니"였고 "끼니가 바늘"인 민중의 통증에 기반한 것으로 "죽자 사자 따라다닌 진보의 물결"(「도마 게이트」)을 헤쳐오기도 하였으므로, 그의 시에 등장하는 여러 경유지 역시 민중의 정서와 무관하지 않을 것이다. 그리고 어느덧 찾아온 삶의 허무는 그의 시를 가장 강력하게 지배하는 정서라고 할 수 있는데, 이 허무는 문명의 한 가운데로 침입하는 시도를 감행한다. 자본의 억압체제로서의 문명을 파괴시키지 않는 한, 새로운 세계질서는 재편되지 않을 것이기 때문이다. 그렇다면 시인의 허무 또한 민중적 정서와 무관하지 않음을 우리는 짐작할 수 있다. 와디와 강물, 혹은 허무와 역사의 대립 속에서 그의 시는 여전히 투쟁 중이다. 그의 시가 '와디'를 따라 사막을 유랑할지라도, 그의 꿈은 어느덧 푸른 강물이 바다를 만나는 지점을 향해 있는 것이다.

시인은, 그렇다. "인류가 멸망한 잿더미"의 허무 속에서 "막장"에 도달한 민중의 삶이 찾아낼 역사의 문은 어디엔가 있으리라 확신한다. "빛바랜 좌파"의 실패와 허무 속에서 융기하고 있는 민중의 탄맥을 시인은 꿈꾼다. 그리하여 사막에 그린 생生의 지도는 굴곡진 이 산하의 힘찬 지형을 이룸으로써 직진으로 역사의 문을 향해 뚜벅뚜벅 걸어갈 것이다.

곰소 염전에 인어 한 마리 뛰어들어 나뒹군다 해도

구경꺼리 삼아 떠날 염두들이 아니다, 빛바랜 좌파의

이념들을 뭉뚱그려 쥐고 퇴로를 찾아 나섰을 땐

산간의 초목들은 색깔을 부리거나 따지질 않아

가지가 거의 끝나는 곳에서 꽃은 피고 열매는 익어가듯

꽃봉오리는 청개구리 눈처럼 알쏭달쏭 맺혀 있을라

태백으로 가다 잠시 머문 계곡물 굵게 구르는 山驛

잡목림 밑까지 쌓인 석탄가루를 보다가

막장엔 왜 문이 없었을까 잠시 생각했다

인류가 멸망한 잿더미 속에서도

수증기처럼 솟아오를 그것이 무엇인지

저기 저 침묵한 산맥 속으로 사라진 숨이며 바람아

간절한 것은 다 오래 묻힌다 한다

시도 메아리도 꿈틀꿈틀 탄맥으로 다시 살아

분화구를 못 찾아 기암절봉을 이루다

언젠가는 푸른 용암을 뿜는 화산이 될 줄도 몰라

저 견고한 암벽 속으로 들어가던 탄차와 같이

단 하나 남은 길은 아직도 직진인데

문은 어디엔가 있는 거다, 막장이 평생의 거울로 떠 있는 한

―「철암 역」 전문

눈먼 자의 혁명적 독법을 위하여
양아정의 시세계

근대 이후의 문명을 지배하는 것은 시각의 황홀경이다. 그러나 역설적이게도 시각의 황홀경은 오히려 인간의 눈을 멀게 한다. 기 드보르가 갈파한 바 있듯이 스펙터클의 세계는 근대 이면의 실재를 감춘다. 화려한 시각적 자극을 통해 시력을 마비시키는 것이 근대 이후의 전략이다. 즉, 허락된 것만을 보라는 것이 근대 이후의 강령인 것이다. 허락된 것만을 바라보는 주체는 안락한 삶을 보전 받는다. 그 안락이란, 스펙터클이라는 얇은 막 하나를 걷어내면 공포와 불안으로 쉽사리 변모할 수밖에 없는 성질의 것이다. 그런 점에서 근대 이후의 인간이란 허락된 것만을 봐야 하는 존재가 아니라 허락된 것만을 추구하는 존재라 할 수 있다. 스펙터클의 이면을 보는 일은 삶의 끔찍한 실재를 대면하는 일이기 때문이다. 예컨대 화려한 치장에 감추어진 인간의 육체는 노화를 견디는 몸이며 죽음을 거부하는 삶이다. 혹은 화려한 마천루는 도시의 슬럼을 잊게 하는 환각제 기능을 하기 마련이다. 실재로서의 진리는 압도적인 시각의 광휘에 사라지고 만다.

그럼에도 여전히 스스로 볼 수 있다고 믿는 주체는 아직 깨어나지 못한 주체임에 분명하다. 근대 이후의 시인은 볼 수 없다는 사실을 자각하는 주체에 지나지 않을지도 모른다. 볼 수 없다는 사실에 충실하고 스스로의 눈먼 자리를 사유하는 것이 근대 이후의 시인에게 주어진 거부할 수 없는 운명이다. 역설적인 것은 스스로의 눈멂을 자각하는 순간이야말로 진정한 개안開眼의 가능성이 열리는 지점이라는 사실이다. 하여 시인은 스펙터클의 세계에서 빠져나와 그 이면의 세계를 마주보는 존재라고 할 수 있다.

양아정의 시는 바로 이러한 지점에 서 있다. 그의 시 「눈먼 자의 악보」는 시각을 박탈당한 인간의 삶을 적나라하게 드러낸다. 시각의 적출은 근대적 주체의 좌표를 해체한다. 하여 주체는 자신을 읽어낼 수 없으며, 세계의 풍경은 읽을 수 없는 악보에 지나지 않는다. 시인은 맹인과 다를 바 없는 근대적 주체의 삶을 드러낸다. 그 주체란 "난독증의 연주자"이며, 주체를 둘러싼 세계는 "눈 먼 자가 읽지 못하는 악보로 펄럭인다." 여기서 중요한 것은 악보의 의미이다. 악보는 이 세계의 이면이자 실재이다. 세계를 버림으로써 맹인이 된 연주자는 악보를 읽으려 하지만 악보는 그것을 허락하지 않는다. 세계와 악보 사이에 버려진 것이 바로 맹인이다. 이 맹인이야말로 시인의 실존이 아닌가.

무수한 주름을 가진 건반을 더듬는 난독증의 연주자.

흰 지팡이가 지키는 바구니에 던져지는 동전들, 구깃구깃 구겨진 지폐 몇 장. 악사의 귓 속 깊고 깊은 터널에 쌓일 때마다 음표들 흔들린다. 으르

룽대며 서로 멱살을 잡아챈다. 때절은 외투에 매달리는 차가운 눈들, 검은 안경 낀 악사는 털어내지 않는다. 잠깐의 침묵. 무반주의 오후가 하얗게 짖어댄다.

세상은 눈 먼 자가 읽지 못하는 악보로 펄럭인다.

닳아빠진 레일 위를 묵묵히 걷는 햇살은 그림자를 늘였다 줄인다. 주름 투성이 그림자가 지상을 건너간다. 구정물 뚝뚝 흐르는 아이를 들쳐 업은 아이 잿빛 얼굴이 낯선 신발 앞에 엎드려 코를 박을 때

늙은 악사가 붙든 단단한 시간의 매듭들 풀린다. 툭 길 위로 떨어진다. 물 수제비뜨듯 날아다니던 음표들 재빨리 거두어 사라진 자리, 아이를 들쳐 업은 아이 여전히 땅에 엎드려 맹인이 버리고 간 악보들 읽고 또 읽는다.

　　　　　　　　　　　　　　　　　　　　—「눈먼 자의 악보」 부분

　해독과 연주를 허락하지 않는 악보를 맹인은 버리고야 만다. 버려진 악보는 누구의 것이 되는가. 여기서 "아이를 들쳐 업은 아이"는 예사롭지 않은 의미를 지닌다. 아이를 들쳐 업은 아이라니. 아이를 들쳐 업었다는 점에서 이 아이는 아이로서의 한계를 극복한 아이다. 다시 말해, 순수한 무능과 창조성이 결합한 존재다. 니체가 말한 바 있는 인간의 세 가지 변신 가운데 어린 아이는 중요한 의미를 지닌다. 수긍과 체념의 낙타, 비판과 부정의 사자, 그리고 마지막으로 언급되는 아이는 유연하고 유쾌한 삶의 에너지를 지닌 존재다. 비판과 부정만을 단행할

뿐 대안이 없는 사자와는 달리 아이는 삶을 긍정하는 동시에 새로운 창조적 에너지를 현실화할 수 있는 존재인 것이다. 이는 발터 벤야민이 궁구했던 아이의 의미와도 상통한다. 어른이 할 수 없는 일을 하는 아이로서의 존재. 아무 쓸모없는 물건들도 재미있게 향유할 줄 아는 아이라는 존재는 아무짝에도 쓸모없는(맹인이 버리고 간) 악보를 즐겁게 해독하는 잠재성을 지닌다. 시인은 위 시에서 '아이를 들쳐 업은 아이'를 통해 악보를 읽는 행위를 멈추지 않는다. 그러나 아직은 유쾌하지도 발랄하지도 않다. 다만 아이를 들쳐 업은 아이가 세계의 하중을 힘겹게 견디고 있다는 느낌이 들 뿐이다. 이 시에서 '아이를 들쳐 업은 아이'란 곧 시인의 표상과 다르지 않다. 양아정의 시는 눈이 먼 근대인이 버리고 간 악보를 읽어내고자 하는 열망을 드러내고 있는 것이다.

악보의 해독은 어떤 의미를 지니는가. 그것은 혁명의 빛이다. 악보가 해독되고 그것의 의미가 현실화될 때, 스펙터클의 실체적 모습이 드러나고 혁명의 가능성이 열리게 된다. 물신화된 꿈의 세계인 근대 이후의 혁명은 바로 이 악보로부터 비롯되는 것이다. 그러나 "맹인이 버리고 간 악보를 읽고 또 읽는" 아이는 혁명 전야의 존재가 되지 못한다. 부단히 읽고 읽을 뿐이기 때문이다. 아이는 여전히 해독 중이다. 해독이 완료되는 순간까지 이 세계는 어둠을 면치 못한다. 그 어떤 것도 제대로 독해할 수 없으므로 "앰뷸런스가 달려오"는 듯한 "불길한 예감들"이 세계를 지배한다(「맨홀」). 문자가 해독되지 않거나 의미를 생성할 수 없는 곳에서 "불운의 냄새"와 "차가운 공포"는 일상적이다. 의미가 찢어진 육체는 유령에 지나지 않는다. 다음과 같은 극단적인 진술을 보라. "너는 살아있으나 오래 전에 죽었고 죽고 또 죽어 내일 다시

죽을 것이다."(「맨홀」) 삶과 죽음의 교차, 혹은 존재와 비존재의 교차는
묻어두었던 주검(실재)들을 호출한다. 주검들의 거처는 맨홀이다. "동
그란 뚜껑을 닫은 채 숨어있는 지옥." 이 맨홀이 "식어가는 밤의 한가
운데로 일어선다"는 시적 환상이 놀랍다. 도시 곳곳에 깔려 있는 맨홀
은 추방당한 주검과 읽을 수 없는 악보로 가득하다. 맨홀은 혁명의 잠
재성이 스민 공간이다. 그러나 그 혁명의 잠재성은 전복과 공포의 기
운만이 감돌 뿐, 그 실체에 대한 가독성은 여전히 미궁 속에 놓여 있다.

　이미 눈치 챘겠지만 시인은 이 세계를 병동으로 인식한다. 「자정의
병동」은 각막을 긁어낸 시인이 간파한 이 세계의 선명한 알레고리다.
'자정'은 어떤 시간인가. 하나의 세계가 무너지고 새로운 세계로 넘어
가는, 연속적이지만 단절적인 시간의 표지가 아닌가. 세계와 세계의
닿을 수 없는 심연의 시간. 그리고 병동은 이 세계의 스펙터클을 긁어
낸 후에 출현한 공간이다. 시인은 스펙터클 이면의 세계를 병동으로
인식하고 있는 것이다. 시인은 세계에 정주할 수 없으며, 자신의 각막
을 긁어냄으로써 어둠 속으로 더욱 깊이 가라앉는다. 병동의 어둠 속
에서 시인이 발견한 것은 무엇인가. 어둠이 지배하는 「자정의 병동」에
는 매우 인상적인 이미지 하나가 존재한다.

　　바람의 눈치를 보며
　　중력을 견디며 서 있는
　　어느 겨울의 계단

　　　　　　　　　　　　　　　　　　　　　　　—「자정의 병동」부분

병동의 중력을 벗어나 허공으로 뻗어나가고자 하는 계단은 위태롭게 흔들린다. 계단은 필시 시인의 내면적 정황과 무관하지 않을 것이다. 바람은 병동 안으로 침투한 유일한 바깥의 풍경이다. 병동 바깥의 가능성을 이 구절에서 확인하게 된다. 그러나 계단은 여전히 위태롭다. 자정의 병동은 "노파의 굽은 등으로 새어 나오는 / 지리멸렬한 시간들"로 가득하며, 시인은 "허공에 빨대를 꽂고 / 목숨을 빨아들이는 정적"의 순간을 마주할 뿐이다. 불행하게도 "시간은 수많은 숫자를 낳는다". 즉, 시간은 무한하다. 시인의 목숨이 유한성에 처단되었다면, 자정의 병동을 지배하는 시간은 무한성을 지닌다. 세계와 세계 사이에 자리 잡은 자정의 병동이 낳는 "수많은 숫자"는 "목숨을 짓밟는" 죽음의 숫자다. "수많은 숫자"는 해독불능이다. 해독 불가능한 것으로 가득한 공간이야말로 병동이 아닐 수 없다. 시인은 이와 같은 병동의 세계속에 감금당해 있는 것이다.

이 병동의 세계에서 "소녀들"은 "앞다투어 수술대에 오"른다(「표절」). "덜 마른 마네킹들"이 "사방 벽에서" "튀어나오"는 병동에서 "모든 것이 살해되고 / 모든 것이 새로운 방식으로 태어"난다. 수많은 마네킹들의 탄생이 영속되는 병동에서 시인조차 마네킹의 운명을 벗어나지 못한다(「나, 마네킹」). 자기 자신을 병으로 인식케 하는 근대의 훈육방식, 그리하여 자기 육체에 스스로 칼을 대게 하는 근대라는 메커니즘은 모든 인간의 마네킹화와 다르지 않다. 내면화된 자기검열에 의해 탄생한 마네킹은 물신이 지배하는 병동의 상징이다. "식어가는 한밤중의 거리모퉁이를 / 뒤뚱뒤뚱 앞서 돌아가는 / 뚱뚱한 현대"(「노래하는 돼지, 껍데기」). 이 현대는 '핸드백'이라는 절묘한 이미지와 결합한다.

늦은 봄저녁 달이 지퍼를 열자, 유행 지난 검붉은 입술이 말라있다. 고장
난 자동차가 한 대 주춤거린다. 늙은 하늘이 시계탑에서 흘러내리는, 아무
에게도 말하지 않은 탐조등 켜진 거리,

붉은 하이힐 한 짝이 허공을 걸어온다. 피를 뚝뚝 흘린다. 손가락을 빨며
꿈꾸는 여자아이가 꾸벅꾸벅 졸다 깬다. 벌겋게 부풀어 오른 지루한 오후
가 욕설을 내뱉는다. 욕설이 폭죽처럼 터진다. 완강하게 각진 시간의 모서
리가 닳는다

오, 나의 핸드백

관계들, 온갖 어둠이 우글거리는 동굴

천개의 입술을 주렁주렁 매단
은밀한 사원.

―「핸드백」 전문

시인은 물신이 지배하는 세계를 '핸드백'에 비유한다. 늦은 봄 저녁
달이 지퍼를 여는 순간 물신의 환상이 지배하는 이 세계가 비로소 열
린다. '지퍼'를 주목하자. 지퍼는 물신화된 세계의 입구와 출구다. 지퍼
라는 경계를 통해서 우리는 핸드백 내부의 물신화된 세계와 핸드백 바
깥의 늦은 봄 저녁달의 세계를 만날 수 있다. 발터 벤야민이 구분했던
'물신'(신화적 역사)과 '화석'(자연사)의 대립을 여기서 읽을 수 있다. 꿈과

깨어남의 대립적 긴장이 여기에 존재함은 물론이다. 핸드백의 세계는 꿈과 물신의 세계이며, 마술적 광학에 의한 랜턴 쇼가 벌어지는 마술환등fantasmagoria의 세계이다. 시인은 물신의 세계 속을 거니는 산책자다. 그러나 시인은 이미 물신의 세계에 대한 경탄이 고갈된 산책자이며, 깨어남의 세계를 열망하는 산책자이다. 산책자로서의 즐거움을 상실한 시인은 이 꿈의 세계를 어둠으로 인식할 수밖에 없다. 그런 까닭에 이 시는 거꾸로(전복적으로!) 읽어야만 한다. 핸드백 내부의 세계가 아니라, 핸드백의 내부에서 바깥을 바라볼 때 마주하는 세계를 주목해야 하는 것이다. 즉, 핸드백 내부의 마술환등이 아니라, 지퍼가 열리는 순간 핸드백 내부로 침투하는 자연사로서의 세계 말이다. 이러한 깨어남의 혁명적 에너지가 시인의 세계관 속에 잠재되어 있다. 혁명적 에너지는 그로테스크한 이미지로 시인의 시를 지배한다. 물신의 세계가 현실을 지배하는 상징계이기에, 양아정의 시는 실재의 이미지를 채택할 수밖에 없다. "허공을 걸어오"며 "피를 뚝뚝 흘리"는 "붉은 하이힐 한 짝"과 같은 불길한 이미지는 시인의 시에서 전복적 에너지를 응축하는 기능을 담당한다. 양아정 시인의 어둡고 불길한 색채는 이런 관점에서 접근해야 한다.

양아정 시인을 읽으면서 병동의 출구를 생각지 않을 수 없다. 그것은 실재를 향한 문이기도 하다. 새로운 진리의 세계를 구성할 수 있는 윤리의 심장부. 그것은 혁명의 임계점이 실현되는 지점이다. 아무도 그 지점을 예단할 수는 없다. 바로 여기에 양아정의 시를 읽는 고통이 존재한다. 이 세계는 녹아내릴 수 있을까? 양아정의 시는 임계점에 도달하기 직전의 풍경에 머문다. 그것은 '정글짐jungle gym'의 모습으로 드러나기도 한다. 정글짐은 흔히 초등학교 운동장에서 볼 수 있는 가로 세로로 얽어 놓은 상자 사다리 모양의 놀이기구다. 시인은 이 세계를 "누구도 거부할 수 없는 / 사각의 소요 / 사각의 율법 // 허공과 허공 사이 / 뼈와 뼈 사이 / 살점 녹아내린 거대한 공룡"(「정글짐」)에 비유한다. 「정글짐」에서 역시 주목할 부분은 "밀봉된 아이가 / 빈 깡통 속에 갇힌다"는 진술이다. '정글짐'은 아이들이 노는 공간이다. 세계가 일종의 정글짐이라면, 아이들을 통해서 정글짐은 억압과 규율의 공간이 아니라 창조적 상상과 자유의 공간으로 바뀔 수 있다. 아이가 밀봉된 채로 빈 깡통 속에 갇힌 곳이 '정글짐'이라면 혁명의 에너지가 억압된 채로 그 속에 잠재되어 있는 것이다. 그 혁명의 에너지를 시적으로 분출하는 것이 앞으로 시인에게 주어진 사명인지도 모른다.

온몸에 칼이 돋아난
당신의 혀는 여전히 나를 난도질 중이다

피투성이
너덜너덜해진 살덩이가 벽에 걸린다
바람이 사용설명서를 묻는다

나를 말려줘
시든 꽃처럼 마르고 말라
다시 피어나지 않게 해줘

　　　　　　　　　　　　　　　　—「톱」부분

시인에게 시란 온몸이 "난도질" 당하는 경험이다. 그리하여 "피투성이"가 되고 "너덜너덜해진 살덩이"로 벽에 걸려 어디선가 불어온 "바람"을 만나는 것. 바람은 세계의 외부에서 불어온다. 물신화된 세계 바깥의 '자연사'적인 것, 혹은 상징계 바깥의 실재계로부터 다가온 것. 피투성이의 시적 주체에게 불어온 바람이 "너덜너덜해진 살덩이"의 사용 설명서를 묻는다. 우리는 여기서 당혹감을 느낄 수밖에 없다. 이러한 바람의 물음 앞에 우리는 무참해진다. 바람은 윤리의 심장부에서 불어 온다. 우리는 바람의 질문에 대답할 수 없다. 그 질문은 꿈에서 깨어나라는 일종의 '할喝'이기 때문이다. 아니, 그것은 '할'이라고 볼 수 없다. 자연사로서의 바람은 우리를 동정하거나 깨우치지 않는다. 그것은 다만 우리의 몫이다.

양아정의 시는 자연사와 조우遭遇케 하는 방식으로 통각 근처로 인도한다. 그의 시에서 물신의 세계와 자연사의 만남은 필연적이다. 그러나 그 필연은 시적 주체의 고통과 비참 속에서 그 어떤 위로도 없이 이루어진다. 그럼에도 불구하고 "바람의 눈치를 보"아야 한다는 것(「자정의 병동」). 시인이 스스로를 난도질함으로써 혹은 난도질당함으로써 이 세계의 파괴를 꿈꿀 때 바람은 그에게로 불어온다. 아니, 윤리의 심장부로서의 바람은 지속적으로 우리에게 불어온다. 그러나 우리가 바람을 마주하는 순간은 고통의 시간에서나 가능하다. 시인은 이 세계의 고통과 비참 속에 존재하며, 시인은 여전히 바람의 눈치를 본다.

양아정의 시는 물신의 세계를 어두운 병동으로 인식한다. 그곳에서 바람의 세계를 직관한다. 바람이 우리의 피투성이 살덩이를 향해 사용 설명서를 물었듯이, 시인 역시 바람의 사용설명서를 물어보아야 한다.

그것은 바로 악보를 해독하는 일이다. 그러나 바람은 대답해주지 않는다. 윤리의 심장부는 실재계로 존재하기 때문이다. 그러나 실재계를 경유한 주체만이 새로운 주체와 세계를 건설할 수 있다. 악보의 새로운 해독법을 완성할 수 있는 것이다. 그런 까닭에 양아정의 시는 가히 폭발력을 지니고 있다고 볼 수 있다. 그의 시에는 새로운 세계를 건설하는 잠재성으로 충일하기 때문이다. 세계에 대한 그의 파괴적 에너지는 새로운 생성의 에너지를 내함한다. 파괴 속에는 창조의 씨앗이 들어있기 마련이다. 악보에 대한 새로운 독법이 서서히 그의 시를 점령할 것이다.

심미화의 표피성과 시의 깊이
2006년 가을 한국시의 풍경

1. 서정시와 심미화의 함정

볼프강 벨슈W. Welsch는 오늘날 심미화의 특징을 심층성이 아닌 표피성에 두고 있다. 예술이 지닌 심미화의 과정이 이미 공공의 영역으로 확장되어 일상을 지배하는 동시에 현대의 미적 영역은 가벼운 표피성을 띠고 있다는 것이다. 그리고 아름다움이 넘쳐나는 시대에 아름다움은 더 이상 미적 충격을 지니지 못하므로 오늘날의 예술은 심미화에 저항해야함을 역설한다. 이는 서정시의 향방을 가늠할 만한 지표를 제공해준다. 오늘날의 서정시가 다소 낡아 보이는 이유 역시, 아름다움이 넘쳐나는 시대에 서정성이 지닌 미적 충격 또한 약화될 수밖에 없는 데서 찾을 수 있기 때문이다. 그렇다면, 우리의 서정시는 새로운 미적 충격을 위한 자기 쇄신을 준비하지 않을 수 없으며, 심미화의 표피성을 뚫고 심층으로 나아갈 수 있는 깊이의 시학을 준비하지 않을 수 없다.

그러나 심미화가 지닌 함정 역시 생각하지 않을 수 없다. 심미화가 하나의 형식으로 굳어지는 순간, 세계의 참상을 바라보는 눈은 유실되고 현실은 무화될 위기에 처하게 되기 때문이다. 이때 심미화의 바깥보다는 형식 자체가 본질이 되는 전도가 일어나게 된다. 물론 현실의 가상schein화는 예술의 본질적 속성이기는 하지만, 이 가상의 세계가 현실과의 긴장을 유지하기 위해서는 끊임없는 심미화의 전복이 전제되어야 한다. 그러나 심미화의 지속적인 전복은 사회문화적 내성耐性과 억압에 머지않아 직면할 수밖에 없는 것 또한 사실이다. 이러한 현상은 우리 사회가 안정화의 국면에 접어들수록 미적 균열에 대한 규격화된 심미화의 억압이 더욱 강화되는 데서 비롯된다. 이는 비단 예술 분야뿐만 아니라, 사회문화의 제 현상에서도 확인할 수 있다. 벨슈의 말대로, 현실의 실재를 파헤치는 심층적 심미화가 거머쥐고 있던 예술의 헤게모니가 표피적 심미화로 넘어가게 된 것이다. 이는 비단 심미화만의 문제는 아니며, "자유와 이데올로기"의 문제에 있어서도 마찬가지다.

더는 낡고 닳은 유성기留聲機 판을 돌릴 수 없는

서정시에 절망하며

곡비哭婢 같은 장대비에도 왜 자꾸만 목이 타는가.

피아를 분리할 수 없는 군무群舞 속에서

검은 술잔이라도 나누지 못한다 하면 우리 아예

모래알로 흩어지고 마는 것을.

어이, 분노가 생生의 의미를 연장해 주던 세상은

아직도 끝나지 않았는데

(…중략…)

분노하지 않고는 견딜 수 없던 시절은 차라리 행복했네.

배반이 배반을 낳듯 저항을 위해 저항하다가,

이제 분노조차도 무장해제 시킨

죽은 자유와 가벼움의 이데올로기에 중독되어서

못이긴 척 적의 편이 되는가 그런가.

이 땅의 시인들이여, 우리는 너무 오래 살았네.

— 김규성, 「장마비 속의 권주가」 부분, 『신생』, 2006 가을

"죽은 자유와 가벼움의 이데올로기에 중독"된 오늘날의 현실은 심미화의 표피성과 무관하지 않다. 현실을 현실로써 사고하지 않고, 미학적 틀에서 사고하고자 하는 예술의 본질적 딜레마는 심미화의 과정을 죽은 관습으로 전락시킨다. 자유와 이데올로기조차 세련된 자본문화에 포섭당하는 순간 현실의 비참한 '깊이'는 예술의 '표피성'으로 대체되어 버린다. 자유와 이데올로기가 이제 민중, 민족을 떠나 대중문화의 현란한 광휘와 감흥 속으로 사라지면서 "무장해제" 되고 마는 현실. 오늘날 심미화의 층위는 무거움보다는 가벼움, 심층성보다는 표피성을 띠는 대중문화에 머물고 있으므로, 근대의 시와 더불어 시대의 엄청난 무게를 감당했던 근대 이데올로기는 이제 표피적인 심미화의 대상으로 전락해 버린 것이다. "분노"는 예술 속에서 심미화의 과정을 통해 희석될 뿐이다. 더구나 과격한 분노는 예술의 형식 속에서 이제 우스꽝스럽게 보이기까지 한다. "이 땅의 시인들이여, 우리는 너무 오래 살았네"라는 자조적인 탄식의 배경에는 이러한 사정이 내재되어 있다.

허수경은 이러한 심미화의 한계, 다시 말해 시적 언어의 한계를 뚜렷하게 절감한다. 이제 그에게 시를 쓰는 행위는 "놀았다"는 과거의 행위로 규정된다. 어째서 그런가? 시 쓰는 행위는 "언어 / 자연 / 과거"의 범주를 뛰어넘을 수 없기 때문이다. 바로 이 지점이 그가 서 있는 "여기"의 성격을 규정한다.

언어
자연
과거

여기에서 놀았다

놀았다

더러는 햇빛처럼
더러는 빗물처럼

그 사이사이
그대도 있다가 없다가
그랬다

옷을 다 벗고 욕탕에 들어가기 직전
몸 계곡 들판 등성이에다 수풀

한때 그대도 여기에 있었으나

그러나 그러지 말아야 한다고 생각한 순간

이 자연은 과거가 되었고

지금 그대 없는 자연은

언어가 되었다

놀았다

더운물 속에 쓰라린 상처처럼

바람 앞에 얼굴을 가리는 새처럼

언어

자연

과거

결국은 아팠다

놀았으므로 지극히 쓰라렸다

— 허수경, 「여기에서」 전문, 『문학과사회』, 2006 가을

    현재 시인이 서 있는 자리에 대한 반성, 다시 말해 자기성찰은 최근 시인들의 가장 뚜렷한 시적 경향으로 작용한다. 시의 의미가 다소 불분명한 것은 사실이지만, 시 속에서 밝혀지고 있듯이 "여기"란 "언어 /

자연 / 과거"이다. "여기에서" 시인은 "놀았으며", "아팠"고, "놀았으므로 지극히 쓰라렸다"고 고백한다. 언어, 자연, 과거는 단지 심미화의 대상이다. 시인이 시를 통해 현실을 탐구하고자 했을 때, 그것은 결국 언어의 '놀이'에 지나지 않으며, 자연과 현실 역시 언어 속에 감금됨으로써 '현재화된 과거'에 지나지 않게 된다. 이 모두는 시를 포함한 예술이 지니고 있는 무력감에 대한 뼈아픈 자성이 아닐 수 없다. 심미화가 완성되는 순간 "자연은 과거가 되었고 / 지금 그대 없는 자연은 / 언어가 되었다". 시의 가상성, 다시 말해 시가 한낱 언어적 구성물에 지나지 않는다는 인식은 시인에게 '쓰라림'으로 다가온다. 이들은 결국 언어의 가상성과 무상성을 깨달은 자의 자기붕괴에 직면해 있는 셈이다.

2. 생명을 향한 서정적 언어

그러나 여전히 서정시는 씌어진다. 관습화된 서정시는 수없이 쏟아지고 있으나, 단순한 서정성에 머물고만 있는 것은 아니다. 낡은 어법 속에서도 서정시의 생명력은 새롭게 솟구친다. 그 새로움이란 서정이 추구하는 자기동일성에 대한 근본적인 성찰에서 비롯된다. 주체 중심의 동일성이 아니라, 그 동일성의 준거를 끊임없이 타자에게 내어놓는 것. 그 내어놓는 행위조차 주체의 의식작용에 불과한 것일지라도 타자를 지향하고자 하는 것. 그것은 불가능한 시도일 수밖에 없지만, 최근의 서정시는 자기동일성에 대한 성찰을 기본적으로 내재하고자 하는 노력을 보여주고 있다. 이러한 서정시의 양상은 우리 시대의 위기의식에 서정시가 성실하게 감응하고 있다는 증좌로 보아도 무방하다. 그것은 '생명시'의 양상으로 뚜렷하게 발현되고 있다.

칠게랑 농게, 방게 수억의 구멍 뚫고 숨어 있는
은박지 같은 눈부신 순천만 갯벌
게에게 물린 이중섭의 아이들 깔깔거리며 구멍 속으로 들어갑니다

흑두루미 날개에 출렁이던 광활한 시베리아 허공의 파동이
수천만 평의 갈대를 흔들고
갈대 숲 속에서 나도 온몸이 파동이 됩니다
지난 겨울 순천만 대대(大垈)포구

밤늦은 아파트에서 가끔 허공을 떠도는 창을 열면
공중에 쏴ー아 순천만 갈대 숲이 흔들리는 소리
게와 아이들 수런거리며 칠흑같이 묻어나옵니다
나는 온통 구멍입니다
　　　　　　　　　　　　—이규성, 「순천만 갯벌」 전문, 『신생』, 2006 가을

이규성의 시에서 눈여겨 볼만한 것은 "나는 온통 구멍"이라는 시적 인식이다. 이 구절을 제외하면, 이 시는 주체 중심의 서정적 어법에 지나지 않는다. 자기동일성에 대한 성찰의 부재는 진부한 서정적 어법으

로 귀결될 수밖에 없기 때문이다. 그러나 이 시는 이 구절을 통해 타자를 향해가는 시의 한 생명을 얻는다. 타자지향의 동일성. 뭇 생명들이 기어들어가는 수많은 구멍을 지닌 갯벌이야말로 시적 화자가 궁극적으로 지향하는 동일화의 대상이다. 이는 갯벌 속에서 살아가고자 하는 숱한 생명과의 교감을 욕망하는 것이다. 이조차 주체의 굴레 속에 머물고 마는 것이지만, 타자를 향해 주체를 비우고자 하는 욕망은 오늘날의 서정시가 지향해야 할 방향임에는 분명하다. 시적 주체가 "온통 구멍"이 되는 것. 이는 주체의 균열이나 해체는 결코 아니며, 주체의 비움일 뿐이다. 타자의 세계를 떠도는 뭇 생명들의 미세한 움직임에 감응하고 그것이 곧 자신의 생명임을 깨닫는 일이다.

> 저녁밥 먹고 마당에 나서면
> 돛대산에서 마을로 내려서는 어스름에는
> 산빛이 그대로 녹아 있습니다
> (…중략…)
> 채마밭 상춧대 곁에 일 없이 오줌을 누고는
> 개구리 울음에 붙들려
> 평상에 주저앉고 맙니다.
> 멍하니 그 푸른 옷 걸치고 있으면
> 내가 오래 생각한 어떤 일이
> 저 어디쯤서 이루어지고 있는 것 같습니다.
> — 이응인, 「푸른 어스름」 부분, 『작가와사회』, 2006 가을

일상적 자연 속에서 주로 생태와 생명을 주제로 시를 써 온 이응인의 시는 매우 평범하다. 그러나 그 평범함은 세련된 심미화를 거부한 결과이다. 세련된 심미화의 영역에서 이탈한 채 소박하고 투박한 일상의 세계를 그대로 드러내고 있다. 세련된 심미화를 거부하는 지점에서 이응인의 시는 풋풋한 생명력으로 되살아난다. 이처럼 '낯선' 소박함과 투박함은 관습화된 심미화의 틀에 빠져들지 않고, 삶의 정직한, 있는 그대로의 모습을 전해준다는 점에서 쉽게 지나칠 수 없는 매력을 지닌다. 시가 심미화에 몰두할 경우, 시는 오히려 현실감을 휘발해버리고 예술의 미학적 틀 내에 갇히게 되는 딜레마를 가질 수밖에 없다. 그러나 이응인의 시는 현실과 심미화의 경계를 흐릿하게 함으로써 오히려 일상의 리얼리티를 자연스럽게 확보하는 시적 특질을 지닌다. 그러나 그의 시가 지닌 약점 또한 바로 이 지점에서 발생한다. 현 시단에서 이러한 소박함은 분명 낯선 것이지만, 이 소박한 평온이 손쉬운 낙관에서 비롯되고 있는 게 아닌가 하는 의문이 바로 그것이다. "내가 오래 생각한 어떤 일이 / 저 어디쯤 이루어지고 있는 것 같습니다"와 같은 시적 결말은 공감하기 어려운 개인적 소회에 지나지 않는다. "푸른 어스름". 시인은 어둠과 빛이 교차하는 현묘玄妙의 순간을 바라보는 것일까? 그의 현실인식이 희석되어가는 한 징후로 읽힌다는 점에서 앞으로의 시적 변화를 살펴볼 일이다.

오동나무 가지에 까치 한 마리 날아와 집을 짓기 시작하더니 근 일년이 지났던가 집이 다 되어가자 어디서 한 마리 데불고 와 함께 집을 짓는 것이었는데 어느새 입구를 내 안 보이는 쪽으로 틀어 돌려다 놓고 저들만의 비

밀로 들락날락,

　　비밀의 문도 열고 들어가 보면 더 이상 비밀이 아니겠지만 저 오동나무
　　꼭대기에 집을 올려다 놓으니 오동 꽃 살림살이 …… 무늬인 듯 어룽인 듯
　　내가 까악 깍 황홀해지는,

— 이희철, 「해준 바 없이」 전문, 『작가와사회』, 2006 가을

　　이희철의 시 역시 일반적인 생태시와 다를 바 없다. 오동나무 가지
에 까치가 집을 짓는 풍경을 바라보며, 자연의 생명력에 황홀을 느끼
는 시적 화자의 감탄이 주제인 평범한 시이다. 그러나, 이 시는 제목을
통해서 의미의 확장이 일어나게 된다. "해준 바 없이". 그가 오동나무
에 집을 짓는 까치를 바라보는 태도를 짐작할 수 있다. 환경오염과 생
태 파괴 속에서 시적 화자는 까치에게 미안함을 갖는다. 작은 생명이
스스로의 살림터를 만들어가는 과정은 연민의 대상이 아닐 수 없다.
그러니, "해준 바 없이"라는 미안함은 시적 화자의 정서를 내내 지배한
다. 그러나 무엇보다 '미안함'은 근본적으로 까치에 대한 시적 화자의
생명의 교감에서 일어난다. 다시 말해, '미안함'은 모든 생명은 하나의
전일체라는 시적 화자의 생명의식과 관계한다. 까치는 둥지를 만듦으
로써 생명력의 원질을 보여주고 있으며, 그 앞에서 시적 화자는 "황홀"
을 느낄 수밖에 없다.

　　이처럼 서정시는 생명의 탐구를 통해서 타자의 세계로 진입하려는
노력을 경주한다. 낡은 서정적 어법과 관습적 심미화의 굴레에도 불구
하고, 서정시는 생명에 대한 새로운 성찰을 보여줌으로써 서정시의 가

치를 여전히 유효화하며, 시와 생명의 미래를 보증한다. 현대의 심미성은 가벼움, 표피성에 매몰됨으로써 과거의 예술을 점진적으로 축출하고 있으나, 시인들은 여전히 무거움과 깊이를 내장한 시의 심미성을 유지함으로써 외로운 투쟁을 계속하고 있는 것이다.

3. 생명과 죽음의 회통會通

생명의식의 깊이 있는 체화는 죽음에 대한 인식이 필수적이다. 주지하다시피 현대문명은 죽음에 대한 억압으로 점철되었다. 문명화 과정 속에서 죽음은 철저히 배제되어야 할 문화적 천덕꾸러기로 전락하고 말았다. 현대문명 속에서 죽음은 무화되었으며, 철저히 사적인 네트워크로 감당해야할 사안이 된 것이다. 억압된 죽음은 개인의 내부에서 터져 나오며, 이 낯선 '괴물'을 온전히 개인이 감당해야 할 뿐이다. 그러나 생명은 죽음의 다른 이름이다. 생명은 죽음과 한 짝이며, 통섭通涉 관계이다. 죽음이 배제된 생명은 자본화된 생명이며, 물화된 생명이다. 자본의 도시 속에서 유령처럼 활보하는 생명들은 내밀한 삶과 죽음의 의미를 통각하지 않는 한, 끝내 고통스럽게 휘발해버리고 말 존재들이다. 채호기의 한 구절, "죽는 순간까지 내 것 아닌 삶이여!"(「나는 불안에게 인사했네」, 『문학과사회』, 2006 겨울)처럼 끝끝내 생명은 본래의 자리로 되돌아오지 못한다. 그러나 현대문명의 부박하고 가벼운 거리를 가로지르는 죽음의 하수구는 잃어버린 진정한 생명의 흔적을 찾아 소수의 시인들 사이로 힘겹게 흐르고 흐른다.

> 한때 한 몸을 이루었던 뼈들과 멀어진 뼈
>
> 쓸개와 간과 심장과 멀어진 뼈
>
> 해와 달과 이별한 뼈
>
> 울음과 배고픔에서 떨어진 뼈
>
> 가족과 헤어진 뼈
>
> 죽음에 대한 두려움과 결별한 뼈
>
> 제 얼굴을 모르는 뼈
>
> 이 뼈는 한때 보이지 않는 뼈였다
>
> 그러나 이제는 보인다
>
> 털가죽과 살덩이, 눈알과 내장과 숨결
>
> 그 모든 것이 흔적도 없이 어디론가 흩어진 것이다
>
> ── 최승호, 「한 토막 뼈」 부분, 『시작』, 2006 가을

죽음의 도저한 세계를 탐험해왔던 최승호는 여전히 죽음의 복권復權에 힘쓴다. "뼈"는 말할 것도 없이 죽음을 상징한다. 시적 화자는 "뼈"의 원래 형상을 복원한다. 그것의 원래 형상이란 "털가죽과 살덩이, 눈알과 내장과 숨결"을 간직한 뼈이다. 죽음은 생명과 하나의 본체를 이루고 있다는 사실은 망각된 채, 뼈는 "한 몸을 이루었던 뼈들과 멀어진 뼈 / 쓸개와 간과 심장과 멀어진 뼈 / 해와 달과 이별한 뼈 / 울음과 배고픔에서 떨어진 뼈 / 가족과 헤어진 뼈", 심지어 "죽음에 대한 두려움과 결별한

뼈", "보이지 않는 뼈"로만 인식될 뿐이다. 인간이 스스로의 죽음을 인식하는 한, 모든 생명과의 교감을 생각지 않을 수 없다. 죽음을 삭제한 생명은 이기적인 생명체로서 뭇 생명과의 교감을 탈각시킬 우려가 있으며, 이는 곧 현대문명의 어두운 현실인 것이다. 그래서 최승호는 끊임없이 죽음의 세계를 환기한다. 생명의 물화가 진전될수록 은폐되는 죽음의 세계에 대한 탐구는 지속될 수밖에 없다. 이처럼, 그의 시는 죽음의 전복적 이미지를 통해서 물화된 생명의 허위성을 충격적으로 폭로함으로써 생명의 위기와 실재에 대한 사유의 바탕을 마련하고 있다.

현대문명의 위기의식에서 비롯된 추상적 사유로써 죽음의 탐구를 지속적으로 보여주는 흔치 않은 예로 최승호를 언급하였지만, 실상 시인들은 죽음에 대한 인식을 통해 생명에 대한 새로운 깨달음을 보여주곤 한다. 죽음의 편에서 바라보는 삶은 근원성을 획득하기 마련이며, 생명에 대한 새로운 각성 역시 깊은 사유의 빛을 머금게 된다.

나의 삶이 죽음 근처에

가까웠을 때, 비로소

시간에게도 죽음이 있다는 걸

깨달았다

찬란했던 한 생애를 찰나에

마감할 때도, 떫디 떫은 울음

끝에 매달린 홍매화

붉은 꽃망울처럼 많이는,

울지 말아야지

애야, 꽃잎에 매달린 지난

겨울, 깊은 밤의 못다 핀 중얼거림이

나무의 뼛속까지

스며드는구나

갈라진 바위의 전설이 숨어

있는 천개의 문을 지나, 그가

오고 있단다

혀가 잘린 네 어미의 말(言)들이

매화나무 가지마다 주저리

주저리 붉은 향기로

열렸구나

— 김길녀, 「시간의 죽음」 전문, 『신생』, 2006 가을

김길녀의 시는 자신의 죽음을 나직이 바라보고 있다. 그 순간 시간에도 죽음이 있다는 사실을 깨닫는다. 개아(個我)의 죽음에 침잠하지만 파괴적인 정서로 나아가지 않고, 죽음의 수용을 통해 찬란한 생명의 모습에 눈을 뜬다. "겨울, 깊은 밤의 못다 핀 중얼거림"같은 삶과 생명이 "나무의 뼛속까지 스며드는" 것이다. 그리고 "홍매화 / 붉은 꽃망울"의 죽음이 "매화나무 가지마다 주저리 / 주저리 붉은 향기로" 되살아나는 것을 보면서, 생명과 죽음에 대한 근원적 감각을 보여준다. 죽음의 사유는 생명에 대한 근본적인 성찰을 가능하게 한다는 점에서 생명시학의 근원적인 요소이다. 그것은 생명의 개체가 뭇생명들과 단절된 개별체가 아니라, 유기적 전일체라는 깨달음을 제공하기 때문이다. 또한, 죽

음의 허무를 이겨내는 의지는 삶을 향한 새로운 눈뜸으로 발현된다. 이를테면, "할머니란 / 그냥 늙어버린 여자가 아니란 것을 / 아니어야 할 뿐더러 / 아니지 않으면 안 된다는 것까지도 알았다"(유안진, 「할머니」, 『시에』, 2006 가을)와 같은 깨달음은 물신화된 생명의 아름다움을 극복하기 위해 반드시 필요한 시적 통찰이라 할 수 있다. 생명의 아름다움을 젊음에서만 찾는 자본문명의 표피성은 이러한 통찰을 통해서 생명의 진정한 아름다움을 발견할 수 있기 때문이다. 따라서 현대문명의 가벼운 심미성을 극복할 수 있는 또 하나의 방안은 생명과 죽음의 회통이다. 생명과 죽음조차도 자본주의적 표피성에 매몰됨으로써 그 정신적 가치가 심각하게 훼손되고 있지만, 시인들의 죽음에 대한 사유는 그러한 표피성을 넘어 심미성의 심층으로 나아가게 하는 힘을 지닌다.

4. 박피술의 언어와 시의 깊이

최근 젊은 시인들의 보여주는 끔찍한 죽음의 이미지들은 생명과 죽음의 회통과는 다른 또 다른 층위를 형성한다. 이들에게 죽음은 상징계적 전복으로서의 의미를 지닐 뿐, 생명에 대한 관심과는 무관하다. 다만, 타자로 남아있는 세계의 실재에 도달하고자 하는 욕망을 육체, 혹은 시체의 끔찍한 이미지로써 드러내고 있는 것이다. 시체가 지닌 전복적 동력은 세계의 자명성이 파괴된 자리에서 세계의 실재를 설핏 내어비치게 하기 때문이다. 이들에겐 '생명'조차도 상징계에 감금된 수인囚人에 지나지 않는다. 오로지 상징계의 벽을 뚫고 바깥으로 튀어 나가고자 하는 욕망만이 피학적으로 표출될 뿐이다.

> 자살에 실패한 밤은 염산으로 주르륵 흘러내리는 얼굴을 소년의 머리 위에 올려놓습니다. 이 시간을 돌아서 거리의 끝으로 걸어가는 무거운 구름들. 모래언덕을 건너가면 이 전쟁에서 남은 것은 저 숲으로 기어가는 수많은 소녀들.
>
> — 이영주, 「자살법」 부분, 『실천문학』, 2006 가을

세계(타자)의 실재에 닿고자 하는 열망은 비단 이영주만의 특징은 아니다. 최근 젊은 시인들의 상상력은 현실을 벗어나 실재에 닿고자 하는 불가능한 욕망으로 점철되어 있다. 죽음 이미지의 창궐은 바로 죽음이 지닌 전복의 힘 때문이다. 그것 또한 타자(실재)를 향한 열망이다. 타자의 궁극적 실재는 주체를 벗어난 먼 자리에 존재할 뿐이지만, 인간의 욕망은 그것을 거머쥐고자 한다. 그러나 이는 실패할 수밖에 없는 욕망이기에 피학적으로 왜곡되기 마련이다. "자살에 실패한 밤", "염산으로 주르륵 흘러내리는 얼굴을 소년의 머리 위에 올려놓"는다는 끔찍한 상상력은 바로 실재와 마주하고자 하는 시인의 왜곡된 욕망이다. 혹은 이 시는 세계의 참상을 끔찍한 육체의 이미지로 드러내고 있는 것인지도 모른다. 우리가 알고 있는 세계의 거죽을 벗겨내고 세계의 참상을 드러내는 것. 비록 궁극적 실재는 아닐지라도 삶의 환상을 벗겨내는 박피술剝皮術의 언어.

그리고 타자가 저 앞에 서 있다. 무엇인지 알 수 없는 세계 속에서 내밀하게 마주하고 있는 어둠 속의 타자. 실재는 나와 타자 사이에 존재하는 그 무엇이다. "나는 나에게서 빠져나간다. / (…중략…) / 한 번도 살아본 적이 없는 알 수 없는 타인의 커다란 눈동자 속으로 나는 걸어 들어간다. / 나는 걷는다. 내 발걸음 소리가 타인의 삶의 궁륭을 어지럽게 울린다."(채호기, 「나는 걷는다」, 『문학과사회』, 2006 가을) "타인의 커다란 눈동자 속으로" 걸어 들어가는 행위를 통해 드러나는, 실재를 관류하고자 하는 불가능한 시의 욕망은 시의 형식으로 오랫동안 진동한다. '타인'이라는 타자의 세계에 도달하고자 하는 욕망은 '나'로부터 빠져나가는 주체의 해체 이후에야 가능한 일이다. 그럼에도 "나는 걷는다"라는 단호한 의지와 욕망의 시적 표명. 그리고 이 욕망이 궁극으로 가지 않고 다시 현실로 되돌아오게 될 때 만나게 되는 타자의 세계가 있으니, 이는 우리가 살아가는 구체적 삶의 현장이다.

주 5일 근무제에 황금시간 주말
사내 두 명이 스티로폼 위에 누워 있다

(…중략…)

토요일 저녁 주인을 대신해 사내 두 명이 술도 없이
기륭전자 천막농성장을 지킨다
어둠이 깊어갈수록
바람이 미쳐 날뛰어도

흔들림 없이 고요한 천막농성장

살아 있는 무덤 같다

— 김사이, 「토막난 시간」 부분, 『시에』, 2006 가을

"살아 있는 무덤 같"은 "천막 농성장". '타인의 커다란 눈동자 속으로'
들어가는 일은 천막농성장의 무덤 같은 슬픔과 분노를 함께 느끼는 일
이다. 타자를 향해가는 시의 언어는 기본적으로 이러한 시적 태도가
견지되어야 한다. 타자(실재)의 형이상학에 대한 시적 탐구와 더불어
타인의 현실에 대한 탐구는 근본적으로 하나의 관점으로 귀결되는 것
이다. 타자의 형이상학이 하나의 윤리학으로 우리 삶 속에 뿌리내리는
것. 이것이 깊이와 정치적 힘을 상실해가는 우리 시의 대안이 아닐까.

타자의 궁극적 실재로부터 서정의 세계와 구체적 현실에 이르기까
지 우리 시의 층위는 다양하다. 구체적 현실에서부터 궁극적 실재에
이르는 모든 층위의 시학이 공명하고 어우러지는 질 때 우리 시의 미
래를 가늠할 수 있을 것이다. 그리고 이 모든 층위의 심미화가 지닌 근
원적 한계, 다시 말해서 심미성이 본질이 되어버리는 심미화의 감옥을
뚫고 나올 수 있는 실천적 에너지에 대한 시적 자의식 또한 내장되어
야 할 것이다. 한낱 심미화의 놀이에 지나지 않는 가상의 감옥 속에서
메아리치는 목소리는 무의미할 뿐이다. 문화적 심미화의 감옥 속에서
심미적인 것의 바깥을 내다보는 일, 그것은 곧 타자의 실재에 대한 새
로운 발견이자 실천적 의지의 발로이기도 하다.

이어령 비평의 탈정치성과 청년문화론[*]

1. 4월혁명 이후의 청년문화론과 탈정치성

오늘날의 청년문화는 더 이상 저항의 주체세력으로 인정받지 못한다. 아니, '청년문화' 자체가 사라지고 없다는 탄식조차 나온다.[1] 청년문화가 대중문화 속으로 전적으로 포획됨으로써 대중문화와의 뚜렷한 차별성을 확보하지 못했기 때문이다. 정치적 힘을 상실한 청년문화는 대중문화의 압도적 영향하에 있는 것이 오늘날의 현실이다. 한국현대사에서 청년의 정치적 힘이 가장 강렬하게 분출된 사건이 바로 4월혁명이다. 4월혁명 이후에야 한국 청년은 경이로운 존재감을 드러

---

[*] 이 글의 일부는 『혁명과 죽음』(소명출판, 2015)의 9장 3항에 수록되어 있음을 밝힌다.
[1] 2000년대 현재 "우리 시대의 대중문화 지형도에서 청년문화는 존재하지 않는다"는 비관적 전망은 매우 적실한 것이다. '청년'이라는 말은 사어死語가 되었으며, 청년 문제에 대한 관심의 자리는 청소년으로 대체되고 있다. 김창남, 「청년문화의 역사적 과제」, 『문화과학』, 2004 봄, 173면 참조.

내기 시작한 것이다. 4월혁명을 고려하지 않고서는 해방 이후 한국의 청년성을 규명할 수 없다. 4월혁명의 청년이 정치적 청년이었다면, 혁명 이후의 청년은 그 정치성을 급속도로 상실하고 만다. 혁명의 청년은 학업과 일상생활 속으로, 그리고 문화적 형식 속으로 퇴행하고 만다. 1960년대는 청년의 정치적 각성과 직접행동이 결국 '문화'의 범주로 귀속되고 마는 과정을 보여준다. 그러나 이러한 퇴행 또한 군부독재에 대한 저항과 거부라는 정치적 함의가 숨어 있다고 볼 수 있는데, '문화'는 정치의 직접성을 간접화하고 있음에도 불구하고 그 간접화된 형식 속에서 정치성을 실현하고 있기 때문이다.[2] 이것이 60년대 박정희 군사독재 이후 확산된 대중문화에 대한 대타의식으로 형성되기 시작한 청년문화를 주목해야 하는 이유다.

그러나 4월혁명 직후만 하더라도 학생운동은 개헌반대, 한일회담반대, 재벌밀수규탄 등의 정치적 행위로 이어지고 있었다. 이는 당시의 청년의식의 성장이 과연 '반문화_counter-culture_'로서의 문화적 창조로 이어졌는가에 대한 회의적인 판단[3]이 나오기도 했던 배경이기도 하다. 1960년대의 청년은 문화의식보다 여전히 정치의식을 담지하고 있었다고 볼 수 있다. 따라서 60년대 후반의 청년세대는 1970년대의 청년에 비해 '문화성'의 범주보다는 정치성의 범주로 묶는 것이 보다 타당할 것이다. 그러나 유신개헌 이후 더욱 가혹해진 정치적 억압과 청년

---

2   천정환은 1960년대 군부독재의 대중 통제 및 탈정치화의 수단으로서 시행한 교양과 대중성 확산정책에도 불구하고, 그러한 과정 속에서 발생한 문화적 자율성과 다원성이 지배의 동원에 그 자체로 맞서는 힘일 뿐 아니라 '탈동원'하는 힘일 수 있음을 고찰한 바 있다. 천정환, 「교양의 재구성, 대중성의 재구성」, 『현대문학연구』 35권, 2011 참조.

3   윤병로, 「한국문학에서의 청년문화의 전개상」, 『대동아문화연구』 제18집, 1984, 52면.

들을 향한 대중문화의 포획이 시작되면서 청년의 정치성은 문화적인 것으로 변모할 수밖에 없었다. 요컨대, 유신개헌 후 퇴조하기 시작한 학생운동[4]과 대중문화의 확산은 청년문화의 저항이 이전보다 열악한 상황을 감내해야 하거나 결국 대중문화 속으로 편입될 수밖에 없는 조건이 되었다. 60년대의 학생운동이 4·19로부터 촉발되어 1967년의 6·8부정선거 규탄데모, 그리고 1969년의 개헌반대데모 등 "통념적 진리로서의 민주주의에의 복귀"를 목적으로 한 것[5]이었음에도 불구하고, 이제 청년문화는 정치적 완충지대로서의 그 필요성이 대두하게 된다.

'청춘문화'의 본령은 오히려 그 정신적 자세에 있다. 그것은 이미 있는 것을 부정하고 새로운 것을 추구하는 정신이다.

이미 있는 것이 모두 나쁜 것이 아니고 보면 이미 있는 것을 거의 모두 부정한다는 것은, 성인사회의 안목에서 본다면 파괴적으로 보일 것이다. 사실 '청춘문화'는 파괴적이다.

그러나 파괴적이라고 겁낼 것은 없다. 그것은 '茶 잔속의 폭풍'과도 같은 것이기 때문이다.

'청춘문화'는 인간성장과정에 있어서는 바람직한 수련장이다.

정확한 비유는 아니지만 알기 쉽게 말하면 헤에겔 철학에서 말하는 正·

---

4 "해방 후 우리나라 학생운동의 클라이맥스는 해방 후 건국에 이르기까지 4·19 직전부터 5·16까지, 한일국교정상화의 전후前後, 그리고 1969년의 개헌에 이르기까지의 기간일 것이며, 앤티클라이막스는 최근의 것만 보면, 한일국교정상화 후의 어느 기간, 개헌 후 지금에 이르기까지(앞으로도 얼마간 계속되겠지만)의 기간 등일 것이다. 따라서 요즘의 조사調査가 '학생운동부진'이라고 결론을 내린 것은 당연히 예상할 수 있는 것이다." 남재희, 「청춘문화론」, 『세대』, 1970. 2, 123면.
5 위의 글, 123면.

反·合의 反의 단계다. '아동문화'가 正이라면 '청춘문화'란 反을 거쳐 '성인문화'란 合이 됨으로써 合은 더 풍부해지는 것이다.[6]

학생운동 퇴조의 시기에 들고 나온 청년(청춘)문화의 당위성에 대한 이러한 주장은 당대의 청년을 둘러싼 제반諸般 상황을 압축적으로 보여준다. 주목할 부분은 아동문화와 청년문화를 正과 反의 위치에 둠으로써 성인문화를 지양하는 단계로서의 청년문화를 상정하고 있다는 점이다. 청년문화는 "도덕적으로 불건전"하고 "사상적으로 불온"하게 보일 수도 있지만, 결국 사회의 지배적 성인문화에 흡수될 수밖에 없다는 것이다. 청년문화가 일견 '파괴적'으로 보일지라도, 그것은 "이미 있는 것을 부정하고 새로운 것을 추구하는" "정신적 자세"에서 비롯된 것으로서 과거의 물리적 폭력으로서의 체제 파괴가 아니라 "茶 잔 속의 폭풍"에 지나지 않음을 강조한다. 즉, 청년문화는 최종적으로 성인문화에 흡수되는 과정으로 존재하며, "인간성장과정에 있어서는 바람직한 수련장"이라는 것이다. 비록 1960년대 학생운동의 필요성을 인정하고 있고 학생운동의 다양성을 확보하기 위한 방안으로서 청년문화의 필요성을 강조하고 있지만, 청춘문화가 지니고 있는 문화적 양상은 정치성을 중화시킬 수밖에 없었다. 4월혁명의 이후의 청년들은 4월혁명의 행동양식을 직접적으로 실천하고 계승하는 데 있어서 뚜렷한 한계에 봉착하게 되었으며, 체제저항을 '문화'의 영역으로 이동시킬 가능성이 역력했던 것이다.

---

6   위의 글, 127~128면.

1970년대에 와서 그것은 정치성의 중화라는 결과로 나타났다. "통기타 가요에서 드러나듯 70년대 초의 청년문화가 순수주의에서 자유주의, 나아가 좀 현실적인 저항적 태도에 이르기까지 폭넓은 스펙트럼을 보여주기는 하지만 기본적으로 당대의 청년문화를 구성한 것은 저항의 이념이라기보다는 기성세대 문화와의 '차이'의 정치학이다"[7]라는 진단은 매우 정확한 것이다. 더구나 파시스트적 유신체제는 최소한의 '차이'조차도 용납할 수 없는 불온한 것으로 간주하여 이미 대중문화 속으로 편입한 청년문화까지도 통제하고 억압하는 상황[8]에서 한국의 청년문화는 '부분문화部分文化'와 '대항문화'의 기로[9]에 서게 된다. 그러나 청년문화는 본질적으로 대항문화로서의 속성을 지닌다. 그 대항이 단순히 문화의 스타일에 국한되는가 아니면 문화의 정치성까지 확장

---

7   김창남, 앞의 글, 177면.
8   1974년 1월 긴급조치 1호와 함께 시작된 유신체제의 가혹한 파시스트적 억압은 단지 정치적인 반대세력만이 아니라 대중의 일상과 의식, 정서까지도 통제의 대상으로 삼고자 했고 이는 1975년 이른바 '대중가요 정화'라는 명분을 내건 금지곡 지정, 그리고 그 해 연말에 이루어진 '대마초 파동'으로 나타났다. 1975년 6월 7일 문화공보부가 발표한 '공연물 및 가요 정화 대책'은 ① 국가 안전 수호와 공공질서 확립에 반하는 공연물, ② 국력배양과 건전한 국민경제 발전을 해하는 공연물, ③ 사회질서를 문란케 하는 공연물, ④ 사회기강과 윤리를 해치는 퇴폐적인 공연물 등 20개의 항목의 정화 대상을 열거하고 있다. 이에 따라 1975년 말까지 223곡의 국내가요(그 가운데 월북 작가의 곡이 87곡 포함되었다)와 261곡의 외국 가요가 금지극의 사슬에 묶였다. 위의 글, 177면.
9   한 사회 내에서 집단과 계층에 따른 문화가 있을 때 이것을 부분문화와 대항문화로 나눌 수 있다. 부분문화와 대항문화가 명백하게 구분되는 것은 아니지만, 일반적으로 부분문화는 그 사회의 전체문화(주류문화 또는 기성문화)의 정당성을 의심하고 도전하는 문화가 아니라 전체문화의 바리에이션variation 정도의 문화로 규정할 수 있다. 대항문화는 바리에이션을 넘어서서 그 자체가 하나의 다른 테마를 구성하려는 문화이며, 단순한 대항이 아니라 보다 나은 구조의 창조를 위한 문화이다. 이때 대항문화와 기성문화는 창조적 갈등의 관계로 존재한다. 한완상, 「현대 청년문화의 제문제」, 이중한 편, 『청년문화론』, 현암사, 1978, 225~226면 참조.

되느냐의 문제가 미묘하게 남아있긴 하지만, 대항의 지점으로서 작동하는 청년문화는 언제든지 정치적 거점으로서 작동할 잠재성을 지닌다. 60년대에서 70년대에 이르기까지 문화구조라고 할 만한 기성문화가 뚜렷하게 존재하지 않았던 한국의 상황에서 청년문화는 자연스럽게 사회구조와 정치구조에 대해서 반응함으로써 "사회정치구조의 부조리가 창조적 도전의 표적"이 될 가능성이 높았던 것이다.[10] 그럼에도 불구하고 청년문화가 정치적으로 중화될 운명에 처한 것은 파시스트적 유신체제에서 청년문화는 행동의 차원을 포기하고 급기야 상징적 차원의 창조적 도전마저 상실할 수밖에 없었기 때문이다.

이어령은 1960년대 청년문화론에서 빼놓을 수 없는 비평가이다. 그는 문학의 미적 자율성을 일관되게 주장한 비평가로서 60년대의 지성에 큰 영향을 주었는데, 특히 『흙 속에 저 바람 속에』(현암사, 1963)를 비롯한 각종 에세이류는 60년대의 베스트셀러 목록에 꾸준히 오르면서 청년문화의 방향이 서구적 지성과 교양을 지향하게 하는 분위기를 만드는 데 중요한 역할을 하였다. 문학에 대한 이어령의 관점은 4월혁명의 청년을 바라보는 관점과 매우 유사하다. 작가의 참여는 미적 형상화를 통한 새로운 세계의 창조를 통해서만 가능하다는 그의 주장은, 작가의 행위란 쓰는 행위로 수렴되고 현실을 재구성하는 상상력의 언어야말로 문학의 본질이라는 미적 자율성의 문학을 지향한다. 문학의 미적 자율성을 강조하는 그의 문학관은 4월혁명의 청년이 지닌 정치성을 소거함으로써 지성적·문화적 성격의 청년으로 순치시키고자

---

10 위의 글, 230~231면.

하는 욕망으로 확장된다. 이 욕망은 1968년에서 1972년 사이에 『동아일보』의 기획과 군사정권 지원 아래 전국적으로 확산된 '자유교양운동'의 목적[11]과도 공교롭게도 일치한다. 이어령의 청년문화론은 그의 문학관에서 관성적으로 뻗어 나온 것으로 볼 수도 있지만, 4월혁명 이후의 무질서를 청년의 지성과 교양으로 극복해야한다는 현실진단에서 비롯된 것으로 이해할 수 있다. 그럼에도 불구하고 4월혁명의 청년이 문화적 청년으로 순치되어가는 과정은 4월혁명의 정치성이 점차 퇴색함으로써 정치적 투쟁이 문화적 소비로 퇴행해가는 과정과 맥락을 같이 한다고 볼 수 있다.

2. 이어령 비평의 반혁명성과 문화주의

문학비평가 이어령은 청년문화론과 관련해서 주도적으로 담론을 생산해왔다고 볼 수 있다.[12] 이는 엄밀히 말하자면 1960년대부터 보여주었던 이어령 비평의 반혁명성에 그 뿌리를 두고 있는 것으로 파악된

11 천정환은 '자유교양운동'이 한국의 지적 격차의 문화 상황의 극복과 더불어 교양주의·인문주의를 지향하며, 국가주의에 대중이 결합되는 양상을 보여준다는 점을 지적한 바 있다. 천정환, 앞의 글, 286면.
12 이어령은 1969년에 『거부하는 몸짓으로 이 젊음을』(동화출판공사, 1969)을 출간한다. 이 저서는 1960년대 서구의 히피, 비트 제너레이션, 앵그리 영맨 등을 소개한 것으로 서구 자본주의에 대한 반문명적反文明的 요소를 청년문화가 담당해야 한다는 사명감 내지는 문화적 욕구를 촉구한다. 윤병로, 앞의 글, 52면.

다. 그의 청년담론은 그의 문학론과 무관하지 않다. 이어령은 일찍이 4·19와 한국문학의 관계를 논하는 글에서 "'만장에 무슨 글귀를 적어야 하는가?'에 핵심이 있는 것"이라고 말한 바 있다.[13] 작가들이 작품을 통해서 '4월의 만장'에 남겨놓은 문자를 해명하는 것이야말로 4월혁명 문학의 실체에 접근할 수 있다는 주장은 4월혁명을 이미 현재와 미래의 가능성이 아니라 과거의 유산으로 치부하는 태도를 드러내는 것이나 다름없다. '4월의 만장輓章'은 4월의 죽음을 전제한 것이다. 4월혁명이 지니고 있었던 '직접행동'과 같은 충격은 이어령의 비평에서는 이미 과거의 유물이 된 것으로 봐야 한다. 게다가 그의 비평에서 '저항'은 철저히 언어적인 차원에 머문다. "문학하는 마음이란 언어를 생각하는 마음"이며, "이 '말言語'에 대한 정열, 감식鑑識, 애호, 그것이 문학하는 사람의 천직"이라는 그의 주장에서 확인된다. 그에게 "'문학하는 마음'은 그러한 좌절을 현실과의 타협에서 해결하려 하지 않고, 상상의 힘에 의해서 자신을 구제하려고 시도하"며 "상상 속에서 현실을 개혁하고 창조"하는 것으로 "있는 현실을 있을 수 있는 현실로 재구성하는" "상상의 힘"이다.[14]

정서, 상상력, 언어를 강조하는 그의 문학관은 단지 문학 그 자체로 귀속되는 것이 아니라 인간의 모든 권리를 상실하고 박탈당한 가장 어리석은 자의 이름인 '홉 프로그Hop-Frog'를 향해 있다. 다시 말해 "헐고 뜯기고 이지러진 그리하여 거기에서 인간다운 형체도 찾아 볼 수조차 없는 오늘의 인간들에게 다시금 인간의 감정을 불러 일으켜 주"는 것[15]을

---

13   이어령, 「4월의 문학론」, 『저항의 문학』, 기린원, 1986, 88면.
14   이어령, 「문학하는 마음」, 『저항의 문학』, 기린원, 1986, 16~18면.

궁극적인 목표로 삼는다. 따라서 이어령의 비평관점에서 작가의 행위란 쓰는 행위로 수렴된다. 작가의 중요한 책임은 보는 데서 시작되며, 충실하게 본다는 것은 충실하게 쓰는 것이며, 널리 보았다는 것은 자기의 생활과 운명을 널리 기록하고 생각했다는 것임을 강조한다. 다시 말해 "작가가 쓴다는 것은 작가가 행동했다는 것이며 작가가 행동했다는 것은 바로 작가가 보았다는 것을 입증한다"는 것이다. 여기서 멈추지 않고 이어령은 다음과 같은 진술을 남긴다.

> 작가란 결국 실천적 행동이 아니라 언어 그것을 선택한 사람이기 때문에 커다란 의미에서 보면 문학 그것이 이미 도피라 볼 수 있다. 그러나 작가는 언어를 무기로 하여 싸울 수 있다. 그것을 가지고 인간성을 변형하고 인간의 의식을 변화시킬 수가 있다. 또한 모든 감정을 …….
>
> 그렇다면 멸망을 향해 묵묵히 추락하는 인간의 역사를, 사회의 운명을 언어에 의한 호소 그 고발로써 막을 수 있다. 여기에 작가의 책임이 있고 사회(死灰) 속의 문학 그 전망이 트이게 될 것이다. 그럴 때 문학은 '실천적 행동' 이상의 행동성을 발휘할 수 있을 것이다. 그렇게 해서 인류애는 이상이 아니라 우리의 현실이 될 것이다.[16]

작가란 "실천적 행동이 아니라 언어 그것을 선택한 사람"이므로 "문학 그것이 이미 도피"라는 한계를 받아들여야 하며, 작가는 단지 "언어

---

15 이어령, 「작가와 저항—HOP-FROG의 암시」, 『지성』, 1958.12, 59~60면. 이어령의 『저항의 문학』에는 「저항으로서의 문학」이라는 제목으로 수록되어 있다.
16 이어령, 「현대작가의 책임」, 『자유문학』, 1958.4, 58면.

를 무기로 하여 싸울 수 있"음을 인정해야 한다는 것이다. 또한 언어를 통한 인간의 의식과 감정의 변화야말로 문학의 본령임을 내세운다. 이것이 문학이 지닌 "'실천적 행동' 이상의 행동성"임을 이어령은 주장한다. 이러한 태도는 물론 4월혁명이 비평가들에게 끊임없이 요청했던 직접행동에의 문학적 자의식과는 무관하다. 4월혁명이라는 행동과 지식의 일치, 다시 말해 지식이 곧 현실의 행동으로 발현되었던 경이의 순간에 대한 당대의 충동^{drive}과는 다른 지점에 서 있다. 문학의 '가상'과 현실의 '실재' 사이의 간극을 뛰어넘고자 하는 불가능한 열망에 대한 관심은 이어령의 비평에서는 결코 거론되지 않는다. 이어령은 작가의 실천적 행동은 단지 언어적 차원에서 이루어질 뿐으로 그것이야말로 문학의 본질임을 주장한다. '작가의 쓰기 = 작가의 행동'이라는 등식은 작가의 실천을 언어적 국면에 한정시킨다. 이어령의 비평은 기본적으로 문학의 불가능한 영역을 넘보지 않는다.

이러한 비평적 태도는 '리얼리티'와 '리얼'에 대한 그의 구분과도 밀접한 관련을 가진다. 그는 작품의 리얼리티는 '일루젼^{illusion}' 속의 리얼리티임을 주장한다. "아무리 숨막히는 리얼리티가 있다할지라도 무대가 현실로 착각된다면 예술은 거기서 끝나"며, "상상적인 형상과 실재적인 형상은 혼동되지 않는 평행선 위에서 각기 다른 현실감을 던져주"어야 한다는 것이다. 이것이 혼동되는 순간 현실도 예술도 다 같이 소멸하고 마는데, 예술이 철저히 '… 인 것처럼' 보여야 하는 까닭은 예술이 지닌 "리얼리티의 파라독스" 때문이다. "리얼리티는 사실이 상상력의 용광로 속에서 녹아흐를 때 생겨나"며, 상상력 속에 용해되지 않은 '사실'은 예술이 아닌 '사실'에 지나지 않는다. 결국 이어령은 예술의 질서는 자연의 질서와 다르며, 예술은 실제 인생이 될 수 없음을 분명히 인지한다. "인생이 곧 예술이라면 예술을 좌우하는 것은 방법이 아니라 정신"이겠지만 "정신이나 체험만으로 예술이 될 수 없다"는 점을 분명히 강조한다.[17] 이처럼 이어령의 문학관은 4월혁명 직후 한국문학이 받았던 충격과는 그 내용을 완전히 달리하고 있다.

이어령의 문학관은 매우 상식적인 수준에서 이루어지고 있고, 비평의 내적인 논리로 볼 때 전적으로 타당한 주장이다. 그러나 그의 논리는 4월혁명 이후 문학이 지니고 있는 근원적인 열망을 배반하고 있다는 점을 지적하지 않을 수 없다. 4월혁명의 영향이 아니더라도 예술에는 가상과 실재의 경계에서 나뉘는 두 가지 열망이 잠복되어 있기 때문이다. 유리 로트만이 말했듯이[18] 모든 문화는 낱말과 사물의 긴장 관계 속에 존재하며, 그 긴장 속에서 낱말을 지향하거나 사물을 지향하는 선택을 한다.[19] 물론 사물의 지향은 불가능성을 함축한다. 이 불가능한 사물의 지향은 사물을 향한 예술의 충동(예술과 현실의 완전한 합일)을 보여주는 것으로서 리얼리티의 충동을 이해하는 데도 매우 중요한 근거가 된다. 모든 '리얼리티'가 환영illusion 속에 존재한다는 점에서 실제 '리얼'과 차별화된다 할지라도 '리얼리티'는 실제 '리얼'을 향한 충동에서 자유롭지 못하다는 사실을 인지할 필요가 있다. 그것은 가상과 실재의 경계를 허물고자 하는 예술의 충동이다. 그러나 이어령은 예술

---

17 이어령, 「한국소설의 맹점―리얼리티의 문제를 중심으로」, 『사상계』, 1962.11, 260~267면.
18 진중권, 『교수대 위의 까치』, 휴머니스트, 2009, 166면 재인용.
19 유리 로트만은 예술적 형상이 사물 그 자체를 지향하는 한 예로서 트롱프뢰유를, 낱말을 지향하는 예로써 바니타스 정물화를 언급하고 있다.

과 현실, 가상과 실재의 경계를 자명한 것으로 받아들이며, 그것을 극복하고자 하는 예술적 충동은 관심의 대상으로 두지 않는다.

이것은 글쓰기를 통한 행동, 언어를 통한 행동을 중시하는 그의 문학관으로 인한 결과이다. 5·16군사쿠데타가 일어나기 직전 「현실과 문학인의 위치」(『동아일보』, 1961.2.14)를 통해 이어령은 실제로 혁명을 부정하는 발언을 한다.

> 슬픈 까스또르여! 그대는 또한 정치적인 혁명을 믿어서는 안 된다. 그것은 마치 빙산을 향해 터지는 '다이나마이트'에 지나지 않기 때문이다. 까스또르여! 그대는 四月이 가려던 포도(鋪道), 그 포도 위에서 총성과 연막탄 속에서 죽어간 젊은 영혼을 생각하고 울 것이다. 그러나 슬픈 까스또르여, 그들의 죽음은 곧 또다른 손에 의해서 매장되고 헐리고 이용되고 하는 그 운명을 울어야 한다. 빙산은 다이나마이트에 의해서 뼈개졌지만 다시 그 모진 한파는 또다른 그리고 보다 견고한 빙산을 만든다는 것을 잊어서는 안 된다. 까스또르여! 가난한 나라의 까스또르여! 그 일시적인 파괴적인 비약(?)을 믿어서는 안 된다. 氷山을 녹이기 위해서는 전체적인, 그리고 눈에 뜨이지 않는 훈기의 바람이 불어야 한다.
>
> 까스또르여! 이 계절의 이행이 그 해빙기가 결코 정치나 직접적인 파괴로 이루어지지 않는다는 것을 믿어야 한다.
>
> 그것이 지루하고 아무리 더딘 것이라 할지라도 계절의 변화를 기다릴 수밖에 없다. 그리고 그 계절의 변화는 행복한 까스또르여 그대의 호흡, 그대의 상흔, 말하자면 그대의 金·言語(語와 산문)에 의해서 서서히 형성되고 있다.[20]

까스또르Castor는 그리스 신화에 나오는 제우스의 아들로 폴룩스와 쌍둥이 형제이다. 여기서 이어령은 카스또르(카스토르)를 "같은 문학에 종사하는 동료"를 지칭한다. 이 글에서 이어령은 "정치적인 혁명"의 부정적인 측면을 주시한다. 4월혁명에서 희생당한 젊은이들의 죽음이 "또다른 손에 의해서 매장되고 헐리고 이용되고 하는 운명"을 경계한다. "정치적 혁명"이라는 "일시적인 파괴적인 비약(?)을 믿어서는 안 되"며, 엄혹한 시대의 "빙산"을 녹이기 위해서는 "전체적인" "훈기의 바람"이 불어야 한다는 것이다. "계절의 이행", 곧 시대의 진보는 "결코 정치나 직접적인 파괴로 이루어지지 않"으며 시의 언어와 산문으로만 서서히 이루어질 수 있다. 진정한 역사의 진보는 다소 "지루하고 아무리 더딘 것"이라 할지라도 문학가의 "호흡"과 "상흔"을 형상화한 시어와 산문이라는 문화의 "훈기薰氣"를 쐬지 않으면 안 된다는 것이다. 이어령의 혁명에 대한 부정적 태도는 혁명 이전과 전혀 다르게 돌변한 문학인들의 위선적 행동에 대한 강한 실망감에서 비롯된 것이기도 하지만, 이어령의 문학관 자체가 현실참여보다는 언어를 통한 문학의 창조적 상상력에 방점이 찍혀 있었기 때문이라고 할 수 있다. 문학적 관점에서 이루어진 정치적 혁명에 대한 부정적 태도는 혁명으로 인해 파괴된 문학의 창조적 상상력의 복권을 위한 것으로 보아야 한다.

이어령의 탈정치적 비평 태도는 4월혁명 이후의 삶을 논하는 과정에서도 드러나고 있는데, 예컨대 "영어로는 라이프와 리빙이 있는데 우리나라 사람들은 참 라이프할 줄 모르는 거예요"[21]라는 진술이 그러

---

20 이어령, 「현실과 문학인의 위치 – 오늘의 작가에게 말한다」, 『동아일보』, 1961.2.14(석간), 4면.

하다. 리빙living이 인간의 생존 및 생계와 관계된 생활을 의미한다면, 라이프life는 생존과 무관하게 이루어지는 문화적인 삶을 의미한다. '리빙'에서 '라이프'로 도약하기 위해서는 일정한 문화적 형식과 양식을 획득해야 한다. 다시 말해서 '라이프'는 리빙에 문화적 환영과 환상을 부여한 것이며 그 환영과 환상이 사라지는 순간 '라이프'는 '리빙'으로 전락하고 만다. "우리나라 사람들이 참 라이프할 줄 모"른다는 비판은 이어령이 근본적으로 형식화와 양식화에 대해 민감한 비평가임을 암시한다. 그가 4월혁명 당시와 그 이후에도 지속적으로 존재해왔던 정치적 청년들을 문화적 청년으로 순치시키고자 하는 비평적 욕망을 보인 것 역시 이런 맥락에서 이해할 수 있다. 그는 근본적으로 문화주의자이다.

이와 같은 이어령의 변화는 그의 비평관 속에 이미 잠재되어있던 것이다. 처음부터 그는 현실보다는 언어에 대한 관심이 많았으며, 정치적 감각보다는 문화적 감수성에 예민했다. 이는 비단 이어령만의 문제는 아니며, 한국전쟁 이후 남한사회를 지배했던 특수한 정치상황과도 무관하지 않다. 한국전쟁 이후의 남한사회는 반공이데올로기가 한층 강화되었고 4월혁명 이후에는 이승만정권의 통치전략이었던 반공에 대한 역작용과 반감이 작용함으로써 반공이념이 일부분 해소되긴 했지만, 5·16군사정권의 혁명공약 제1항이 '반공'이었듯이 반공이데올로기는 남한사회를 지배하는 일종의 '국시'였기 때문이다. 문제는 "'반공주의'에는 '반공'이라는 기표를 반공산주의anti-communism의 축약형으

---

21   김팔봉·구상·이어령, 「정담—문학과 행동」, 『자유문학』, 1960.9, 42면.

로 볼 수 없게 만드는 그 무엇"이 존재한다는 사실이다. "'반공주의'라는 기표가 환기하는 역사적 체험과 이데올로기의 장에서 '반공'이라는 기표는 '반공산주의'라는 기의만으로 채워지지 않는 어떤 잉여의 의미 효과를 생산하"기 때문이다. 그 잉여의 의미는 "냉전체제, 분단체제, 휴전체제의 삼항구조 내부의 복합적인 연관관계" 속에 전체주의가 기입됨으로써 발생하는데, 전체주의적 권력을 유지하기 위하여 안팎의 적을 만들어내고 "상징조작을 통하여 내부의 적을 외부의 적과 동일시"하는 곳에 존재한다.[22] 따라서 의도하지 않았다 하더라도 이어령의 비평적 입지는 당대의 정치적 상황이 유발하는 긴장과 위협의 국면에서 비교적 자유로울 수 있었다.

정치에 대한 이어령의 전향적인 시각이 뚜렷하게 드러나는 것은 공교롭게도 김수영과의 '불온시' 논쟁을 통해서이다. 이 논쟁에서 문화에 대한 이어령의 태도가 뚜렷하게 드러나는데, '문화'를 '정치'보다 우위에 두는 그의 입장은 매우 문제시된다. 우선 문화에 관련된 그의 문제적 발언은 「누가 그 조종弔鐘을 울리는가?」에서 발견된다.

때로는 속박이 예술창조에 있어서는 전독위약(轉毒爲藥)의 필요악일 수도 있다. 이솝의 우화는 권력자의 비위를 직접적으로 거슬리지 않기 위해서 정치의 이야기를 '늑대'와 '양'의 이야기로 바꿔 썼다. 그러나 그 우화의 형식은 비단 문화검열자의 눈을 속이기 위한 불편한 표현으로서가 아니라 결과적으로는 도리어 풍부한 문학적 심상의 창조가 되었던 것이다.

22   강웅식, 「전체주의적 반공주의와 순수·참여 논쟁 – 이어령과 김수영의 '불온시' 논쟁을 중심으로」, 『상허학보』 제15집, 2005.8, 197~199면.

그에게 무한한 자유가 허락되어 직접적 서술로 하나하나의 폭력자를 고발해 왔다면, (적어도 문학에 관한한) 그것은 고전의 하나로 오늘날까지 읽혀지지는 않았을 것이다.[23]

이어령은 "속박"을 예술창조에 있어서의 "필요악"으로 파악한다. 이솝의 우화가 고전으로 읽히는 이유가 권력자의 비위를 거슬리지 않기 위한 눈속임에서 비롯되었으며 결과적으로 "불편한 표현"이 아니라 "풍부한 문학적 심상의 창조"가 되었음을 주장한다. 무한한 자유 속에서라면 이솝 우화는 직접적 서술로 폭력자를 고발해왔을 것이며, 결과적으로 그것은 고전의 반열에 들어서지 못했으리라 판단하고 있다. 강웅식이 이미 지적한 바 있지만, 이러한 논리는 허점으로 가득하다. 창작의 자유가 주어졌을 때 권력자를 직접(직설적으로) 비판하는 양식만이 지배할 리도 없겠거니와[24] 무엇보다도 문제는 이어령이 정치적 속박을 새로운 문화 창조의 필요조건으로 인식하고 있다는 뉘앙스를 풍긴다는 사실이다. 정치적 압제 속에서 창조된 "풍부한 문학적 심상"은 그것만으로도 충분히 인류에게는 의미 있는 일이라는 것이다. 그러나 정치적 억압 속에서 중요한 것은 정치적 자유이지 문화적 창조가 될 수는 없다. 상식적인 말이지만, 정치적 압제가 문화 창조에 도움이 된다고 해서 압제적인 정치 상황을 용인할 수는 없기 때문이다. 문화의 '창조'가 정치적 '자유'보다 우선순위에 놓일 수는 없다. 정치적 자유 속에

---

23 이어령, 「누가 그 조종弔鐘을 울리는가?-오늘의 한국문화를 위협하는 것」, 『조선일보』, 1968.2.27(홍정선 편, 『우리 문학의 논쟁사』, 어문각, 1985, 241면에서 재인용).
24 강웅식, 앞의 글, 208면.

서 문화의 자유는 온전한 의미를 지닐 수 있기 때문이다. 문화는 오히려 정치적 억압 속에서 더욱 찬란한 결실을 낼 수 있다는 이어령의 관점은 그 스스로 정치를 도외시하고 문화에 지나치게 편향되어있음을 드러내는 증좌라고 할 수 있다.

이어령의 이러한 태도는 그의 글 「'에비'가 지배하는 문화」[25]에서도 반복된다. 한국사회의 '문화의 침묵'을 비판하면서 그 원인을 "문화인 자신들의 소심증"으로 돌리는 데서 이미 예고된 것이나 다름없다. 요컨대 '에비'가 지배하는 문화 속에서 문화인 스스로가 위축되어 "존재하지도 않는 막연한 '에비'를 멋대로 상상하고 스스로 창조의 자유를 스스로 제한하고 있다"는 것이다. 이는 1960년대의 군사정권이 자행한 문화적 검열을 지나치게 과소평가한 것이라 볼 수 있다.

1950년대의 이어령이 주창한 '저항의 문학'은 추상적 수준에서의 휴머니즘에 가까운 것이자 구체적 현실성을 획득하지 못한 것임을 확인케 한다. 이어령의 지나친 문화 편향은 그의 '문화 엘리트주의'적 성향에서도 확인이 되는데, '대중'의 문화적 취향에 대한 경멸이 '불온시' 논쟁 과정에서 일관되게 흐름으로 나타나기 때문이다.[26] "문화를 대하는 순수성마저 상실되어가는 풍토" 속에서 "클래식 음악을 감상한다거나, 난해한 현대시나 추상화를 감상한다는 것이 오늘날엔 시골성스럽고 속물의 취미처럼 되어버린 것이다."[27] 이와 같은 그의 문화 엘리트주

---

25 이어령, 「'에비'가 지배하는 문화－한국문화의 반문화성」, 『조선일보』, 1967.12.28(홍정선 편, 앞의 책에서 재인용).
26 강웅식, 앞의 글, 209면.
27 이어령, 「'에비'가 지배하는 문화－한국문화의 반문화성」, 『조선일보』, 1967.12.28(홍정선 편, 앞의 책, 239면에서 재인용).

의는 '반문화', '반교양'에 대한 그의 비판과 무관하지 않다. 그가 "한국 사회에서 반문화적이고 반교양적인 것이 활개를 치고 있다"라고 했을 때, 이러한 비판은 1960년대 후반 문화인들이 지닌 문화적·교양적 한계를 겨냥한 것이라기보다 정치적 투쟁이 초래한 문화적·교양적 파열을 겨냥한 것이라고 볼 수 있다. 여기서 그가 말하는 "반문화적이고 반교양적인 것"이 대중문화를 지시하는 동시에 전체주의적 압제 속에서 저항하거나 신음하는 문화인들의 정치적 투쟁과 좌절을 지시하고 있다는 점을 생각하면 이어령의 문화주의는 탈정치적인 문화 엘리트의 한담처럼 들리고 마는 한계를 초래한다.

3. 청년문화론의 교양주의와 탈정치성

물론 이어령은 4월혁명의 청년세대에 대한 긍정적인 시각을 가지고 있다. 패배와 도피 혹은 초월의 미학에만 사로잡힌 한국의 역사 속에서 4월혁명은 청년의 분노를 보여준 사건이기 때문이다. "분노는 주체성에서 생겨나"며, "그것을 수호하고" "내뻗으려고 하는 데서 생겨"난다. 따라서 영국의 '앵그리 영맨angry youngman'이나 '비트 제너레이션beat generation'은 "인간의 분노에 그 미학의 토대를 두고 있는 것"이며, 시대의 주체성을 자각한 세대로서 존재한다. 4월혁명의 청년 역시 시대적 주체성을 자각한 세대로서 역사적 의미를 지니게 된다. 4월혁명청년들의

"불의에 대한 분노는 신의 노여움"이었으므로 "그들은 속죄하듯이 죽었고, 죽음을 초월한 행동을 감행敢行했던 것이다."[28] 분노의 미학에 대한 예찬은, 그러나 곧 청년문화론 속에 용해되고 만다. 청년의 분노는 정치적으로 직접 발산되기보다는 문화의 형식 속에서 간접화되어야 했던 것이다. 이를 테면 이어령은 『경향신문』 연재글이었던 「오늘을 사는 세대 (39)-젊음의 조건」에서 1960년대 초반의 젊은이들을 "무엇인가 썩는 냄새가 풍기"는 "무덥고 후덥지근하고 담담하고 정체되어 있는 古家"의 상속을 거부하고 뛰쳐나오는 존재로 비유하면서 다음과 같이 말한다. "금제된 젊음을 탈환하는 용기는 지금 시작되어 가고 있다. 4월의 분노와 행동이 그것이다."[29] 그러나 이어령에게 있어서 4월혁명은 정치적인 것이 아니라 문화적인 것이다. 실제로 「오늘을 사는 세대 (39)-젊음의 조건」은 그 후에 발간된 『젊은이여 어디로 가는가』(기린원, 1996)에 그 전문이 실려 있는데, "4월의 분노와 행동이 그것이다"라는 문장이 "4월의 분노와 행동은 단지 정치적인 것만은 아니다"[30]로 바뀌었다는 사실을 지적할 수 있다. 이어령은 4월혁명의 정치적 맥락뿐만 아니라 문화적 맥락을 보다 중요시했던 것이다.

언어적 표현의 중시, 일루전illusion 속의 리얼리티, 그리고 문화 엘리트적 성향은 4월혁명청년에 대한 담론의 방향성을 능히 짐작케 한다. 4월혁명을 통해 정권을 전복하고 상징계를 파괴한 '주이상스'의 청년들은 이어령의 청년문화론 속으로 곱게 안착하고 만다. 정치성을 소거

---

28 이어령, 「노한 젊은 세대」, 『노한 젊은 세대』, 민예사, 1986, 59~63면.
29 이어령, 「오늘을 사는 세대 (39)-젊음의 조건」, 『경향신문』, 1963.5.23.3면.
30 이어령, 「젊음의 조건」, 『젊은이여 어디로 가는가』, 기린원, 1996, 329면.

한 이어령의 문화주의적 비평 전략은 청년들의 정치성마저도 삭제함으로써 문화와 교양의 표층에 '청년'을 정위시킨다.

　　그러나 과연 해방과 더불어 '청춘문화'라는 것이 생겨났는가? 그 대답은 별로 낙관적일 수는 없다. 해방 직후의 혼돈된 사회에서 젊음은 좌우 투쟁(左右鬪爭)의 테러리스트로, 六・二五 동란 때의 전투기에는 한 병사로, 그리고 四・一九 때에는 데모 대원으로 편성되었다는 사실에 우리는 좀더 주목할 필요가 있다.
　　전근대적 유교 사회에서 젊은이란 아직 성숙하지 못한 '유치한 사람(점잖지 못한 사람)'이었고, 일제 식민주의 시대에는 '후데이 센징'이었고, 해방 직후에는 '테러리스트'였고, 六・二五 동란 때는 '군인'이나 '의용병'이었고, 四・一九 때와 그 이후는 '데모' 대원이었다.[31]

　　벗이여!
　　8월 15일의 그 해방은 단순한 정치적 해방만을 의미하는 게 아니라 수천 년 동안 감금되었던 '젊음의 해방'이었다고도 할 수 있다.
　　벗이여. 해방직후의 혼돈된 사회에서 젊은이는 좌우투쟁의 테러리스트로, 6・25동란의 전투시에는 한 병사로, 그리고 4・19 때에는 데모 대원으로 편성되었다는 사실에 우리는 좀 더 주목할 필요가 있다.
　　그러나 벗이여. 아직도 젊은이는 젊은이로서의 독특한 사회, 기성문화와 다른 그들 독자의 문화선언을 하지 못하고 있는 것이다. '아웃・사이더'로

31　이어령, 「오늘을 사는 '청춘문화'」, 『거부하는 몸짓으로 이 젊음을』, 동화출판공사, 1969, 259면.

서 조국을, 인간을, 인류를 그리고 흘러온 역사를 말하자면, 기존해 있는 모든 것에 순응하는 것이 아니라 제로의 지점에서 투시하고 비판하고 반성해 보는 무한한 가능성을 잉태한 그 진공의 문화권의 구축이 선행되어야 하는 것이다.

벗이여. 그러므로 당신도 현실에 마주 서서 직시하는 날카로운 눈으로 비판과 반성을 하여 가능성을 추구해 나가면 우리들의 청춘문화는 이뤄질 수 있는 것이다.[32]

이어령이 보기에 한국 청년은 광복직후의 "좌우투쟁의 테러리스트", 한국전쟁에 참전한 "병사", 4 · 19 때의 "데모 대원"으로서 문화적인 것과 거리가 멀다. 따라서 청년은 기성세대와의 결별을 통해 그들만의 "문화선언"을 할 필요가 있음을 주장한다. 그의 청년문화론은 1960년대와 1970년대에 지속되었던 정치적 투쟁을 벗어나서 독자적인 청년문화의 형성을 역설하고 있는 것이다. 그렇다면 그 청년문화란 것은 과연 그 실체가 있는가? 이어령은 "청춘문화는 성인들의 기성문화에 불순종을 선언한다는 데"서 그 특징을 찾고 있으며, "청춘문화는 젊은이의 욕구불만을 해소하는 사회적 안전판의 구실을 할 뿐만 아니라 의존에서 독립을, 그리고 방종에서 자기책임이라는 것을 깨닫게 되는 기회"를 제공하는 것으로 파악한다.[33] 여기서 주목할 것은 아무래도 "젊은이의 욕구불만을 해소하는 안전판의 구실"이라는 대목이다. 4월혁명 당시의 청년의 분노는 이어령에 이르러 욕구불만의 차원으로 전락

---

32 이어령, 「우리들의 청춘문화―제로의 지점에 서 있으면서……」, 『다리』, 1971.1, 159면.
33 이어령, 「우리들의 청춘문화―청춘문화란 무엇인가?」, 『다리』, 1971.2, 136~137면.

하고 만다. 4월혁명 당시 이승만 정권을 전복시킨 원동력은 청년들의 분노였다. 그러나 70년대의 이어령은 청년들의 분노를 청년문화 속에서 순치시켜야할 '욕구불만' 정도로 이해하고 있다. 청년문화는 비로소 정치성을 탈각하게 되며 사회적 안전판의 기능 정도로서 담론적으로 정위된다. 청년들은 이제 스스로의 욕구불만을 청년문화 속에서 해소함으로써 혁명과 전복의 기운을 양산하는 정치 주체로서의 위상을 상실하고 마는 것이다. 이어령에게 현대 청년들의 공통된 본질은 "공 속에 든 텅빈 무無"이며, 또한 이런 텅 빈 무無로 인한 공의 "반작용"으로 인해 "인간의 문명과 사회"가 "하나의 갈등과 조화를 향해 그 방향타를 돌리는 새로운 도전을 받게 된다"는 점이라 할 수 있다.[34] 이처럼 이어령은 청년의 분노와 저항성을 청년문화라는 완충지대를 통해 순치시키는 반혁명적 전략을 기획하고 있다고 볼 수 있다. 이어령의 청춘문화론은 4월혁명의 청년성을 체제 영합적으로 사회화하는 전략을 완수한다. 다시 말해, 4월혁명의 청년을 단순히 '데모 대원'으로 규정하고 혁명청년의 역사적 의미를 소거함으로써 '청춘문화'를 "모든 의존으로부터 해방되어 자기의 두 발로 일어서는 독립성의 자아의식을 위어밍업해 가는 문화" 정도로 탈정치적으로 해석하고 있는 것이다.[35]

청년(청춘)문화에 대한 탈정치적 의미화 전략은 '지성'에 대한 그의 문화주의적 관점과도 무관하지 않다.

물론 그들은 독립운동을 했다. 저항을 했다. 그것을 과소평가하지는 않

---

34 이어령, 「우리들의 청춘문화─제로의 지점에 서 있으면서 ……」, 앞의 책, 158면.
35 이어령, 「오늘을 사는 '청춘문화'」, 앞의 책, 261면.

으련다.

하지만 대체 인간의 저항이, 저 이리에 덤벼드는 양떼의 그것과 같은 것일까? 인간의 참된 저항은 먼저 자기의 내부에 등불을 켜는 일이다. 자기 내부는 암흑인 채로 그냥 두고, 역전 광장에 외등만 달려고 애썼던 그들의 독립운동을 보면 지성이 무엇인지를 잘 모르고 있었던 것 같다.

오히려 지성이 모자랐기 때문에, 자의식이 없기 때문에 한 층 더 용감한 투쟁을 할 수는 있다. 회의를 모르고 자신의 갈등이 없어 단순하기 때문에 …… 그러나 그것은 승냥이의 용맹이며 사자의 투쟁이었다.

우리나라의 애국은 늘 그것이었다. 자기를 마이너스해 놓고 싸우는 일이다. 혈서적인 애국! 그러기에 자기를 희생해야만 '위대' 자가 붙었고 '애국' 자가 붙었다.[36]

이어령은 현실참여적 지성이 가져오는 폐해를 경계한다. 그 폐해란 다름아닌 "자기 내부의 암흑"이다. 그가 말하는 진정한 저항이란, "자기의 내부에 등불을 켜는 일"이다. 한국에서 저항으로서의 용감한 투쟁은 오히려 "자기의 내부에 등불을 켜"는 지성의 부재로 인해 가능했으며, 그것은 자기를 "마이너스해 놓고 싸우는 일"과 다르지 않다. 다시 말해, "광장의 등화를 강조하다가 '내등'을 망각"[37]한 결과가 바로 한국적 현실참여의 한계라는 것이다. 이러한 관점은 혁명 직후 발간된 『한국혁명의 방향』(1961, 중앙공론사)에 수록된 글인 「새로운 인간형의 모색」에서도 확인할 수 있는데, 이 글에서 그는 한국인을 지배하고 있는

---

36 이어령, 「지성의 등화관제」, 『세대』, 1963.6, 48면.
37 위의 글, 50면.

두 가지 유형의 잠을 제시한다. 첫째, 현실도피의 은둔사상이나 기적을 믿는 의례심에서 비롯된 잠, 둘째, 현실에 집착하게 되었을 때 비롯된 잠이 그것이다. 현실도피와 기적에 침윤된 사고에서 비롯된 잠은 곧바로 이해된다고 하더라도 현실에 집착함으로써 생겨나는 잠은 어떤 것인가? 이어령은 현실에 대한 집착이 "현실에 대한 근시안적 행동"을 촉발한다는 사실을 지적한다. 현실의 집착이 오히려 현실을 바라보는 시야를 "녹슨 열쇠 구멍"처럼 좁히고 말았다는 것이다. 요컨대 그의 주장은 우리 민족의 언어는 "형이상적인 언어보다 형이하학적인 언어(감각어)가 더 발달"할 수밖에 없었다는 것이다.[38] 이처럼 이어령은 4월혁명 이듬해에 발간된 책자에서조차 4월혁명의 분위기와 무관하게 자신의 비평적 관점을 충실히 견지하고 있다.[39] 4월혁명 이전부터 이어령은 작가의 역할에 대하여 "'실천적 행동'과는 달리 말하는 행동에 의하여 상황을 변전시키는 직능이며 그것으로서 새로운 현실을 불러일으키는 기旗와 같은 역할"[40]이라고 주장한 바 있다. 정치의 거친 직접행동이 아

---

38 이어령, 「새로운 인간형의 모색」, 『한국혁명의 방향』, 1961, 중앙공론사, 107~112면.

39 이어령은 우리말의 형이하학적 특질의 예로서 빈곤으로 인한 식생활에의 집착에서 비롯된 미각언어의 발달을 들고 있고 형이상학적 언어의 빈곤의 근거로서 '사랑'이라는 추상어의 미분화를 들고 있지만 이러한 근거들은 그의 전형적인 비평적 수사법에서 비롯된 것이라 할 수 있다. 이러한 그의 수사법의 성급함에 대해서 조영복은 서구사대주의와 관련지어 다음과 같이 비판한 바 있다. "아주 사소하고 일상적인 어떤 상황이나 사물의 국면을 통해 문명을 진단하고 문화의 본질을 파악하는 것은 그의 재주와 박학다식함의 결과였다. 그러나 그의 논리는 일종의 결정론이 안고 있는 위험을 그대로 내장하고 있다. 단 한 가지 국면이나 관습적 차이를 통해 문명의 차이와 깊이를 결정하고자 하는 시각은 상당히 위험하다. 그는 이항 대립 체계로 동양과 서양을 내다본다. 하나와 그 대립쌍. 그것은 단일선상에서 즉각적으로 비교된다. 매개항이 존재하지 않는다. 조영복, 「수사, 동경 그리고 에세이」, 『오늘의문예비평』, 1997 겨울, 241면.

40 이어령, 「작가의 현실참여」, 『저항의 문학』, 경지사, 1960, 47면.

니라 말하는 행동, 즉 글을 통한 문화적 행동을 통한 새로운 세계의 실현이야말로 그가 주장하는 문학의 깃발旗이다. 그가 저항하고자 했던 대상은 부패한 독재정권이 아니라, "사소설의 '안방' 속에서 칩거하였거나 기껏 그 책임을 진다는 것이 정치적 선언문 내지는 군가의 영역을 벗어나지 못한 즉 문학 그 자체를 살해한 현실참여의 '오해의 가두街頭'"에서의 "방황"이었다.[41] 얼핏 보기에 이어령이 문학의 예술성과 정치성을 변증하고자 했던 것으로 읽힐 수 있으나, 그는 문학의 예술성과 미적 자율성을 집요하게 주장했던 비평가였던 것이다. 그것은 내면과 정치의 변증보다 '자기 내부'의 지성의 '등불'을 밝힘으로써 문화적 세련성을 보다 고취시키는 것으로 나아간다. 4월혁명의 직접행동들은 자기 내부의 지성이 결여된 "승냥이의 용맹"이거나 "사자의 투쟁"과도 같은 야성野性에 지나지 않는 것이다. 목숨을 건 정치적 투쟁조차도 문화적 교양을 전제로 해야 하는 것이었다는 점에서 4월혁명 이후에 비등한 정치성뿐만 아니라 4월혁명 당시의 정치성조차 이어령에게는 비판의 대상이 될 수밖에 없었다.

한국 가옥구조를 보면 단 10분도 자기가 자기 혼자 생각할 수 있는 장소가 없어요. 그리고 정치적인 문제도 너무나 절대적인 무엇에 압도되어 무의식적으로 자신을 검열하고 있다. 그래서 새로운 것을 한계 없이 한번 생각해 볼 수 없어요.

그러면 이와 같은 사회에서 청년문화의 특성은 무엇인가? 외관상 과격한

---

41 위의 글, 49면.

것이라 하드라도 전통주의와 손을 잡고 이른바 선왕(先王)의 도(道)를 따르고 선친(先親)의 도를 따르는 역사적 상고주의에 젖어 있다, 이렇게 보면 모든 것이 미래지향적이 아니고 과거 지향적입니다. 그래서 기성문화를 더 세련 발전시켜 수정할 수는 있으나 발상법을 뒤엎는 혁명으로서의 청년문화는 바로 지금 어려워졌죠. 몇 가지 오식(誤植)을 고칠 수는 있으나, 문법 자체를 뜯어 고치는 청년문화는 대단히 힘들겠다는 것 이게 특징이란 말입니다.

왜냐하면 4 · 19 때의 그것을 청년문화로 보지 않는 것은 기성인들처럼 생각하고 같은 가치관속에서 대담하게 그 사고와 가치관을 행동으로 옮겨 정권을 뒤엎은 것이지, 기성인들의 가치관 생존양식과 근본적인 차이가 있었다고는 생각지 않는 거죠. 그러니까 기성사회의 수정주의자요 기성사회라는 피아노의 조율사에 불과하다는 겁니다.[42]

이어령이 보기에 4월혁명의 청년은 기성세대와 다를 바 없는 사고유형과 가치관을 지니고 있다. 4월혁명은 기성세대와 다를 바 없는 "사고와 가치관"을 "대담하게" "행동으로 옮겨 정권을 뒤엎은 것"에 지나지 않기 때문에 4월혁명의 청년은 "기성인들의 가치관 생존양식과 근본적인 차이"가 없었다고 주장한다. "청년문화가 단절을 전제로 함에도 불구하고 한국사회에는 기성과 청년 사이에 단절"이 존재하지 않았다는 것[43]이다. 이러한 주장에는 4월혁명의 청년들에게 정치적 행동성은 있었을지라도 그것을 보완할 수 있는 내면의 지성이 부재했다는 문

---

42 좌담(김종빈 · 남재희 · 이어령 · 이영호), 「한국의 청년문화」, 『세대』, 1971.9, 129면.
43 위의 글, 128면.

제의식이 깔려 있다. 한국의 가옥구조를 거론하면서 단 10분 동안이라도 자기 혼자 생각할 수 있는 공간의 부재를 통해 한국청년이 안고 있는 지성과 자의식을 부재를 계속 문제 삼고 있는 데서 잘 드러난다. 오히려 지성의 부재로 인한 더욱 과격한 투쟁을 할 수 있었다는 주장은 지성을 긍정하는 반면에 투쟁은 부정하고 있음을 보여준다. 이어령에게 4월혁명 청년은, 앞서 살펴본 것처럼, 해방 직후 "좌우투쟁의 테러리스트", 6·25동란의 "병사", 4월혁명 때의 "데모 대원"으로 부정적 인식의 대상에 불과하다. 이어령에게 중요한 것은 지성과 교양을 아우르는 문화다. 4월혁명의 청년은 직접행동의 과격한 정치성을 표출했을 뿐 깊이 있는 내면의 지성과 교양을 갖추지 못했다는 점에서 그 한계를 내재하고 있다는 것이다.

그러나 이러한 비판은 문학의 자율성, 혹은 미학적 관점을 4월혁명의 청년에게 그대로 이입한 결과이다. 문학이 언어로 이루어지는 예술 활동이라는 점을 감안한다면, 4월혁명 이후의 문학이 언어의 미적 성격으로부터 완전히 벗어날 수 없다는 사실을 부분적으로 인정할 수밖에 없다. 그러나 4월혁명의 청년에게조차 기성세대와는 다른 지성과 교양을 갖출 것을 요구한 것은 미적 자율성을 청년에게까지 무리하게 대입한 결과이다. 강력한 혁명의 세대는 지성과 교양을 넘어선다. 그람시가 날카롭게 지적했듯이 "문화적 기능이 우세"할수록 "정치적 언어"는 "은어화"되며, "정치적 문제들은 문화적 문제인 것처럼 은폐"되기 때문이다.[44] 혁명은 문화와 교양을 균열시키고 파열시킨다. 이 균

---

44 안토니오 그람시, 이상훈 역,『그람시의 옥중수고』1, 거름, 2006, 164면.

열과 파열을 통해 새로운 문화가 창조될 수 있으며, 물론 이 문화는 새로운 정치체제와 길항관계거나 협력관계일 수 있다. 그람시의 주장이 비록 전체주의적 정치 상황을 전제로 하는 것이지만, 문화가 갖는 탈정치적 기능을 예리하게 통찰한 것이라고 할 수 있다. 이어령은 4월혁명의 청년을 정치적 청년이 아니라 지성적·문화적 청년으로 순치하고자 하는 욕망을 지니고 있으며, 이는 결과적으로 4월혁명의 청년들이 지니는 정치성을 삭제하는 것으로 귀결된다.

4. 미적 자율성의 청년문화론에로의 전이

— 결론을 대신하여

이어령의 문화적 교양주의와 미적 창조는 결국 "미적 자율성이라는 문제에 대한 신념"[45]과 무관하지 않다. 이 신념은 그의 비평 세계를 일관되게 관통하는 것으로 4월혁명으로 인한 문학의 정치성에 대해 비판적일 수밖에 없는 원인이 된다. 이어령은 4월혁명 이후의 문학적 상황의 심각한 문제가 "문화의 타살", 혹은 "자살"에 있다고 보고 있다. 다시 말해 4월혁명 이후 자유의 상황에서 문화인들이 꽂은 깃발은 "문화창조가 아니라 정치의 깃발"이라는 것이다. 하여 그가 되살려내야

---

45 권영민, 「저항의 문학, 그리고 비평의 논리와 방법」, 『상상력의 거미줄』, 생각의나무, 2003, 199면.

하는 것은 "예술 본래의 창조적 생명"이다.[46] 예술 본래의 창조적 생명은 50년대 그의 비평에서 발아한 '화전민 의식'에 근거한다. 화전민 의식은 본래 구세대 문학의 불순물[47]을 제거하는 "불의 작업"으로써 "새세대 문학인이 항거해야 할 정신"과 "신개지新開地를 개간하는 창조의 혼"이다.[48] 이러한 '창조의 혼'이 1960년대에는 문학의 정치이념을 반박하는 논리로 작동한다. 4월혁명 이후의 문학이 창조성을 말살하고 참여의 이념으로 인해 경직되고 있다고 판단한 것이다. 그러나 구세대와 참여문학에 대한 그의 저항은, 구세대와 참여문학을 부정하는 자리에 서구적 교양과 문화를 이식함으로써 그 본의가 탈색되고 만다. 김현은 이어령의 비평에 대해 "서구의 불안과 한국의 불안을 동일시"함으로써 한국의 현실을 지극히 추상화했다는 비판을 한 바 있으며,[49] 임중빈 역시 그에 앞서 이어령의 관념적 서구취향을 다음과 같이 비판한바 있다. "가령 '작가의 현실참여'에서 그가 주장하고 있는 앙가쥐망의 논리는 적어도 우리 현실에 맞는 오늘의 얘기는 아니다. 지나간 시절에 프랑스 문단에서 한창 논의되던 그런 낡은 이론의 재탕에 불과하다."[50] 이러한 비판은 현재까지 유지되고 있다.[51]

---

46 이어령, 「누가 그 조종弔鐘을 울리는가」, 『조선일보』, 1968.2.20.
47 실제로 그는 선배 문인들을 실명 비판한 바 있는데, 그의 데뷔작이라 볼 수 있는 「우상의 파괴」(『한국일보』, 1956.5.6)에서 김동리를 미몽의 우상, 조향을 사기사詐欺師의 우상, 이무영을 우매의 우상, 최일수를 영아嬰兒의 우상이라고 비판한 바 있다.
48 이어령, 「화전민 지역」, 『경향신문』, 1957.1.11·12(『저항의 문학』, 경지사, 1960, 9~10면에서 재인용).
49 김현, 「한국 비평의 가능성」, 『68문학』, 한명문화사, 1969, 148면.
50 임중빈, 「막연한 지식의 곡예」, 『올 다이제스트』, 1964.10(『부정의 문학』, 한얼문고, 1972, 401면에서 재인용).
51 조영복은 "고전주의, 휴머니즘, 서구 지성사를 꿰뚫는 그(이어령 – 인용자)의 사유의 지

결과적으로 이어령의 문화주의적 욕망은 4월혁명의 정치성을 거세하고자 했다고 볼 수 있다. 1969년에 발표한 「환각의 다리」는 4월혁명을 소재로 하고 있음에도 불구하고 4월혁명의 정치성과는 그 방향을 달리한다. "실재하지 않는 환각의 다리처럼 의식되는 상황을 복합적인 목소리"로 4월혁명을 그려냄으로써 사랑과 조국 사이에서 "주저 없이 조국, 정치 이념 쪽을 위해 사랑하는 사람을 버리라고 문책"한 스탕달의 이자택일을 거부한다. 스탕달에게 있어 "사랑의 논리보다는 정치의 논리, 개인보다는 집단의 논리가 우선"적이지만, 이어령에게 있어 "정치적 이념과 사랑의 욕망"은 "오훈채五葷菜의 나물 요리처럼 뒤얽혀져 융합"된 상태인 것이다. 게다가 이어령은 「환각의 다리」를 통해 "누구도 시도한 일이 없는 소설양식을 만들어 낸 데 차별성을 두려" 했고 스탕달의 단편소설 「바니나 바니니」를 패스티쉬한 작품이라는 데 보다 큰 의미를 부여했는데, 이는 "지금까지 써 온 내 소설은 소설 기법과 양식의 발견 또는 창조를 위해 쓰여진 격투기라고 할 수 있다"는 최근의 고백으로 귀결된다.[52]

그러나 무엇보다 중요한 점은 이어령이 문학과 정치의 영역을 철저

향점의 근원은 바로 희랍적인 것에 있었고 그는 이를 보편적 지성이라 생각했다"는 점을 지적하면서, "그에게 현실은 희랍신화나 고전주의 정신에서 오지 현실 그것으로부터 오지 않는다"는 점을 비판한다. 박훈하 역시 이어령의 비평이 "서구적 보편성에로만 수렴될 때, 이는 영락없이 우리 것에 대한 폄하와 자기비하로 이어진다는 점"을 지적하며, 바로 이 점이 "서구적 교양주의로 무장한 이 시대의 최고의 비극"이며, 이 비극의 한 선도자로서 이어령을 지목하고 있다. 조영복, 「수사, 동경 그리고 에세이」, 『오늘의 문예비평』, 1997 겨울, 238~245면; 박훈하, 「서구적 교양주의의 탄생과 몰락―이어령론」, 『오늘의 문예비평』, 1997 겨울, 260면.

52 이어령·김용희, 「환각의 서사를 찾아서, 미래의 문학을 찾아서」, 『작가세계』, 2011 겨울, 100~109면.

히 구분하긴 했으나 정치적 정의에 전혀 무감하지 않았다는 사실이다. 이어령은 4월혁명 이후의 정치적 청년들을 문화적으로 순치시키는 데에 관심이 있었음에도 불구하고 참여문학에 대한 정치적 탄압에 대해서도 날선 목소리를 내기도 했다. 예컨대 이어령은 남정현의 분지 사건(1967.2)과 한승헌 변호사의 필화사건(1974.4)에 대한 변론 증인을 맡았던 것이다. 남정현과 한승헌의 필화사건에 대하여 변호인 측 증인으로 출석한 것은 진보성향의 문인이 아니라 이어령이었다는 사실은 많은 것을 시사해준다. 이어령은 반공법 위반사건에 대한 두려운 증언[53]의 자리에 나선 것에 대해서 "문학 밖의 일"이었다고 고백한 바 있다. "어떤 문학이냐가 아니라 문학 그 자체를 지키기 위해서", "어떤 자유냐가 아니라 자유 그 자체를 지키기 위해서 법정에 나가 투쟁"한 것이며, "그런 것은 문학의 본질적 행위와 다른 것"으로 "내 글쓰기의 관심 밖 일"이었다고 말한다.[54] 진보성향의 참여문인들이 나서기를 꺼려하는 자리에 이어령이 나선 것은 당시 매우 충격적인 일로 받아들여진다.[55] 그

---

53 이어령은 강창래와의 대담에서 변론 증인에 나섰을 당시의 심정을 다음과 같이 고백한다. "군부 독재의 서슬이 시퍼렇던 시절인데 나라고 무섭지 않았겠나? 말 한마디 잘못하면 법정 구속 되어 버리던 때라는 걸 자네도 잘 알지 않나. 더군다나 두 사건 모두 그 무서운 '반공법 위반'이었어요. 그러니 다들 증언대에 서기를 꺼렸지. 소리 높여 참여를 외치던 소위 진보 진용 사람들이 모두 꽁무니를 빼니까 결국 내가 나설 수밖에 없었지." 이어령·강창래, 『유쾌한 창조』, 알마, 2010, 197면.
54 위의 책, 198면.
55 이어령이 당시 법정의 증인으로 선 것은 매우 역설적이다. 그것이 가능했던 것은 그 스스로 고백하고 있듯이 그간 자신이 주장해왔던 문학관의 사상적 배경이 그러한 증언을 가능하게 했기 때문이다. 당시의 검사가 "증인은 반공의식이 약해서 이처럼 증언하는 것 아닌가"에 대한 사상적 공격에 이어령이 "나의 저술과 나를 비평하는 글들이 그 점에 대한 증거가 될 줄 믿는다"고 말한 데서도 잘 드러난다. 남정현, 「소설 '분지' 필화 사건」, 『한승헌변호사 변론사건실록』 1, 범우사, 2006, 121면.

럼에도 불구하고 이어령은 그 일을 단지 "생활인으로서 한 일"에 불과하며 "문학의 본질적 행위"와는 무관한 것임을 강조하고 있다. 다시 말해 법정에서의 증언이 작가로서의 행위가 아니라 생활인으로서의 행위였다는 것인데, 이는 "작가란 결국 실천적 행동이 아니라 언어 그것을 선택한 사람"[56]이며, "'실천적 행동'과는 달리 말하는 행동에 의하여 상황을 변전시키는 직능"으로 "그것으로 새로운 현실을 불러일으키는 旗와 같은 역할"을 하는 것[57]이라는 주장에서 한 치도 벗어나 있지 않다. 이어령은 '작품 / 현실', '작가 / 생활인'을 이분법적으로 철저히 분리함으로써 문학의 미적 자율성을 고수하고 있는 것이다. 다시 말해 그의 법정 증언은 문학 행위의 연장선상에서 이루어진 것이 아니라 정권의 탄압에 의해 함부로 다루어지고 있는 "글의 질서를 만들어내는 수사법과 문법"을 지키기 위해 행해졌다.[58] 따라서 문학적 참여행위로 보일지도 모를 그의 법정 증언은 그의 문학관을 변화시킬 수 있는 근거로 작동할 수 없으며, 다만 문학 행위로부터 정치 행위를 철저히 분리시키고 있는 그의 입장을 확인할 수 있는 뚜렷한 근거를 제공한다.

그렇다면 이어령이 4월혁명의 청년에 대한 해석 관점을 정치적 맥락에서 지성적·문화적 맥락으로 이동시킨 것은 어떻게 이해해야 할까? 이어령은 1960년대의 청년을 정치적 폭력과 과격함으로부터 이격시킴으로써 청년성에 지성적·문화적 자율성을 부여하고자 하는 욕망을 지녔던 것은 아닐까? 이런 해석이 가능한 것은 문학의 미적 자율

---

56 이어령, 「현대작가의 책임」, 앞의 책, 58면.
57 이어령, 「작가의 현실참여」, 앞의 책, 47면.
58 이어령·강창래, 앞의 책, 206면.

성을 지키고자 했던 이어령 비평의 근저에는 서구의 보편적 지성과 교양에 대한 열망이 자리 잡고 있기 때문이다. 이어령이 판단하기에 4월혁명의 청년에게 무엇보다 결핍된 것은 서구의 보편적 지성과 교양이자 문화였다. 그러나 정치적 격랑 속으로 청년들이 빨려 들어가는 순간 60년대의 청년들은 또다시 지성과 교양을 결여한 "테러리스트"나 "병사", 혹은 "데모 대원"에서 벗어날 길이 없다고 판단한 것이다. 지성과 교양을 결여했다는 점에서 4월혁명의 청년은 기성세대와는 전혀 다를 바 없다. 기성세대와 4월혁명 청년을 바라보는 기준이 정치적 직접행동의 유무有無가 아니라 문화적 지성과 교양의 유무였다는 사실은 이어령의 비평적 사유가 무엇을 목적으로 하고 있는지를 뚜렷하게 보여준다. 이어령은 문학의 미적 자율성을 강조한 것처럼, 4월혁명의 청년에게도 지성적·교양적 자율성을 덧입히고자 했던 것이다. 물론 이때의 자율성이란 탈정치성과 등가를 이룬다.

4월혁명의 청년에 대한 이어령의 비평적 사유는 1960년대 청년문화론의 한 축을 형성한다. 이어령은 4월혁명 이후 청년의 정치성을 소거하고 문화적 지성과 교양을 덧씌우는 방향으로 나아갔으며, 이는 그의 비평적 사유와도 밀접한 관련을 지닌다. 주목해야할 것은 문학이 언어적 가상이라는 점에서 현실과 분리되는 자율성을 지닐 수밖에 없는 반면에 청년의 경우 4월혁명으로부터 그 존재가 출현했던 까닭에 정치와 분리된 자율적 존재로 존재하기가 어렵다는 사실이다. 그럼에도 불구하고 4월혁명 이후의 청년을 청년문화 혹은 청춘문화 속에 순치시키고 있다는 사실은 서구의 보편적 지성과 교양을 중시하는 비평적 사유의 관성을 보여주는 것이다. 이어령의 이러한 비평적 사유가 대중적으로 널리 반향을 불러일으킬 수 있었던 것은 이어령의 청년(청춘)문화론이 60년대에 확장된 대중문화와 차별화된 비판적 거점으로 작용할 수 있었으며, 군부정권의 '자유교양운동'에 정확히 부합하는 내용이라는 점에서 정치적 긴장 없이 소비될 수 있었기 때문이다. 이어령의 청년문화론은 서구의 보편적 지성과 교양을 지향하는 과정에서 현실성과 정치성이 소거됨으로써 자연스럽게 정치적 이념의 불편한 긴장성을 제거한 교양과 문화의 고급한 자리를 차지할 수 있었던 것이다.

김준오 이후의 동일성 시론을 위하여

박현수 『시론』에 대한 몇 가지 단상

1. 시론詩論의 의미와 김준오金俊五

시란 "공空을 향한 기원이며 무無의 대화"(「시와 시편」)라는 옥타비 파스의 정의처럼, 시는 부정성negativity의 빈 공간을 둘러싸고 있다. 그래서일까? 언어의 부질없는 향연, 혹은 덧없는 주술로서의 시는 보다 단단한 언어적 정의定意를 열망한다. 이는 시의 열망이라기보다 시에 귀신들린 자의 열망이다. 하지만 언어로 정의되는 순간, 시는 언어의 촘촘한 그물마저 빠져나가고 만다. 시詩의 그림자를 붙잡을 수 있는 것은 역설적이게도 시적 사유밖에 없다. 옥타비오 파스의 시적 정의定意가 한 편의 시처럼 읽히는 까닭이다. 이것은 시에 대한 정의, 더 나아가 시론의 체계적 의미화가 얼마나 힘들고 허망한 작업인가를 짐작케 한다. 그러나 바로 이 때문에 시의 존재론적 의미를 보다 깊숙이 길어 올려야 하는 시론의 작업이 더욱 요청된다고 할 수 있다.

그렇다. 오늘날의 시론詩論은 시의 가치를 '공空'과 '무無' 속에 길어 올리는 작업이며, 서가의 깊은 침묵과도 같은 시의 잠열을 촉지하는 검온기檢溫器의 기능을 수행한다. 김준오의 『시론』은 바로 그 자리를 오랫동안 점유하고 있었다. 김준오의 시론은 그 스스로 고백했듯이 동일성의 시론이다. 김준오는 시적 언어가 지닌 잠열에 동일성의 욕망이라는 구체성을 부여했다. 그의 시론은 현대인들의 내적 분열을 향한 현대시의 응전 양상과 그 욕망의 근저를 체계적으로 사유했다. 그가 타계한 지 10여 년이 지났음에도 김준오의 『시론』을 후학들이 완전히 극복해내기가 쉽지 않은 이유는 다른 데 있지 않다. 동일성의 욕망이야말로 시의 가장 오래된 욕망이기 때문이다. 김준오 이후의 시론은 시적 주체에 대한 관점을 바꾸지 않는 이상 동어반복에 지나지 않을 가능성이 매우 크다. 따라서 김준오의 시론을 읽은 후학이라면 그의 영향을 벗어나기 힘들며, 그와의 이론적 유사성과 차이성을 의식하지 않을 수 없다.

2. 서정성의 삼분법三分法과
일자一者 회귀의 근본 문제

박현수의 『시론』(2011)은 매우 성실하고 의욕적인 시론임에 틀림없다. 역설의 유형과 관련된 개념적 혼란을 치밀한 문헌 연구로써 명쾌하게 정리한 것이나, 한국 시론의 근대적 자산을 활용한 시론 전개는 학문적 엄격성과 시론적 주체성에 대한 그의 치열한 자의식을 보여준다. 그러나 박현수는 김준오의 시론을 섬세하게 보정하면서 계승하는 데 머문다. 김준오가 기획했던 동일성 시론의 큰 틀을 벗어나지 않는 것이다. 서문에서 밝힌 옥타비오 파스에 대한 매혹도 그렇지만, 이 시론의 마지막 장인 「12장 숭고, 초월의 수사학」은 김준오의 동일성 시론의 다른 판본이라 할 만하다.

예컨대, 박현수는 롱기누스에서 리오타르에 이르기까지 숭고론의 사적 전개를 정리하면서 현대시의 중요한 특질로서 숭고와 초월을 언급한다. 또한 "숭고의 가장 중요한 특성은 초월감각"이며, "초월은 인간의 고양과 관련"되는 동시에 "인간을 평면적인 구속으로부터 벗어나게 해서 입체적 차원으로 고양"(390~391면)시킨다는 사실을 강조한다. 이는 거대담론이 몰락한 1990년대 이후 미시 담론의 횡행으로 말미암아 사라져버린 것 중의 하나가 바로 초월감각임을 통찰한 결과다. 숭고와 초월은 마지막 장에 배치될 만큼 매우 중요하게 다뤄지고 있다. 그의 시론은 궁극적으로 숭고와 초월을 지향한다고 볼 수 있으며, 이는 미지未知의 영역일지라도 동일성의 성소聖所를 상정하지 않고는 불가능한 일이다. 바로 이 때문에 박현수의 시론 작업은 큰 틀에서 김준오의 동일성 이론(특히, 통시적 동일성)을 계승한다고 볼 수 있다.

물론 박현수는 김준오 시론과의 차별성을 뚜렷이 부각시키고 있는데, 바로 서정성 개념에서 그러하다. 그는 김준오의 서정성 개념이 주체와 대상의 "평등한 상호공존"이 아니라 "어느 한쪽이 다른 쪽을 복속시키는 종속 상태"(292면)라는 점에 기반하고 있음을 비판한다. 이는 김준오 시론의 한계에 대한 정확한 지적이다. 물론 이것은 이미 한국 시론계詩論界에서 반복적으로 언급된 내용이며, 심지어 김준오 스스로도 이와 관련하여 동일성의 일방적 폭력성을 여러 차례 비판한 바 있다. 그럼에도 불구하고 박현수 시론의 새로움은 서정성을 세 가지로 구분한 데 있다. 그는 서정성을 '독백주의적 서정성'과 '상호주체적 서정성'으로 분리한다. 그리고 '실천적 서정성'을 덧붙인다.

여기서 에밀 슈타이거에 대한 그의 꼼꼼한 읽기는 빛을 발한다. 에밀 슈타이거의 '회감'을 "'주체 → 객체'의 일방통행만이 가능한 독백주의적 서정성이 아니라 양자의 쌍방향적 의사소통이 가능한 상호주체적 서정성"(299면)으로 읽어낸다. "시인이 자연을 회감하고 이와 마찬가지로 자연이 시인을 회감한다"는 슈타이거의 진술을 토대로 '회감'을 '상호주체적 서정성'으로 재해석하는 데 성공한다. 그러나 '상호주체적 서정성' 또한 동일성의 문제를 완전히 해결하지 못한다. 왜냐하면 서정시의 일인칭 주체는 근본적으로 자기동일성을 벗어날 수 없기 때문이다. 2000년대 중반 미래파 논쟁에서 이미 제기되었던 논법을 빌리자면, 상호주체적 서정성은 일자一者의 시선에 종속되고 만다. 상호주체적 서정성 역시 본질적으로 일인칭 시점을 벗어나지 못하는 동일자적 시선에 귀속되기 때문이다. 이는 박현수가 심상의 기능과 관련하여 폴 드 만을 참조하는 과정에서도 잘 드러난다. (물론, 박현수는 폴 드 만의 관점을 비판하고 있지만!)

폴 드 만의 이런 비판은 심상에 대한 비판이면서, 동시에 서정적 동일성에 대한 비판이다. 존재론적 근거를 전혀 지니고 있지 못한 심상이 마치 자연 대상인 것처럼 흉내 내고, 그리고 심상과 대상이 완전한 합일을 이루고 있다고 믿는 것은 일종의 환상에 불과하다는 것이다. 심상은 영원히 이룰 수 없는 존재에 대한 갈망일 뿐이다. 이런 논리에 따르면 위의 시에서 '깃발'(심상 혹은 객체)이 존재론적 간격을 초월하여 '마음(주체)'이 되는 것도 일종의 환상이라 할 수 있다.(186~187면)

폴 드 만의 논의에 따라 심상을 설명하는 과정에서, 서정시는 본질적으로 독백성과 환상성을 벗어날 수 없다는 사실이 밝혀지고 있다. 고정된 시선으로서의 서정적 주체가 존재하는 한 서정시는 주체로 귀속되는 일방향적 동일성을 벗어날 수 없고, 오히려 그것은 원치 않을지라도 서정시의 본질이 될 수밖에 없다. 다시 말해, 동일성의 일방향성은 서정성의 근본적 자질이며, 더 나아가 주체의 근본적 자질인 것이다. 그럼에도 불구하고 박현수는 서정적 동일성에 대한 폴 드 만의 논의를 구체적으로 논박하기보다는 단순히 "심리주의의 틀에서 벗어나지 못하고 있다"(302면)는 정도로만 폄하할 뿐이다. 폴 드 만의 논의뿐만 아니라 2000년대 미래파 논쟁에서 제기되었던 서정적 주체의 근본 문제를 해결하지 못하고 있는 셈이다. 동일성의 문제는 박현수가 설정하고 있는 논의의 수준보다 더욱 깊은 심층에 닿아 있어 결코 간단치 않은 문제다.

3. 수사학의 감옥과 서정성의 해방

그럼에도 불구하고 박현수의 서정성의 삼분법은 윤리적으로 큰 의미를 지닌다. 온전한 상호주체성은 불가능할지라도 주체의 시선을 벗어나 대상 세계에 다가가고자 하는 윤리적 자의식의 발현을 통해 '상호주체적 서정성'을 향한 영구혁명의 시론적 가능성을 열어놓고 있기 때문이다. 특히 그의 '실천적 서정성'은 서정시를 "수사학에서 해방시켜 일상성으로 환원시키는"(306면) 것을 목표로 하며, "관념적인 차원의 문제가 아닌, 현실에서 작동하는 논리로 인정되어야 하"(307면)는 것을 목표로 삼는데, 정확히 옥타비오 파스의 세계관과도 상통한다. 박현수가 인용하고 있듯이, "인간과 세계, 의식과 존재, 존재와 실존의 최종적인 동일성은 인간의 가장 오래된 믿음이며 과학과 종교, 주술과 시의 뿌리이다. 우리의 모든 활동은 오래된 오솔길, 즉 양쪽 세계를 소통시키는 잃어버린 통로를 발견하는 것이다"(『활과 리라』, 137면)와 같은 파스의 주장은 서정시가 지향하는 세계의 실재성을 전제한다. 박현수는 이러한 파스의 주장에 전적으로 동의한다. 박현수의 시론은 동일성의 대상으로서 영적인 성소를 마련함으로써 '상호주체적 서정성'의 이론적(혹은, 신념적) 근거를 확보하고, 이를 다시 생활의 차원으로 되돌려 실천함으로써 인간의 삶에 문명사적 전환을 가져오고자 하는 기획이라 할 수 있다. 요컨대 그의 시론은 주체와 세계의 상호주체적 동일성을 회복함으로써 숭고와 초월의 세계를 일상적으로 실천하는 데 궁극적 목적이 있다.

그의 시론이 '시 = 노래'라는 관점에 바탕하고 있는 것도 이러한 세계관과 무관하지 않다. 시의 한국적 어원이 '놀애', 즉 '노래'라는 최남선의 논의에 기대어 시의 본질을 노래로 규정하고 있는 것이다. '시 = 노래'라는 관점이 중요한 이유는 '노래'로부터 멀어진 근대시의 비판에 중요한 근거가 되기 때문이다. 다시 말해, 그의 시론적 기저는 "'놀이'라는 공동체적 축제, 신과 교통하는 우주적 축제와 연결된 '노래로서의 시'"(33면)에 대한 희구라고 할 수 있다. '우주적 율동'을 근대의 일상적 차원으로 회복함으로써 문명사적 전환의 계기를 마련하는 것. '시 = 노래'라는 그의 시론적 관점은, 따라서 옥타비오 파스 혹은 김지하의 율려律呂 사상과도 동일한 사유틀로서의 거점으로 작용한다. 박현수가 「4장 시의 본질」에서 시 갈래의 일반적 특징을 설명하면서 김준오와 달리 음악적 무의식을 추가한 이유를 이런 논리적 맥락에서 이해할 수 있다. 그러나 이러한 논의를 '노래'가 지닌 우주적 율동의 측면과 관련하여 보다 상세한 논의를 이어가지 못한 점은 다소 아쉽다.

'실천적 서정성'을 의식한 것인지는 알 수 없으나, 「8장 화자와 어조」에서 '화자 = 시인'의 전통을 강조한 것도 매우 의미 있는 시론적 성찰이다. 이는 김준오의 시론이 페르소나persona를 적극 활용한 것과는 대조적이다. 김준오의 시론은 동일성 외에도 가면persona의 시학에 일정 부분 빚지고 있는데, 김준오는 페르소나의 개념을 누구보다도 적극적으로 시론에 도입한 바 있다. 페르소나 개념은 '화자 = 시인'이라는 한국시의 전통을 상실한 현대시의 경향을 분석하기에 유용한 이론적 틀이었다. 그러나 '화자≠시인'이라는 이론적 틀은 텍스트를 "하나의 독립적이고 자율적인 공간"으로 인식하는 신비평의 관점을 곧이곧대로 수용하는 결과를 낳았다는 비판에 직면하게 된다.

우리 시론에서 '화자'라는 말이 의미 있게 된 것은 '화자 = 시인'이라는 등
식이 깨어지기 시작하면서부터이다. 화자와 시인을 동일시하던 전통이 근
대적 문학 개념의 이입과 더불어 소멸하면서 비로소 화자가 어조와 더불어
시의 중요한 요소로 등장하였던 것이다. 즉 실제 시인과 실제 독자 사이에
놓인 텍스트가 하나의 독립적이고 자율적인 공간이 될 때 화자가 비로소
발견된 것이다.(259면)

박현수는 '화자 = 시인'의 전통에 대한 가치평가를 적극적으로 하고
있지 않지만, '화자 = 시인'이라는 시론적 틀을 제시하고 있다는 점에
서 페르소나 중심의 시론에 반기를 든 셈이라고 할 수 있다. 페르소나
는 확실히 서구의 개념이며 동양적 전통에서는 존재하지 않는 개념이
다(이마미치 도모노부). 동양에서는 페르소나 대신 '책임'이 강조되었으며,
이 '책임'은 텍스트와 실제 세계를 구분하지 않는 동양의 전통을 드러
내는 것으로 시인이 곧 화자이며 화자는 곧 시인이었음을 보여준다.
'화자 = 시인'의 전통적 관점은 '독백주의적 서정성 → 상호주체적 서정
성 → 실천적 서정성'이라는 그의 시론적 방향과 무관하지 않다. '실천
적 서정성'은 그가 진술하고 있듯이 '수사학'으로부터의 해방을 의도한
것이기 때문이다. 다시 말해 서정성을 미학(수사학)이 아닌 일상적 차원
에서 회복함으로써 근대사회가 잃어버린 우주적 율동의 영성을 일상
적으로 실천하고자 하는 것이 그의 시론이 지향하는 궁극적 방향이다.

4. 차이와 반복, 김준오 이후의 시론

  박현수의『시론』이 가지는 뚜렷한 미덕이 있다면, 한국 시론의 주체
성을 최대한 견지하고 있다는 사실이다. 주로 서구 이론을 통해 시론
적 보편성을 확립하고자 했던 김준오의 작업과는 달리, 김억, 최남선,
주요한, 김소월, 황석우 등을 비롯한 근대문인들의 시론을 최대한 참
조하고 반영함으로써 한국 시론의 근원적 역동성과 주체성을 되살리
고 있다. 시론 전개 과정에서 한국 근대문인들의 시론을 충분히 반영
함으로써 보편적 시론을 형성해가는 과정은 시론사적 재미를 돋우는
데 부족함이 없다. 단순한 사적史的 정보의 제공이 아니라 서구이론 중
심의 "시론사의 흐름을 강조"함으로써 배제되었던 "시론의 다양성"(6
면)을 확보하는 의미도 충분히 부여되고 있다. 결과적으로 박현수의
시론은 서구 이론의 수용과정에서 상실한 우리 시론의 역사적 입체성
을 살려낸다. 이는 김준오의『시론』이 갖지 못한 훌륭한 미덕이라고
할 수 있다.

  그리고 교육현장에서 사용되는 수사학의 3분법의 실체를 밝힌 것 또
한 참신한 성취라고 할 수 있다. 박목월의『문장강화』(계몽사, 1953)에서
처음 제시한 것으로 알려진 수사학의 3분법(비유법, 강조법, 변화법)이 하토
리 요시카服部嘉香의『현대작문신강現代作文新講』(早稻田大學出版社, 1933)에서
비롯되었음을 밝혀 놓고 있다. 그 기원도 제대로 모른 채 교육되고 있
는 수사학의 분류법이 어디서 비롯되었는가를 알게 됨으로써 수사학
의 분류체계에 대한 비판적 검토가 가능하게 된 것이다. 이는 광범위한

문헌 탐구를 통해 기존의 시론을 세밀하게 검토한 결과이다. 그리고 김준오의 『시론』이 노출하고 있는 지엽적인 이론적 오류를 세세하고 짚고 있다는 점 역시 눈여겨 볼만하다. 그러나 관점에 따라서는 다르게 볼 수 있거나 김준오 스스로 충분히 해명했다고 볼 수 있는 개념적 문제(예컨대, 아이러니, 역설, 이미지 등)를 "오인", 혹은 "오해"의 산물로 비판하고 있는 것은 김준오 『시론』과의 차별성을 지나치게 의식한 결과로 보인다(게다가 이미 작고한 김준오는 그 지적에 답할 수도 없다).

그러나 무엇보다 김준오 시론 이후의 진정한 문제는 동일성 시론의 비판적 극복임을 명심할 필요가 있다. 서정시가 갖는 동일성의 일방향성은 근대 주체 철학 이후 주체의 동일자적 폭력에도 정확히 겹친다. 박현수가 설정한 독백주의적 서정성, 상호주체적 서정성, 실천적 서정성은 전통 서정시의 문제를 극복하기 위한 이론적 대안이다. 그러나 상호주체적 서정성에 관한 그의 천착은 기존의 비평적 논의를 충분히 반영하고 있지 못하거나 그 수준을 넘지 못한다. 실천적 서정성은 수사학으로부터 해방된 서정성, 즉 서정성의 일상적 복귀를 목적으로 하는 동시에 서정시가 나아가야 할 궁극적 지향점을 암시한다. 그러나 실천적 서정성의 이론적 토대가 보다 충분히 제시되지 못했다는 점이 아쉬움으로 남는다.

동일성의 이론을 비판적으로 계승하는 데 있어서 우선적으로 해결해야할 문제가 있다면, 그것은 동일성의 대상을 실재하는 것으로 확신하는 인간 주체의 믿음이다. 지젝의 말을 빌리자면, 사실상 우주는 종잡을 수 없는 것이다. 우주의 최종적인 형태는 에너지의 평형 상태일진대, 이는 인간에게 재앙이나 다름없다(슬라보예 지젝, 『불가능한 것의 가능성』, 27면). 김지하와 옥타비오 파스가 믿는, 우주적 율동으로서의 '율려' 혹은 "존재와 실존의 최종적인 동일성"은 그런 까닭에 주체 중심의 동일자적 욕망의 산물에 지나지 않을 가능성이 충분하다. 신념은 믿음이 되고, 이 믿음은 환상에 기반한다. 박현수의 시론 역시 인간 중심의 독백주의적 환상으로 귀결될 수 있는 논리적 취약성을 지니는 것도 바로 이 때문이다. 따라서 주체 중심의 욕망이 지배하고 있는 시의 한계를 극복하기 위해서는 전혀 다른 대안이 필요하다는 과제가 남게 된다.

결과적으로 박현수의 『시론』은 김준오의 동일성 시론을 크게 벗어나지 못한 시론이라고 할 수 있다. 김준오의 시론을 문헌적으로 보정하고 발전적으로 계승하긴 했으나, 박현수의 서정적 주체는 여전히 동일자의 범주에 머물고 있음을 확인할 수 있다. 달리 말해, 박현수의 『시론』은 서정성이 갖는 동일성의 욕망을 윤리적으로 보다 세밀하게 분화시키는 작업에 천착하고 있지만, 여전히 일자─㮋로 수렴되는 동일성의 세계를 극복하지 못하고 있는 것이다. 이러한 시론의 한계는 일자로서의 서정적 주체가 근본적으로 동일성의 세계를 벗어날 수 없다는 데서 비롯된다. 때문에 동일성의 한계를 벗어날 수 없는 서정적 주체를 일자에서 다자㮋로 무한히 분화해나가는 작업이 요청된다고 할 수 있는데, 김준오 이후의 시론은 바로 여기서 그 가능성을 확보하게 될 것이다.

찾아보기

발표 지면

1부. 유한성의 파토스와 시의 윤리
「우울한 것의 추락—재난과 분노 이후의 한국문학」, 『작가와사회』, 2014 겨울.
「시詩가 '나'의 죽음을 불러 오리라—나르시스의 후예들과 부정성의 미학 운동」, 『순
　　진한 짓』, 사문난적, 2014.
「유한성의 파토스를 대하는 두 가지 태도—이장욱·이재훈의 시세계」, 『시인수첩』,
　　2011 겨울.
「유한성과 동일성 너머의 무한—이재훈·김종미의 시세계」, 『시와사상』, 2011 겨울.
「오이디푸스의 지옥과 주체의 무한—조말선의 시세계」, 『현대시학』, 2012.8.
「슬픔의 무한한 처녀성—심보선의 시세계」, 『시와반시』, 2013 겨울.

2부. 참혹한 속(俗)의 풍경
「시적 나르시시즘의 몰락과 죽음의 윤리학—이창동의 〈시〉에 대하여」 : 미발표
「'왜'라는 의문사의 영화적 출현 : 박찬욱의 〈올드 보이〉—문화적 콘텐츠로서 신화적
　　상상력의 한 방향」, 『문학과 문화, 디지털을 만나다』, 산지니, 2008.
「'박형서'라는, 젊거나 늙은 모나드monad」, 『오늘의 문예비평』, 2007 겨울.
「죽음의 유비類比와 주체의 참상—윤의섭의 시세계」, 『시를 사랑하는 사람들』,
　　2011.11~12.
「나르시스의 응축된 죽음과 주체의 윤리—이영옥의 시세계」, 『시와미학』, 2011 겨울.
「고통의 연대와 사람의 심화—2008년 겨울 한국시의 풍경」, 『애지』, 2009 봄.

3부. 시인과 비문증(飛蚊症)
「공중 정원에서 흘리는 지상의 눈물—송찬호·김일영·박덕규·박철의 시세계」,
　　『실천문학』, 2009 겨울.
「시인의 이륙과 윤곽의 소멸—허만하, 『시의 계절은 겨울이다』」, 『현대시학』, 2014.1.
「환상과 환유의 시적 기원—김참의 시세계」, 『시와반시』, 2011 겨울.
「신음呻吟과 무음無音의 시—송승환·김종미의 시세계」, 『시와사상』, 2009 겨울.
「'소문들'의 곤경들—권혁웅 『소문들』」, 『시와반시』, 2011 여름.

「사막에 그린 생生의 지도-서규정『참 잘 익은 무릎』」,『참 잘 익은 무릎』, 신생, 2010.

「눈먼 자의 혁명적 독법에 대하여-양아정의 시세계」,『시와반시』, 2013 겨울.

「심미화의 표피성과 시의 깊이-2006년 가을 한국시의 풍경」,『작가와사회』, 2006 겨울.

4부. 비평과 시론의 환(幻)

「이어령 비평의 탈정치성과 청년문화론」,『한국민족문화』44집, 2012.8

「김준오 이후의 동일성 시론을 위하여-박현수『시론』에 대한 몇 가지 단상」,『신생』, 2012 가을.